乔治·桑

出 版 说 明

人民文学出版社自一九五一年成立起,就承担起向中国读者介绍优秀外国文学作品的重任。一九五八年,中宣部指示中国科学院文学研究所筹组编委会,组织朱光潜、冯至、戈宝权、叶水夫等三十余位外国文学权威专家,编选三套丛书——"马克思主义文艺理论丛书""外国古典文艺理论丛书""外国古典文学名著丛书"。

人民文学出版社与中国科学院文学研究所,根据"一流的原著、一流的译本、一流的译者"的原则进行翻译和出版工作。一九六四年,中国社会科学院外国文学研究所成立,是中国外国文学的最高研究机构。一九七八年,"外国古典文学名著丛书"更名为"外国文学名著丛书",至二〇〇〇年完成。这是新中国第一套系统介绍外国文学作品的大型丛书,是外国文学名著翻译的奠基性工程,其作品之多、质量之精、跨度之大,至今仍是中国外国文学出版史上之最,体现了中国外国文学研究界、翻译界和出版界的最高水平。

历经半个多世纪,"外国文学名著丛书"在中国读者中依然以系统性、权威性与普及性著称,但由于时代久远,许多图书在市场上已难见踪影,甚至成为收藏对象,稀缺品种更是一书难求。在中国读者阅读力持续增强的二十一世纪,在世界文明交流互鉴空前频繁的新时代,为满足人民日益增长的美好生活的需要,人民文学出版社决定再度与中国社会科学院外国文学研究所合作,以"网罗经典,格高意远,本色传承"为出发点,优中选优,推陈出新,出版新版"外国文学名著丛书"。

值此新版"外国文学名著丛书"面世之际,人民文学出版社与中国社会科学院外国文学研究所谨向为本丛书做出卓越贡献的翻译家们和热爱外国文学名著的广大读者致以崇高敬意!

"外国文学名著丛书"编委会

二○一九年三月

编委会名单

1958—1966

卞之琳	戈宝权	叶水夫	包文棣	冯 至	田德望
朱光潜	孙家晋	孙绳武	陈占元	杨季康	杨周翰
杨宪益	李健吾	罗大冈	金克木	郑效洵	季羡林
闻家驷	钱学熙	钱锺书	楼适夷	蒯斯曛	蔡 仪

1978—2001

卞之琳	巴 金	戈宝权	叶水夫	包文棣	卢永福
冯 至	田德望	叶麟鎏	朱光潜	朱 虹	孙家晋
孙绳武	陈占元	张 羽	陈冰夷	杨季康	杨周翰
杨宪益	李健吾	陈 燊	罗大冈	金克木	郑效洵
季羡林	姚 见	骆兆添	闻家驷	赵家璧	秦顺新
钱锺书	绿 原	蒋 路	董衡巽	楼适夷	蒯斯曛
蔡 仪					

2019—

王焕生	刘文飞	任吉生	刘 建	许金龙	李永平
陈众议	肖丽媛	吴岳添	陆建德	赵白生	高 兴
秦顺新	聂震宁	臧永清			

目　次

译 本 序

　　若问十九世纪法国文坛最著名的女性是谁？大约非乔治·桑莫属了。这位闻名全欧的女作家，非但以其多达一百一十卷的作品令人瞩目，还曾因其对传统婚姻和"夫权"的大胆挑战，以及接二连三的浪漫恋情而惊世骇俗。

　　乔治·桑(1804—1876)原名奥罗尔·迪潘，出身于一个颇有声望的贵族家庭，曾祖父是十八世纪著名的金融家，祖父是梅斯和阿尔萨斯地区的税务官，祖母是波兰王奥古斯特二世之子萨克森元帅的私生女，父亲是拿破仑帝国的那不勒斯王——著名的缪拉元帅①的贴身副官。奥罗尔四岁那年，父亲不幸意外身亡，从此她常年住在诺昂乡间，由祖母教养成人。乡居生活培养了她对大自然的热爱和对劳动者的尊敬与同情，另一方面由于母亲出身微贱，备受祖母歧视，也给她带来巨大的痛苦，使她从小就体验到社会不平等给人们带来的伤害。因此，她一接触到卢梭的著作便深受吸引，卢梭对大自然的崇拜，对人类淳朴状态的赞赏，特别是他的平等意识和民主意识，都在她思想上引起强烈的

---

① 缪拉(1767—1815)，拿破仑麾下一员猛将，帝国时期被封为法兰西元帅及那不勒斯王。

共鸣,使之终其一生都在追求卢梭的理想。正是缘于这一思想基础,乔治·桑无法忍受女性在家庭和社会中的屈辱地位,并勇敢地挑战世俗偏见,起而捍卫自己的独立和自由。

为了早日摆脱祖母的束缚,奥罗尔十八岁就嫁给了一个名叫杜德望的乡绅,但三年后就不得不和丈夫分居。尽管她曾给丈夫带来五十万法郎的嫁妆,男性社会的法律却不允许她支配自己的财产,所以她要想挣脱不如意的婚姻,取得独立生活的地位并不那么容易。一八三○年,她独自带着两个孩子移居巴黎,丈夫每月仅提供二百五十法郎作为她和孩子们的生活费。显然,靠这区区二百五十法郎,母子三人在巴黎是难以维持生计的,奥罗尔不得不用她的一支笔来养活孩子们和她自己。起初她和儒勒·桑多①合作,化名儒勒·桑为报刊供稿。一八三二年,她以乔治·桑为笔名相继发表了长篇小说《印第安娜》和《瓦伦蒂娜》,从此作为职业作家登上法国文坛。

和同时代的雨果、巴尔扎克、大仲马一样,乔治·桑也是一位多产作家,在她四十年的创作生涯中,共写作了上百篇小说,五十余部戏剧,还有大量的散文和书简。当然,使她闻名于世的,仍是小说。她的早期小说无一例外以妇女问题为中心,爱情的失误和婚姻的不幸是这些作品的基本主题。《印第安娜》《瓦伦蒂娜》《莱丽亚》(1833)、《雅克》(1834)、《莫普拉》(1837)……所有这些作品的女主人公都是作者本人的精神化身,表达着作者对理想爱情的追求和

---

① 儒勒·桑多(1811—1883),法国小说家、剧作家。

对现实爱情及婚姻的失望。乔治·桑通过她的作品倾诉自己的屈辱感和愤懑不平，她指摘那些合法却不道德的婚姻，赞美敢于追求爱情的自由而对抗社会习俗的女性。尽管乔治·桑常因爱情多变受到指摘，她笔下的女主人公倒都是对爱情极为认真、精神境界极为崇高的。事实上乔治·桑那些闹得沸沸扬扬的浪漫经历（其中最引人注目的是和作家缪塞①及钢琴家肖邦的恋情），与其说是由于轻率，不如说是由于过分憧憬理想，以致她永远对现实的爱情感到不满足，对现实中的男性感到失望。

在三十年代，乔治·桑的作品基本上没有突破个人在婚恋问题上的感受，题材范围比较狭窄，立足点也不很高。到三十年代后期，由于和拉梅内②、布朗基③、皮埃尔·勒鲁④等人的交往，视野逐渐扩大，特别是勒鲁的思想对她产生了深刻的影响。这一思想变化反映在她的中期创作上，便是一系列空想社会主义小说的产生。如《木工小史》（1841）、《康素爱萝》（1842—1843）、《安吉堡的磨工》（1845）等。接着她又着手写作一系列以普通农民为主人公的田园小说，总标题为《打麻人夜话》。第一部《魔沼》于一八四六年发表，被公认为乔治·桑最优秀的杰作，第二部《弃儿弗朗索瓦》于一八四七至一八四八年间在《论坛报》上连载。第三部《小法岱特》发表于一八四九年，嗣后又发

---

① 缪塞（1810—1857），法国天才的诗人、小说家、剧作家。
② 拉梅内（1782—1854），法国天主教神甫，哲学家，《未来》杂志创始人，曾鼓吹自由主义、民主原则及政教分离。
③ 布朗基（1805—1881），法国革命家，空想社会主义者，革命组织"四季社"的领袖。
④ 皮埃尔·勒鲁（1797—1871），法国哲学家，圣西门主义者。

表了《敲钟师傅》(1853)等等。

一八四八年二月革命曾激发起乔治·桑的政治热情，她积极参与民主主义者和社会主义者的集会，深信共和国的诞生能给所有的人带来幸福。她怀着天真的信念撰写了多篇热情洋溢的政论，宣传自由、平等和人民民主的思想，呼吁以"兄弟般的联合"消除人与人之间的阶级区分。然而共和国并没有进行她所期待的社会改革，资产阶级临时政府很快成为人民的对立面。一八四八年六月起义被镇压以后，乔治·桑的幻想破灭，从此远离政治，隐居乡间，从田园生活中寻求精神寄托。尽管政治理想受挫，乔治·桑并未陷入悲观，她始终没有放弃自己的理想追求，并坚持不懈地在作品中宣扬她的社会理想。

乔治·桑到晚年仍然笔耕不辍，但成就未能超过她的田园小说。田园小说是乔治·桑最富个人特色的作品，在她同时代的作家中，还没有第二个人像她这样，以农民为作品的主人公，从普通劳动者平凡的生活中发掘诗意。在这些作品中，空想社会主义的影响和卢梭的精神达到了奇妙的融合。作者歌颂劳动，歌颂自然，歌颂劳动者纯朴、善良、正直的品格，尤其值得注意的是，所有这些作品都体现了超越财富及社会地位的平等观念和一种以勤劳、智慧来衡量人的价值的新价值观。《魔沼》中的热尔曼舍弃富有的寡妇而选择一贫如洗的小玛丽，是因为他在小玛丽身上看到了聪明、勤劳、自尊自强且又善解人意等优秀品质；《弃儿弗朗索瓦》中的弗朗索瓦原是受世人鄙夷的弃儿，却凭自己劳动的双手和正直的品格赢得了人们的尊重，并与曾经关爱和抚养他的磨坊女主人结了婚；《小法岱特》中英俊、能干的朗德烈没有去追求村里的漂亮姑娘，却深深爱上了衣衫褴褛、貌不惊人的村姑小芳舒，因为他发现在这姑娘野性难驯的外表下，隐藏着超人的智慧和一颗善良的心。这一组组牧歌式的爱情，完全摆脱了金钱、地位、年龄、容貌等世俗、物质的考虑，体现了一种高度净化的精神境界。不能否认乔治·桑描绘这一切的时候，理想化的成分多了一些，真实的农民未见得像她描写的这般儒雅且充满诗意，真实的乡野生活也不是她所说的"充满香味的伊甸园"。和巴尔扎克笔下的农民相比，显然还是巴尔扎克的农民更贴近生活。但乔治·桑的理想化方式，恰恰是其创作方法的基本特色。舍去这一点，乔治·桑就不成其为乔治·桑了。

乔治·桑是位理想主义者，她的创作观充分体现了她的理想主义原则。在《魔沼》的《致读者》中，她明确提出："艺术不是对客观现实的研究，而是对理想真实的追求。"乔治·桑和巴尔扎克是关系非常友好的两位作家，但他们对创作的看法完全不同。巴尔扎克从一开始就将社会研究作为创作的出发点，他的雄心是充当法国社会的秘书，使整个法国当代历史在他的作品中再现。乔治·桑却说："从什么时候起，小说就不得不把存在着的一切，把当代芸芸众生和万事万物的冷酷现实记录下来呢？我知道，或许应该是这样；于是巴尔扎克（我对这位大师的才华一向是景仰的）就写了他的《人间喜剧》。不过，虽然友谊的纽带把我和这位卓越的人物连在一起，我却从完全不同的角度看待人生现象。我记得曾对他说过：'你在写《人间喜剧》，这个题目不过分，你完全可以把它称作人间戏剧，人间悲剧。……而我想写的是人间牧歌，人间歌谣，人间传奇。你有愿望，也有能力把你亲眼看到的人物描绘出来，这是好的；而我呢，却感到不得不把人物描绘成我希望于他的那样，描绘成我相信他应该如何的那样。既然我们不是相互竞赛，就让我们相互承认对方吧！'"①所以，读者很难指望在乔治·桑的作品中看到巴尔扎克式的对现实生活的深层次揭露或分析，而只能感受到一颗善良灵魂的理想憧憬。

作为卢梭的信徒，在乔治·桑心目中，原始生活始终是最令人憧憬的理想境界。她认为都市的文明已经毒化了人们的心灵，当前比任何时候都需要提倡返璞归真，去追求原始生活的魅力。她对欧仁·苏的《巴黎的秘密》(1842)之类作品不以为然，觉得这类作品过多地宣扬了暴力和伤风败俗的行为，迎合了社会上某些低级趣味。她创作这一系列以陶冶情操为目标的田园小说，在很大程度上也是针对这种文学倾向。乔治·桑反对文学作品一味地描绘和刻画歹徒、刺客，而主张着重塑造善良、高尚的形象。因为"只有善良的人们才有能力感化他人，歹徒只会令人生畏，而心生畏惧不仅不能克服自私心理，反会令其变本加厉"。②她以为艺术的使命就是"感情和爱的使命"，"创作的目的应当在于令读者喜爱作者关怀的事物，必要时，作者还可以对这些事物略加美化"。③基于这一思想，她为读者描绘金色的田野、葱茏的林木、美丽的牧场、健壮的牲畜，引导读者去审视和发现农夫身上真挚纯朴的美……这一切仿佛一股清新的凉风，拂过充斥着凶杀、诈骗的文学书刊，给人以耳目

---

① 乔治·桑：《周游法兰西的旅伴》(1841)前言。
②③ 乔治·桑：《魔沼》"致读者"。

一新之感。虽然和巴尔扎克、司汤达、福楼拜等作家相比，乔治·桑的作品在观察的深度和人物形象的塑造方面存在着明显的弱点：她的作品内涵比较单薄，人物往往不够有血有肉，甚至流于概念化。但是，乔治·桑是一位说故事的能手，女作家丰富细腻的感情，通过诚恳质朴的叙述自然流露出来，自有其天真单纯的特殊魅力。而且乔治·桑写作田园小说的时候，艺术技巧已臻于成熟，文笔比较精练，不再有早期作品中那些拖沓累赘的议论或说教，因而这组田园小说被公认代表了她的最高艺术成就，直到一个半世纪以后的今天，依然列为世界文学的精品。

艾　珉

一九九九年九月十八日

魔　沼

罗旭　译

目　次

附 录

一八五一年出版说明

我写《魔沼》,原本是想以本书为开端撰写一系列田园小说,汇编成集,题名《打麻人夜话》。我的想法谈不上系统性,也不曾怀抱在文学领域进行变革的奢望。因为任何个人都是无法单独实现变革的。尤其是在艺术领域,变革往往是由众人分别担负,一起在有意无意中完成的。但是描绘乡间风情的小说则另当别论。乡土文学历代都有,只是表现手法各异,或夸张华丽,或矫饰造作,或质朴纯真。我说过,但还是想重申,对田园生活的憧憬历来是城市,甚至宫廷所追求的理想境界。我写田园小说,顺应了这种时势,反映文明社会的人们向往返璞归真,追求原始生活的魅力。可见我在立意上不曾标新立异,在语言上无意创新,在手法风格上也无所探求。很多文章分析我的作品都作出了相反的论断。评论界如此穿凿附会,任意引申,往往令我不胜骇异。因为我总比他人更加了解自己的创作意图。我以为文艺作品只应从最单纯的思想和最平凡的场景中汲取灵感。至于《魔沼》,我在前言中已有叙述,霍尔拜因①的一幅版画令我深为震撼;正值播种时节,一幅幅真情实景进入了

---

① 霍尔拜因(1497—1543),德国著名画家。

我的视野,于是我就产生了创作冲动,写出了这么一部情节简单、风光恬淡的小说,景物都取自我每天漫步时的所闻所见。若是有人问及我的创作意图,我会回答,我想描绘的是既能扣人心弦又纯朴自然的事物,我虽略有所获,但却未能如愿。对于质朴所蕴含的美,我确有所见并能感知,但目睹和描摹是两回事。文艺家最大的抱负莫过于给人以启迪,令他们也能睁眼注视进入眼帘的事物。因此,诸位,我请你们都来关注质朴纯真吧!请你们放眼望望天空、原野、林木和农夫吧,特别是去审视发现农夫身上的美和真挚吧!这样你们便能从我的书中有所领略,而对大自然的深邃蕴含,则更能心领神会了。

一八五一年四月十二日于诺昂

一 作者致读者

你汗流满面，
仅换来一生清贫。
你常年劳累，日渐衰弱；
如今，死神已把你召唤。

上面这首用古法文写成的四行诗，意境纯朴，于稚拙中蕴含着深深的哀伤。诗是题写在霍尔拜因的一幅版画下面的。画面上，一个农夫正在扶犁耕田，广漠的原野一望无际，远处是几所破败的茅屋。太阳已经落在小山后面，一天的辛勤劳作结束了。农夫已经上了年纪，疲惫困顿，衣衫褴褛。拉犁的四匹马瘦骨嶙峋，也已筋疲力尽。铧刀深深插入多石而坚硬的土地里。整个画面是一派"流血流汗，心力交瘁"的景象，惟有一个人物神态活跃，步履轻捷。他沿着犁沟向前奔跑，手持马鞭抽打着身边那几匹惊骇的马儿，仿佛是老农犁田的帮手。但这是个想象中的人物，一具骷髅。他就是画家笔下的死神。霍尔拜因还曾创作过一套既阴沉又含讽喻的组画，以哲学和宗教为题材，题名《死神的幻影》。在组画中，画家也刻画了这个具有象征意义的幽灵。

在霍尔拜因的这本画集中，或毋宁说在这幅内容广博的构图中,死神几乎无所不在,它是贯穿全画并占有支配地位的形象。霍尔拜因在画集中描绘了君主、高级神职人员、爱侣、赌棍、醉汉、修女、娼妓、盗贼、穷人、战士、僧侣、犹太人、旅者等当时和现代的芸芸众生,而死神的幽灵总是无所不在,或嘲讽讥刺,或威胁恫吓,永远是胜者。但也有一处例外,在描绘可怜的拉撒路①的那幅画上,死神就不曾出现。一贫如洗的拉撒路躺在富豪门外的粪堆上,宣称自己并不惧怕死亡。这无疑是因为死后他将一无所失,而活着也无异提前死去。

禁欲苦行这种源于文艺复兴时期而又半带异教色彩的基督教精神,果真能够给人以慰藉吗?虔诚的心灵也能从中得到安慰吗?野心家、骗子手、暴君、浪荡公子等不同凡响的罪人惯于巧取豪夺,恣意享受,而死神的幽灵会令他们担忧命在旦夕,这种人当然会为此受到惩罚。但是盲人、乞丐、疯子、贫困的农夫呢?他们一辈子受苦受难,难道他们只要想到死后不会比生前苦难更深就能得到解脱吗?不!画家的作品浸透的是一种无限的哀思和可怕的宿命思想,他似乎是在诅咒,在满怀辛酸地诅咒人类的命运。

这是霍尔拜因对自己心目中的社会所作的真实写照和沉痛讽喻。罪恶和苦难深深打动了他。但我们是另一个世纪的文艺家,我们将描绘什么呢?难道我们也要让当今的人们在死的意念中寻求补偿吗?难道我们也要将死神描绘为对不义的报应和对苦难的解脱吗?

---

① 拉撒路,一个病倒在财主门前的乞丐,死后由天使带入天堂。典出《圣经·约翰福音》。

《死神的幻影》 霍尔拜因 绘

不，我们不再理会死亡，而要描绘生活。我们不再相信墓外的虚无缥缈，也不相信勉强遁世就能赎得永生。我们希望生活美好，因此我们希望生活丰富多彩。拉撒路们应当离开他们的粪堆，穷人不必为富人死亡而高兴。人人都应享有美好的生活，如此，少数人的幸福就不会源于罪恶，也不会受到上帝的诅咒。农夫播种小麦时，应当明白他是在为生的事业而辛勤操劳，他不应当为死神近身而感到欣慰。总之，死亡既不应构成对富饶昌盛的惩戒，也不应成为对艰辛操劳的解脱。上帝创造死神，既无意让它惩戒，也不曾赐它以解脱生命的职能。因为上帝既曾为生命祝福，就不能允许某些人不让他人享有幸福，反将他们驱入坟墓，以寻求藏身的去处。

某些当代文艺家也曾认真观察周围的事物，并致力于描绘痛苦、贫困所带来的沉沦和拉撒路的粪堆。这些都可以成为艺术和哲学的范畴。但是他们把苦难描绘得如此丑恶、卑劣，有时甚至将它刻画为使道德沦丧的罪恶渊薮，他们这样做难道能实现自己的初衷吗？作品的效果是否如他们所企盼的那般确有裨益呢？我无意不揣冒昧妄加断言。他们可能会解释说，揭示这类富足是脆弱而不可靠的，身后隐藏着万丈深渊，会使为富不仁者心生畏惧，有如当初借助《死神舞》揭示天崩地裂，死神恶魔的双臂随时可以攫住富人一般。今天的作品向富人呈现的是匪徒撬门、刺客惊梦的危险。我们承认，我们确实难以理解，富人原本蔑视大众，这类作品又将穷人刻画为令他生畏的逃犯和夜间行窃的盗贼，这又如何能唤起他的良知，令他关注穷人的苦难并与大众和解呢？霍尔拜因及其先驱笔下的死神，均如群魔乱舞,但他们终究未能使坏人改邪归正,也未能给受难者以慰藉。在这方面,我们时代的上述文学作品,其效果难道不是多少也在步中世纪和文艺复兴时期的大师们的后尘吗?

霍尔拜因笔下的酒徒为了排遣死神的缠绕,一个个狂喝暴饮,他们虽不曾眼见死神,为他们斟酒的司酒官却正是死神。今天那些为富不仁者从艺术作品中看到的是平民在暗中策划,等待时机,冲向社会,寻衅暴动。而为了防范平民的暴动,他们纷纷修筑堡垒,购置枪炮。中世纪的教会见权贵地主贪生怕死,曾向他们发售免罪符。今天的政府则向富人大量聚敛钱财以维持警察和狱卒,购置刀枪等兵器并兴办监狱以平息他们的忧虑。

阿尔贝特·丢勒①、米开朗琪罗②、霍尔拜因、卡洛③和戈雅④都曾激烈讽刺他们的时代和国家的弊端。他们的作品是不朽的历史文献,都具有毋庸置辩的价值。艺术家有权向我们揭示社会的疮疤,我们也无意否认他们享有这种权利。但是今天,难道除了描绘和刻画恐怖与威吓以外,他们就别无他求了吗?文艺家发挥天才和想象力创作的文学作品,为我们揭露了充斥于不公正的社会中的种种神秘现象。这类作品描绘恶贯满盈的歹徒,他们的生涯往往充满戏剧冲突,但我们偏爱的却是温柔驯顺的人物。因为只有善良的人们才有能力感化他人。歹徒只会令人生畏,而心生畏惧不仅不能克服自私心理,反会令其变本加厉。

① 丢勒(1471—1528),德国画家、雕塑家。
② 米开朗琪罗(1475—1564),意大利画家、雕塑家。
③ 卡洛(1592—1632),法国画家。
④ 戈雅(1746—1828),西班牙画家。

我们以为艺术的使命是感情和爱的使命。今天的小说应当取代古代质朴的寓言和神话。艺术家的使命不应限于劝诱审慎与妥协和解，以缓解作品所产生的恐怖效果，他们的使命应当更为宽广，更加富有诗意。创作的目的应当在于令读者喜爱作者关怀的事物，必要时，作者还可以对这些事物略加美化，若果如此，我是不会苛求责备的。艺术不是对客观现实的研究，而是对理想真实的追求。试把《误入迷途的农民》①和《危险的关系》②这两本书与《威克菲尔德的牧师》③作一比较，后者对于读者来说应是一部更有裨益、更为健康的作品。

读者，请原谅我写下这些想法，请把我的想法视为序言吧。我要讲述的是一篇小故事，不会为它另写序言了。我的故事过于短小简单，因此我认为有必要先行阐述自己对恐怖故事的看法，还望读者见谅。

我是为了一个农夫才身不由己，写下了这些题外的话。我有意并即将开始讲述的正是一个农夫的故事。

二　耕　耘

我刚看到一幅霍尔拜因的版画。他笔下的农夫令我久

---

① 《误入迷途的农民》，法国作家雷斯蒂夫·德·拉布勒东（1734—1806）的小说。

② 《危险的关系》，法国作家拉克洛（1741—1803）的小说。

③ 《威克菲尔德的牧师》，英国作家哥尔德斯密斯（1728—1774）的小说。

久凝视,深感忧伤。于是我来到田间漫步,苦苦思索乡间生活和农夫的命运。农夫要消耗体力,折损元气和寿命,才能掘开悭吝无情的地面,从肥沃的地下发掘种种宝藏。而如此辛苦耕作一天以后,换来的却只是一块最粗最黑的面包,农夫的心情当然是阴郁沮丧的。地上的财富:收获的庄稼果实也好,靠丰足的饲草喂肥的牲畜也好,一概都属少数人所有。对于大多数农夫来说,这些不过是压榨和奴役他们的工具。而一般有闲人也并不喜爱田野、草场、健壮的牲口和大自然的景色本身,他们需要的只是能供花销的金币,是用这一切换来的钱财。他们来到乡间小憩,不过是要呼吸一下新鲜空气,将息身体,然后回到大城市中去尽情挥霍农夫辛勤劳作所赢得的果实。

另一方面,庄稼人过于劳累,心情阴郁,他们为将来担惊受怕,当然也不会有兴致去欣赏野外的景物和乡间的美好生活。在他们眼里,金色的田野,美丽的牧场,健壮的牲畜,也都意味着装满金币的钱袋。他们只能分得极为菲薄的份额,远不足以维持温饱。但是为了满足主人,换取在其领地上省吃俭用地苟活的权利,他们不得不年复一年辛苦操劳,不断地把金币填进那该诅咒的钱袋。

可是,大自然却永远是生机勃勃、美丽富饶的。对凡能在自己怀抱中自由生长的生灵和植被,她都赋予诗情画意。她拥有幸福的奥秘,任何人无从剥夺。那些掌握了耕田的技艺,能用双手操劳,并能凭借智慧的力量赢得安逸和自由的人们,定会成为天下最为幸福的人。这是因为他们会有闲暇,能够同时用心灵和头脑去享受生活。他们会理解自己的劳动,也会热爱造物主的创造。艺术家通过观赏和再现美好的大自然是能够达到这种心旷神怡的境的。但是只要看到大自然这个人间天堂中尚有无数生灵涂炭,仁慈正直的艺术家就会感到内疚,愧悔不该有此雅兴。上苍赐人以赏心悦目的景色,当人们能够在这种环境中手脑并用,让意志、心灵和双手协调配合时,上帝的慷慨赐予和凡人的欢乐就会和谐协调,达到神圣的境界,而这种境界也许就是幸福!到那个时候,寓意画家们就会舍弃可怜而又可怕的死神,那个手执马鞭在犁沟中奔跑的幽灵,改为刻画神采飞扬的天使降福人间,将成把的麦种撒向蒸腾着雾气的犁沟。

农夫应当享有甜蜜、自由、富有诗意、勤劳简朴的生活,这种憧憬应当不难实现,而不应被斥为幻想。维吉尔①曾悄声悲叹:啊,农夫,若是你能意识到自己的幸运,你该会多么幸福!维吉尔表达的是惋惜之情。而通常表示惋惜就意味着预作论断。总有一天农夫和艺术家将会一身而兼二任,如果不是为了描绘美(届时这将无足轻重),至少也能感知美。难道人们还不相信,农夫身上已具有对诗意的神秘直感,只是还处于本能反应和朦胧向往的状态而已。就是在极度劳累、生活艰难的农夫身上,心灵也并没有被扼杀。至于那些日子稍稍好过些的农夫,他们的头脑和智慧已得到发展,眼下这些人对于完美的幸福都已有了初步的感受并能略加欣赏了。况且,诗人既已从痛苦和劳累的深渊中发出呐喊,何以还会有人断言体力劳动和脑力劳动是互不相容的呢?这种互不相容的现象只是长期过度劳累和生活困苦所造成的。但也不能认为一旦人们都能适度从事

---

① 维吉尔(公元前70—前19),古罗马著名诗人。

有益劳动,世上就会只剩下平庸的劳动者和诗人了。凡能从诗意中感受到崇高的快感者便是诗人,哪怕他生平从未写下过一句诗!

我的思路顺势而下,并不曾意识到是受到了外界因素的影响。我相信人是可以教育的,并且对此信心倍增。我沿着田边漫步,田里有农夫在耕作,准备来年播种。眼前的景色开阔,一如霍尔拜因的版画。远处,郁郁葱葱的层林已染上一抹暗红,预示着金秋即将来临。雨后初霁,深棕色的田野上,小沟里还蓄着雨水,在阳光下闪耀着缕缕银光。天气暖融融的,新犁的地面蒸腾起薄薄的雾气。有一个老农在地头犁田。他的肩背宽阔,神色严峻,令人想起霍尔拜因的版画,但他的服装毫不寒碜。他使的旧式犁由两头毛色浅黄的牛拉着。这种牛是古老草原的真正主人,长得高大而不够健壮,长长的牛角向下弯曲。一对牛若长期结伴干活,像我们乡下说的,就会变成兄弟。若有一头死了,剩下的也会伤心地随之而去,而决不同新来的一起犁田。城里人不熟谙乡间风情,还以为说乡下的牛有情有义是无稽之谈呢。那么他们最好能亲自到牛棚里来看看那可怜而瘦弱的牛!牛儿无精打采地用尾巴甩打着干瘦的两肋,见到饲料,会厌恶地嗤之以鼻,眼睛直瞪棚外,一面用蹄子跺着身边的空地,一面嗅着失去的伙伴留下的牛轭和链条,口中还不断发出呼唤的哀鸣!牧牛人会说:"这一对儿算完了。死了一头,剩下的不肯干活,本该喂肥了好宰了吃肉,但它不进草料,很快就会饿死!"

老农从容不迫地干活,一声不吭,丝毫也不白费力气。拉犁的牛很驯顺,动作很从容。老农已很熟练,干活时从不停顿,持续向前,结果他犁田的速度竟与自己的儿子不相上下。年轻人在离他不远处干活,那块地土质硬,石块多,使唤的四头牛也不够壮实。

随后,一幅真正的美景吸引了我的注意,这景象庄严肃穆,很值得画家描绘:田野尽头一个英俊的年轻人驾驭着几对出色的牲口正在犁田。拉犁的共有八头小牛,毛色深重,闪闪发光还夹有黑斑。牛的头部不大,鬃毛拳曲,看去酷似野牛。牛群怒目圆睁,动作突兀。它们那烦躁不安、时断时续的走动说明牛群是新套上的,对牛轭和刺棒都不习惯,只是勉强干着。本地人称这类牲口为"新套的"。年轻的农夫是在一块草场上垦荒,地面满是多年生饲草的古老根茎。他虽年轻力壮,驾驭的八头牛却刚学会干活,所以也只是勉强能对付下来罢了。

犁铧边上的垄沟里,有个六七岁的孩子,他手拿一根很轻的长棍,边走边用棍端不太尖利的钉子去刺戳牛群。这孩子长得美如天使,穿着工装,肩上披一块羊羔皮,看去酷似文艺复兴时期画家们笔下那些童年时期的施洗者约翰。孩子每戳一下,牛群就哆嗦一下,把牛轭和额前的皮带振得咯咯作响,犁辕也剧烈地晃动着。每逢铧刀遇到草根,农夫就高声唤着每头牛的名字,不是要去刺激,而是为了安抚牛群。因为牛群每遇动作受阻就会怒气冲冲,烦躁不安,跳起来用宽大的叉蹄扒开泥土。若是年轻人边吆喝边用棍戳还不能稳住前面那两对牛(后面两对由孩子驾驭),牛群就会带着犁,离开垄沟,横穿田地而去。可怜的孩子也在使劲吆喝,但他的嗓音还是那么细柔,一如他那天使般的容貌。景色、男人、孩子和轭下的牛群,这一切都显示着力和美,或者说是优雅的美。尽管征服土地是一场剧烈的搏斗,但一切却都笼罩在一种恬美肃穆的氛围中。农夫看到障碍除去,牛群重又迈出平稳的步子,便收起怒容,恢复平静,一种质朴的人所特有的平静,并且怀着为父的满意心情注视自己的孩子,孩子也转身对他报以微笑。因为农夫刚才只是佯装发狠,不过是在表明自己精力充沛,稍一使劲就能应付裕如。然后年轻的父亲用浑厚的嗓音唱起一首庄严而哀婉的山歌。这山歌是本地自古以来世代流传的,并非所有的农夫都会哼唱,只有那些善于激发和保持耕牛活力的农夫才能掌握山歌的要领。这山歌的起源和流传都带有一种神圣和神秘的色彩。但迄今这里的人们仍然相信,耕牛干活久了,感到厌倦烦躁时,只要听到这歌声,便能生出活力。山歌的魅力就在于此。本领高强的农夫,光会扶正犁铧,驾驭牲口开出笔直的垄沟,是不够的。他还应当学会给牲口唱歌,这可完全是另外一门学问,需要具有全然不同的素质和技能。

其实,这山歌不过是一种可以随心所欲、时断时续哼唱的宣叙调。山歌的曲式不合规格,音调也不准确,无法按照音乐艺术的规定记录下来。但它仍不失为一支优美的山歌,歌声伴着农活的性质,同牲口的步态、静静的田野以及歌手的质朴气质之间有着一种完美的和谐,达到了浑然一体的境界。这种歌,要是不会农活的人,哪怕天分再高,也是创作不了的。而除了本地的种田好手,就是歌手也学不会演唱。山歌的调性似风儿吹拂,每到耕作季节,原野静悄悄的,只有耕者往返操作,此时这种柔和而有力的歌声便会在空中回荡,宛如轻风拂面一般。山歌仿佛有意识地运用了走调的方式,在每个分句终结处采用一个较前句末尾的音符高出四分之一音的微弱而颤悠的长音,这时歌手也总能运气自如,从容地把这些长得令人难以置信的音符一口气哼唱下来。这种表现方法是不合规格的。但它的魅力却难以言传。听熟以后,简直难以相信,此时此地,还能响起另外一种乐声而不至于破坏这一切的和谐。

于是我眼前的美景就同霍尔拜因的版画形成了对照,尽管两者的景色相同:一边是精力充沛的年轻人,健壮而充满活力的八头耕牛和一个漂亮孩子;另一边是忧心忡忡的老农,瘦弱疲惫的马匹和死神的幽灵。霍尔拜因描绘了绝望的情景,令人生出毁灭的意念,而眼前呈现的却是一派生机勃勃的景象,令人生出对幸福的向往之情。

于是我的脑际不由得同时浮现出卷首那首法文四行诗:你汗流满面……和维吉尔关于农民的幸福的感慨。眼前这一对父子有多美好!周围的环境多么富于诗意!他们从事的工作是多么伟大而庄严!他们干活时表现的又是多么优美的力量!于是在我心中便升腾起一种深深的怜悯和惋惜之情。农夫是幸福的!确实如此!若是我的双臂也能突然变得强劲有力,我的胸部也能生出力量,能够使大自然变得富饶并能为之讴歌,我真愿意成为这样一个农夫!但我的眼睛应当还能看见,我的头脑还能鉴别色彩和音响的和谐,曲调和线条的优美,总之还能欣赏万物所具有的神秘的美,特别是我的心灵应当还能感应神圣的感情,那创造不朽和精美绝伦所不可或缺的感情。

但是,天哪!这个农夫却从未掌握美的奥秘!他的孩子也永远不会领略美!……愿上帝保佑,别让我认为他们并不比自己驾驭的牲口高明,且不能不时时感到心旷神怡而忘却疲劳和忧虑。我看到他们那崇高的额头上有上帝留下的印记:他们生来就是土地的主宰,这是那些花钱置地者所无法比拟的。事实证明他们对这一点是能够意会的。因为谁要让他们背井离乡,都得自食其果。他们苦恋自己用汗水浇灌的土地。真正的农夫一旦穿上戎装去当兵,离开了生养他的土地,就会因思乡而愁闷至死。但是这样的农夫尚不能享受我所感知的一些乐趣。而这些精神乐趣本当属于他们,属于那广阔苍穹覆盖下的茫茫大地这座殿堂的创造者。但是他们却并未意识到自己的感受。那些让他们一出娘胎便注定要服苦役的人,固然没有剥夺他们梦幻和憧憬的能力,却剥夺了他们思考的能力。

这样的农夫并不是完美的。命中注定他们将一辈子处于童稚状态。但即便如此,他们仍然比让知识扼杀了感情的人们更为美好。你们这些人自以为将永远享有正当权利,可以对农夫颐指气使。但你们不能支配他们,因为你们犯了可怕的错误,让头脑扼杀了心灵。这表明你们是缺陷最多、最为盲目的人。我热爱农夫的质朴纯真,不欣赏你们那种矫饰的知识。若是让我描述农夫的生平,我会为能够揭示他身上那些温柔感人的素质而深感愉快。而你们即便去刻画他们的沉沦,也将无济于事。因为他们的沉沦正是缘于你们的社会制度下的严酷现实,缘于他们对这一切的蔑视。

我认识这个年轻人和他那漂亮的孩子。我了解他们的经历和身世。因为他们也有自己的故事。所有的人都有自己的故事,只要对此能充分意识到,就能从每个人身上发掘出那些值得著书立说的因素。……热尔曼是个平凡的农夫，一个庄稼人，但他了解自己的本分和感情。他诚挚而又清楚地向我讲述了他的生平，我听得津津有味。我久久注视着他犁田。然后我想到，为什么不写下他的故事呢？尽管他的生平像他犁出的垄沟那么简单而平直，丝毫谈不上曲折有致。

来年，这沟会给填平，重新犁出新沟。在人类的田野里，大多数人就是这样留下了自己的足迹，然后又消失了。一抔黄土就足以将它们覆盖！而我们犁出的垄沟却似墓地的坟头一般，不断在更新！农夫犁出垄沟，难道他们创造的价值还不如一些游手好闲的人物？而这些人只要举动荒诞不经，能够引起一些反响，就会在世上留下自己的名字……

好吧！让我把热尔曼这个种田好手犁出的垄沟，从忘却的虚无缥缈中挖掘出来吧！对此，他将一无所知，也不会感到不安。但我却乐于作此尝试！

三　莫里斯老爹

"热尔曼，"有一天他的岳父对他说，"你该打定主意再娶喽！我女儿去世，你当鳏夫已经快满两年啦。你的大儿子已经七岁。你快三十了，孩子。你也知道，在我们这里，男人过了这岁数就算老了，不好再成家啦。你有三个漂亮的孩子，一直到现在，他们都没给我们添过麻烦。我女人和儿媳照顾他们，疼爱他们，尽了本分。现在皮埃尔已经快长大了。他已经很会赶牛。他生得乖巧,已经学会在草场上放牛,力气也已不小,会饮马了。他已经不用我们操心啦。可是还有两个小的,我们都很疼他们。上帝知道,这两个孩子今年可没让我们少操心。我儿媳快临产了。她自己身边还有个小的。这孩子一旦出世,她就无法照顾你的小索朗日,特别是小西尔万啦。他还不满四岁,白天黑夜都让人不得安生。他像你,是个活泼好动的小天使。长大了会是个干活的好手。可眼下,他太缠人。我老伴老喽,已经跑不快啦,眼看孩子往沟边或牲口脚下跑去,却抓不住。再说,儿媳生下个小的,前面那个又得靠我老伴去带,至少要带一年。所以我们在为你的孩子担心,我们已经负担不了啦。我们不能眼看你的孩子没人照顾。一想到因为照料得不周到,孩子难免出事,我就很不放心。所以,你该续弦啦,我也该再有一房儿媳啦。孩子,你想想吧!我已经跟你提过好几次了。时间过得很快,岁月不等人。为了孩子,为了我们,你都该尽早续上一个媳妇,我们总盼着家里一切都能顺顺当当的。"

"好吧,爸爸,"女婿回答,"您一定要这么办,我自然要让您称心。但我不想瞒您,我会很难过的。我原来是宁可投水寻死,也不想再娶的。一个人只能了解自己失去的是什么,可没法知道能找到什么。我的妻子善良、美丽、温柔、有勇气。她孝敬父母,体贴丈夫,疼爱孩子,干活麻利,地里家里的活计她都能干,针线活也做得不错。总之,她什么都行。您把她嫁给我,我娶她的时候,并没有约定,一旦不幸失去了她,我就该把她忘记。"

"热尔曼,你说的这一席话表明你是好心人,"莫里斯老爹说，"我知道你爱我女儿，你给了她幸福。你要是能让死神满意，替她先走，现在卡特琳就会还活在世上，而躺在墓地里的就会是你了。你这么爱她，她也是当之无愧的。你还在伤心。我们也在伤心。不过，我的意思不是要让你忘了她。好心的上帝要她离去。我们没有一天不在怀念她，不论是在祈祷、思念、说话，还是在干活时，我们都在想念她。她走了，我们都很伤心。可是如果她在那边也能让你知道她的想法的话，那她一定会叫你给她留下的孩子们找个母亲。你要留心找个能够代替她的女人。这事情不容易办到。但也不是不可能办到的。等我们物色到合适的人选，你就应当像爱你女人那样爱护她。你是个好人，她能帮助我们，爱护你的孩子，你就会感激她的。"

"好，莫里斯老爹，"热尔曼说，"我还像过去一样，照您的意思办吧。"

"我的孩子，应当说，你确是常常听从家长的好意劝告的。让我们一起商量，看看该给你找个什么样的新媳妇吧。首先我不主张你找年轻的。你不该找个年轻媳妇。因为年轻人难免心浮。抚养三个孩子是个负担，尤其是前房的孩子。我儿媳要心眼儿好，乖巧温柔，又会干活。新媳妇要不是和你一般年纪，她就不会明白事理，不会愿意挑上这么一副担子。她会嫌你太老，孩子又太小。她会抱怨。那孩子就该遭罪喽。"

"我就担心这一条，"热尔曼说，"这些可怜的孩子要是受人虐待、嫌弃，挨人打骂，那可怎么得了。"

"上帝不会允许发生这种事的，"老人又说，"我们乡里善良的女人比坏心眼的女人要多。除非我们太傻才会挑不到合适的女人。"

"不错,爸爸,村里倒是有些心地善良的姑娘,有路易丝、西尔万娜、克洛蒂、玛格丽特……总之,由您挑吧。"

"别忙,别忙,孩子,这些姑娘不是太年轻,就是太穷。要不就是太漂亮。说到底,我们也得想到这一点,孩子,漂亮姑娘往往不那么稳重。"

"你想让我找个丑女人吗?"热尔曼有些不安。

"不,不找丑的。因为你女人还会给你生养。要是孩子长相不好,体质瘦弱,那就太叫人伤心了。依我看,得找个还算年轻,身体健康,长相平平的女人。这样的人对你来说最合适了。"

热尔曼有点伤感地说:"我看要找个您满意的,怕是水中捞月呢!尤其是您不愿找穷人家的女孩儿,而有钱人家的姑娘又不容易找。我还是再婚的。"

"她若也是再婚的呢?一个没有孩子又有点家产的女人,热尔曼。"

"据我所知,眼下我们教区里还没有这样的女人。"

"我也知道。但可以在别的地方找到。"

"爸爸,您心目中已经有人了。那您就快说吧。"

四　种田好手热尔曼

"是的,我已经相中了一个女人,"莫里斯老爹说,"她是个寡妇,娘家姓莱奥纳尔,夫家姓盖兰。住在弗尔什。"

“我不认识那女人，也不知道那地方。”热尔曼顺从地回答，情绪益发低落。

“她叫卡特琳，和你死去的女人一样。”

“卡特琳，是的，提起这名字，我就高兴。但我不可能像爱我死去的妻子那样爱她。我会很难受，因为我会更加经常地想到死去的妻子。”

“我告诉你，你会爱她的。她是个好人，心眼很好。我很久没见到她啦。以前她不算丑。但是现在她已不算年轻，有三十二岁了。她出身体面人家，一家人都很善良。她自己的地产就值八千到一万法郎。她有意再嫁，打算把地产卖了，到新居另外置地。我知道，她若是觉得你的性格脾气合适，就不会嫌你家境不好。”

“那么，您已经把这一切都安排好了？”

“对，不过还要看你们两个自己是不是乐意。等你们见面以后，自己商谈吧。这女人的父亲和我有点儿沾亲带故，过去他是我的好朋友。你也认识他，莱奥纳尔老爹。”

“是的，我见过您在集市上和他攀谈。上次赶集，你们俩在一起吃饭。他和您谈了那么久，就是为了这件事？”

“是的。他看着你卖牲口，觉得你办事很精明，长相也不错。看起来人很勤快，又明白事理。我把你的事对他说了，我还告诉他你在我们家已经有八年了。这些年来我们一起生活，一起干活，从来没红过脸，也没闹过别扭。你待我们一直很好。他听了就有意把女儿嫁给你。我呢，也觉得这个主意不坏。她本人名声很好，一家人都老实，家里的境况也不坏。”

“我明白，爸爸。我看您很看重他们家的境况。”

"那当然。难道你不在乎这个？"

"您若是在乎，为了让您高兴，我也会在乎的。不过您知道，我自己对家里赚的钱哪些该归我，哪些不该，对这些事我是从不操心的。银钱上的事我不在行。我脑子里装不进这种事。我会种地、使唤牲口、套车、播种、打场、割草。说到养羊、种葡萄、种菜、侍弄果树花木，您知道，这些都是您儿子的事。我不太插手。对于钱财，我记不清。我宁可吃亏也不愿争个一清二楚。我怕弄错了，要了我不该拿的。若不是账目简单明了，我就永远弄不明白。"

"那可不好，孩子。正因为这个，我才想让你娶个精明女人，好让她在我身后代替我的位置。你从不愿意清理账目。等我不在了，没人给你和我儿子判断是非，决定谁该分得多少，你会和我儿子搞不好关系的。"

"但愿您长命百岁，爸爸。别操心您百年以后的事。我决不会和您儿子争吵的。我相信您，也相信他。我自己没有家业。我这一份全是您女儿的，属于我的子女。所以我自己和你们家都可以心安理得。我不会计较。雅克也不会为了自己的孩子去盘剥他姐姐的孩子。他不光爱自己的孩子，也很疼爱姐姐的孩子。"

"热尔曼，这话你说对了。雅克是个好孩子，好兄弟。他是个正派人。但是他也可能走在你前头，在你们的孩子还没长大成人时就先离去。有了家就得老惦记着这些事：不能让孩子没有大人给拿主意，不能没有人为他们排解纷争。不然的话，就会去找讼棍插手，听任他唆使一家人为打官司花完钱财。所以，我们家要请进新人，不论是男人还是女人，都得想到有朝一日会由他或她来指点和照顾三十来个晚辈（子女、孙子、女婿、儿媳）的事情。……一家子能变得多么人丁兴旺，这一点谁都说不清楚。但是一旦蜂房太满，需要分房时，每只蜂便都会想带走自己那份蜜的。我招你做上门女婿时，我女儿有钱，你家里穷。我没怪她相中了你。我那时看出来你是干活的好手，我也知道我们乡里人，最好的财富就是你那样的一双手和一颗心。一个男人带着一双手和一颗心进了家门，带来的就够多了。女人可不一样，全看她们会不会持家。她们是不挣钱的。你现在已是父亲，再要娶妻，就得想到她还会生养。她的子女不可能分享前房孩子的遗产。万一自己不在了，孩子就会受穷，除非他们的母亲自己也有家产。你若是再给家里添丁进口，要抚养他们，家里就得增加花销，要是全靠我们——我们当然也会毫无怨言地把孩子拉扯大——一家人的收入就会减少。前房的孩子也会吃亏。家里若是人口不断增加，收入却不能相应增加，这个家就会破败下来，硬撑着也不济事。我就是这个看法。热尔曼，你掂量掂量，还是想办法去讨那女人的欢心吧！她人好又有钱，眼下就会给家里带来补贴，以后家里就会相安无事了。"

"就这样吧，父亲。我要想法让她喜欢我，但愿她也能让我中意。"

"这样，你就去看她，去找她吧。"

"上她那儿去吗？到弗尔什去？离这儿太远了，对吗？这个季节，我们可没工夫跑外啊！"

"要是去谈恋爱，就得打算多花时间。不过你们这件事是由于条件相当。若是两个人都不拿腔作势，彼此都明白自己的要求，那么很快就能拿定主意的。明天是星期六，你可以早一点收工,吃完午饭,大约下午两点,你就可以动身。夜里你就能到弗尔什。眼下夜间月色很好,路也好走,总共不到三里①地,就在马尼埃附近,再说,你可以骑上那匹牝马。"

"天气很好,我可以走去。"

"对,可这马儿很漂亮,骑上它去求亲会显得体面些。你穿上新衣服,带上点像样的野味送给莱奥纳尔老爹。你就说是我让你去的。可以先和他聊聊。星期天你可以和他女儿一起度过。下星期一你就可以带着成或不成的消息回来了。"

"好吧。"热尔曼平静地回答。但他心中却不那么平静。

热尔曼和许多勤劳的农夫一样,一直安分守己地生活着。他在二十岁上结婚,一生只爱过一个女人。尽管性格活泼、诙谐,但自鳏居以来,他就不再与姑娘们嬉笑逗乐了。他在内心深处始终忠贞不贰,总不能忘情于自己的亡妻。所以他虽听从岳丈的劝告,心里却不免惆怅、畏怯。不过岳丈一向持家有方。热尔曼则一心扑在全家人的安康上。家长既是一家之主,热尔曼不敢设想,还有可能违拗他的旨意,不听他的忠言,背弃全家的利益。

但他却很忧伤。几乎没有一天他不为亡妻哀悼哭泣。他已开始感到孤独。但他害怕续弦,宁愿独自哀伤。他模模糊糊地自忖,一旦产生爱情,他可能会得到安慰。因为只有爱情才能令他摆脱苦恼。但是爱情却是可遇而不可求

---

① 指法国古里,一里约合四公里。

的。莫里斯老爹出于冷静的考虑要他缔结的良缘,那个他从未谋面的女人,可能还有众人交口称赞的那女人的品德,这一切都令他思索。于是他离去了,边走边思索着。他这种人想法不多,不善于权衡利弊,没有想到应当为自己多加考虑,应当反抗岳父的成命。他只是苦苦地思索着,默默地忍受着痛苦。对于面临的不幸,他只知听天由命而不会稍加抗争。

莫里斯老爹已经返回农场。夕阳西下,夜幕将临,热尔曼借着黄昏时分的夕照,补上了屋边围墙上那个让羊拱开的缺口,重新插上荆条,用泥块堵好。这时画眉已在邻近的灌木丛中鸣啭,似乎催他早早上路,好待他离去,便飞过来审视他砌的墙。

五　吉耶特大妈

莫里斯老爹进了家门,看到邻居家的一位大妈来找他女人闲聊,顺便来借火种。这女人住在离农场不远的破茅屋里。但她很好强,办事也有条理。她把那间简陋的住房收拾得整整齐齐,一尘不染,衣服也经过精心缝补。可以看出来,老妪虽然家境贫寒,但却很自爱自重。

"您是为了生火烧晚饭来借火种的吧,吉耶特大妈?您还要什么吗?"老头儿问。

"不要了,莫里斯老爹,"她回答说,"这会儿什么都不要了。我不是个不知餍足的人,这您是知道的。我也不会滥用朋友的好意。"

"这倒是实话。所以您的朋友总愿意给您帮忙。"

"我刚才和您女人闲聊,我问她,热尔曼是不是已经拿定主意,要续弦了。"

"您不爱多嘴多舌,"莫里斯老爹说,"跟您说话不用担心招惹是非。所以我可以告诉我女人和您,热尔曼已经拿定主意了。他明天就动身去弗尔什。"

"太好了,"莫里斯大妈嚷道,"可怜的孩子,愿上帝保佑他寻的女人也像他那么善良、正派。"

"怎么,他要去弗尔什?"吉耶特大妈插话说,"事情真巧。对我来说,这太方便了。刚才您不是问我还有什么事吗?莫里斯老爹,告诉您,您真可以给我帮忙呢!"

"说吧,说吧,我们很乐意给您帮忙。"

"我想求热尔曼把我女儿捎上。"

"捎到那儿去,到弗尔什去吗?"

"不是到弗尔什,而是到奥尔漠去。她要到那儿去待到年底。"

"什么,您要同女儿分开?"莫里斯大妈问。

"她应当出去帮工,好挣点儿什么。我很难过,可怜的孩子也不轻松。圣约翰日时,我们还没有拿定主意。现在圣马丁日已到了。她找到一份好差使,到奥尔漠农场去放羊。那边的农场主前些日子去赶集,回家时路过这里,见到小玛丽在公地上放牧她那三头羊,就对她说,孩子,你不算忙吧!一个牧羊女只看三头羊,这可算不了一回事。你想放一百头羊吗?我可以带你去。我们那边的牧羊女病了,回家去了。你若是能在下周内到奥尔漠农场来,从年底干到明年圣约翰日，我们付你五十个法郎。孩子回绝了。可是晚上回家以后，她见我发愁，担心没法过冬，因为仙鹤和大雁比往年提前一个月就已南飞，今年冬天一定又冷又长，于是她就想到这件事，并且对我说了。我们俩都哭了。不过最后还是鼓起了勇气。我们想，我们不可能在一起过冬，因为地里的东西只够一个人吃的。再说，玛丽已经长大了（她快满十六了），她就得和别人一样，外出谋生，帮她可怜的妈妈一把。"

"吉耶特大妈，"老农夫说，"要是五十个法郎就能让您宽心，免得您把孩子远送，说真的，我倒可以给您想个办法。尽管像我们这样的人家，弄五十个法郎也不容易。不过不论做什么事，既要顾念友情又要善于谋划。即便您可以不为今年冬天发愁了，可是以后又怎么办呢？您女儿要是不早打主意，母女俩以后就更难舍难分了。小玛丽长得高大健壮，她在家里没事可做，可能会养成懒惰的坏习惯呢……"

"这我倒不担心，"吉耶特大妈说，"玛丽很勤快，比起那些管着一大摊事的有钱人家的女儿，她并不差。她一刻也不闲着，手头没活计的时候，就擦拭我们家的破家具，一件件都让她擦得像镜子那么亮。这孩子真像金子一样。要是能给你们家放羊，我当然就不会把她远远地送到不相识的人家去。要是早打主意，今年圣约翰日，您就会雇上她了。不过现在你们家人手已经齐了，我们只能等明年圣约翰日再说了。"

"我真心实意答应您，吉耶特。我会很高兴的。不过眼下，她最好能出去学点儿本事，养成给人帮工的习惯。"

"是的,事情已经定了。奥尔漠的农场主今早捎话来了。我们也已应承了。她该走了。只是这孩子不认识路。离这么远,我可不能让她单独出门。既然您女婿明天要去弗尔什,他完全可以带上她。听人说,好像玛丽要去的地方离弗尔什很近。我自己可从来没有去过那边。"

"是挨得很近。我女婿会带上她的。那是我们应该做的。他可以让玛丽也骑上马,坐在他身后,免得她走多了费鞋。瞧他回来吃晚饭了,热尔曼,吉耶特大妈的小玛丽要去奥尔漠放羊,你明天带她一起走,行吗?"

"行。"热尔曼回答。他心里不痛快,但仍然乐于助人。

在我们上流社会里,做母亲的绝不会这么安排,把十六岁的女儿托付给二十八岁的男人(实际上,热尔曼才二十八岁)。尽管乡里人认为男人到这岁数已经太老,不宜成婚了,热尔曼却仍不失为当地最漂亮的男子。大多数农夫做了十年农活,就会累得憔悴消瘦,弓腰曲背。他却不同,就是再干十年也不会显老。姑娘若不是对年龄的成见太深,就会发现热尔曼脸色滋润,眼睛像五月的晴空,又蓝又亮,嘴唇红润,牙齿整齐,身体矫健,犹如未离牧场的儿马。

大城市里固然世风日下,在某些偏僻的乡间,民风却仍然古朴淳厚。在贝莱尔地区,莫里斯一家的老实忠厚是有口皆碑的。热尔曼是去相亲的。玛丽还太年轻,家境又过于贫寒,因此热尔曼不可能对姑娘怀有非分之想。再说,除非他心术不正,丧尽天良,他就决不会对姑娘心怀不轨。就这样,莫里斯老爹放心大胆地让他带着这个漂亮姑娘骑马上路了。至于吉耶特大妈,她也会认为自己倘若去提醒热尔曼尊重玛丽,把她当妹妹照顾,就不啻侮辱热尔曼一般。

玛丽一再同母亲及女友们吻别后，才哭哭啼啼地跨上马去。热尔曼心里也不好过，又很可怜姑娘，出发时他心情异常沉重。邻近的住户挥手向玛丽告别，谁也没有往坏处去想。

六 小皮埃尔

小花是一匹年轻健壮的漂亮牝马。它驮着两个人，毫不费劲，垂下双耳，嚼着马衔，显出一匹骄傲、活跃的牝马的本色。走过那片长方形的草地时，小花看到母亲老花——母亲和它一样都叫花马，便嘶叫着向它告别。老花走近篱笆，沿着草地边上一路小跑，跟随着崽子，蹄上的铁环叮当作响。然后它见小花奔驰而去，便也嘶叫起来，不安地仰着鼻子，口里满是草料，却无心去咀嚼。

"这头可怜的牲口总能认出自己的崽子。"热尔曼说，他是想排遣玛丽的愁怀，"它让我想起我的小皮埃尔。走时，我没和他吻别。这坏孩子走开了。昨天晚上，他想让我答应带他去，躺在床上整整哭闹了一个小时。今天早晨，他还千方百计逼我带他走。他真是又机灵又淘气。待他明白办不到时，便生起气来，自己跑到田里去了。我一整天都没再看到他。"

小玛丽使劲憋住眼泪，说道："我倒看到过他。他和苏拉家的孩子们跑到林子边上去了。我猜想他已离家很久。因为他很饿，在吃野果和灌木丛中的桑果。我把自己当点心的面包给了他。他说，谢谢你，亲爱的小玛丽。等你上我们家来时,我会给你吃薄饼。热尔曼,您这孩子真可爱!"

"是的,他是挺可爱,"农夫说,"我明白,为了他,我什么事都会乐意去做。我见这可怜的孩子哭得那么伤心,好像他小小的心儿都快哭碎了,要不是他外婆比我冷静,我真会把他带上的。"

"对了,热尔曼,您为什么不把他带上呢?他不会给您添麻烦的。只要依了他,他会很听话的。"

"带他上我要去的那地方好像是多余的。至少这是莫里斯老爹的看法……可是我,我原想应该带上他,看看那边怎么对待他。这么可爱的孩子总该招人喜欢的……可家里却说,一开始不该让人看到你有家累……小玛丽,我真不明白自己为什么要和你谈起这些事。你不会理解的。"

"哪儿的话,热尔曼,我知道您要再娶啦!我妈告诉我的。妈妈还让我别多嘴,在你们家,在农场都不许说。您放心吧,我会严守秘密的。"

"不说就好。因为事情还没有办成。也许那女人看不上我。"

"但愿结果正相反。热尔曼,她为什么会看不上您呢?"

"谁知道呢?我有三个孩子,对于一个不是他们生母的女人来说,这个负担太重了。"

"不错。但您的孩子和别人家的孩子不同。"

"这是你的看法吗?"

"他们都很漂亮,像小天使似的。孩子们也都很有家教,简直找不到比他们更可爱的孩子了。"

"可西尔万就不太听话。"

"他还小呢！他当然会淘气的,不可能不淘气。可是他多聪明！"

"他确实聪明。胆子也大。他不怕母牛也不怕公牛。要是不把他管住,他早就和哥哥一起去骑马啦！"

"要是我,就会带上大孩子。有了这么漂亮的孩子,人家一眼就会看上您的。"

"如果那女人喜欢孩子,就会看上。可她若是不喜欢孩子呢？"

"哪有不喜欢孩子的女人？！"

"我想这种女人不多。可总还是有的。我就担心这一点。"

"这么说,您一点都不了解那女人？"

"不比你更了解。我担心见了面也不会更了解。我不是个多疑的人。听到好话,我就相信。可是事后懊悔也不止一次了。因为言语到底不是行动啊！"

"听说她人很老实。"

"听谁说的？莫里斯老爹？"

"对,听您岳父说的。"

"可他也不认识那女人。"

"反正您快见到她了。您仔细看看。但愿您不要看错了人,热尔曼。"

"喂,小玛丽,你别直接去奥尔漠啦。我想让你一起去看一看。你很细心,一向聪明伶俐,对什么事都很留心。要是你看出点什么,可以悄悄告诉我。"

"不行,热尔曼,我不能去。我害怕会看错的。再说,我若是随便说些什么,搅了您的亲事,您的岳父母会埋怨我的。现在这些事就够我操心的了,不能再给我可怜的母亲添麻烦了。"

他们两人正聊着,小花马突然竖起耳朵惊跳起来,然后又往回走到灌木边上,刚才就是灌木丛中有什么东西使它受惊。热尔曼朝灌木丛瞥了一眼,发现刚修剪过的圆顶橡树那密密的绿叶下的小沟里像是躺着一只小羊羔。

"这小羊迷了路,要不就是死了,"他说,"因为它一动也不动。可能还有人在找它。得去看看。"

"不是牲口,"小玛丽嚷道,"是个孩子,他睡着了。是您的小皮埃尔。"

"什么!这小无赖怎么跑到这沟里睡觉来了,离家那么远,也不怕挨蛇咬。"热尔曼说着跨下马来抱起孩子。孩子睁开眼微笑着,搂着热尔曼的脖子。

"小爸爸,带上我吧。"

"好,又是这一套。坏孩子。你在这里干什么?"

孩子说:"等我爸爸走过。我一直在望大路,望着望着就睡着了。"

"我走过时要是没有看见你,你不是会让狼给叼去了吗?"

"我知道你会看见我的。"小皮埃尔充满信心。

"现在,皮埃尔,亲亲我,跟我再见,快回家去,要不你会误了晚饭的。"

"你不带我走?"孩子边嚷边揉眼,看来又要哭。

"你知道外公外婆不愿让你走。"热尔曼知道自己说话不灵,只能求助于老人的权威。

可是孩子不听他的劝告,当真哭了起来。他说爸爸既能带小玛丽,也就能带上他。热尔曼说要穿过大森林,林子里有很多凶恶的野兽,会吃孩子。小花不想驮三个人,出发的时候就已说好,要去的地方没有孩子的铺位,也没有他们的饭食。可是这些高明的理由根本说服不了小皮埃尔。他躺在草地上打滚,叫嚷爸爸不喜欢他,说什么不带上他,他就白天黑夜都不回家。

作为父亲,热尔曼的一颗心既温柔又软弱,简直像个女人。妻子去世以后,他不得不单独照顾孩子,一想到孩子没有母亲格外需要怜惜,就会心疼。他的内心激烈斗争着。他为自己的软弱而羞愧,又想在小玛丽面前掩饰,直急得额上渗出了汗珠,眼圈开始发红,好像自己也要哭了。最后,他试图发火。可他回头去望小玛丽,似乎有意表明自己意志坚强,却发现好心的姑娘已经泪流满面。于是他失去了一切勇气,再也控制不住自己的泪水,尽管他还在责备和恐吓孩子。

最后小玛丽说:"您太狠心了。要是我,见到孩子这么伤心,我绝不会再拒绝他的。热尔曼,带上他吧。您这匹牝马很壮实,已经习惯于载上两个大人和一个孩子。您也知道,每星期六,您的内弟和他女人(她可比我沉多了)都要带着孩子骑上这匹马儿去赶集的。您可以把孩子放在马背上,坐在您前面。再说,我宁可自己步行也不愿让孩子受委屈。"

热尔曼早已打算让步,便忙回答:"你不用下马。小花马很壮,只要能坐得下,再驮上两个都行。可是一路上我们怎么照顾孩子呢?他会喊冷、喊饿的……今晚和明晨,谁来照顾他上床、洗脸、穿衣呢?那女人我不认识,可不敢麻烦她。她或许还会认为一开始我就这么对待她是太不客气了。"

"热尔曼,从她是喜欢还是讨厌孩子,您马上能了解到她的为人。相信我。再说,她若是讨厌您的孩子,就让我来照顾他。让我到她家去给孩子穿衣,明天再把他带到地里去。我可以和他玩上一整天。我会尽心尽意照顾他的。"

"可怜的孩子,他会叫你讨厌,叫你为难的。整整一天,时间太久啦!"

"恰恰相反。我会高兴的。我到这陌生的地方来,心里很难受,第一天有他给我做伴,会好过些,会觉得自己还在家里。"

孩子看到小玛丽为他说话,就紧紧抓住她的裙子,他抓得那么紧,若是想把他扯开,非伤着他不可。他见父亲让步,就用两只让阳光晒红的小手捧起小玛丽的手亲吻,一边高兴地跳着蹦着,一边把她拉到马儿跟前。孩子们有心要办什么事时,总是那么急不可耐的。

"好了,好了,"姑娘抱起孩子说道,"这孩子的一颗心跳得像鸟儿。让我好好抚慰他吧。夜里你要是觉得冷,就告诉我,小皮埃尔。我会把你裹在我的披风里。亲亲你爸爸。求爸爸原谅你耍了赖。告诉爸爸你再也不耍赖了。听见了吗?"

"对,对,还得我老顺着他,对吗?"热尔曼说着用手帕给孩子擦拭眼睛,"啊,玛丽,你替我把这孩子给宠坏了。这个调皮鬼……说真的,小玛丽,你真不错。我不知道为什么今年圣约翰日没有请你上我们家来牧羊。你若是来了,就能替我照顾孩子啦。我宁可重重酬谢你,请你照顾孩子,也不愿去找那么个女人。她只要不嫌弃孩子就会认为给了我很大的恩惠。"

"别老往坏处想。"小玛丽回答。她牵起马缰绳，让热尔曼把孩子放在铺着羊皮的大马鞍的前半部分，"您妻子若是不喜欢孩子，明年您还可以雇我看孩子。放心吧，我会让他们高高兴兴，对别的事情一概都不放在心上的。"

七 在荒原上

"糟了，"他们刚走出几步，热尔曼就说，"这小人儿老不回家，家里人会怎么想呢？他们会着急的。还会四处找寻。"

"您去告诉那边的养路工，说您把孩子带走了，让他转告家里。"

"不错，玛丽，你什么都想到啦。我倒没想到冉尼在附近干活。"

"正好。他家离农场很近。他不会忘记替您捎话的。"

他们办完这事，热尔曼才又策马快跑，小皮埃尔高兴得一时竟忘了自己还没有吃饭。可是马儿一跑一颠，他的肚子很快就饿了。刚走出一里地，他便开始打呵欠，脸色发白，说是自己饿得要命。

"怎么样，开始闹了吧。我早料到走不多远，这位先生就会喊饿喊渴的。"

"我是渴了。"小皮埃尔说。

"好吧,让我们到吕贝克老妈妈的晨曦酒店去吧,招牌挺美,可店不怎么样。来吧,玛丽,都来喝杯酒吧。"

"不,不,我什么都不要。"她说,"您带孩子进去,我来看马。"

"我才想起,好孩子,你把自己的面包给了我的小皮埃尔,你还一直没吃饭。在我们家,你也不肯吃饭,只顾啼哭啦。"

"我那时不饿,我心里太难过了。说实在的,现在我也不想吃。"

"得勉强吃一点,孩子。不然你会病倒的。我们还有一段路要走。到了别人家里不能像饿鬼似的马上就要面包,连声好都顾不上问。我给你做个榜样。虽说我也没胃口。可我能吃,因为我没吃过饭。那时我见你和你妈妈哭,心里也很乱。来吧,来吧,我把马儿拴在门上,下马吧,我要你下马!"

他们一行三个人进了晨曦酒店。不到一刻钟,胖胖的跛足老板娘就给他们端来一盘很像样的炒鸡蛋、麸皮面包和淡红的葡萄酒。

乡里人吃饭本来不快,小皮埃尔胃口又大,到热尔曼想起该赶路时,已经过了一小时。开始,小玛丽只是出于礼貌,陪着他们进餐。但是渐渐地,她也感到饿了。因为十六岁的孩子是不能长时间不进食的,而野外的空气又特别好。热尔曼给她鼓劲,一直好言相劝。她听了劝告,尽量去想七个月的时间很快就会过去,想象回到茅屋和母亲团聚时会多高兴。因为莫里斯老爹和热尔曼都已答应请她帮工。于是她开始和小皮埃尔逗乐打闹。这时热尔曼突然想到让她从酒店的窗口往外观赏山谷的景色。酒店位于高处,居高临下,山谷那郁郁葱葱、生机勃勃、繁荣茂盛的美景可以尽收眼底。但他这个念头太糟糕。因为小玛丽一看就问从这里能否望见贝莱尔的房屋。

"当然可以,"热尔曼回答,"农场和你们家,都能看到。你看那个小灰点儿,离戈达尔的大白杨树不远,从钟楼往下看就是你们家。"

"啊,我看见了。"小玛丽说着又哭了起来。

"我不该让你想家的,"热尔曼说,"我今天尽干傻事。来吧,玛丽。上路吧。白天天短啦。再有一小时,太阳就落山啦。月亮上来后,天气就不暖和了。"

他们重新上路,穿过满是野草的荒地。热尔曼不敢策马快跑,怕累着玛丽和孩子,只是让马儿缓行。待他们离开大路,进入林子时,太阳已经西沉。

通往马尼埃的路,热尔曼都认识。但他不想走尚特卢普大道,以为走普雷尔和古墓那边,路会更近一些。但这条路,他平时赶集时不常走。他走错了路,进林子以前又耽误了一点时间,而且他没发现,自己进林子时把方向弄错了。结果他是朝着与弗尔什相反的方向——阿尔丹特走去。

热尔曼未能辨明方向是由于夜幕降临时下了大雾。秋季夜雾浓重,在银白色的月光下,夜变得益发迷茫朦胧。林中空地的大水潭上水汽蒸腾,他们的马儿穿行时,只有马蹄溅水的声响,马儿艰难地从泥泞中拔足的劲头让他们意识到自己是在穿越水潭。

他们最后找到一条笔直易走的小路,走到尽头时,热尔曼想看一看究竟身在何处,这才发现自己迷了路。因为莫里斯老爹给他指路时曾经说,出了林子得走下一处陡坡,穿过一片大草原,并且两次涉水过河。老爹还告诫他过河时要留神,因为夏末秋初下过几场透雨,河水可能已经上涨。热尔曼眼前既不见陡坡也没见草原和小河,只有一片雪白的荒原。于是他站住脚,想找一户人家或一个行人打听去向,结果却一无所获。于是他又返回林子。但是雾已更浓,月亮完全被遮住,路面又崎岖不平,满是深陷的泥坑。马儿有两次几乎跪倒。它的负荷很重,逐渐难以支撑,但它仍能小心地不往树干上撞。只是没法让背负的人儿避开路上那些与他们头部一般高的枝丫。这很危险。热尔曼的帽子让树枝挂掉了,好不容易才找回来。小皮埃尔已经睡熟,像一个口袋似的来回晃动,挡着父亲的双臂。这样热尔曼既坐不稳也没法驾驭马儿。

"我们大概是中邪了,"热尔曼说,"因为这片林子不大,除非喝醉了酒,一般是不会迷路的。可我们在这里至少已转悠了两个小时还没出去。马儿一心只想回家,就是它让我们走错了路。要是我们也想回家,那就听任马儿走去。可或许我们离过夜的目的地已经很近了,再返回去重新长途跋涉,那简直是发疯。可我也不知道该怎么办,我连天地都分不清,我担心老待在该死的浓雾中孩子会发烧,又怕万一马儿失蹄,孩子让我们给压坏。"

"别再走了,"小玛丽说,"下马吧。热尔曼,把孩子给我。我会好好抱着他。我比您有办法,不会让披风抖开,害他着凉。您去牵马缰绳。下了地,可能会看得更清楚些。"

他们下了马,不过是避免马儿失蹄而已。因为大雾弥漫,似乎紧贴着潮湿的地面,路又难走。很快他们就感到疲急不堪,遇到大橡树下一块干地就停步不前了。小玛丽大汗淋漓,但她既不抱怨也不着急,一心只扑在孩子身上。她坐在沙地上,把孩子放在自己的膝头。热尔曼把马缰绳系在树枝上以后,就到附近去查看。

但是马儿对长途跋涉已经厌烦,它用劲一扭腰,挣脱缰绳,扯断肚带,一连五六下,把蹶子尥得比头还高,往矮树丛奔去,表示不用人指点,它也能找到回家的路。

热尔曼白费力气,没能抓到马儿。他说:"我们只能步行了。就是找到该走的路也没有用。因为还得涉水过河。既然路面都已积水,可见草地也让河水淹没了。我们又不认识别的路,只能待雾散去。再有一两个小时就行了。等到看清楚了,再去找户住家,就找在林边遇到的第一户人家。但是眼下我们不能离开这里,我不知道往前还会遇到什么,是一道沟,还是一片塘。至于往后,我也不知会遇到什么。因为我不清楚我们究竟到了哪儿。"

八 大橡树下

"好吧,热尔曼,耐心等待吧,"小玛丽说,"这个小高坡很不错。雨水不会透过密密匝匝的橡树叶子。我们还能架起篝火。我觉得这里有些离了土的老树根,已经很干燥了,可以烧着的。热尔曼,您有火种吧。刚才您还抽过烟斗呢。"

"刚才是抽过。我把火镰放在马鞍上的口袋里了,和打算送给那女人的野味放在一起。该死的马儿把什么都带走了,连我的大衣也带上了,马儿会把大衣弄丢或是在树枝上挂破的。"

"不对,热尔曼,马鞍、大衣、口袋都在您脚边的地上。马儿扯断了肚带,走时把什么都留下了。"

"对,对,上帝啊!"农夫说,"要是能摸到一点儿干柴,就能把衣服烤干,身上也会暖和些。"

"这并不难,"小玛丽说,"脚下到处是吱吱作响的干柴。您先把马鞍递给我。"

"你要干什么?"

"给孩子搭一张床。不对,不是这么放,要翻个个儿,这样孩子就不会从边上滚下来。马鞍背面还留着马背的余温呢。把那边的石块拿来垫在四边。"

"我看不见石块。难道你长着一双像猫儿一般的眼睛。"

"瞧,床搭好了,热尔曼,把您的大衣递过来。让我把小皮埃尔的小脚给裹上,把披风给他盖在身上。您看他躺在这儿并不比在床上差。摸摸他身上有多暖和。"

"真的,玛丽,你挺会带孩子。"

"这不费事。现在,把火镰从口袋里找出来。我来堆柴火。"

"这种柴永远也烧不着,太潮了。"

"您什么都怀疑,热尔曼,您难道不记得放羊的时候,下雨天还在地里生着过火。"

"对了,这是放羊孩子的拿手好戏。我可是刚会走路,就当上牛倌了。"

"难怪您的双臂很有劲,一双手却不够巧。篝火堆好了。您看看它着不着。把火种给我,再找一把干草。好,吹吧!您没有肺病吧?"

"我想没有。"说着,热尔曼像风箱似的吹着火。过了一会儿,火着了,闪着红光,最后在橡树枝叶下发出蓝幽幽的光焰,驱走了雾气,烤干了周围的空气。

"现在我要坐在孩子身边,免得火星掉在他身上,"姑娘说,"您来添柴,把火烧旺,热尔曼,我担保我们既不会发烧也不会感冒。"

"天哪,你真聪明,"热尔曼说,"你像黑夜的女巫,真会烧火。我又觉得有精神了,心里也踏实了。刚才我想到两条腿膝盖以下都打湿了,还要熬到天明,就很恼火。"

"人一心烦就不机灵啦!"小玛丽说。

"你从不心烦吗,小玛丽?"

"不,从不,那有什么用?"

"当然没用。可遇到麻烦,怎能不烦?上帝知道,可怜的孩子,你的烦恼可真不少。你从来没有过上好日子。"

"是的,我可怜的母亲和我,我们都受过苦,有过烦恼。不过我们都顶住了。"

"活儿再重我也能顶下来,"热尔曼说,"但是我不能忍受贫困。因为我从不缺吃少穿。我女人让我过上了殷实日子。现在还没有变。只要我还能在农场干活,日子就过得去。但愿这种日子能够长久。不过每个人都有自己的难处。我也受了不少苦,和你们不同就是了。"

"是的,您失去了妻子。真可惜!"

"是吗?"

"我为她流了很多眼泪，热尔曼。她多么善良。好啦，热尔曼，咱们别再谈论她啦。不然我又要为她流泪了。今天，我把所有不痛快的事都想了起来。"

"她是很喜欢你的，小玛丽。她很看得起你和你的母亲。怎么，你哭了。别哭，孩子，我不愿意哭，我……"

"可是您哭了，热尔曼，您也哭了。男人不必为哭妻子而感到难为情。不用不好意思，哭吧！我愿意分担您的痛苦。"

"你的心肠好，玛丽，和你一起流泪我心里好过了些。把你的脚伸到火堆跟前来。你的裙子也湿了。让我坐在孩子身边，你过来好好暖暖身子吧。"

"我很暖和，"玛丽说，"你要愿意就坐在大衣角上，我这样很好。"

"真的。这样确实不坏，"热尔曼紧挨着玛丽坐下来，"我只是饿得有点儿难受。已经是晚上九点了。路上这么难走，我觉得很吃力，简直累坏了。你不饿吗，小玛丽？"

"我吗？我一点儿不饿。我不像你，习惯于一天吃四顿。我经常不吃夜宵就上床睡觉。再来这么一次，我也不会大惊小怪。"

"真的，有个像你这样的女人倒挺不错，不用多少花销。"热尔曼微笑着说。

"我不是女人，"小玛丽天真地说，没有察觉农夫说这话时语气里的微妙变化，"您是在说梦话吧？"

"对，我想我是在做梦。大概因为饿了，才胡思乱想起来。"热尔曼回答。

"您真贪吃，"小玛丽说，她的情绪也逐渐好转了，"您要是每隔五六个小时不吃东西就不成,那您的口袋里不是有野味吗?这儿不是也有烤野味的火吗?"

"唉,这真是个好主意。可是待会儿拿什么给未来的老丈人送礼呢?"

"您有六只山鸡和一只野兔,我想您没有那么大胃口,一顿能把它们全部吃光的。"

"在这儿烤野味,既没有铁叉又没有烤箱,非烤成焦炭不可。"

"不会的。让我来把野味放在灰里烤熟,不会带烟熏味儿。难道您不曾在野地里逮过百灵,把鸟儿夹在两块石头中间烤熟吗?对了,我忘了您没放过羊。来吧,把这只山鸡的毛拔掉。别那么使劲,您会连皮一块儿扯下来的。"

"你来拔一只给我看看。"

"您想吃两只鸡?胃口真大!来吧。都去了毛了。我来烤。"

"你可以当个出色的随军小贩,小玛丽。可惜你没有流动餐车。我也只能喝这池塘里的水了。"

"您是想喝酒吧?可能还想要咖啡?您以为这儿是集市上的凉棚茶座吗?那您就招呼店家,给贝莱尔的种田好手拿酒来吧。"

"啊,小坏蛋,你在取笑我。难道有酒你也不喝?"

"我吗?今天傍晚,我在晨曦酒店和您一起喝了酒。这是我生平第二次喝酒。您要是安安分分的,我就给您拿一瓶酒来。差不多满满一瓶的好酒。"

"怎么,玛丽,你是女巫吗?"

"在晨曦酒店,您不是傻乎乎地要了两瓶酒吗?您和孩子喝了一瓶,又在我跟前放了一瓶。我只喝了两三滴。可是您连瞧都没瞧就付了账。"

"后来呢?"

"后来,我把没喝完的酒放进篮子,心想这一路上没准儿您或孩子会口渴的。瞧,酒来了。"

"你真是我见到过的最细心周到的孩子。这可怜的孩子离开酒店时还在哭呢。可她还是想到了别人。小玛丽,谁要是娶你,准不会是个傻瓜。"

"但愿如此。因为我不会喜欢傻瓜的。来吧,来吃您的山鸡吧。烤得火候正合适。没有面包。将就吃些栗子吧!"

"天哪,你这又是从哪儿弄来的栗子?"

"何必大惊小怪! 一路上顺便伸手从树上摘的。我把衣服口袋都装满了。"

"栗子也烤熟了?"

"要是火点燃以后,不随手放上栗子,那我不就白长脑袋了? 在田里都是这么干的。"

"好啊! 小玛丽,我们一起吃晚饭吧! 我要为你的健康干杯,祝你如愿以偿,找到一个好丈夫……给我说说你是怎么想的吧。"

"我说不清,热尔曼,因为我还没想过这事。"

"怎么,一点儿都不想,从来都没有想过?"热尔曼说着就开始像一般农夫那样开怀大嚼起来。但他把山鸡最好的嫩肉都留下来递给女伴。小玛丽执意不要,只吃了几颗栗子。"小玛丽,给我说说吧,"见她无意答话,热尔曼便又说道,"你还不想结婚,可你已经到年龄了。"

"可能想过。但我太穷，要想成家，至少也得有一百个金币。我得干上五六年才能攒够这样一笔钱。"

"可怜的孩子。我想让莫里斯老爹给我一百个金币，转送给你。"

"太感谢您了，热尔曼。可是别人会怎么议论呢？"

"你以为会怎么议论？大家都知道我年龄太大，不适合娶你。所以别人不会想到我……和你……"

"啊，农夫，您的孩子醒了。"小玛丽说。

九　晚　祷

小皮埃尔坐起身来，若有所思地四下里张望着。

"这孩子听到有人吃东西总是这样，"热尔曼说，"炮声不能把他惊醒。可是只要有人在他身边嚼些什么，他就会马上睁开眼睛。"

"您像他这么大时，一定和他一样调皮，"小玛丽微笑着说，神情揶揄，"来吧，小皮埃尔，你是在找床顶吧。孩子，今晚绿荫给你充当床顶。可你父亲照常吃着晚饭。你想和他一起吃吧？我没把你那一份吃了。我就想到你会要吃的。"

"玛丽，你也得吃，"农夫嚷道，"我不吃了，我嘴馋，是粗人，你呢，你倒省下东西给我们吃，这不公道。让我很过意不去。瞧，这下我的食欲也没有啦。要是你不吃，我也不让孩子吃。"

"别跟我闹,"小玛丽说,"我们是否有胃口,不能听你的。今天,我已经没了胃口。而你的皮埃尔却胃口大开,活像一只小狼。瞧他已经开始狼吞虎咽了。他长大后一定也是一个粗壮的农民。"

果然,小皮埃尔刚醒过来,既不知身在何处,也不知为何在此,就开怀大嚼起来,真是有其父必有其子。孩子们改变了生活习惯总会激动兴奋。小皮埃尔吃饱后果然兴冲冲地开始问话,表现出异乎寻常的好奇心和联想力。他探听自己身处何地,听说在树林深处,便露出胆怯的神色。

"林子里有凶恶的野兽吗?"他问父亲。

"没有,绝对没有,别害怕。"他父亲说。

"可你对我说过,我不能跟你出来,是因为大树林里有狼,会把我叼走。那你是撒谎了?"

"瞧你这孩子,还真刨根问底的。"热尔曼发窘了。

"他说得对,"小玛丽说,"你对他说过这话。他的记性好,想起来了。不过,小皮埃尔,记住,你父亲从不撒谎。你睡着时,我们已经穿过大树林。现在,我们在小林子里,这里没有恶兽。"

"小林子离大树林远吗?"

"很远,野狼从不离开大树林的。再说,就是有狼,你父亲也会打死它。"

"你也会打狼吗,玛丽?"

"对,我也打,你也会帮着打的,对吗? 皮埃尔,你不会怕的,你会狠狠打狼的,对吗?"

"对,对,"孩子摆出一副英雄姿态,骄傲地说,"我们会打死它们的。"

"你真会哄孩子,会让他们听话。"热尔曼对小玛丽说,"真的,不久以前,你自己还是个孩子呢。你还记得你母亲是怎么跟你说话的。我觉得只有年轻人才和孩子合得来。一个女人到了三十岁还没有做母亲,要她学会对付孩子,学会对他们讲道理,怕会很困难呢。"

"为什么呢?热尔曼,真不懂您为什么对那女人怀有偏见。您会改变看法的。"

"让那女人见鬼去吧,我真想从她家里回来后,就不必再去了。一个素不相识的女人对我来说有什么用呢?"

"我的小爸爸,你为什么今天总是提到你女人呢?我妈妈不是已经死了吗?"

"天哪,这么说你并没有忘记你那可怜的母亲?"

"没有。我见到她给放在一个漂亮的白木盒里。外婆还带我去同她吻别……她全身雪白、冰凉。每天晚上,舅妈让我祈祷上帝,让妈妈在天上和上帝在一起取得温暖。你想她现在是在上帝身边吗?"

"我的孩子,但愿她在天国。应当不断地祈祷。这样你母亲就会知道你爱她。"

"那我就去祈祷,"孩子说,"今晚我忘记祈祷了。但我不能一个人祈祷。我总说不全。小玛丽得帮助我。"

"好,皮埃尔,我来帮你,"姑娘说,"来吧,跪在我身上吧。"

孩子跪在姑娘的裙子上面,合起两只小手,开始背诵祷文。起初他专心致志,虔诚恳切。他对祷文的第一节是很熟悉的。随后他的速度放慢了,语调犹疑。最后他只是逐字逐句跟着小玛丽诵读。每晚背到此处,他就开始瞌睡,所以从来没有学会背诵全文。今晚也一样。他全神贯注地背着，自己那单调的声音如往常一样产生了效果。他让玛丽重复了三遍才勉强复述了最后几个音节。他的头发沉，垂在玛丽胸前，两只手松开，放在膝上。热尔曼借着篝火的微光注视着自己的小天使蜷在姑娘胸前入睡，纯洁的姑娘用两臂搂着他，她呼出的气息暖着孩子那金色的头发。姑娘一边为卡特琳的亡灵祈祷，一边也陷入了梦乡。

热尔曼心神不定，想对小玛丽表示尊敬和感谢，但却难以启齿。他走过去亲吻玛丽一直搂在怀里的孩子，久久不想离开。

"您亲得太重，会把孩子弄醒的，"玛丽轻轻把农夫的头推开，"让我抱他上床，他又在做到天堂的梦了。"

孩子躺下，身子一接触马鞍上的羊皮，只问了一句自己是不是在马背上，然后睁开蓝色的大眼，盯着树枝看了有一分钟，似乎是在睁眼做梦，或是临睡时脑中又盘旋起白天转过的念头。

"小爸爸，"他说，"你要是再给我找个妈妈，我希望你找小玛丽。"说完，他不等热尔曼答复，便闭上眼睛睡着了。

十　莫道天凉

孩子这话说得蹊跷，但小玛丽似乎并未留意，只觉得孩子是在表达对她的依恋。她小心翼翼地给孩子裹上大衣，重新把火烧旺。看到邻近池沼上弥漫着的雾气似乎无意很快散开,她便劝热尔曼也将就着在篝火边打个盹儿。

"我看您已经困了,"她说,"因为您不再说话,您像孩子刚才那样,两眼紧盯着火光。去睡吧。我来守着孩子和您。"

"该你去睡,"农夫回答,"我来守着你们俩。因为我从没有这么清醒过。我脑子里转着五十个念头。"

"五十个,可真不少,"姑娘的语气带着调皮,"好多人能有一个念头就会很高兴了。"

"好吧,我没能耐,不会转出五十个念头。但至少有一个小时了,我脑子里总是想着同一件事。"

"让我来告诉您这是个什么念头。刚才您那些念头我都猜到了。"

"好吧,你要是猜到了就说吧。玛丽,你自己对我说,我会高兴的。"

"一小时以前,您想吃饭……现在您想睡觉。"玛丽说。

"玛丽,我不过是个放牛的,可你把我当成牛了。你是个调皮的姑娘。我看出来,你不想和我聊天。那就去睡吧,睡觉总比评论一个闷闷不乐的男人要好些。"

"您要是想聊天,就聊吧,"姑娘说着把头靠在马鞍上,半躺在孩子身边,"热尔曼,您是在自寻烦恼。这可不大像男子汉气概。我若是不尽量克制自己,反而去想那些伤心事,那我才真会怨天尤人呢!"

"是的,可怜的孩子,我念念不忘的就是这件事。你要背井离乡,远离亲人到一个满是荒原和沼泽的鬼地方去。你会染上秋天的寒热病的。那地方羊儿不爱长,有心的牧羊女心里会难过的。总之,周围都是生人,可能他们对你不好,不明白你的好处。说真的,我心里好难过,但又说不清,我真想把你带回去,回到你母亲身边。我真不想去弗尔什!"

"您是好心才会说这些话,但却不够冷静。可怜的热尔曼,不能对朋友说泄气话。您不该对我讲我命里不幸的一面。相反,您该像在晨曦酒店那样,给我讲些高兴的事。"

"有什么办法呢?刚才我是那么想的。这会儿又不同了。你最好找个丈夫。"

"不可能,热尔曼。我已经说过。既然不可能,我就不多想。"

"如果能找到呢?你要是愿意给我讲讲想找个什么样的人,也许我能想出个人来。"

"想出来不等于找到。既然毫无用处,我就从不多想。"

"你不曾想找一户殷实人家吧?"

"当然不曾,既然我穷得像约伯①。"

"要是这个人日子过得不错,一家人又都很热心,愿意给你妈妈帮忙,那么你对吃好、穿好也不会反感吧?"

"啊,那当然,我一心想的就是能给妈妈帮忙。"

"要是能遇上这么个人,哪怕男方已不太年轻,你也不会太挑剔吧?"

"啊,很抱歉,热尔曼。我就在乎年龄。我不喜欢找年

---

① 约伯,《圣经》中的人物,原极富有,上帝为考验他,使他失去全部财产和子女。典出《旧约·约伯记》。

纪大的。"

"年纪太大是不行。不过要是年纪和我差不多呢?"

"对我来说,您的年纪已经太大了,热尔曼,我想找巴斯蒂安那么大的,虽说他长得没有您那么英俊。"

"你宁可找巴斯蒂安那么个放猪娃?"热尔曼心中不快,"这个男孩的眼睛和他放牧的牲口一样。"

"他才十八岁。所以我可以不在乎他的眼睛。"

热尔曼感到自己妒火中烧。"好吧,我看你已经看上巴斯蒂安了。这个念头真够古怪的。""是个怪念头,"小玛丽放声大笑,"找这么个人当丈夫是够古怪的。不管人家说什么,他都信以为真。比方说,有一天,我在本堂神甫家的园子里捡到一只西红柿,我告诉他,这是一只漂亮的红苹果。他马上贪婪地咬上一大口。你要是看到那副怪相,那才有趣呢。天哪,这个人可真不怎么样。"

"你嘲笑他,这么说,你并不喜欢他。"

"这不说明问题,不过我并不喜欢他。"

"你心里没有旁的人吗?"

"热尔曼,这和你有什么关系呢?"

"这和我不相干。我只想谈谈。姑娘,我看你已经有意中人了。"

"没有,热尔曼,您错了,我还没有意中人。以后会有的。既然我得攒些钱才能结婚,所以我命中注定只能找个年纪大些的。"

"那你现在就找个年纪大的吧。"

"不,等过了年龄,我就不会在乎了。现在不一样。"

"我看出来了,玛丽,我不中你的意,事情已经相当清楚。"热尔曼气恼之下,没有斟酌字句。

小玛丽没理会他。热尔曼低头一看,她已睡着了。孩子们常常一边瞎扯,一边入睡。小玛丽也是这样,仿佛突然让瞌睡俘虏了一般。

热尔曼见她没注意自己最后那句话,不禁暗自庆幸。他已意识到那话说得不得体。于是他背转身子,想改变思绪,散散心。

但他枉自努力,却无法入睡,也无法改变思绪,只是一心想着刚才谈的那件事。他在篝火边来回踱步,一会儿走远,一会儿返回。最后他觉得自己如吞下火药一般心头发热,便只能靠着以浓荫遮着两个孩子的那棵树,注视着熟睡的孩子。

"我不明白为什么自己竟没有发现小玛丽是本地最漂亮的姑娘⋯⋯"热尔曼思忖着,"她的脸色不够红润,但一张小脸却鲜嫩得像朵玫瑰。她的嘴多么可爱,鼻子多么纤巧⋯⋯这个年龄了,她的身材不算高大,但她像只小鹌鹑,已经长成了,体态又轻盈得像只燕雀。⋯⋯不知为什么我们乡里那么喜欢粗壮高大、脸色通红的女人⋯⋯我女人比较瘦小苍白,可我特别喜欢她⋯⋯这姑娘长得很小巧,可是她的身体不坏,又很漂亮,活像一只白色的小羊羔⋯⋯而且她的神态那么温柔诚挚。从她的眼神里可以看出她的心肠有多么善良,就是她闭眼熟睡时也能看清楚⋯⋯她很机灵,比我的卡特琳更有主意。应该说,和她在一起不会无聊厌烦的⋯⋯她高高兴兴,聪明伶俐,勤快能干,又很多情⋯⋯真奇怪,我简直不能想象还能找到比她更好的姑娘⋯⋯"

"可是我这些想法有什么用呢?"热尔曼想着,试图把眼睛挪开,"我岳父不会同意。全家人都会以为我中了邪……再说,她也看不上我,这可怜的孩子……她嫌我年纪大,她已经对我说了……她不感兴趣的。只要有朝一日能找到个称心如意的丈夫,能让她心满意足,现在受苦,穿破衣服,每年有两三个月吃不饱饭,她也不大在乎。她是对的,要是我处在她的地位,我也会这样。……现在,要是让我自己做主,不必随波逐流,去攀一门不如意的亲事,我就会凭自己喜欢,去找个好姑娘。"

热尔曼设法控制感情,让自己冷静下来。但他越这么想,就越激动。他走出二十步远,消失在大雾中,然后突然又返回来,跪在两个熟睡的孩子身边。有一回,他本想亲吻小皮埃尔,但这孩子用一只手搂着玛丽的脖子,结果,他竟弄错了。于是玛丽感到唇上一股热气,如火烧一般,不由得惊醒过来。她神色茫然地瞧着热尔曼,对他的心思却毫无察觉。

"我看不清你们,可怜的孩子,"热尔曼迅速抽出身子,"我差一点扑倒在你们身上,险些压着了你们。"

小玛丽天真烂漫,对他的话信以为真,便又睡了。热尔曼转到篝火堆的另一边,向上帝起誓,玛丽醒来之前,决不动弹。他做到了,但不容易,他简直以为自己要疯了。

最后,午夜时分,浓雾散去,透过林木,热尔曼能看到繁星闪烁。浓雾遮盖的月亮重又露面,往湿润的青苔上洒下粒粒钻石。橡树的树干仍然隐没在浓重的暝色中,但是远处已能看到白色的桦树似一排裹着尸衣的幽灵。池沼映出火光,青蛙已习惯于这火,开始发出怯怯的鸣叫,只一两声,带着颤音。这几个旅者的头上,是交叉着向外伸展的老树枝丫,虬结不平,布满苍白的地衣,宛如一枝枝瘦削的臂膀。景色很美,但却荒芜、悲凉。热尔曼难耐孤独冷清,开始引吭高歌,还向池中投掷石块以排遣愁怀。他还想唤小玛丽。一看到姑娘已站起身来,他便提出该重新上路了。

"再过两个小时,天快亮时,寒气太重,就是有火,我们也顶不住……现在能看见了,我们会找到一户愿意接待我们的人家,或者至少也能找到一处谷仓好度过后半夜。"

玛丽很顺从。她虽还想睡,但还是打算跟着热尔曼重新上路。

热尔曼没把孩子弄醒就抱起他来。玛丽不愿解开裹在小皮埃尔身上的披风,热尔曼就让她过来,同他一起披着大衣。

热尔曼感到姑娘紧挨在身边,便又开始心神不定,而刚才他已经排遣了思绪,心情愉快了。有两三次,他突然离开姑娘,让她独自走着,然后见她跟不上自己的步伐,便又停下来等待,猛地把她拉到身边,他拉得那么近,姑娘不胜惊愕,甚至气恼,但又不敢吱声。

他们既不知道自己从何处出发,也不明白是向何方走去,结果竟在林中绕了一圈,重新来到荒原上。接着他们又循着原路往前走去。转悠很久以后,透过枝丫,他们看到了火光。

"好,这儿有座房子,"热尔曼说,"有人已经起床,火已烧着。难道天色已不早了?"

但这不是住家,是他们离开时封好的火。微风拂过,又把火吹旺了……

他们走了两个小时,重又返回原地。

十一　星空下露宿

"这下我不干了,"热尔曼跺着脚说,"我们准是中了邪,只好等天大亮以后才能出去。这地方准是闹鬼了。"

"算啦,算啦。别恼火,"玛丽说,"拿个主意吧,烧一堆更大的火,孩子裹得这么严实,不会出事的。至于我们,露宿一夜也死不了。热尔曼,您把马鞍藏哪儿去了?藏在枸骨叶冬青下,真是个冒失鬼,这下可不好拿了。"

"你抱着孩子,我去从荆棘丛里把他的床拉回来。我不想让你扎破手。"

"行了,床拿来了,手上扎几根刺又不是挨刀扎。"勇敢的姑娘说。

她重新给小皮埃尔铺床,孩子睡得很熟,没有发现他们又走了一圈。热尔曼给火堆添了那么多柴,把林子照得通明透亮。但是小玛丽已经支持不住,她丝毫不曾抱怨,两腿却已发软。她脸色苍白,又冷又乏,牙齿上下打战。热尔曼搂着她,暖她。他心里又急又怜,一片柔情,感官倒平静了。这时仿佛奇迹出现,他不再腼腆羞涩,变得口齿伶俐起来。

"玛丽,"他说,"我喜欢你。很不幸,你不喜欢我。如果你愿意要我做你丈夫,岳丈、亲人也好,邻居规劝也好,谁都无法阻止我向你献身。我知道,你会让我的孩子幸福,你会教导他们怀念生母。我问心无愧,也就心满意足了。我对你一直很好。我现在深深地爱上了你,你就是要我一辈子听你吩咐,我也会立刻发誓做到的。你看我爱你多深,求你忘了我的年龄吧。你应当知道,认为三十岁的男人年纪太大,这种看法是错误的。再说,我才二十八岁。女孩子害怕嫁个比自己大十岁到十二岁的丈夫,会让人说闲话,是因为本地的习俗不同。可是我听说,别的地方,大家都不注意这种差别,相反,他们喜欢给年轻姑娘找个依靠,找个通情达理、经过磨炼的男人,而不喜欢找个办事不牢的毛孩子,他们看起来是好孩子,有时竟会变成坏蛋。再说,是不是上了年纪,也不完全看年龄大小,还要看一个人是不是身体健康,精力充沛。任何人只要操劳过度,苦难深重,或是酒色过度,不到二十五岁也会出现老态,而我……可你没在听我说话,玛丽。"

"不,热尔曼,我听得很仔细,"小玛丽回答,"但是我在想着母亲常说的话:女人到了六十岁,要是丈夫已经七十或七十五岁,就该倒霉了。因为他已经干不动,不能养活女人了。男人成了废物,要女人照料,而女人也已经需要惜力和休息,结果这一家人就会穷得卖掉床铺。"

"我想,父母这么说是有道理的,玛丽,"热尔曼又说,"青年时代是最美好的。年老以后无法干活,怎么送终,并不重要。可他们这么说都是为了要安度晚年而牺牲青春时代。至于我,晚年也不用担心会饿死,因为我能攒钱。我与岳父母同住,干活很卖力,花销却不多。再说,我那么爱你,就不会见老。听人说,男人生活幸福就能保养得好。我觉得要说爱你,我比巴斯蒂安更年轻,因为他不爱你,他太愚蠢,幼稚,不知道你有多美,多善良,生来就是让人爱的。来吧,玛丽,别嫌弃我,我不是个坏人,我曾让卡特琳生活幸福,她临终时面对上帝说过,我只让她快乐,她望我能再娶。今晚似乎是她的亡灵显现,在孩子熟睡时,对他说了什么。你没听到孩子说的话吗?当时他小嘴哆嗦,两眼望天,看到了我们看不到的景象。他看到的是他的母亲,肯定是的。是他母亲让他说出要你代替母亲这话的。”

“热尔曼,”玛丽惊愕之余不由得陷入了沉思,“您的话很诚恳。您是真心实意的。我确信,能爱上您,对我来说会是件好事,只要您岳父母不太生气就好。但是您想让我怎么办呢,我的心并不向着您。我很喜欢您,尽管您不显老,但您的年龄仍让我害怕。我觉得您像我的父辈,像个叔叔或教父;我似乎应当尊敬您;有时您还会把我看成一个小女孩,而不是妻子和同辈。还有,我的伙伴也许会笑话我。尽管把这些当一回事是很蠢的,但我想举行婚礼那天我会感到羞愧和忧伤的。”

“这都是小孩子家的见识。你尽说孩子话,玛丽。”

“对,我是个孩子。就因为这个,我才害怕找个通情达理的男人。您也发现了,我太年轻,对您不合适,因为您已经责备我不明白事理。我年龄还小,不可能像大人那么懂事。”

“天哪,我怎么这么蠢,我真可怜。心里想的,嘴里却说不清,”热尔曼嚷道,“玛丽,您不爱我,事实就是这样。您觉得我头脑简单,办事笨拙。您若是有点儿爱我,就不会把我的缺点看得这么清楚。可是您不爱我,事情就是这样。”

“这不是我的过错,”她回答说,对他不再以你相称有点伤心,“我尽量认真听您说话,可我越努力,就越难想象我们两个能够成为夫妻。"

热尔曼没有搭腔。他双手捧着头。玛丽不明白他是在流泪,生气,还是睡觉。她见热尔曼如此沉闷,又猜不透他心里转着什么念头,不免有点担心,但也不敢再同他说话。事情来得突然,惊得她睡意全消,便心焦地等待天明,一边照看着火,一边守着孩子。而热尔曼已经把孩子忘了。但他既没有睡觉,也没怨命,他既没打算大胆行动,也没有设法打动姑娘的心。他只是暗自难过,觉得痛苦如山一般重,他倒宁可死去。看来一切都不顺利。要是他能哭泣,他真会放声大哭的。但在痛苦中他又有点恼恨自己,便强压下不快,一言不发。

天亮以后,热尔曼听到村野的嘈杂声响,便放开手,站起身来。他见玛丽也没睡,却不知该说些什么对她表示关心,心中十分沮丧。他又把马鞍藏到荆棘丛中,口袋搭在肩上,手里牵着孩子。

"玛丽,"他说,"现在我们该往目的地去了。你愿意让我送你到奥尔漠去吗?"

"我们一起走出林子,"玛丽答道,"等到弄清方向,我们就可以分头赶路了。"

热尔曼没有回答。姑娘不要他再送一程,他很伤心,但他没有察觉正是他说话的语气叫人只能拒绝他的好意。

他们走了二百来步后遇到一个樵夫,樵夫给他们指了路,说是穿过大草原,一个一直往前,另一个向左拐弯,就能分别走到目的地。因为弗尔什和奥尔漠距离很近,从一处能望到另一处的房屋。

他们谢过樵夫,向前赶路,樵夫又叫住他们,探问是否丢失过一匹马。他说:"我在自家院里看到一匹漂亮的小花马,可能马儿遇到了狼,才不得不躲进院里。我家的狗狂吠了一夜。天蒙蒙亮时,我就看到这马在我家的车棚里。马儿还在那儿。来吧。你们要是能认出它的话,就把它牵走吧。"

热尔曼给樵夫描述了马儿的特点,弄明白院里的确是小花马,就返回林中去取马鞍。小玛丽说,她可以把孩子带到奥尔漠,等他到弗尔什以后再过来接孩子。

她说:"我们在林里过了一夜,孩子身上有点脏了。我得给他洗洗衣服和漂亮的小脸蛋,梳梳头,等他打扮好了,神神气气的让您领着上新人家去。"

"谁告诉你我要去弗尔什?"热尔曼快快不乐,"也许我不去了。"

"热尔曼,不对,您应该去,您必须去。"姑娘说。

"你急着要我娶另外一个女人,好免得我再找你纠缠。"

"算了,热尔曼,别再想这事了。这是您夜里转起的念头。这一路上太倒霉,把您的思绪打乱了。现在,您该清醒了。我答应您忘掉您说的话,永远不对任何人说起。"

"啊,你要愿意,可以去说。我不喜欢否认自己的话。我对你说的都是真心话,在任何人面前我都不会为这件事脸红。"

"对,不过您妻子如果听说您前来看她时心里还想着别的女人,她对您就不会产生好感。所以您现在说话要留神,在人前不能神情古怪地瞧着我。想想莫里斯老爹,他指望您听从他的安排,要是我让您违背他的意思,他会生我的气。再见，热尔曼，我把小皮埃尔带走。我把孩子扣留下来，这样您就只能去弗尔什了。"

农夫见孩子拉着小玛丽的手，决意要跟她走，便对他说："你愿意跟她走吗？"

他们说话没避开孩子，孩子听后按自己的方式去理解这段对话，便回答说："对，爸爸，我跟我可爱的玛丽走了，你结完婚再来领我。可我愿意要玛丽当我的小妈妈。"

"你看，他要你做妈妈。"热尔曼对姑娘说。"听着，小皮埃尔，"他又说，"我希望玛丽做你妈妈，老和你在一起，但她不愿意，她拒绝了我，你来想办法让她答应你。"

"放心吧，爸爸，我会让她答应的。我要做什么，小玛丽都会答应。"

孩子跟姑娘走了，热尔曼独自留下，更感到孤独彷徨，不知所措。

十二　村野美人

热尔曼这一路风尘仆仆，衣服马具都已凌乱，他稍事整理后便跨上马背，问清路途。随后他心中思忖，自己已无法退缩，只有忘却一夜的激动，权当做了一场噩梦。

他看到莱奥纳尔老爹在自己那座白色的房子门口，坐在一张漂亮的、色彩如菠菜般的长凳上。屋前有六级石阶，一望便知道屋内修有地窖。菜园和黄麻园的围墙上抹了灰泥，房子很美，稍不留心就会误认为这是个城里人的宅邸。

未来的岳父迎着热尔曼走来,用了五分钟探听他合家老小的情况,然后开口问道:"您是到这边来遛弯的吧?"按照约定俗成,本地人见到来者问上这么一句,就意味着客客气气地打听他的来意。

　　"我是来看望您的,"农夫回答,"我岳丈让我给您送上一点薄礼,几只山鸡,他还让我给您捎话,说是您该知道我为什么前来拜访。"

　　"哈,哈,"莱奥纳尔老爹边笑边拍打滚圆的肚子,"我看出来了,明白了。是这么回事,"他眨了眨眼又加上一句,"来献殷勤的不止您一个,年轻人。像您这样的,屋里已经有三位在等着。我呢,一个也没打发走。让我说哪个行,哪个不行,可难为我了。因为他们的光景都不错。但是,想到莫里斯老爹和您种的好地,我倒愿意让您当上门女婿。不过我女儿大了,产业由她做主,想怎么办就怎么办。进屋吧,认识一下,愿您能够中彩!"

　　"对不起,请原谅,"热尔曼回答,他原指望只有自己一个人,没想到竟成了多余的人,"我不知道已经有人向您女儿求亲,我不是来和别人竞争的。"

　　莱奥纳尔老爹仍然兴致很高,他说:"您若以为自己迟迟不来,就没人向我女儿求亲,您可就大错特错了,孩子。我的卡特琳有吸引力,求婚的都喜欢她。她不过是难下决心罢了。我说,您进屋吧,别胆怯,这女人是值得您为她去竞争的。"

　　他带着粗俗的快意推着热尔曼的肩膀,"嘿,卡特琳,又来了一个。"他大声嚷着走进屋来。

　　见到别人这么粗鲁而又快活地把他介绍给那寡妇,而且是当着其他求爱者的面,热尔曼极为烦恼和不快。他觉得别扭,就这么待了好一会儿,始终没敢抬眼望望那美人和她身边那些献殷勤的人。

那寡妇身段不错,仍不失水灵鲜嫩。但一开始她的神情和服装就令热尔曼反感。她很高傲、自满。帽子上镶有三道花边,围裙是绸子的,头上围着棕黑色的头巾,这一切都和热尔曼心目中严肃而端庄的寡妇很不协调。

寡妇如此讲究穿着,举止如此随便,热尔曼觉得她又老又丑,尽管她既不老也不丑。他思忖只有年轻伶俐的小玛丽才配打扮得漂漂亮亮,举止谈吐轻快活泼。这寡妇虽然好打趣逗乐,却显得矫揉造作,而且一身珠光宝气,也显得粗俗不堪。

三个来求婚的坐在放满酒肉的桌前。每星期天上午这里都有盛宴招待,因为莱奥纳尔老爹喜欢摆阔,寡妇也不反对显摆她那套漂亮的餐具,像个女财东似的宴请宾客。热尔曼虽然质朴轻信,看到这个光景,也不禁提防起来。他生平第一遭与人碰杯喝酒时还怀着戒心。莱奥纳尔老爹强拉他坐在对手身边,自己在对面坐下。老爹对他殷勤招待,另眼相看。山鸡,虽让他吃了一部分,但作为礼品仍相当丰厚,产生了应有的效果,寡妇似已心领这份好意。对这份礼物,其他求婚者却报以轻蔑。

热尔曼同这些人同席而坐,浑身都不自在,吃饭也不痛快。莱奥纳尔老爹跟他开玩笑:"怎么愁眉苦脸的,是跟酒杯过不去?可不能为了爱情伤了胃口。若是空着肚子献殷勤,也说不出甜言蜜语;喝上两口,才能才思如泉涌,滔滔不绝。"见人以为他已坠入情网,热尔曼真是有苦难言。那寡妇忸怩作态,低垂眼帘,粉面含春,深信自己魅力无边。热尔曼眼看此情此景,恨不得高声喊叫自己没看上她,但又担心会过于失礼,便只能耐着性子,微笑着勉强应付周旋。

在他看来,那三个向寡妇求婚的男人全都粗俗不堪,寡妇接受他们的追求,准是看上他们都很富有。其中一个年近四十,身体肥胖,竟和莱奥纳尔老爹不相上下。另一个是独眼,已经喝得烂醉如泥,第三个比较年轻英俊,但想卖弄聪明,说话行事反显得平淡乏味,令人生厌。可是寡妇却总报以笑声,仿佛她确实欣赏年轻人的蠢话,可见寡妇的趣味并不高雅。热尔曼原以为她已对这小伙子青眼相加。不久却发现这家人对他倍加鼓励,似乎期望他越陷越深,于是他态度更加冷淡、严峻,并且形之于色。

该望弥撒了。大家从桌旁站起身来准备一起前去。教堂在梅尔斯村,离寡妇家有半里之遥。热尔曼疲惫困顿,盼望有时间先打个盹。但他从不错过弥撒,便强打精神跟着大家一起上路。

街上满是熙来攘往的路人。寡妇春风满面,身边跟着那三个求婚人,她一会儿挽着这个,一会儿拉着那个,得意扬扬,神气活现。她很想向路人炫耀那第四个求婚者。但热尔曼却觉得,几个人在众目睽睽之下列队而行,招摇过市,不啻出乖露丑,便同他们拉开距离,只与莱奥纳尔老爹谈话,想方设法为他解闷,引他注意,不让人看出他和那几个求婚者原是一起的。

十三　农场主

　　他们一行人来到村前时,寡妇停住脚,等待众人。她一心想让大家同时进入村子。但是热尔曼拂逆她的美意,离开莱奥纳尔老爹,去同几个熟人攀谈,并从另外一扇门走进教堂。寡妇大为恼火。

　　望完弥撒,寡妇走到跳舞的草坪前,眉飞色舞,满面春风地炫耀自己。接着她也下去跳舞,连续同那三个钟情于她的男子跳着。热尔曼冷眼旁观,觉得她的舞姿翩翩,只是过于做作。

　　"怎么,您不请我女儿跳舞? 您未免太胆怯了。"

　　"我妻子去世后,我就不再跳舞了。"热尔曼回答。

　　"怎么,您不是有意再娶吗? 既然如此,您就应脱去丧服,也不必在心灵上继续悼念她。"

　　"莱奥纳尔老爹,这一点不成其为理由。再说,我年龄已大,不宜跳舞了。"

　　莱奥纳尔老爹把热尔曼拉到僻静处,对他说道:"听着,您一进我们家门,见已有人等候,心里就不痛快。我看出来您很骄傲,孩子。但我的女儿喜欢让人献殷勤,两年前,她服丧期满以后益发如此,总不能由她来迁就您吧?"

　　"您女儿两年前就可以再嫁了,为什么她还没挑好人选呢?"热尔曼问。

　　"她不想匆忙再嫁,她是对的。她神情活泼,看来似乎不爱动脑,其实她是个很有见识的女人,办事也有章法。"

"我倒看不出来,"热尔曼很直率,"因为她身后跟着三个求婚者,她若是心中有数,就应该明白这里面有两个是多余的,并且会请他们回去。"

"为什么,热尔曼?您什么也不懂。她哪个都看不上,不论是年纪大的,独眼的,还是年轻的。我差不多敢打保票。可是,如果她把几个人都打发走,人家就会以为她有意守寡,那就再也不会有人上门求亲了。"

"啊,是这样,他们是当招牌的。"

"瞧您说的。如果他们也愿意,这有什么坏处呢?"

热尔曼说:"各人爱好不同。"

"我看得出,您的爱好就不同。可是,我们还是能谈妥的。假设您更让她中意,就可以把位子留给您。"

"对,假设! 要把事情弄明白,得提心吊胆多久呢?"

"我想,这就要看您的了,看您是否能说会道。至今我女儿一直认为,能让人追求是她一生中最美好的时光,所以只要她还能支配几个人,就不急于去伺候一个男人。所以只要她还觉得这是种有趣的娱乐,她就能消愁解闷。但如果您善于讨好,比这种娱乐更善逗乐,她就会放弃这种娱乐。您只要紧追不舍就行。每个星期天都来,请她跳舞,让她知道,您是个追求者。如果她觉得您更中她的意,也更善于体察人意,她就会让您明白的。"

"对不起,莱奥纳尔老爹,您女儿有权按自己的方式进行选择,我无权责怪她。我若处于她的地位,就不会这样行事,我做事要坦率些。因为一个女人既看不上人家,就不该要他们浪费时间,围着自己打转,而这些人本来都有自己该办的事。当然,如果她觉得其中自有乐趣和幸福,那与我毫不相干。不过,我得跟您说明白一件事,因为您误解了我的来意,而从早晨起,我就有点难于开口,也没让我从从容容答复您。结果您信以为真的,竟是没有的事。要知道,我不是来向您女儿求亲的,而是来买牛的。我岳父看上了您那两头牛,就是您打算下周赶到集上卖的那些牛。"

"明白了,热尔曼,"莱奥纳尔老爹平心静气地回答道,"您见到我女儿有人追求,就改变了主意。那也由您自便。看来有些人喜欢的事,另外一些人却会厌恶。您还没开口,当然有权变卦。您要真想买牛,就到牧场去看看,我们商议一下,不管这笔买卖能不能做成,您走之前,都得到我们家吃顿饭。"

"不想打扰您了,"热尔曼又说,"您可能还有事要忙。我呢,光看人跳舞,没事可干,也闷得慌。我去看看您的牛,很快就回来找您。"

说完,热尔曼便抽身离去。莱奥纳尔老爹原来给他指点过草原上有一部分他家的牲口,热尔曼便往那儿走去。莫里斯老爹也确实需要买牛。热尔曼思忖,若能买回一对漂亮的牛,价钱也还相宜,可能老人就不会埋怨他白走一趟,不办正事。

他走得很快,没多久就到了奥尔漠附近。这时,他很想抱吻孩子,他还想见到小玛丽,尽管他已不抱希望,不敢盼望从她那里得到幸福。他刚才的见闻,风骚虚荣的女人,狡黠浅薄的父亲,城里奢侈的生活,父亲娇纵的女儿目中无人,待人虚伪,愚蠢的闲话虚耗了她的光阴。这一切在他看来都有悖于乡间习俗所珍视的信条,同热尔曼家格格不入。

他这个庄稼人离开了干惯的地里活计，心里就感到惆怅。总之这几个小时热尔曼既烦恼又困惑，所以特别急于和孩子以及年轻的邻人再相会。他即便没有爱上小玛丽，也会想去找她消愁解闷，好振作起精神，让心情恢复常态。

他环顾草原，却不见小玛丽，也不见小皮埃尔，这个时候，牧羊人本该待在地里。休耕地里有一大群牲口。他问那放牧的少年羊群是否属于这农场。

"是的。"孩子说。

"你是牧童吗？你们这里农场的羊群是由牧童看管的吗？"

"不，我只是今天才来看羊群的，因为牧羊女病了，已经离开。"

"今天早晨不是来了个新牧羊女吗？"

"对，可是她也走了。"

"什么？走了？她没带着个孩子吗？"

"对，带着个哭哭啼啼的孩子，他们走了两小时了。"

"上哪儿去了？"

"回去了吧！我没问。"

"他们为什么走呢？"热尔曼越发担心起来。

"见鬼，我怎么知道？"

"报酬没谈妥？可这应当是事先谈妥的。"

"我什么都不知道，只见他们来了又走了。就这些。"

热尔曼往农场走去，询问佃农，没人能说清事情的来龙去脉。但众人都说，姑娘同农场主谈话后一言不发，反身就走，手中牵着个哭哭啼啼的孩子。

"他们欺负我的孩子了？"热尔曼两眼充血，高声嚷道。

"这孩子是您的孩子？那他怎么跟着姑娘呢？您是从哪儿来的？姓什么？"

这边乡里的习惯是用问话回答问题，热尔曼看出这一点，急躁地跺了跺脚，要求见场主。

"场主不在，他来农场时不习惯整天待在这里。他上了马，不知到哪片地去了。"

热尔曼心急如火，又问："难道你们都不知道姑娘为什么离去吗？"

那佃农和妻子神情古怪地相视一笑，便回答说不知道，事情与他无关。热尔曼探听到的只是姑娘和孩子往弗尔什去了。他便往弗尔什跑去。寡妇和她那些情人还没回来，莱奥纳尔老爹也不在，女仆说有个姑娘带着孩子曾经来过，她不认识他们，便没接待，让他们往梅尔斯村去了。

"你为什么不接待他们？"热尔曼气恼地问，"这里的人怎么这么多疑，邻近的人来了也不开门。"

"见鬼！"女仆回答，"这家人很有钱，当然应该小心留神。主人不在，什么事都是我担着，我当然不能开门接待陌生人。"

"这地方风气太坏，我宁可受穷，也不愿这么提心吊胆。再见，再见，你们这鬼地方。"

他向邻近住户打听，有人见过牧羊女和孩子。孩子是自己从贝莱尔跑出来的，未曾梳洗换装，工装撕破了些，身上还裹着小羊皮。小玛丽的穿着一如往常，很不像样，所以他们以为这两个孩子是来讨饭的。他们拿出面包，孩子已经饿了，姑娘替他要了一块，随后便带着他迅速离去。他们已经进入树林。

热尔曼沉思片刻,又问奥尔漠的农场主是否已返回弗尔什。

"回来了,"他们说,"姑娘刚到,他就骑着马跟来了。"

"那他是去追姑娘的?"

"这么说,你也了解他,"答话的小酒店主笑着说,"当然去追了。这鬼东西专爱追姑娘,不过我想他没追上。尽管,如果他见到她……"

"够了,谢谢。"于是他飞奔而不是跑向莱奥纳尔的马厩,把马鞍扔给小花,跃上马背,策马往树林疾驰而去。

热尔曼既担忧又愤懑,心儿直跳,汗水从前额往下流淌。他使劲刺着小花,马儿的两肋露出了血痕,向它已认清的回家路走去,不用人催促,就撒腿狂奔了。

十四 老 妪

不一会儿,热尔曼便返回池沼边他度过长夜的地方,篝火仍在燃烧,有个老妇人在拾枯枝,这些本是小玛丽堆积在一旁的柴火。热尔曼停步上前探询。老妪耳背,听不清他的意思,便答非所问地说道:

"是的,孩子,这就是魔沼,这地方不吉利。要过来,先得用左手往里面扔三块石头子儿,用右手画个十字。这样才能赶跑精怪。不然,绕过这沼地的人都会倒霉。"

"我不是问路,"热尔曼走近她,提高嗓音叫嚷,"您没看见一个姑娘带着个孩子穿过林子吗?"

"对,有个小孩淹死在沼里了。"

热尔曼从头到脚颤抖起来,幸亏老妪又补了一句:

"那是很久以前的事了。出事以后,有人在沼前竖了一个很漂亮的十字架,纪念那孩子,可是有一夜狂风暴雨,精怪把十字架扔到水里。谁若是夜间在这地方停步,肯定天亮之前出不了林子,再走也是白费劲,就是在林子里走上二百里,还是会绕回原来的地方。"

听了这话,农夫不由得浮想联翩,害怕老妪的话果然应验,灾难就要降临。想到这里,他只觉浑身冰冷。热尔曼急于探听消息,便又翻身上马,在林中搜寻。他时而竭尽全力,大声呼喊皮埃尔的名字,时而吹着口哨,抽着响鞭,劈断枝丫,边跑边在林子里弄出各种声响,然后又侧耳倾听是否有人应和他,但他耳边只听见矮树林里星星点点的奶牛身上系的铃铛的响声和猪为争食橡实发出的野性的呼喊。

最后热尔曼听到身后传来马蹄声和喊叫声。马儿紧追不舍,骑马的男人很壮实,穿着接近城里人,一头棕发,已是中年。他连声喊叫热尔曼停步。热尔曼从未见过奥尔漠的农场主,但他本能地生出一腔怒火,立即断定这就是他。于是热尔曼转过身来,从头到脚打量这人一眼,等他开口说话。

这农场主看来很激动,但却装着满不在乎地问道:"您没看见一个十五到十七岁的姑娘从这里走过吗,还带着个小男孩?"

"您问她干吗?"热尔曼毫不掩饰自己的愤懑。

"我本可以告诉您这事与您不相干,伙计,不过我没什么要隐瞒的,所以可以告诉您,我找的是个牧羊女,我本不

73

认识,就雇了她做到年底……她来了以后,我觉得她太小太弱,做不了农场的活,就谢绝了她。我本想给她一小笔旅费,可我一转身……她赌气就跑了。她走得太急,忘了自己的东西和钱包,当然包里没多少……可能有几个铜子儿。不过,既然我要路过这儿,我想会遇上她,好把她忘带的和我欠她的东西一起给她。"

农场主信口开河,听起来若不是入情入理,至少也似是而非。但是热尔曼老实正派,不可能深信不疑。他用尖锐的目光瞥了一眼农场主,农场主迎着他的逼视,那神情要不是厚颜无耻,还真像老老实实的。

热尔曼思忖,我得把事情弄明白,便强压下怒火,说道:"这姑娘是我们村里的,我认识她,她说走过这儿的……我们一起走吧……一定会找到她的。"

"您说得在理,"农场主说,"走吧……不过,要是走到大路尽头还找不到,我就不找了……因为我得上阿尔丹特。"农夫心想,我可不离开你,哪怕要陪你在魔沼转悠一整天。

"等着。"热尔曼突然说,他两眼紧盯着一丛奇怪地颤动着的染料树。

"喂!小皮埃尔,是你吗,孩子?"

孩子听到父亲的喊声,像只小山羊似的从树丛中蹦了出来。但他一见站在父亲身边的农场主,便像受惊似的止了步,神情犹豫。

"来吧,我的皮埃尔,是我呀。"农夫喊着策马向前。他跳下马抱起孩子,又问,"小玛丽在哪儿?"

"她躲在那儿,因为她害怕这个坏蛋黑鬼,我也怕。"

"放心,有我呢……玛丽,玛丽,是我呀!"

玛丽匍匐过来,瞥见热尔曼和他身旁的农场主,就飞奔过来,投入热尔曼的怀抱,像女儿紧紧依着父亲。

"好热尔曼,您会保护我的,有您我就不怕了。"

热尔曼浑身颤抖,他注视着玛丽,姑娘面色苍白,宛如一头受猎人追捕的小鹿。她一路奔跑,寻觅藏身之处,身上的衣服已让棘藜扎破,但神情却毫不沮丧,也没有羞愧之色。

"你主人想同你说话。"他说着,仍然盯着她的脸。

"我的主人?"她傲岸地说,"这个人不是我的主人,他永远不会是我的主人。我要您带我回去……我情愿给您白干活,不要报酬。"

农场主已经走近,假装等得不耐烦了。

"喂,小姑娘,你有些东西忘在我家了,我给你捎来了。"

"先生,我什么也没忘,什么也不要……"

"过来听我说,我有话对你说,来吧,别怕,就说两句……"

"您可以大声说……我同您之间没秘密。"

"那您至少把自己的钱拿去吧。"

热尔曼悄声说:"我早就怀疑了,不过没关系,玛丽……听听他怎么说,因为我很好奇,想弄个水落石出,以后你再告诉我,我自有道理,去吧,到他那边去,我在这里望着你。"

玛丽朝农场主那边走过去三步,男人从马鞍的前桥上弯下身子,低声说道:

"孩子,这是一个金路易,给你的。你什么也别说,明白了吗?我就说,你太瘦弱,做不动农场的活儿……事儿就了结了……过几天我再到你们那边去,你要是一字不漏,我会再给你一点东西……你要是明白事理呢,就告诉我,我会把你带回家去,要不天黑以后,我们一起到草地上去。你要我给你带什么礼物?"

"先生,这就是我送你的礼!"小玛丽大声嚷道,说着狠狠地把金路易往他脸上摔去,"太谢谢你了,你路过我们那儿时,可要先打个招呼,男孩子都会来招待你的,因为哪个有钱人想哄骗可怜的姑娘,都会受到他们特殊的偏爱。您看着吧!我们会等着您!"

"你撒谎,你这个乱嚼舌的姑娘,"农场主大怒,举起木棍威吓她,"你想让人相信你的鬼话,你别想从我这儿弄到钱花。像你们这号货色,我见多了。"

玛丽吓得抽身后退,但是热尔曼已一把抓住农场主的马缰绳,用力摇晃。

"这下我们可明白您是来干什么的了,下马,喂,下马,让我们谈谈。"

农场主无意应战,他两腿一夹,想挣脱身子,接着又用木棍敲打热尔曼,逼他松手,可是热尔曼避开棍棒,一把抓住他的大腿,硬把他拉下马来,摔入草堆。农场主站起身来,拼命挣扎,但热尔曼又把他摔倒,压在身下。

"你这没心没肺的家伙,听着,我要是愿意,可以狠狠揍你,但我不想作恶。再说,就是教训了你,你也不会良心发现,感到过意不去……不过你要是不跪下给小姑娘赔不是,就别想动弹。"

农场主早就见过这阵势,想用玩笑话混过关。他说自己只是说了几句戏言,不能算是罪孽深重,他挺愿意亲亲姑娘求她宽恕,然后大家同去附近的酒店喝上一盅,分手时便会成为好朋友的。

"你是要给我找麻烦!"热尔曼说着把他的脸压进泥里,"我可不想再看到你这副叫人恶心的嘴脸,走吧!要是学会了,你就害臊去吧!若是你要路过我们村,就得抄小道①才行。"

他拾起农场主的木棍,横在膝上一下折断,让他见识一下自己的腕力,然后轻蔑地把断棒扔出好远。

热尔曼怒火中烧,浑身颤抖,一手牵上儿子,一手拉着玛丽,离去了。

十五　返回农场

一刻钟以后,他们三人离开荒原,在大道上策马而行。小花每见一件熟悉的事物,都要引颈长嘶。小皮埃尔按自己的理解把发生的事告诉父亲。

"我们到了以后,那个人就来同我的玛丽攀谈,那时我们正在羊圈里看漂亮的羊儿,我爬进摇篮去玩,所以那人看不见我。他向我的玛丽问好,还吻了她。"

① 这是村口大路边沿着村外修的小道,有人心怀鬼胎怕遭惩戒,就走小道,以免见人。——作者注

"怎么，玛丽，你让他吻你了？"热尔曼气得直抖。

"我以为那边人对生客表示欢迎就要亲吻呢，我还想这是一种正派的举动，就像在我们村里，老奶奶看到年轻姑娘来家帮工，总会像母亲似的亲吻她们，以表示欢迎。"

小皮埃尔能够讲述这桩奇遇，不禁扬扬自得。他又接着说道："后来，那个人就对你说了些你要我永远不再重述和记住的坏话，所以我很快就忘了，不过，要是父亲想让我说……"

"不，我的皮埃尔，我不想听，也要你忘掉这些话。"

"那好，我就再忘掉吧。后来玛丽说她要走，那个人好像光火了，他说，玛丽要什么他都可以给，给一百法郎。我的玛丽也火了。这时他扑上来，像是要害玛丽。我一害怕就扑到玛丽身上大哭起来，那个人就说：'这是怎么回事，这小孩是从哪儿钻出来的，给我撵出去！'他还举起棍想打我，可是我的玛丽不让他碰我，她说：'我们以后再说，现在我得把孩子送到弗尔什去，然后我再回来。'于是他马上离开了羊圈。我的玛丽就对我说：'皮埃尔，我们逃走吧！快跑吧！那个人是坏蛋，他会害我们的。后来我们躲到谷仓后面，穿过一片小草地，到了弗尔什去找你，可是你不在，人家又不让我们等你。这时那个人骑着黑马又赶来了，我们就往远处逃。后来，我们躲进了林子。后来他也来了，我们听到响动，又躲起来。等他走了，我们又往回家的路上跑。后来你到底来了，找到了我们。事情就是这样，对吗？玛丽，我没忘掉什么吧？"

"没有，皮埃尔。这全是实话。现在，热尔曼，回去后，您得给我证明并且告诉大家，我没留在奥尔漠，不是我缺乏勇气,不肯干活。"

"而你,玛丽,"热尔曼说,"我要请你想想,要保护女人,惩罚坏蛋,二十八岁的男人是否已经太老?!巴斯蒂安或别的什么英俊小伙子,他们至少要比我小上十岁,条件比我好,可是换了他们,怕会让小皮埃尔说的那个人打垮呢!你说呢?"

"我认为您给我帮了大忙,我一辈子都感激不尽!"

"就是这样?"

"小爸爸!"孩子说,"我答应过你的话还没对玛丽说。我没有时间。不过回家以后我会对她,对外婆说的。"

孩子答应替他说好话,终于让他想起,现在该想想怎么向长辈交代了:既要解释自己对寡妇的不满,又不能道出是什么原因让自己变得敏锐苛求。一个人若是幸福自豪,要让别人接受自己的幸福倒还容易。但是一方面横遭拒绝,另一方面还要受人责备,这滋味怕不会好受。

幸亏他们回到农场时,小皮埃尔已经睡熟。热尔曼没弄醒他,把他放到床上。随后他想方设法多加解释。莫里斯老爹坐在离开家门口有三尺远的凳子上。听到热尔曼说此行一无所获,他未免沮丧。接着热尔曼描绘寡妇如何搔首弄姿,又问他自己是否有时间花上五十二个星期天去献殷勤,还要担着风险,很可能到年底会被拒绝。听到这里,老爹不禁点头叹息,说道:"热尔曼,你没错,这样的事,我们办不到。"接着热尔曼叙述他被迫尽快带回玛丽的经过,说明否则下流的主人会作践玛丽,甚至可能强行施暴。听到这里,老爹又点头赞同,说道:"热尔曼,你没错,就该这么办。"

热尔曼讲述完事情经过，一一列举理由以后，岳父母不约而同，长叹一声，他们四目相对，神情无奈。接着，当家长的站起身来说道："好吧，听凭上帝安排吧！感情上的事是不能勉强的。"

"来吃晚饭吧，热尔曼，"岳母招呼他，"事情没办成，心里真不痛快。看来是上帝无意成全这桩好事。我们只能另想办法了。"

"对，"老头儿说，"像我女人说的，另想办法吧！"

一家人都不再提起这事。翌日，小皮埃尔和百灵一起醒来，没有因前几天那些不寻常的事件心神不安，他又似乡里同龄的儿童一般，重新陷入无所用心的麻木状态。他把脑子里转过的念头忘得一干二净，一心只想和弟弟玩耍，去学"大人"好使唤牛马。

热尔曼重新埋头干活。他也想忘却，但他总闷闷不乐，心不在焉。什么人都能看出他的变化。对玛丽，他不理不睬，甚至不屑一顾。但是每日里，不论何时，若是有人问起，他总乐意回答。他能说出玛丽在哪片草地，走过哪一条路。他明知玛丽在家受穷，却不敢求岳父母请她冬天来家帮工。

姑娘没有受罪。吉耶特大妈弄不明白，家里小小的柴堆为什么总不见少。晚上离开时，窝棚还是空的，为什么天亮以后，里面又堆满小麦和土豆。原来是有人从天窗爬进粮仓，悄悄把一口袋粮食倒在地上，既没惊醒别人，也未留下痕迹。老妪忧喜参半。她关照女儿切莫声张，说是万一有人听说她家出现奇迹，就会怀疑她是女巫。她心里也认为这是魔鬼作法，却又不急于与鬼闹翻，请个神甫来家驱魔。她暗自思忖，撒旦做了好事，总会前来要账，让她交出灵魂作为报酬,待到那时自己同鬼分手也还不能算晚!

小玛丽了解真情。但她不敢向热尔曼提及,担心他又会向她求亲。在热尔曼面前,玛丽遮遮掩掩,装作一无所知。

十六　莫里斯大妈

一天,莫里斯大妈看到热尔曼单独在菜园做活,便关切地询问:"可怜的女婿,我觉得你不大舒服,你吃饭不像往常那么香了,你不再爱笑,说话也越来越少。是不是我们家有人,再不就是我自己,不知不觉地叫你为难了?"

"没有,母亲,"热尔曼回答,"您对我一直像亲生母亲一样。我要是怨恨您和我岳父,或是怪罪其他家人,那我就是忘恩负义了。"

"要是这样,孩子,那你是又开始想念故去的妻子了。时间没有让你忘却,反让你更加忧伤。你岳父说得在理,你真该再娶一房妻室了。"

"是的,母亲,我也这么想,可是你们劝我找的女人都不合适。我见到她们,不但不能忘记我的卡特琳,反而更加想念她了。"

"热尔曼,看来我们没能猜准你的爱好。你得帮助我们,把真话告诉我们。总有那么个女人和你是天造地设的一双。因为上帝要让每个人幸福,总会替他安排个能够般配的伴侣。你要是知道该从哪儿去找你心目中的女人,你就去吧。不管这女人是美是丑,是富是穷,我老伴和我,我们俩已经拿定主意,同意你的选择。见你总是愁眉苦脸,我们也很心烦。你心里不安,我们也活不安生。"

"母亲,您真和上帝一样善良,父亲也是这么善良,"热尔曼回答,"不过您的好意不能消除我心头的烦恼。我中意的姑娘看不上我。"

"这姑娘很年轻吧? 看上年轻人,对你来说,可是不够明白事理啊!"

"是的,好妈妈,我神魂颠倒,竟看上了一个年轻女孩。我也责怪自己,尽量不再想她。可是,不论我是在干活或者在休息,是在望弥撒或者在睡觉,我总是想她,而不能转别的念头。"

"这么说,你是迷上她了。这样,就只有一个办法,那就是让姑娘改变主意,愿意跟你。这就要我来操办了,我得看看事情能不能成。你告诉我,她是哪个村的,叫什么名字。"

"天哪,亲爱的母亲,我不敢说,您会笑话我的。"热尔曼说。

"我不笑你,热尔曼,因为你心里不好过,我不想给你添愁。是弗朗塞特吗?"

"不是,妈妈,不是她。"

"那么是罗塞特?"

"不是。"

"那你说吧,不然让我一个个点下去,就没完了。"

热尔曼低下头去,拿不定主意,不知是否该说。

"算了,"莫里斯大妈说,"今天不说也罢,热尔曼,或许明天你会更信得过我。要不就让你弟媳妇来找你,她的嘴要巧些。"

于是老妈妈拿起篮子,把床单、内衣搭在矮树丛上。

热尔曼像个孩子,见老人不再理他,倒打定主意紧紧跟上,哆哆嗦嗦地说出了吉耶特的小玛丽这个名字。

老妈妈这一惊非同小可,她惟独没想到的就是这个姑娘。但她善于体察人意,强压着不露声色,只在心里评头品足。接着,她见自己默不作声,热尔曼很难堪,便把篮子递给他:"怎么你心里有人就不帮我做活了?拿上篮子,来跟我谈谈吧,热尔曼,你都想好了吗?你拿定主意了吗?"

"我亲爱的母亲,话不是这么说。我要是能办成早就拿定主意了,可是人家不听我的,我只有拿定主意打消这个念头。"

"要是做不到呢?"

"凡事都有个头,莫里斯妈妈,马儿负荷太重就会倒下,牛儿不想吃料就会饿死。"

"这就是说,你要办不成这事,就会死的!热尔曼,这可是上帝不容啊!我可不愿听到你这种男人说这种话。你们这种人说的都是心里想的。你本是个要强的人,一旦软弱,就很危险。来吧,会有希望的。这姑娘一贫如洗,你能看上她,对她来说是件很体面的事。我想她不会谢绝的。"

"她已经拒绝我了。这是实话。"

"她为什么拒绝呢?"

"她说你们对她一向很好,她家欠了你们的情,所以她不想妨碍我找个有钱人家攀亲,惹得你们生气。"

"她若是这么说,倒是个情真意切的姑娘。看来她是个本分人。可是,热尔曼,她这么说还治不好你的心病,她肯定还说她也爱你,只要我们同意,她就会嫁你等等这一类话吧?"

"事情就糟在这儿! 她说,她心里没有我。"

"这姑娘要是能够让你远离她而不说心里话,倒真值得我们疼爱了。她这么通情达理,我们就不该挑剔她的年龄了。"

"是吗?"热尔曼大喜过望,竟又生出一线希望,"对了,她要真是这样,倒是像个明白事理、很有分寸的孩子。不过我想她能这么冷静是因为她不中意我。"

"热尔曼,答应我,下礼拜你要安安心心,不再折磨自己,你要吃好睡好,像当初一样欢欢喜喜。我去找老伴,要他答应你。那时候,你就可以弄清楚姑娘究竟对你是不是有意了。"

热尔曼满口应承。下个星期莫里斯老爹没对他多说什么,似乎毫不知情。农夫努力安下心来,可是面色日益苍白,苦恼也更加深重。

十七　小　玛　丽

待到星期日上午,望完弥撒出来,岳母终于开口问热尔曼,自从菜园谈话以来,姑娘是否有所允诺。

"什么也没有,我没找她谈。"他回答。

"你不找她谈,怎么能说得通呢?"

"我只同她谈过一次,"热尔曼回答说,"那是我们一起在弗尔什的时候。从那时候起,我再没对她说过一句心里话。她拒绝我以后,我心里万分痛苦,真怕再听到她说出她不爱我。"

"好吧,孩子,现在你该找她谈谈了。你岳父允许你去找她。去吧,我让你去,要不就说我要你去。该拿主意了,你不能总这么下去。"

热尔曼听从了。他神情沮丧,低着头走进吉耶特家。小玛丽独自坐在炉边沉思冥想,没有听见热尔曼进门,待到她看见热尔曼站在跟前,便惊得从椅子上跳了起来,满脸绯红。

"小玛丽!"他坐在她身边说道,"我知道,我来了会使你为难,我给你添麻烦了。可是我们家的男人和女人(按习俗,指一家之主)要我跟你说,所以我向你求亲来了。我知道你不愿意。"

小玛丽说:"热尔曼,这么说,你真爱我了?"

"我知道,你会生气,可这不是我的错。你要是能改变看法,我就太高兴了。当然,我配不上你,玛丽,望着我,我很难看吗?"

"不,热尔曼,你比我俊。"玛丽笑盈盈地回答。

"别挖苦我。看着我,别太挑剔。我没掉过一根头发,也不缺一颗牙。我的眼睛会告诉你,我爱着你。看着我的眼睛,这目光里写着所有的姑娘都懂得的语言。"

玛丽活泼大方地注视着热尔曼的眼睛,随后猛地掉转身子,战栗起来。

"上帝,我吓着你了,"热尔曼说,"你看我时,就仿佛我是奥尔漠的农场主似的。求求你,别怕我。这样我太痛苦了。我不会对你说难听话,也不会强吻你。你什么时候要我走,只要指指门就行。怎么样,我是不是该走了,好让你不再哆嗦。"

玛丽把手伸给农夫,但没回头;她仍然盯着炉火,默不作声。

热尔曼说:"我知道,你怜惜我,因为你人好。见我快快不乐,你也不快。可你难道不能爱我吗?"

"热尔曼,你为什么要对我这样说话,你想让我哭吗?"小玛丽终于开口了。

"可怜的姑娘,你的心真好,我知道。不过你不爱我。你怕我看出你不乐意,心里厌烦,才不肯回头看我。我呢,我连你的手都不敢握,在林子里,儿子睡熟,你也睡着时,我几乎要轻轻地吻你。可我不敢求你让我亲吻,怕会羞死呢。那天夜里,我真受够了罪,就像被文火烧炙一般。那以后,我每夜都梦见你。玛丽,梦里我总是亲你。可是你呢? 你睡得多好,从不做梦。你知道我现在想什么吗? 我想的是,倘若你回头用我这种目光看我,把面颊伸过来,我会乐死的。而你呢,你想若是有这样的事,你会气死羞死的。"

热尔曼像在梦呓一般,并没听见自己的话。小玛丽还在战栗,可是热尔曼更加剧烈地颤抖着,因而不再察觉玛丽在哆嗦。突然,玛丽回过身来,泪流满面,用责备的神情望着热尔曼。可怜的农夫以为已经承受了最后的打击。他不等人家宣判就站起身来准备离去。但是姑娘把头靠在他胸前,伸出两臂搂着他不让他走。

"啊,热尔曼!"她抽泣着说道,"你难道没有猜到我爱着你吗?"

若不是热尔曼的儿子正好冲进茅屋,使他清醒过来,热尔曼真会发狂的。小皮埃尔正骑着一根木棍飞奔而来,身后跟着手持柳条抽打想象中的马儿的小妹妹。于是热尔曼伸出双手抱起儿子,把他放到未婚妻的怀里,对她说道:

"你看,你能爱我,得到幸福的还不止我一个呢!"

附　录

一　乡　间　婚　礼

写到这里,热尔曼娶妻的故事已经告一段落,故事本是这个精明能干的农夫亲口向我叙述的。但是读者朋友,请原谅我在复述时未能做到传神。我吟诵的(以往本地人就是这么说的)当地农民所操的一种古老淳朴的语言,确实需要复述和转述。对我来说,他们操的是过于纯正的法语。从拉伯雷①和蒙田②往下,语言的进步已经使我们失去不少古时多姿多彩的用语。每有进步,必有所失,情况总是如此,必须有所取舍就是了。但是能够耳闻这种色彩浓郁的习语在法兰西中部的古老土地上继续流行,毕竟不失为一件乐事。尤其因为操此习语的当地居民个个性格文静,好揶揄调侃,他们能说会道,极善打趣逗乐,而只有这类习语才能把他们的性格描绘得逼真传神。都兰保留着相当可观的古朴短语。但自文艺复兴开始,都已极大地文明化了。那里遍地都是城堡、通途、异乡人和熙来攘往的活动。贝里却保持稳定。我以为目前,除了布列塔尼和法国极南端的几个省份以外,就数贝里为最"本色"的地方。某些风情习

① 拉伯雷(1483—1553),法国文艺复兴时期著名作家。
② 蒙田(1533—1592),法国著名散文家。著有《随笔集》三卷(1580—1588),是文艺复兴后期人文主义的重要散文作品之一。

俗那么奇特、有趣,竟令我盼望你们也能稍有领略。因此,亲爱的读者,请允许我再用一点时间,细细描述一次乡间婚礼吧,我要描述的是几年前我有幸参加的热尔曼的婚礼。

因为,是啊,一切都已逝去。仅从我出世以来,我们村里在观念和习俗方面的频繁变动就超过了法国大革命以前几个世纪的总和。我童年时期还十分流行的克尔特①、异教和中世纪的礼仪,已有半数销声匿迹,不见踪影。或许再过一两年,铁路就会出现在我们那一带的深谷上面,并以雷霆万钧之势把我们的古老传说和瑰丽传奇全部涤荡一空。

婚礼是在冬季,在狂欢节前后举行的。这正是一年中我们乡间最宜于举行婚礼的时节。夏天,人们没有空闲,农场的活计容不得三天的延迟。且不提喜庆活动以后,不论是心醉的还是酒醉的,都需要再花上几天工夫才能消化这喜酒。那天我正坐在厨房里古老的炉前那宽大的炉台下,耳畔忽传来枪声、狗吠声和高亢的风笛声,于是我意识到未婚夫妇已快来临。不一会儿,莫里斯老爹、莫里斯大妈、热尔曼和小玛丽便都进入院内,他们身后跟着雅克和他的妻子,几位主要的可敬的亲属以及新人的教父和教母。

小玛丽还没有收到这里称作"添箱"的结婚礼物,她衣着朴素,但这已是她最讲究的服饰了。她身穿一件深色的粗呢长裙,肩披印有色彩鲜艳的花枝图案的白色披巾,胸前系一条绛红色的围裙(这种红色印花棉布当时十分流行,如今早已无人问津),头上戴着雪白的麻纱旧式帽,式样俏

---

① 克尔特,欧洲古代部族,被视为今欧洲许多民族的祖先。法国人的祖先高卢人即克尔特人的一支。

丽,令人想起安妮·博林①和阿涅斯·索雷尔②的头饰。她笑盈盈的,神采飞扬,但却毫无骄矜之色,尽管她有理由扬扬自得。热尔曼神情庄重,温情脉脉地站在她身边,仿佛在拉班的井畔迎接拉结的年轻雅各③。换上哪一个女孩,都会卖弄、炫耀、自命不凡。因为不论在哪个阶层,靠一双美目赢得丈夫总是值得自豪的。但是姑娘却是两眼噙着泪花,目光闪着爱意,一眼就能看出她已深深陷入爱河,无暇顾及舆论的反应。她果断的神情一如往常,但她胸怀坦荡,心地善良,毫无居高临下的傲气。她意识到自己的力量,但毫不倨傲。她的女友问她是否满意,她直率地回答:"天哪,当然高兴!对好心的上帝,我没有什么可以抱怨的。"听她这么说,我不禁感慨,她确是迄今我所见过的最为可爱的未婚妻了。

婚礼前,由莫里斯老爹致辞。他按照乡俗说了些客套话,并向宾客发出邀请。他先将一枝缀有缎带的肉桂放在壁炉台上,算作告示,也就是喜帖。随后,他向每位来宾分送由天蓝和桃红缎带交叉而成的十字架,桃红代表新娘,天蓝代表新郎,男女宾客留下这个标记,到婚礼那天或别在帽上或插入扣眼,等于请束和入场券。

接着,莫里斯老爹致贺词。他邀请一家之主带上全家,也就是说带上子女、亲戚、朋友和帮工一起前来参加祝福仪式和喜庆活动,共同欢庆、跳舞并参加其他各项活动。他还

---

① 安妮·博林(1501—1536),英王亨利二世的妻子。
② 阿涅斯·索雷尔(1422—1450),法王查理七世的情妇。
③ 雅各,《圣经》中的人物,传说中犹太人的祖先,曾与天使摔跤获胜,建以色列国。拉班系雅各的舅父,拉结是拉班的女儿,雅各的妻子。

补充说:尊贵的宾客,您荣幸地受到了邀请①,谨此通知。真可谓用词恰如其分,尽管在我们看来,说法似应相反,实际上他的说法却是在向受尊敬的人们表示应有的敬意。

尽管主人向教区内的各家各户广泛发出邀请,但是农民讲究礼貌周全,行为得体,每家只能派出两人应邀,由家长代表全家出席,再从孩子中选出一名出席,以示这一家人丁兴旺。

邀请发出后,未婚夫妻和他们的双亲便一起去农场进餐。

接着小玛丽去公地上放牧她那三只羊。热尔曼去耕地,仿佛什么事也没发生一般。

婚礼前夕,约莫下午两点,乐队来到,有吹风笛的,有演奏手摇弦琴的,他们奏起应时乐曲,乐器上都饰着长长的飘带。音乐的节奏对外人来说稍嫌缓慢,但对本地区松软的土地和起伏不平的路面却很适宜。青少年鸣枪宣布婚礼开始。人们逐渐聚拢,在屋前草坪上跳起舞来,气氛也逐渐活跃。夜幕降临后,开始了一些奇怪的准备,人们分为两群,到天色全黑后,便开始举行"添箱礼"仪式。

这项礼仪活动在女方家中——吉耶特的茅屋里举行。吉耶特大妈带着女儿和十来个年轻貌美的牧羊女,都是她女儿的女友或同她们家沾亲带故的姑娘,两三个受人尊敬的老妪,全是些口齿伶俐,巧于应对,惯于严格维护古老风习的邻近人家的老妇人。另外,吉耶特大妈还选了十来名体魄健壮的少年,也都是沾亲带故的乡邻友好。最后是教

---

① 习惯的说法应为"我荣幸地邀请您"。

区的老打麻人。他是个善于辞令、口若悬河的人物。

在布列塔尼一带，都由村里的裁缝充当媒人。而在我们乡里，媒人却是打麻人或梳毛工（往往是由一个人身兼二职）。遇有红白喜事，此人必定到场，因为他知识广博，能说会道，而在这种场合，他总要发表讲话，庄重地完成自远古以来世代流传的礼仪活动。这种人的职业要求他们走街串巷，出入邻里宅第，而不是一心只顾自己一家，所以他们个个喜爱闲聊逗趣，善于讲故事和说唱。

打麻人往往不信神鬼，他和乡里另一个人物，掘墓人——下面我们还会细细介绍——最不信邪，总是当地最胆大的人物。他们常常谈论鬼魂，熟悉这些狡黠的精灵的花招，丝毫没有畏惧之心。他们——掘墓人、打麻人和鬼魂主要都是在夜里干自己的营生。打麻人讲述悲惨的传奇，也多在夜间。这里请允许我先讲一段离题的话……

人们把苎麻泡到一定的火候以后，就是说在活水里泡够以后，又在岸边晾得半干，就挪到屋前的场院里，一束束竖放着，底部的茎散开，顶端扎成球状。入夜以后望去，颇有几分像一长排小小的白色幽灵，两腿细瘦伶仃，无声无息地沿着墙根走动。

九月底，夜里天气还暖。这时节，人们就着惨淡的月色，便开始打麻了。白天他们把苎麻放在炉里加热，到傍晚时分再抽出来，好趁热打碎。打麻时用的是一种上面装有木制杠杆的支架，垂下时落在槽里，能砸碎而又不至于切断麻茎。于是，夜里在野外就能听到木杆迅速下落时发出的三下断续的脆响。接着是一片沉寂。这时打麻人正用手臂抽动麻束，改变受砸的部位。然后又是三声脆响，这是打麻人用另一只手拉动杠杆。这样连续不断地操作,直到天色微明,曙光初露,隐去月色后才停止。由于一年中打麻只用几天工夫,这里的狗不熟悉打麻的声响,便从四面八方发出哀怨的吠叫。

这个时节,野外还会充满异常的神秘音响。南来的鹤群飞过天空,白天,肉眼还略能分辨,夜里就只能听到鹤唳。鸣声穿过云层传来,沙哑而哀伤,仿佛备受磨难的灵魂在诉说,在话别。它们虽努力寻找通往天国的道路,却被不可抗拒的命运之神压在地面之上,离人间很近。鹤这类候鸟在南行的历程中常会表现出奇特的犹疑和神秘的忧虑。有时风在高空中随心所欲地吹拂,忽而向南,忽而向北,忽而一股股疾风劲吹,这种时候,鹤群便难以辨别风向。它们如在白天迷失方向,你就会看到头鹤随风飘荡,然后掉转方向,往回飞到呈三角形的鹤群阵式的尾部,接着鹤群会以敏捷的动作,迅速转到头鹤身后,复又形成秩序井然的三角阵式。往往头鹤经一再努力而终未见效以后,于精疲力竭之下,便会拒绝继续率领鹤群飞行,这时另一只鹤便飞出队形来代替它领飞,然后这第二只鹤再让位于第三只鹤。待到新的头鹤终于找到风向,它便胜利地带领群体继续它们的旅程。但这期间,这批身有双飞翼的朝圣者,用那不为人知的语言已经交换了多少信息!它们曾发出多少次惊呼、责难和鼓励,又曾多少次发出野性的诅咒或忧虑的询问!

在洪亮的夜空轰鸣中,有时凄厉的鹤唳会在房顶上持续回荡,经久不散。由于人们一无所见,便会身不由己地感到害怕、怜悯和不适,直到抽泣着的鹤群消失在广漠无垠中为止。

在这个季节中,还会听到其他的闹声,主要是来自果园的响动。果子尚未采摘,罕见的爆烈声从枝头连续发出,使果树竟如动物一般。因为枝丫发展到最后阶段会突然难以承受自身的重量,于是便弯下身子,咯咯作响。苹果脱离树枝后会落在你的脚边,在潮湿的地上发出沉闷的声响。这时你还会听到(但却不能看见)一个野物穿枝拂草,仓皇逃窜。这是农家养的家犬,它总在逡巡,既好奇又担忧,既冒失又胆怯;它四处流窜,从不躺下,永远在寻觅什么;它躲在灌木丛中窥视着你,听到苹果坠落,会以为是你向它投掷石块,于是便一溜烟逃离而去。

就在这种灰蒙蒙、阴惨惨的黑夜里,打麻人便开始讲述他的奇遇了,讲他见到过的家神、白野兔、受难的灵魂、变为狼形的巫师、恶魔在十字路口的夜会和墓地里吓人的先知——猫头鹰。我还能忆起在这样的夜晚,打麻人一边操纵打麻机,一边讲述奇遇。打麻机落下时发出无情的撞击声,总在最瘆人的地方打断打麻人的讲述,使我们浑身冰凉,颤抖起来。通常打麻人一边砸麻,一边继续讲述。这样就会有四五个词听不清楚,无疑都是些可怕的词语,我们都不敢让他重述,缺了这些词,他那带有阴森森神秘色彩的故事便益发显得恐怖神秘了。尽管女仆警告我们,天色已经过晚,不宜在户外久留,早就该去睡觉了,但我们却一概置若罔闻,因为她们自己也非常想听。随后我们穿过村庄返回住处,那时候心里是多么恐惧!教堂的门廊显得多么幽深,老树的阴影又是多么浓黑。至于墓地,根本不敢看,走过时,总是双眼紧闭。

但打麻人不同于专以恐吓为乐事的虔诚教徒。他喜欢逗乐,性格诙谐,必要时——需要歌颂爱情和婚姻时,还很多情善感。最为古老的歌曲都由他搜集、记忆并向后代传授。因此,婚礼上就由打麻人主持向小玛丽献上添箱礼的仪式。

二 添 箱

待众人都已聚在屋里,家人便仔仔细细关严门窗,甚至堵上谷仓的天窗,在所有的出口处都堆上木板、凳子、树根和桌子,仿佛要对付围攻一般。在采取了这些防御措施后,屋里便静默下来,大家在严肃的气氛中等待着,直到屋外传来歌声、笑声和乡间乐器演奏的乐声。来的是男方的迎亲队伍,以热尔曼为首,陪同的有他最大胆的伙伴,掘墓人以及亲朋好友和帮工。这一行人神色欢快,步伐稳健。

快到女家时,迎亲队伍放慢步子,相互商议。然后一切又都归于沉寂。关在女家屋里的姑娘们在封窗时总要留下缝隙,这会儿她们从缝中窥探到男方已到,便纷纷散开,摆出迎战的阵势。外面细雨绵绵,寒气袭人,增加了气氛中的刺激性因素。屋内,炉膛里燃着熊熊的烈火,毕剥作响。玛丽满心想缩短这场包围战,而按照习俗,围屋总拖延良久。玛丽不愿让未婚夫冻得手脚麻木。但在这种场合,她不仅没有发言权,表面上甚至应当和女伴一起默不作声地去折磨对方。

两边的营垒摆好阵势以后,外面开始鸣枪,于是周围的狗儿大声狂吠。屋内的狗以为确是遭到袭击便也汪汪叫着冲向门边。孩子们不顾母亲好言抚慰,开始哭泣颤抖。

这幕活剧演来如此逼真,过路的外乡人定会上当,或许还会设法自卫,免得遭到强盗的袭击。

接着,作为男方的行吟诗人兼演说家的掘墓人便站到门边,声音凄楚地开始和站在大门上方天窗前的打麻人对话。

掘墓人:喂!好心的人们,亲爱的堂区教友,看在上帝分上,给我们开门吧!

打麻人:你们是什么人?你们怎么敢擅自称呼我们为教友?我们不认识你们。

掘墓人:我们都是老实人,碰到了难办的事,别害怕,朋友,款待我们吧。外面在下雹子,我们可怜的双脚都已冻僵。我们走了远路,木鞋都裂开了。

打麻人:木鞋裂了,到地上去找,你们会找到代替铁条(用来修补开裂木鞋的弓形铁条)的柳条,可以用来补鞋。

掘墓人:用柳条代替铁条补鞋可不结实。你们是拿我们开心。好心的人们,最好你们还是开门。我们能看见屋里生着多旺的火。你们肯定还烤着肉串,进屋以后既会心情愉快,又可以吃饱肚子。给我们这些可怜的朝圣者开门吧,你们若不开恩,我们会死在你们门前的。

打麻人:你们是朝圣者?刚才你们没提这回事。请问,你们从哪个圣地回来?

掘墓人:开门以后就告诉你们。我们走得太远,说了你们也不会信。

打麻人:开门？甭想,我们不会轻信你们。你们是从普利尼的圣西尔万来吗？

掘墓人:我们曾去过普利尼的圣西尔万,可我们还去过更远的地方。

打麻人:那你们到过圣索朗日喽？

掘墓人:那当然,可我们还去过更远的地方。

打麻人:瞎说,你们根本没去过圣索朗日。

掘墓人:我们去过更远的地方,我们现在是从孔波斯泰尔的圣雅克来。

打麻人:你们胡扯些什么,我们没听说过这个教区。我们能看出来,你们不是好人,是强盗,不干好事,专门扯谎。走吧,上别处去贩卖你们那套货色吧！我们可不会上当,你们别想进屋。

掘墓人:天哪,伙计,行行好吧,我们不是朝圣的,你猜对了。我们是倒霉的偷猎者,守林人在追捕我们,警察也已跟踪而来。你们要是不肯收留我们,我们会给抓去坐牢的。

打麻人:谁来证明你们这次说的是实话呢？你们已经说过谎,还改过口。

掘墓人:你们若是愿意开门,我们会送上猎获的漂亮野物。

打麻人:先亮出来,我们不相信你们。

掘墓人:打开一扇门或窗子,我就递进去。

打麻人:不行,我们不那么蠢。我从缝里望着,你们不像猎手,我们也不见猎物。

这时,从人群中走出一个原来不曾露面的放牛娃,他身材短粗,膂力过人。他把一根叉着褪毛鹅的粗大铁叉举到天窗前,铁叉上还饰有一捆稻草和飘带。

打麻人小心地伸出手臂摸着烤物,大声说道:"好嘛!这不是鹌鹑,也不是山鸡,既不是野兔,也不是家兔。像是鹅或火鸡,你们真不愧是好猎手!打这么个野物完全用不着走远路。走吧,到别处去,你们这些家伙,你们的谎言都已拆穿,完全可以回到家里去做晚饭,你们别想进屋来吃我们的晚饭。"

掘墓人:天哪,上帝,我们能到哪里去烤野味呢?我们人很多,东西太小,不够分食。再说,我们无家可归,无火可烤。都这个时辰了,家家户户都关上了门,大家也都已睡下,只有你们在家里庆祝婚礼。让我们这样在外面受冻,你们真够狠心的。再说一次,好心的人们,把门打开吧,不会让你们增加花销的。你们已经看见,我们带着东西来烤,只是要借一席之地,再借点儿火把它烤熟。然后我们会心满意足地离去。

打麻人:你们别以为我们家地方太宽敞了,再说,弄柴火难道不要费力?

掘墓人:我们有一捆稻草可以烧火,我们就用这一点儿火,你们只要允许我们把肉叉放在炉膛上就行了。

打麻人:不行,你们真讨厌,一点儿不可怜。我看你们是醉了。你们什么都不需要,是想进屋来抢我们的地盘和女孩子。

掘墓人:你们什么道理都不听,那就别怪我们强行进屋了。

打麻人:如果愿意,就试试吧。我们堵得很严实,不怕你们。你们既然无礼,我就不再理会你们了。

说到这里,打麻人重重地关上天窗,走下梯子,回到屋里。然后他拉起未婚妻的手,青年男女便都跟着他们开始跳舞,欢呼。婆娘们尖声歌唱,朗声大笑,用笑声虚张声势地对外面的袭击者表示轻蔑。

外面的人使劲攻屋,对着大门开枪,招来狗儿狂吠,他们猛烈地捶墙,摇晃百叶窗,发出吓人的喊叫。总之是一片喧闹,难以听清,尘土飞扬,对面不能见人。

可是他们仅仅是在佯攻,时间不到,还不能违反礼仪的规定。如果在屋外逡巡时能发现一处未曾设防的通道,一个入口处,那便可以发动奇袭,潜入屋内。只要拿铁叉的人能把烤物放到火上,表明业已占领这一家房子,那么喜剧就可以收场,男方便被宣告为战胜者。

但是,房子的出口不多,不会有所疏漏,忘记采取惯例规定的提防措施。于是在预定开始行动的时刻之前,谁也不敢贸然使用暴力。

待到众人都已跳够喊累之时,打麻人便准备投降了。他爬到天窗前,小心地打开窗户,朗声大笑着对失望的袭击者表示欢迎。

"怎么样,孩子们,你们可不够灵活,你们以为进屋比办什么事都容易。可是你们已看到我们防御得很成功。但我们已开始可怜你们,只要你们让步接受我们的条件。"

掘墓人:说吧,好心的人们,要我们进屋后该做什么都说出来吧!

打麻人:要唱,朋友们。不过要唱一首我们没听过的新歌,唱一首好歌,让我们无法唱出更美妙的歌来应和。

"这好办。"掘墓人回答。于是他用浑厚有力的嗓子唱道:"半年前,正值春日。"

"我漫步在新绿的草地上,"打麻人应道,他的嗓音嘶哑,但很有力,"你在开玩笑吗?可怜的人,怎么唱出这样老的歌,你看,刚唱一句就让我给打断了。"

"她是亲王家的公主……"

"正打算出嫁,"打麻人又应道,"换一首,再换一首。这首歌我们可太熟悉了。"

掘墓人:唱这一首怎么样,我从南特回来……

打麻人:又累又乏……瞧,又累又乏。这是我祖母时代的歌。再换一首吧。

掘墓人:那一天,我信步走来……

打麻人:沿着这可爱的林子。这首歌太蠢,我们的孙子都不想与你们应和。怎么,你们只会唱这些歌?

掘墓人:啊,我会一直唱下去,唱到你们对不上来为止。

他们这样对歌了一个小时。两个对手是当地最擅长歌唱的人,他们记忆中的曲目数不胜数,似乎可以无休无止地连续演唱,唱上一夜也唱不完。打麻人尤其狡黠,有时会让对手唱上十段、二十段,甚至三十段而不作声,仿佛已经认输。这时,男方的营垒便成了赢家,他们于是齐声歌唱,相信对方已无力应对。但是当他们把最后一节唱到中间时,又会听到打麻的老头用鼻音粗声唱出最后几句。唱完他就大叫,你们没必要唱这首长歌,这太累人了,孩子们,我们对这首歌了如指掌。

也有一两回,打麻人扮起鬼脸,拧着眉毛,回头望着倾听的婆娘,神情失望。因为掘墓人唱的歌太古老,对手或是忘了,或是从未听过。但是婆娘们很快便尖声应和起来,似海鸥般唱出胜利的叠句。掘墓人不得不认输,再试别的歌子。

要等到水落石出,看清究竟哪方是赢家,时间就太长了。女家于是宣布只要男方向女方馈赠一件像样的珍贵礼品,他们就愿意开恩。接着便唱起添箱礼的赞歌,曲调庄严,如赞美诗一般。屋外的男人齐声用低音唱道:

> 开门,开开,玛丽,
> 宝贝,
> 我有厚礼来相赠。
> 啊,我亲爱的,请让我们进屋来!

屋里的妇人听到这里,音调悲怆地接着唱着:

> 我爹愁闷,娘伤心,
> 我这女儿身价高,
> 此时不能把门开。

男人们又重复唱上面的歌子,唱到第四句,改成下面这样:

> 我有漂亮手帕来相赠。

接着,妇人们又以未婚妻的名义重复她们的唱段。

男人们至少要唱上二十遍自己的唱段,每次都在最后一句点出一件新的礼品,这才能把添箱礼历数完毕:美丽的围裙、漂亮的丝带、呢子上衣、花边、金十字架,甚至还有一百只别针。因为送给新娘的贺礼并不丰厚,婆娘们毫不动心,一概回绝。

最后,男方决定提到向她馈赠漂亮的丈夫,于是妇人们便对着新娘,和男人一起唱道:

> 开门,玛丽,好宝贝,
> 漂亮的丈夫来找你,
> 好吧,朋友,就让他们进屋来。

三　婚　礼

打麻人立即拔下从屋内关门插上的木闩,因为当时我们村里多数人都还使用这种门锁。于是男方一行便向女方家里冲去,但要冲进屋里也还需经过一番打斗。因为屋里的少男们,甚至那个年老的打麻人和上了年纪的婆娘,都已行动起来,对屋子严加守卫。举着烤叉的人必须仗着男方众人齐心协力把叉子放进炉膛。这是一场真正的战斗,尽管双方都避免厮打,也丝毫不怀怨气。但在这场精力的角逐中,双方都要维护尊严,互相间的推搡、挤压十分激烈,其后果往往相当严重,只是有笑闹和歌唱的掩盖,不易看出而已。可怜的老打麻人,像头狮子似的挣扎着,他被人群推挤到墙边,直压得透不过气来。不止一个勇士被推倒了,不知不觉被人踩在脚下,不止一个人因为不肯放下烤叉,在打斗中弄得两手鲜血直流。这类游戏是危险的。最后一段时间,出的事故相当严重,因此村民决定宣告添箱礼仪式业已过时,应予废除。我想最后一次举行这一仪式是在弗朗索瓦丝·梅扬①的婚礼上，而且那场搏斗只是象征性的。

但是在热尔曼的婚礼上，添箱礼仪式中的搏斗仍然十分激烈，双方都要维护荣誉。一方要冲入，而另一方却要坚守吉耶特的家门。巨大的铁叉给拧成螺丝钉的形状。一声枪响，打中了挂在房顶上的柳条筐，里面那一小堆扎成玩偶状的苎麻着火了。这个意外事故使大家分了心，一帮人赶上前去灭火，免得酿成火灾。男方那爱打趣的掘墓人早已悄悄爬进谷仓，这时便顺着烟囱滑入屋内炉边。炉中的火，因屋里婆娘怕厮打中会有人摔进炉膛，不小心给烧伤，早已把它弄灭，只有举叉的放牛娃在炉边护叉，把它高举过头，不让对方夺走。掘墓人和放牛娃本是一伙，便毫不费劲，一把抓过铁叉，把这件战利品卧倒，横放在烤肉用的铁扦架上。于是大功告成。任何人都不许再碰铁叉。掘墓人一蹦，跳到屋子中央，点着了肉叉上残存的稻草，装模作样地烤起肉来，但叉上的鹅早已撕成碎片，连翅膀带腿都散落在地面各处。

于是，欢声笑语，大声喧哗，不绝于耳。人人争相显示身上的伤痛，但是挨打的都受之于友人之手，所以谁也不曾抱怨或争吵。

打麻人几乎瘫在地上，一边揉着腰，一边还嘴硬，说是打坏了他不在乎，只是对手掘墓人过于狡猾，若不是他已给挤压得半死不活，绝不会轻易放弃阵地。婆娘们收拾打扫屋子，不一会儿便又秩序井然。桌上放着一壶壶新酿的甜酒。待到双方碰杯喝酒，呼吸平静下来以后，未婚夫就给带

① 弗朗索瓦丝·梅扬，乔治·桑的女仆，于一八二七年出嫁。

到屋子正中,他手里握一根木棍,准备接受新的考验。

厮打中,母亲、教母以及姑姑婶婶们把未婚妻和其他三个姑娘藏在一起。她们坐在大厅角落里的条凳上,全身蒙着一块大白床单。三个姑娘都和玛丽身材相仿,戴的帽子也一样高矮,白单子把四人从头盖到脚,简直不可能把她们分辨清楚。

为了辨认自己的妻子,只允许未婚夫用木棍的顶端触碰她们,他有时间辨别,但只能用眼观察。一般婆娘坐在两边,严密监视,不许有诈。他若是认错了,那么整个晚上便只能同自己误认的姑娘而不能同未婚妻跳舞。

热尔曼面对四个裹在同一张尸布里的幽灵,十分害怕认错。因为这样的事确曾出现,很多人面对精心安排的迷魂阵都没能认准。热尔曼的心跳加快。小玛丽想帮忙,她加重呼吸,轻轻抖动盖布,但那些促狭的女伴亦步亦趋,都用手指扯动盖布,以致盖布下有几个姑娘就有几种神秘的信号。方形的帽子稳稳地撑着盖布,齐刷刷,平整整,就是有人拧起眉头,布外也无从察觉。

热尔曼犹豫了十分钟,闭上双眼,祈求上帝庇护他的灵魂,然后伸出木棍随便一指,竟戳中小玛丽的额头。姑娘撩起盖布,甩得远远的,欢呼着胜利。于是允许热尔曼亲吻玛丽,并用强壮的臂膀搂着她,带到屋子正中。接着,未婚夫妻跳起舞来,宣告舞会开始。舞会直到凌晨两点才结束。

舞会散后,宾主互相告别,直到当晚八点才再次聚会。从邻村赶来参加婚礼的年轻男女为数不少,女家铺位不够,便由村里的女宾分别招待,每人带回二三位。男宾们则横七竖八倒在农场谷仓的草堆上。你们可以想象,他们一概毫无睡意，只是互相恶作剧，吵吵嚷嚷，说些疯疯癫癫的小故事。婚礼中，总要有三个晚上通宵达旦地喧闹，从来没有人为此后悔。

出发的时候到了。大家先喝了一顿放有大量胡椒提味的奶汤来开胃，因为婚宴定会异常丰盛。然后众人便都聚在农场的场院里。我们的教区已经取消，要走出半里地才能找到牧师为新婚夫妇祝福。天气晴朗，路却不好走，于是各人骑上自备的马匹，在身后带一位年轻或年老的女伴。热尔曼骑上小花，马儿已给洗刷一新，新打过掌，身上披着彩带，马儿踢着前蹄，鼻孔里冒出热气。热尔曼和内弟雅克一起去茅屋迎亲。他内弟骑着老花，回来时身后带着吉耶特大妈。热尔曼则春风得意，身后坐着他那可爱的小妻子，两人相伴着回到农场的场院。

接着，一行人浩浩荡荡，在嬉笑喧闹声中上路了。孩子们跟在一旁，边跑边放枪，惊得马儿直蹦。莫里斯大妈带着热尔曼的三个孩子和乐师一起坐一辆小车。乐师奏乐为这一行人开道。小皮埃尔美得让老外婆深感自豪。孩子好动，不愿久坐在外婆身边。半道上，车子在一处难行的小道前停下时，他便溜下车来，直走到父亲跟前乞求让他坐在小花前面。

"不行，"热尔曼说，"这样人家会笑话我们，不行。"

小玛丽说："圣沙蒂埃的人爱说什么就说什么，我不在乎，求求你，让他上马吧。我为他感到自豪，比身上的嫁衣更甚。"

热尔曼让步了。这三人同行，构成一幅美景，他们就这样让小花驮着快步跟上了队伍。

圣沙蒂埃的人们本爱调侃,总要取笑原属附近教区的教民,但他们看到新婚夫妇如此美貌,孩子又可爱得会使皇后忌妒,竟丝毫无意取笑他们。小皮埃尔穿一身淡蓝衣裤,一件小巧的红背心,短得在下巴下面竟没有多少长度。村里的裁缝把袖口给他做得那么窄,他的两只小手臂都合不拢。瞧他多么神气,头上戴的是一顶镶有黑色和金色丝绦的圆帽,一丛珠鸡毛中很显眼地插着一根孔雀翎毛。肩上插着比他脑袋更大的一束花儿,彩带直飘到脚背。打麻人也是村里的理发师(兼做假发),他把小皮埃尔的头发理成圆形,像一个盆子盖在脑顶,不让一丝乱发出现。这么理发是万无一失的。但小皮埃尔经他们这么一打扮,显然不如一头长发迎风飞扬,肩上披着施洗约翰的羔皮显得聪慧、灵黠,但他自己毫无察觉,见到的人又个个喜欢,都说他活像个小大人。他的美貌战胜了一切。童稚的美是无可比拟的,又有什么不会被这种美所战胜呢?

他的妹妹小索朗日第一次脱下两三岁女童的印花棉布童帽,戴上了一顶旧式帽。这帽子真够瞧的!比可怜的孩子那整个身子都更高更宽。但她自己却觉得美得不行,不敢回头,坐得笔直,还暗想别人会以为她是新嫁娘呢。

小西尔万仍裹着睡袍,在外婆膝上熟睡。他对婚礼是怎么回事没有任何概念。

热尔曼温情脉脉地注视着自己的孩子,抵达乡政府后,他对未婚妻说:

"真的,玛丽,我现在比那天更高兴。那天我把你从尚特卢普林子里带回来,以为你永远不会爱上我了。那天我用两臂抱你下马,就像现在一样,我以为我们两人再也不会带着小孩同时骑在这匹可怜的马上了。天哪，我多么爱你，多爱这些可怜的孩子。你钟爱我，也爱这些孩子，我真太幸福了。我的岳父母有多爱你，我有多爱你的母亲和女友。今天我多爱所有的人，这一切使我幸福得盼望自己能有三四颗心，因为一颗心要容纳这么多感情和欣慰真太少了。我真幸福得胸部都发疼啦。"

乡政府和教堂门前聚着一群人围观漂亮的新娘。为什么不描绘一下她的装束呢？这身穿戴对她十分合适。帽檐上的饰带镶有花边，帽子四周绣满了花。那时候，农家女不敢露出一根发丝，而是用白色的丝带把秀发扎起，塞在帽里。如今，不戴帽子会见男宾仍然会被视为一种不得体和不识羞的举动。只不过如今，农家女也会在帽檐下前额处露出一绺鬈发，使她们显得益发妩媚。但我仍然怀念我们那个时代的古老发式。白色的花边垂在皮肤上具有古朴纯洁的情调，似乎显得更为庄重。如果戴着这种头饰，面容仍然美丽动人，那么这种美的魅力和端丽纯朴确是难以描绘的。

小玛丽正是戴着这种旧式帽，前额洁白无瑕，把帽子的白麻纱衬托得相形见绌。她虽整夜不曾合眼，但清晨的空气，特别是她那晶莹剔透宛如蓝天的心灵深处无比欢欣，青春时代始终为腼腆心理压抑着的秘密火花，这一切却给她的两颊涂上了鲜艳的色泽，恰如四月阳光下盛开的桃花。

白色的纱巾紧紧覆盖在她胸前，只露出一截圆润细腻如斑鸠的脖颈。香桃木叶绿的细布便服勾勒出她小巧窈窕的身腰，似乎完美无缺，但还会发育长高，因为她还不满十七岁。她系一条深紫色带有围涎的丝质围裙，村妇们实在不该取消围裙上的围涎，因为穿着围涎，胸部就显得高雅、端庄。如今村女披着纱巾时态度随便而高傲，使她们的服饰失去了反映古代纯真腼腆的精粹之处，不再酷似霍尔拜因笔下的圣母。如今的村女更俏丽，也更有风度。旧时的村女却古板拘谨，偶露笑意，便显得格外甜美和隽永。

按照习俗，热尔曼在奉献仪式上，给未婚妻的手中放上十三个银币，又给她戴上一枚银戒指，几个世纪以来，结婚时戴的都是这种银戒，如今已让金戒指取而代之了。出得教堂大门，玛丽低声对热尔曼说："这是我要的那枚戒指吗？是我向你要的那枚吗？"

"是的，"他答道，"就是我的卡特琳去世时戴在指上的那枚。我两次娶亲用的是同一枚戒指。"

"谢谢，热尔曼，"小玛丽说，语气庄重深沉，"我死时也会戴着它。如果我比你先走，你就留下它，在小索朗日出嫁时给她戴上。"

四　菜　心

一行人又跨上马背，迅速返回贝莱尔。婚宴丰盛可口，席间还穿插着歌舞，直到午夜方才散席。老年人一连十四个小时不离饭桌。负责烹调的是掘墓人，他技艺高超，素来享有盛名。每上一道菜，掘墓人都要离开炉灶，来到席间唱歌跳舞。而有谁能想到这可怜的老爹竟身患癫痫呢？他精神抖擞、体魄健壮，高高兴兴，宛若年轻人一般。但有一天入夜时分,我们见他像死去似的倒在沟中,浑身抽搐。于是我们用轮车把他送回家中,整夜守护在他身旁。三天以后,他就去参加婚礼! 席间,他欢蹦乱跳,像过去跳舞那样,全身扭动。婚礼结束后,他又去挖沟钉棺,他怀着虔诚的心情做这些事。他的脾气随和,做完这些事也看不出心情的变化,但他心里却难免留下凄凉的印象,结果病就犯得更勤。他女人偏瘫,已有二十年不能离开轮椅。母亲已是一百零四岁高龄,却仍健在。他是个十分善良、活泼、诙谐的人物,可怜去年竟从谷仓摔到路边,惨遭横死。原来他又犯病,便一如往常,独自躲进谷仓,免得惊扰家人。他的死是个悲剧。他就这样结束了自己那奇特的一生。他的生活和他本人一样,混杂着阴暗惨淡和狂欢,混杂着恐怖和欢笑。但他的心一直保持善良,性格也始终温顺。

婚礼进入第三天以后,庆祝活动最为古怪稀罕。这种习俗至今仍然保留不变。我不想叙述置于新床的烤物。这种陋习玷污了新娘的圣洁,也会伤害参加婚礼的纯真姑娘。再说这类习俗各省都有,在我们这里也无特殊之处。

添箱礼仪式意味着占领新嫁娘的心和房屋。菜心仪式象征的是婚后子息兴旺。婚礼举行到第二天午宴时分,便开始准备这种怪诞的仪式。这类表演源于高卢,经过早期基督教的熏陶,逐渐演变为一种中世纪的神秘剧,或滑稽寓意剧。

婚礼的第二天,午餐时分,两个最活泼、随和的男青年便离去了。他们是去化装的。这时他们在乐声、枪声、狗和儿童的伴随下再度出现。他们扮演的是一对乞丐夫妇,衣衫褴褛,尤以丈夫为甚。正是丈夫的恶习害他堕落,沦为贱民。女人则是受丈夫拖累,生活无着,被迫行乞。

两个角色分别称作园丁和园丁女人,擅长种植和培育神圣的菜心。但丈夫还兼有各种诨号,每个都具有独特的含意。有人称他"稻草人",因为他头戴用稻草、麻茎编成的假发,身上衣不蔽体,也用稻草裹着光腿和身子。这个角色的大肚子或者驼背也是用稻草塞进衬衣装扮而成的。还有些人称他"捡破烂的",因为他满身裹着破衣。最后也有人叫他"异教徒",这个诨号含意更深,讽喻他玩世不恭,放荡沉沦,终于堕落为一切基督徒美德的对立物。

园丁上场时满脸涂着煤烟和酒糟,有时还戴滑稽面具。他在腰里用绳系上缺口的土罐或旧木鞋,用来向人乞讨酒喝。无人拒绝施舍。他假装喝酒,却把杯中物洒到地面,以示祭奠。他一步一跌,滚了一身泥巴。他扮演的是酩酊大醉的酒鬼。他可怜的女人跟在身后,想扶他起来,大声求救,双手揪住丈夫污秽的帽檐下露出的一缕缕竖麻茎假发,哭诉着丈夫的堕落,激愤地数落着丈夫。

"你这该死的不学好,把我们拖累到了什么田地!我绩麻纺线都是白白费劲,我是白给你干活,帮你补衣!你把衣服撕碎、弄脏。你把我那一点儿可怜的积蓄全部喝光!如今六个孩子只剩一张床垫。我们一家人都躲在马厩和牲口同住。我们已经不能不靠乞讨过着日子。你这么讨人嫌,又脏又丑,什么人都瞧不起你。不用多久,人家就会像喂狗一样把面包扔给我们!天哪,我可怜的乡亲,可怜可怜我吧!可怜我吧!我不该这么命苦。哪个女人也没遇见过像我丈夫这么肮脏可恨的男人。帮帮忙吧!帮我扶起他来,不然车会把他碾死,像碾块瓶子的碎片。那我就会成为寡妇,会愁死的。尽管他们都说,丈夫死了,对我倒是好事!"

整个演出过程园丁女人扮演的就是这么个角色。她不停地哭诉的就是这些内容。这是一种真正的自由剧,一种即兴演出。这种剧就在露天演出,在大街上、田野里演出,遇到什么事就往剧中加演什么情节,在场的人都是演员,参加和不参加婚礼的,邻里乡亲和演出过程中过往的行人。一会儿你们就能看到。剧本的题材千篇一律,但可以没完没了地尽情发挥。看了这种演出你会赞叹我们乡间农民的模仿本能,丰富的滑稽剧表现手法,滔滔不绝的说唱本领和才思敏捷的应对,特别是那种与生俱来的对答如流的本事。

通常园丁女人这个角色由瘦小无须、脸色红润的男孩扮演。演员的表演应当逼真,要能把夸张的绝望演得十分自然,令观众既快活又伤感,似乎确有其事一般。我们乡里有不少瘦小无须的男孩。奇怪的是,有时角力,他们竟能夺得魁首。

园丁女人演完自己不幸的遭遇就有年轻人前来劝她抛开醉鬼丈夫,和他们一起玩乐。年轻人扶她起身,邀她跳舞,于是她逐渐心活,情绪好转,便满场乱跑,一会儿跟着这个,一会儿跟着那个,举止轻佻。这一段蕴含着新的寓意:丈夫的堕落造成妻子行为不端。

接着是异教徒酒醒。他睁眼寻觅妻子,拿出绳索、棍棒,起身追赶,大家让他满场瞎转,争相把女人藏在身后,试图讨取她的欢心,戏弄忌妒的丈夫。丈夫的"朋友"则一个劲儿给他灌酒。但是最后丈夫还是抓到了不贞的妻子,于是举棍就打。这类描绘夫妇不幸生活的滑稽剧有一处最为真实和富有洞察力,那就是丈夫争风吃醋时不找夺去女人的男人算账。对他们,他彬彬有礼,行动小心。他一心一意找的罪人是自己的妻子,女人命中注定,不能反抗丈夫。

但当异教徒高举棍棒,抽出绳索准备对付下贱的女人时,参加婚礼的所有男人便都上场劝解。他们把夫妇分开,一起高叫:不要打她,千万不要打她。这两句台词在整出戏中重复最多,一再出现。接着大家夺去丈夫的绳索棍子,逼他原谅、亲吻女人。于是园丁又装着较前更加疼爱妻子,两个人手挽着手,边唱边跳,直到丈夫再次醉倒在地。于是妻子重新哭泣和伤心绝望,假装不贞,丈夫妒火中烧,邻里前来劝和,双方重归于好。这段情节蕴含着一种稚拙的甚至是粗糙的寓言,令人明显地感到中世纪的遗风,但却给人留下较深的印象。如果说新婚夫妇情深似海,相敬如宾,尚不需要这类启迪,至少这戏对少男少女会有裨益。异教徒追逐姑娘,装着要去抱吻她们时,姑娘全都又怕又嫌,感情真挚地远远避开。孩子们见异教徒脸上又黑又脏,手中举着大棍(尽管不会伤人)都吓得尖声喊叫。这是风俗喜剧的雏形,但也是最精彩动人的风俗喜剧。

这出喜剧演到尾声处便会有人去做准备,好去摘取菜心。于是有人抬来一副担架,把异教徒抬上去,再放上铁铲、篮子和绳索。四个壮汉把担架抬上肩膀,园丁女人也跟随前去。一群群"长者"跟在异教徒身后,神情庄重,默默思索。随后参加婚礼的宾客便一对对步伐整齐地跟在后面。枪声再度响起,狗儿看到人们高高兴兴地抬起肮脏的异教徒,益发大声地狂吠。孩子则用绳系着木鞋戏谑地向异教徒致意。

为什么要对这个令人生厌的人物欢呼礼赞呢？原来他们是前去寻找神圣的菜心的，他们找的是象征婚姻繁衍后代的菜心。这菜心只有昏天黑地的酒鬼才有资格触摸。或许，这段情节源于基督教流传以前的某个神祇，令人想起古代对农神的礼赞或对酒神的某种敬意。或许身怀绝技的园丁兼异教徒本人就是普里阿普斯①的化身，是专司园艺和饮酒的神祇。最初这个神祇本应是严肃圣洁的，正如专写繁殖的神秘剧所描绘的那样，只是后来世风日下，人心不古，才在不知不觉中逐步蜕化成活剧中的角色。

　　不管怎么样，这群人已经兴高采烈来到新娘家中，进了园子。众人在园中选择最好的菜心，挑得不快，因为"长者"没完没了地商议，各人都为自己看中的菜心申诉理由。于是进行表决，菜心选定以后，园丁用绳索捆住菜的茎部，园丁女人在一旁察看，防止菜心挖出倒下时受损。专在婚礼上插科打诨的人物——打麻人、掘墓人、木匠、鞋匠（总之所有不下田的工人，这些人经常出入各家各户，据说或者确实是比一般农业工人更为机智聪明，更善言谈）团团围着这棵菜心。有一个人用铁锹挖开一道深沟，似欲斫橡树一般。另有个人扮演农艺师，在鼻梁上架一副木制或纸板的夹子充当眼镜。他一会儿靠近，一会儿走远，丈量着、端详着工人，摆出一副学者的架势，高声喊叫众人会把事情弄糟，一切必须从头开始。接着他随心所欲地指挥着、安排着，动作可笑，时间长久。剧中加进这段情节是否意欲对古

---

① 普里阿普斯，希腊罗马神话中的繁衍之神，系酒神和美神之子，又号园艺、葡萄种植之神及婚姻、畜牧之神。

代仪式进行增补？这是否反映了囿于习俗的老农对理论家的极端蔑视，反映了他们对专管册立地籍和摊派税款的丈量员的仇恨，或是反映了他们对桥梁工程局职员的敌视，正是这些职员在公地上修筑道路，取消了农民十分珍视的陈年积弊。无论如何，这个喜剧人物被称作测量员。他总在想方设法让手中持镐或锹的感到不可容忍。

最后为了不至于折断菜根，移植时不至于损伤菜心，这个角色如此这般装腔作势，故意刁难约莫有一刻钟之后，异教徒便拉动绳索，他女人撑起围裙，于是神圣的菜心便在围观者的欢呼声中徐徐倒下，而手持锹铲的则把一锹锹土往观者鼻子上撒去（不论你是何人，哪怕是主教或者王公，只要藏身不及，就得接受这土的洗礼）。接着，有人递过篮子，异教徒夫妇小心翼翼地把菜心移入篮内。众人培上新土，用木棍和绳把菜心固定，像城里的卖花女培育盆栽的高贵茶花一般。他们还在木棍顶端插上苹果，周围插上百里香、一串红、月桂，整个篮子系满绸带和飘带。随后又把异教徒和篮子一起抬上担架，由异教徒扶稳菜心，保持平衡，避免在途中损伤。于是大家这才伴着进行曲的乐声，步伐整齐地离开菜园。

这一行人来到门前，正欲迈步跨过门槛时，正如随后来到新郎家庭院门前一般，他们又设想眼前出现了障碍物。于是抬担架的脚步踉跄，大声惊叫，一会儿后退，一会儿往前，仿佛受到不可制服的力量的驱使，终于不堪重负而摔倒在地。这期间，旁观者一再为几个负重的呐喊助威："顶住，孩子们，顶住。鼓起勇气，小心，要耐心。低头，房门太低，靠拢些，门太窄，往左，再往右，现在好了，放心进门，成了。"

丰收的年头,遇到牛车载的饲草和谷物过满过高,牛儿难以迈进谷仓大门时,为了让牛止步或缓行,人们就是这么吆喝的。他们就是这么既巧妙又有力地推着堆成小山一般的丰富庄稼越过乡间的凯旋门的。特别是最后一车谷物,这里叫作"堆垛儿"的,对付这车谷物,需要格外小心。因为这是一种在田间举行的庆典。从最后一垄垄沟里收割下来的最后一束谷物总是放在这车庄稼的顶端,与耕牛的前额、放牛娃的牛鞭一样,都要系上绸带,插上花儿。这样几经挣扎才胜利地把菜心送进家门就意味着菜心确是昌盛兴旺、子息众多的象征。

把菜心运进男家以后,还要抬到房屋或谷仓的最高处。如果男家的烟囱、鸽房或山墙较高,也必须不怕冒险,把沉甸甸的菜抬上制高点。异教徒本人必须登高,把菜心放稳,再浇上一大壶酒。这时会枪声大作,园丁女人则兴高采烈地手舞足蹈,这样安放仪式便胜利完成了。

少顷,同样的仪式再次举行。这一回是从男家菜园里挖出一棵菜,通过同样的仪式送到新娘为跟随新郎,刚刚离开的那个家园的房顶上去。这两棵菜分别放在两家的高处,任凭风吹雨淋,直到篮子朽坏,菜心消损。但是两棵菜的生命力总比较旺盛,不会辜负老年男女的祝愿。漂亮的菜心,你当生根发芽,让年轻的新娘在年前抱上美丽的娃娃;你若过早枯黄会是不育的恶兆,待在房顶就是不吉的预兆。

全部仪式举行完毕以后,天色已经不早,还需办理的只是把教父、教母护送回家。如果教父、教母的住地较远,所有参加婚礼的宾客就伴着乐声与他们同行，一直送到教区之外。分手以前一行人还要在大路上跳舞，然后才互相吻别。这时候异教徒和妻子都已卸装，他们演完活剧若还不太累，并不急于回家睡觉，又会打扮得整齐干净再度出现在众人面前。

热尔曼的婚礼举行到第三天，待到午夜时分，宾客们载歌载舞，重又聚在贝莱尔欢宴。老辈人一上了席就不想离开，要到次日天色微明，才会头脑清醒并有精力迈腿回家。当老人们步履蹒跚，默不作声地返回家园时，热尔曼自豪而精神抖擞地出门套牛，让年轻的妻子一直睡到日出。百灵鸟鸣啭着飞往空中，似乎在为他感谢上苍。灌木那光秃秃的枝丫上披着白霜，在热尔曼眼里却似四月里树木未吐新绿时盛开的白花，大自然的一切都显得那么美好安谧。小皮埃尔夜里笑得太多，跳舞累了，早上未能起床帮他驾牛。但他心满意足地单独干着。站在即将犁上新沟的土地前，他双膝跪下热烈虔诚地做起早祷，两颗泪珠滴到汗津津的面颊上。

远处传来邻区男孩的歌声，他们已经启程回家，正以谐谑的声调哼唱昨夜曾反复高唱的歌曲。

弃儿弗朗索瓦

徐和瑾　译

出 版 说 明

《弃儿弗朗索瓦》最初是以连载的形式在《论坛报》上发表的。当小说即将登到结局时,另一个更加重大的结局刊登在该报的社论中。这就是七月王朝的最终垮台,时间是一八四八年二月底。

这个结局当然对我小说的结局带来很大损失,小说结局的刊载因而中断并推迟,我记得在一个月之后才登了出来。有些读者以艺术为职业或具有艺术的细胞,他们对艺术作品的产生过程很感兴趣。对于这些读者,我将在前言中补充一点,即在前言概述的那次谈话前几天,我从睡莲小道走过。nape 这个词在当地形象化的语言中表示称为nénufar、nymphéa(睡莲)的美丽植物,恰如其分地描写了这些在水面上展开的宽大叶子,如同铺在桌上的台布(nappés)那样。不过,我还是认为这个词书写时只有一个p,并且是从 napée(树林、草地的仙女)派生而来,这丝毫也不改变它词源的神话含义。

亲爱的读者,这睡莲小道,你们之中也许永远无人会去,因为它不会通到任何值得一游的地方。在小道上行走容易摔跤,小道边有一条沟渠,泥水中长着世界上最美的睡莲,它们比茶花还要洁白,比百合还要芳香,比处女的裙子还要纯洁,它们的周围有生活在污泥和鲜花中的蝶螈和水蛇,而岸边如闪电般飞驰而过的翠鸟,像一条火线掠过这污水中美妙的野生植物。

一个六七岁的孩子,光着身子骑在一匹没有鞍辔的马上,纵马跳过我后面的灌木丛,然后从马上滑了下来,让这匹鬃毛蓬乱的马驹回到牧场,他自己则转过身子,想要跳过刚才骑着马一跃而过的灌木丛。他要用自己的小脚跳过去,就不像刚才那样容易了。我帮了他一把,和他谈了一会儿话,很像《弃儿弗朗索瓦》开头所写的磨坊主妻子同弃儿的谈话。我问他几岁了,他不知道,于是灵机一动像背书那样说是两岁。他不知道自己的姓名,也不知道父母的姓名和住址,他只知道骑在一匹未驯服的马上,就像鸟儿停在暴风雨中摇晃的树枝上。

我请人抚养了好几个弃儿,男孩女孩都有,他们都变得身体健康,品行端正。然而,可以肯定的是,这些可怜的孩子,由于在乡下缺乏教育,大多会变成强盗。由于把他们交给最穷苦的人抚养,给他们的救济金又十分微薄,他们往往会去从事不光彩的乞讨行当,以接济他们被推定的父母。难道就不能提高这种救济金,并附加不让弃儿向邻居和朋友乞讨这个条件?

我有过这种经验,这些孩子若一开始就以乞讨为生,要培养他们具有自尊心并热爱劳动,就成为最难不过的事情了。

乔治·桑

1852 年 5 月 20 日于诺昂

前　　言

　　我和 R＊＊＊在月光下散步回来,那月光在阴暗的乡间小道上洒下淡淡的银色。那是一个秋天的夜晚,天气温和,周围朦朦胧胧,使人感到舒服。我们听到这个季节空气中传来的声响,以及主宰着大自然的某种不可名状的神秘声音。在沉睡的冬天即将来临之际,每个有生命和无生命的东西仿佛都在悄悄地作出安排,以便充分利用剩余的时间进行活动,然后在严冬时进入无法逃避的冬眠,仿佛它们都想减慢时间的步伐,都担心它们节日的最后欢娱会被人突然发现和打断,大自然的生物和无生命的事物都无声无息、静止不动地陶醉于夜景之中。鸟儿闷声鸣叫,而不像夏天那样欢快地啁啾。田里的昆虫有时不知趣地惊叫一声,但立刻停止,并迅速把它的歌声或叹息带到另一个聚集点。植物急忙吐出最后的芬芳,沁人心脾的香味,仿佛因受到克制而显得更加美妙。发黄的树叶不敢在微风中颤动,牛群在静静地吃草,没有爱慕的唤声或搏斗的嗥叫。

　　我和男友走着,有点小心翼翼,一种本能的冥想使我们默默无言,仿佛在注视大自然温柔的美,倾听它那在无法捉摸的很轻中消失的最后和声的迷人声音。秋天是一种忧郁而又优美的行板,在精心准备冬天的庄严柔板。①

"这一切是多么宁静。"我的朋友终于开口对我说。我们虽说默默无言,他还是看出了我的想法,就像我看出他的想法一样。"这一切仿佛梦幻一般,这梦幻如此奇特,与工作、深谋远虑及世人关心的事情差异如此之大,我在想,此时此刻,人类的聪明才智能用什么词语、什么颜色、艺术和诗歌的什么表现手法来描绘大自然的面貌。为了更清楚地向你说明我研究的目的,我把这暗淡无光却又和谐完美的夜晚、天空和景色,比作虔诚、老实的农民的心灵,他劳动并以此为生,愉快地过着他那种生活,不需要,也没有愿望和手段来展示和表达他的内心生活。我试图深入了解农村这种淳朴生活的秘密,我是有教养的人,不会只凭本能享受快乐,我总是想对别人和自己诉说我的沉思或冥想。

"于是,"我男友继续说道,"我进行艰难的探索,想了解我那运用过多的智力和农民那运用得不够的智力之间会有什么联系。同样,我刚才在想,这秋天的夜晚用神秘的缄默展现在我的面前,并用我不知道的某种魔法渗入我的体内,那么,绘画、音乐、描写等艺术表现形式能给这秋夜之美增添些什么呢?"

"咱们来看看,"我回答道,"我对这个问题的提出是否十分清楚:这个十月之夜,这灰色的天空,这种没有确定的旋律或连贯的旋律的音乐,大自然的这种宁静,这个因其淳朴而更加接近我们,且以淳朴为乐,对它不加描绘就能理解

---

① 很轻、行板、柔板,均为音乐术语,原文是意大利语。

它的农民,我们把所有这些都放在一起,称之为原始生活,与此相对的是我们经过发展的复杂生活,我称之为人为生活。你在问,在物和生物的存在这两种截然不同的状态之间,在大厦和茅屋之间,在艺术家和万物之间,在诗人和农夫之间,会有怎样的联系,有着怎样的直接联系。"

"是的,"他接着说道,"咱们再说得确切些,就是这自然的、原始生活的和本能的语言,与艺术、科学,总之,与认知语言的联系。"

"要是用你的语言来表达,我会回答,认知和感觉之间的联系就是感受力。"

"我对你和对我自己提出的问题,正是这种感受力的定义。正是它所要表现的内涵使我感到困惑。你可以把它说成艺术和艺术家,其使命为表达原始生活的这种纯真、优雅和妩媚,对象是只过人为生活的人们,这些人在大自然及其神奇的奥秘面前——请允许我这样说——是世界上最傻的傻瓜。"

"你问我的正是艺术的奥秘:请你到上帝心中去寻找,因为任何艺术家都无法告诉你。他自己也不知道,所以无法说出他产生灵感或缺乏创作能力的原因。怎么做才能表达美、纯和真呢?难道我知道?有谁能告诉我们呢?最伟大的艺术家也说不出来,因为他们若是设法说出来,他们就不再是艺术家,而变成批评家了,而批评……"

"而批评,"我的男友接着说道,"几百年来一直在围着奥秘转,但却一窍不通。不过,请原谅,这不完全是我问的问题。此时此刻,我的想法还要粗暴,我怀疑的是艺术的力量。我蔑视这种力量,将它化为乌有,我认为艺术没有产生,它并不存在,或者虽然存在过,但已时过境迁。它已用坏,失去了外形,已没有灵感,无法再歌颂真的美。大自然是一部艺术作品,但上帝是惟一存在的艺术家,而人只是情趣低劣的改编者。大自然是美的,感情从它的每个毛孔散发出来,爱情、青春和美在它之中都是不朽的。但人只有愚蠢的方法和少得可怜的能力来感受和表达这些东西。他最好还是别插手此事,一声不吭,只是进行沉思默想。喂,你对此有何高见?"

"这话正合我意,我对此求之不得。"我回答道。

"啊!"他大声说道,"你走得太远了,你过于深入我的悖论之中。我要辩解、反驳。"

"那我就反驳,说彼特拉克①的十四行诗有其相对的美,美如沃克吕兹省②的河水,说雷斯达尔③画的美景有其妩媚之处,犹如今晚的景色,说莫扎特用人的语言歌唱,同菲罗墨拉④用鸟语歌唱一样美妙,说莎士比亚表现的爱情、感情和本能,最原始、最朴实的人都能感觉得到。总之,这就是所谓艺术、联系和感受力。"

"是的,这是一种加工的作品!但要是它不能使我感到满意呢? 不过,你如果以鉴赏力和审美观作为理由,就会

---

① 彼特拉克(1304—1374),意大利诗人、人文主义者。成名作为用拉丁文写的叙事诗《阿菲利加》,最优秀的作品是用意大利语写的抒情诗集《歌集》。

② 沃克吕兹省,位于法国东南部;省会为阿维尼翁。彼特拉克年轻时曾在该市热恋一位女子。

③ 雷斯达尔(1600—1670),荷兰巴洛克派画家,以风景画著称。其后期作品尤具苍劲有力,以高大树木为主体,配以一望无际的景色。

④ 菲罗墨拉是希腊神话中雅典王潘狄翁之女,后被神变为夜莺。

永远正确,但如果我觉得彼特拉克的诗不如瀑布的声音悦耳,并依此类推呢? 如果我认为今晚的魅力任何人都不能向我展示,只有我自己才能领会,认为同我看到的因吃醋而打老婆的农民眼睛里闪耀的激情相比,莎士比亚的全部激情冷若冰霜,你又该怎么回答我呢? 问题在于说服我的感情。但要是它对你的例子采取逃避态度,对你的证据加以拒绝呢? 因此,艺术并不是一种无法驳倒的论证,感情也并非总是对最好的定义感到满意。"

"确实,我觉得对此无法回答,只能说艺术是一种以大自然为证据的论证,说先于这个证据存在的事实总是旨在证实和驳斥这一论证,并说如果不是怀着爱心和信仰来审视证据,就不能将它变成有说服力的证据。"

"因此,论证就不能缺少证据。但是,证据是否不能缺少论证呢?"

"当然,上帝可以不要论证。但是,你说的话就像你不是我们中的一员似的,凭这点我可以打赌,如果你没有在艺术的传统中找到千姿百态的论证,如果你自己不是一直在影响证据的论证,你就不会对证据有丝毫的理解。"

"啊! 我抱怨的正是这点。我想要摆脱这种没完没了的论证,它使我感到生气,想把艺术的教条和形式从我的记忆中清除出去,在看到景色时不去想绘画,听到风声时不去想音乐,在赞赏所有这一切时不去想诗歌。我想要用本能来享受一切,因为我感到这个在歌唱的蟋蟀比我更加愉快,更加陶醉。"

"一句话,你抱怨自己是人,对吗?"

"不对,我抱怨自己不再是原始人。"

"原始人不能理解,是否会有快感,这点还不知道。"

"我不认为原始人像野兽。自从他变成人之后,他就以另一种方式来理解和感受。但我对他的激情没有一个清楚的概念,我因此而感到难受。我至少想成为现代社会允许很多人在从摇篮到坟墓的一生中成为的那种人,我想成为不识字的农民,即从上帝那儿得到善良的本性、宁静的生活和正直的思想的农民。我在想,要是无用的官能像他那样麻木不仁,要是像他那样对卑劣的癖好一无所知,我就会像让-雅克①渴望成为的原始人那样幸福。"

"我也常常有这种渴望,有谁没有过这种愿望呢?但是,它并不能使你的推理获胜,因为最单纯、最幼稚的农民仍然是艺术家,我甚至认为他们的艺术超过了我们的艺术。这是另一种艺术形式,但这种形式使我心领神会的东西,比我们文明的所有形式都要多。乡村的歌曲、故事和童话用很少的词语描绘的东西,我们的文学只会加以发挥和掩饰。"

"那么,我胜利了?"我的男友接着说道,"这种艺术最纯、最好,因为它更多地从大自然汲取灵感,同大自然有着更加直接的接触。我很想把事情推向极端,说艺术毫无用处,但我也说过我想以农民的方式来感受,对此我至今仍不反悔。布列塔尼的有些民歌是由乞丐创作的,但这些三段歌词足可与任何歌德、拜伦的诗作媲美,这些民歌说明,单纯的心灵对真和美的评判,要比最著名的诗人的心灵更为

---

① 指让-雅克·卢梭(1712—1778),法国启蒙时代的思想家、作家。

本能。还有音乐！我们的国家不是有美妙的旋律吗？至于绘画，他们没有这个，但他们在自己的语言中有，他们的语言比我们的文学语言更富表现力、更有力量、更合乎逻辑一百倍。"

"这些我同意，"我回答道，"特别是这最后一点，正是我绝望的一个原因，因为我不得不用法兰西学院规定的语言写作，而我对另一种语言却熟悉得多，这种语言妙不可言，能够表达各种激情、感受和思想。"

"是的，是的，朴实的世界！"他说，"陌生的世界，这个世界对我们的现代艺术难以理解，如果你想把这个世界引入文明艺术的领域，引入人为生活的智力活动，任何研究都不能向你这个天性是农民的人揭示这个世界。"

"唉！"我回答说，"对此我曾有过很多考虑。同所有文明人一样，我也看到和感到原始生活是所有人和所有时代的愿望和理想。从朗戈斯①笔下的牧羊人一直到特里阿农的牧羊人，田园生活都是芬芳的伊甸园，对喧嚣的世界感到厌倦的人们和受折磨的人们都想在那里隐居。艺术这阿谀奉承的老手，便通过一系列田园小说来为过于幸福的人们寻找安慰。我常常想用《田园小说史》这个题目来撰写一部评论性专著，回顾各种各样的田园生活梦想，上流社会曾热情地沉浸在这些梦想之中。

"我会注意这些梦想的变化，在道德败坏时，它们总是朝相反的方向演变，社会腐败、无耻，它们就变得纯洁、

---

① 朗戈斯，约二世纪末至三世纪初的希腊作家，著有《达夫尼斯和赫洛亚》。这是第一部田园诗式的爱情小说，描写达夫尼斯和赫洛亚这两个弃儿被莱斯沃斯岛的牧羊人抚养长大，并逐渐相爱，最终结成良缘。

多情。我希望能向比我更加胜任这一工作的作家定制这部著作，写完后我会高兴地阅读该书。这将是一部完整的艺术论著，因为音乐、绘画、建筑、各种形式的文学：戏剧、诗歌、小说、牧歌、歌曲，以及时装、园艺乃至戏装，都迷恋于田园生活的梦想。黄金时代的所有这些人物，这些先是仙女后为侯爵夫人的牧羊女，《阿斯特蕾》①中的那些牧羊女，在弗洛里昂的利尼翁河畔经过，她们在路易十五时期涂了香粉，穿上缎子衣服，塞代纳②在君主制度末期开始让她们穿上木鞋，这些人都多少有点虚假，今天则使我们感到幼稚可笑。我们已经摆脱了这些人，只是在巴黎歌剧院看到他们以幽灵的形式出现，然而他们曾在宫廷占据主要地位，使那些借用他们的铲头牧棒和干粮袋的国王们乐不可支。

"我常想为什么不再出现牧羊人，因为近来我们对他们已不那么热衷，因为我们的艺术和文学有权蔑视这些凡俗的人物，而不是正在流行的那些人物。我们今天要的是力量和残忍，于是在这些激情的绣花底布上添枝加叶，如果把这些当真，它们会让人吓得毛骨悚然。"

"我们不再有牧羊人，"我的男友接着说，"文学不再有这种同今天的理想半斤八两的虚假理想，那不就是艺术为了被各种不同等级的智力所接受而在不知不觉之中作的一种尝试？对平等的梦想在社会上遭到抛弃，但为

①　《阿斯特蕾》，法国作家杜尔菲（1568—1625）的田园小说，在十七世纪家喻户晓。

②　塞代纳（1719—1797），法国戏剧家，以家庭喜剧《不知不觉成了哲学家》（1765）闻名于世。

了唤醒不论何种地位的所有人们共有的本能和激情,不是在促使艺术变得粗暴和狂热吗?人们还没有达到真的地步。在丑化的现实中,真并不比在美化的理想中来得多,但人们在寻找真,这是显而易见的,而要是找得不顺利,就只会更想找到它。咱们来看看:戏剧、诗歌和小说已丢掉铲头牧棒,以便拿起匕首,而当它们表现乡村生活时,它们就加上某种现实性,这在过去的田园小说中是没有的。但诗歌没有弄清这点,我对此感到不满。我还没有找到一种方法来恢复田园的梦想,同时又不对它加以粉饰或抹黑。我知道你常常在考虑这件事,但你是否能成功呢?"

"我对此不抱希望,"我回答道,"因为我缺少表达的形式,我对农村简朴的生活有感情,但找不到表达的语言。如果我让作品中的农民像现实生活中的农民那样说话,要让有教养的读者看懂就得进行翻译,而如果我让他像我们那样说话,我就会把他变成一个不现实的人物,就会把他所没有的那种想法强加给他。"

"不过,你还是会让他像在现实生活中那样说话,你所特有的语言会在每时每刻形成一种对照,使人感到不舒服,所以在我看来,你未能避开这种指责。你描写一个农村姑娘,把她称为冉娜,你让她说出她几乎不会说的话。但是你这位小说家想同读者分享你在描写这种人物时感受到的魅力,你把她比作德鲁伊教女祭司、贞德,还比作什么我就不知道了。你的感情和你的语言,同她的感情和她的语言放在一起,结果很不协调,就像在一幅画中看到刺眼的颜色一样。我要完全进入大自然,就不能用这个办法,即使把大自然理想化也不行。从那以后,你在《魔沼》中对真作了较好的研究。但我还是不大满意,作者在那本书中还是不时露出马脚,即书中出现作者的词语,就像亨利·莫尼埃①说的那样。莫尼埃是一位艺术家,在漫画中做到了真,因而解决了这个问题。我知道要解决你的问题并不比这个容易。不过还得试试,除非不想成功;杰作从来只是幸运的尝试。你没写出杰作也不要感到难过,只要你有意识地进行尝试就行了。”

“我已提前得到安慰,”我回答道,“在你觉得合适的时候,我就再试一试;你出主意吧。”

“譬如,”他说,“我们昨天晚上在农场听乡下人聊天。打麻人讲故事一直讲到凌晨两点。本堂神甫的女仆帮了他一把,或者把他的故事接着讲下去。她是个有点文化的农妇,他却是个没有文化的农民,不过幸好他记性好,又能说会道。他们俩给我们讲了一个真实的故事,故事相当长,像一部爱情小说。这故事你记住了吗?”

“完全记住了,我可以用他们的语言一字不漏地说出来。”

“但他们的语言需要翻译,因为必须用法语写出来,而且不允许一个词不是法语,除非这个词明白易懂,不加注释读者也能理解。”

“这我知道,你一定要我做的工作,会使人不知所措,我埋头做完这种工作之后,总是对自己感到不满,并深感自

---

① 莫尼埃(1805—1877),法国作家、漫画家。他描写市民阶层的褊狭和平庸,创造了普律多姆这一出色的法国市民典型。

己无能。"

"没关系！你再埋头干吧,因为我了解你们这些艺术家,你们只有遇到障碍才会热情洋溢,你们做一件事时若不感到痛苦,这件事就不会做好。好吧,开始吧,给我说说弃儿的故事,但不是我和你一起听到的那样。对于我们带有乡土味的思想和耳朵来说,这可是叙事的杰作。但你给我讲这个故事,要像你右边有个讲现代语言的巴黎人,左边有个农民,你在农民面前不想讲他不能理解的一句话或一个词。这样的话,你就应该用清楚的语言讲给巴黎人听,用朴实的语言讲给农民听。他们中的一个会责备你缺乏特色,另一个会责备你不够优雅。但我也会在那儿,我在想,艺术一直是大众的艺术,它要通过何种关系才能领悟原始纯朴的奥秘,并将大自然的魅力传递给人呢?"

"就是说我们俩一起来进行研究啰?"

"是的,因为你在什么地方出了差错,我就会叫你刹车。"

"好吧,我们就坐在这长满欧百里香的小丘上。我开始了,但在此之前,为了清清嗓子,请允许我先唱几个音阶。"

"你说什么?我不知道你还会唱歌。"

"这是个比喻。在开始艺术工作之前,我觉得必须回想一下某个题材,这个题材可以作为你的样板,使你的思想进入所需要的状态。因此,为了准备你要我做的事情,我要讲一下布里斯凯的狗的故事,这故事很短,我记得很清楚。"

"这是什么?我想不起来。"

"对我的嗓子来说是经过音群①,这是夏尔·诺迪埃②的作品,他曾用各种可能的调式来试自己的嗓子,在我看来他是个伟大的艺术家,但没有得到他应得的全部荣誉,因为在他许许多多、各种各样的尝试中,失败多于成功;但是,一个人写了两三本杰作,即使很短,也应该给他戴上花冠,并原谅他的错误。下面就讲布里斯凯的狗。你听着。"

于是,我对我男友讲述了母狮子狗的故事,他听了激动得热泪盈眶,并说这是通俗故事的杰作。

"我应该打消念头,不去做我即将尝试的事情,因为《布里斯凯的可怜的狗》这部史诗讲起来不到五分钟,却没有一点瑕疵,没有一点美中不足之处,犹如世界首屈一指的宝石工人琢磨加工的纯钻石,而诺迪埃在文学中基本上是宝石工人。我没有渊博的知识,所以我得求助于感情。另外,我不能保证我讲的故事很短,我事先知道,我的研究将缺乏最大的优点,即讲得又好又短。"

"你还是说吧。"我的男友对我的开场白感到不耐烦,就这样说。

"这是弃儿弗朗索瓦的故事,"我接着说道,"我要尽量把故事的开头原封不动地回忆起来。是本堂神甫的老女仆莫尼克说起这事的。"

"请等一下,"我那位认真的听众说道,"这个题目我要

① 经过音群,音乐术语,指歌唱者音域内的音阶。
② 夏尔·诺迪埃(1780—1844),法国作家。他对浪漫主义的影响甚于他的作品。他曾任巴黎阿塞纳尔图书馆馆长,把馆内客厅变成文人聚会的中心。他著有大量作品,但只有几部模仿德国浪漫派作家霍夫曼的梦幻小说流传至今。

让你停一下。Champi(弃儿)不是法语。"

"我要请你原谅,"我回答道,"词典上说这个词是古词,但蒙田使用这个词,我不认为自己的法语胜过那些创造语言的大作家。因此,我不会把我故事的题目定为'捡来的孩子弗朗索瓦'或'私生子弗朗索瓦',而是定为'弃儿弗朗索瓦',弃儿就是被抛弃在田里的孩子,过去在社交界是这么说的,今天在我们这儿还这么说。"

一

一天早晨,科尔穆埃磨坊主年轻的妻子马德莱娜·布朗榭到她牧场边上的喷泉去洗衣服,发现一个小孩坐在小木板前,玩弄着洗衣妇用来做跪垫的稻草。马德莱娜·布朗榭瞧了瞧孩子却不认识他,感到奇怪,因为那边的道路上没有很多过路人,遇到的都是当地人。

"你是谁家的孩子?"她问男孩。男孩用信任的目光看着她,但好像没有听懂她的问题。"你叫什么名字?"马德莱娜·布朗榭接着问道。她让他坐到她的身边,自己跪在地上洗衣服。

"弗朗索瓦。"男孩回答道。

"哪家的弗朗索瓦?"

"什么?"男孩神情天真地说。

"你是谁的儿子?"

"我不知道。管他呢!"

"你不知道你父亲的姓?"

"我没有父亲。"

"他难道死了?"

"我不知道。"

"那你母亲呢?"

"她在那儿。"男孩说着指向一间十分破旧的小屋,小屋离磨坊有两个步枪射程,透过柳树丛可以看到茅屋顶。

"啊!我知道了,"马德莱娜接着说道,"是新搬到这儿来的那个女人,昨天晚上刚搬来的,是吗?"

"是的。"男孩回答道。

"那么你们以前住在梅尔!"

"我不知道。"

"你这孩子什么都不知道。至少你该知道你母亲的名字吧?"

"是的,她叫扎贝尔。"

"伊莎贝尔?难道你不知道她的姓?"

"不知道,真的!"

"你知道了脑子也不会受累的。"马德莱娜微笑着说,开始捶打衣服。

"你说什么?"小弗朗索瓦问。

马德莱娜又看了看他。他是个漂亮的孩子,有一双很美的眼睛。"真可惜,"她想道,"他的样子是这么幼稚无知。"她接着说道:"你几岁了?也许你连这个也不知道。"

事实上他对这一点的确不比对旁的事更清楚。也许由于磨坊女主人说他知道的事情少使他感到难为情,便尽可能回答她,于是灵机一动说出:"两岁!"

"当然啰!"马德莱娜接着说,一面拧着衣服,不再去看他,"你真是一个地地道道道的小傻瓜,你家里人没注意教你,可怜的孩子。从你的个头看,至少有六岁,但从你的脑袋瓜看还不到两岁。"

"也许是!"弗朗索瓦说道。然后,他想了一下,仿佛要让他可怜的脑袋摆脱一下麻木的状态，又说："您刚才问我叫什么名字？别人都叫我弃儿弗朗索瓦。"

"啊！啊！我明白了。"马德莱娜说，转过头同情地瞧了他一眼，心想难怪这漂亮孩子弄得这么脏，衣服这么破，长这么大还这么呆傻。

"你衣服穿得这么少，"她对他说，"可是天气又不暖和，你一定很冷，是吗？"

"我不知道。"可怜的弃儿回答道。他对受苦已经习以为常，对冷热已毫无知觉。

马德莱娜叹了口气。她想到，自己的儿子冉尼才一岁，正睡在温暖的摇篮里，由祖母照看着，而这个可怜的弃儿却独自一人坐在喷泉边上打哆嗦，只是因为上天的善良才没有淹死在水池里，因为他头脑简单，不会想到掉进水里会淹死。

马德莱娜心地善良，她抓住男孩的手臂，觉得很烫，虽说他不时在打哆嗦，他漂亮的脸蛋也非常苍白。

"你在发烧？"她问他。

"我不知道！管他呢！"男孩还是这样回答。

马德莱娜·布朗榭把肩上的羊毛披肩拿了下来，给弃儿裹上，男孩听她摆布，既不表示惊讶，也不表示高兴。她把她膝下的稻草都拿了出来，给他铺了一张床，他躺在上面立刻睡着了。马德莱娜赶紧洗完她儿子冉尼的衣服，因为她还没有给儿子断奶，急着要回去喂奶。

衣服全洗完后，湿衣服分量重了一半，全都拿回去她就拿不动了。她把捣衣杵和一部分衣服留在水边，打算拿得动多少就先拿多少回家，待从家里回来再把弃儿叫醒。马德莱娜·布朗榭既不高大也不强壮。她是个非常漂亮的女人,有胆量,而且出名的温柔体贴、通情达理。

当她打开自己家的大门时,她听到小小的闸桥上响起木鞋的声音,而且越来越近。她转过身,看见弃儿已在她的面前,给她送来了她的捣衣杵、肥皂、留下的衣服和她的披肩。

"哦!哦!"她把手放在他肩上说道,"你并不像我想象的那样笨,因为你热心帮助别人,心地好的人决不会愚蠢。进来吧,孩子,进来休息一下。瞧这可怜的孩子!他拿的东西比他自己的身体还要重!"

"您瞧,妈妈,"她对正把红光满面、笑嘻嘻的儿子抱给她的婆婆说,"这可怜的弃儿像是生病了。您治发烧之类的病很在行,想办法给他治治吧。"

"啊!这是穷出来的病!"老太太看着弗朗索瓦回答,"喝碗热汤就会好的,可是现在没有。这个弃儿是昨天新搬来的那个女人家里的。那女人租的是你男人的屋子,马德莱娜。她看起来很穷,我担心她会常常付不起房租。"

马德莱娜没有吭声。她知道婆婆和丈夫缺乏同情心,他们比别人更爱钱。她给自己的儿子喂了奶,待老太太出门去找她的鹅群之后,她一手拉着弗朗索瓦,另一只手抱着冉尼,一起去扎贝尔家。

扎贝尔真正的姓名是伊莎贝尔·比戈,是个五十岁的老姑娘,待人还算善良,只是她一文不名,总在为自己的穷日子担惊受怕。她从一个快去世的女人那里领来了刚断奶的弗朗索瓦,从此一直养着他,为的是每月可以得到几个白花花的银币,同时也可以让他当个小帮手。但她那时失去了自己的家畜，只要有可能，她就想赊账再买几只，她没有其他生活来源，只能靠这么几只母羊和十二只左右的母鸡，母羊和母鸡则是靠公家的土地养活的。弗朗索瓦在达到初领圣体的年龄之前，就在路边看管这群可怜的家畜和家禽，初领圣体之后便可让他出去当猪倌或拉犁的小工，如果他心地好，就会把一部分工钱给养母。

当时刚过圣马丁节，扎贝尔离开了梅尔，留下她最后一只牝山羊，来支付她所欠的房租。她搬到科尔穆埃磨坊出租的小屋时，没有什么值钱的东西，只有一张简陋的床、两把椅子、一只大箱子和几只陶制碗碟。这间小屋破旧异常，外面的栅栏也破破烂烂，可以说是一文不值，所以要么让屋子空着，要么冒着风险租给可能付不出房租的穷房客。

马德莱娜同扎贝尔谈了话，很快就看出这个女人并不坏，会凭良心尽力支付房租，而且她对弃儿也不是没有爱心。不过，她在自己受苦的同时，对他的受苦已经熟视无睹。磨坊主有钱的妻子对这可怜孩子的同情，使这个女人首先感到的是惊讶而不是高兴。

最后，她终于从惊讶中醒悟过来，知道马德莱娜来访不是有求于她，而是要帮她一把，这样她就有了信任感，对马德莱娜详细叙述了她像所有穷人一样的身世，然后对马德莱娜的关心表示深切的感谢。马德莱娜则表示会尽力帮助她，但请她不要告诉任何人，承认自己只能在暗中帮忙，因为她不是家里的当家人。

马德莱娜先把自己的羊毛披肩留给扎贝尔，要她答应当天晚上就把它裁剪了，给弃儿做一件衣服，在衣服缝制好以前不要把裁片拿出来给别人看。她看出扎贝尔勉强答应了她的要求,一定是感到披肩还很好,可以自己拿来用。她只好对扎贝尔说,她要是在三天之后还没有看到弃儿穿上暖和的衣服,就不再管她的事了。"您不想想,我婆婆眼睛很尖,"她补充道,"您以为她看不出您肩上披的是我的披肩?您难道想给我找麻烦?您只要在这种事情上稍加保密,我就会再来帮您的忙。另外,您听着:您的弃儿在发烧,您要是不照顾好他,他会死的。"

"您这样认为吗?"扎贝尔说,"这样的话我会难过的。您看到了吗,这孩子心眼儿好,这样好的心眼儿几乎很难找到。他从不抱怨,像自己的孩子那样听话。他和其他那些会捣蛋,爱打架,脑子里总是转着坏念头的弃儿完全不同。"

"那是别人嫌弃他们,虐待他们的缘故。您这个弃儿好,是因为您待他好,这点您要相信。"

"这倒是真的,"扎贝尔接着说道,"孩子们懂的事要比大家估计的多。您瞧,这孩子不聪明,但他非常清楚要做个有用的人。有一次我病了,是在去年(他当时只有五岁),他像大人一样照料了我。"

"您听着,"磨坊主的妻子说道,"每天早上和晚上,在我给儿子吃饭的时候,您让他到我家来。我会多做一点,剩下的就给他吃,别人不会注意的。"

"哦!可我不敢把他领到您家去,让他自己去,不过,他从来不知道时间。"

"咱们来想个办法。饭做好后,我就把我的纺纱杆放在闸桥上。您瞧,从这儿可以看得很清楚。那时,您就叫孩子过来,手里拿一只木鞋,就像来取火种那样。他吃了我的饭,您的饭就全由您来吃,这样你们俩都可以吃得饱一点。"

"不错,"扎贝尔回答道,"我看出您是个聪明的女人,我搬到这儿来真是运气。别人对我说您丈夫是个粗暴的人,把我吓坏了。我要是能在别处找到住所,就不会去租他的房子,再说房子这么破旧,房租还要得这么多。但我看出您对穷人很好,您会帮助我抚养我的弃儿。啊!但愿您的饭能退掉他的寒热就好了!失去这个孩子,我就更倒霉了!这是一笔少得可怜的报酬,我从济贫院领出来的钱都用在他身上了。但我喜欢他,就像喜欢自己的孩子一样,因为我看出他人好,以后会接济我的。您知道吗?就他的年龄来说,他长得够好的,很快他就能干活了。"

弃儿弗朗索瓦就这样在磨坊主好心的妻子马德莱娜的关照下成长。他很快就恢复了健康,因为他长得结实,用我们这儿的话来说是用石灰和黄沙砌成的,当地的有钱人都希望自己的儿子脸蛋像他那样漂亮,四肢像他那样发达。除此以外,他还像男子汉一样勇敢。他在河里游泳像鱼一样自在,能一直潜到磨坊的桨叶下面,既不怕水也不怕火。他能跳到最不驯服的马驹背上,不用系上缰绳就能骑着它们到牧场。他用脚后跟踢马,马就笔直往前跑,他抓住马鬃,就可纵马跳过沟渠。与众不同的是,他做这些事都十分平静,毫不迟疑,也不说一句话,脸上一直露出傻乎乎的木讷表情。

就因为这种神态,人人把他当作傻子,但同样可以肯定的是,如果要从最高的杨树顶上掏取鸟窝里的喜鹊,如果要把一头丢失的奶牛从离家很远的地方找回来,或者要用一块石头把一只鹡打下来，没有一个孩子比他更大胆，更灵活，对自己要做的事更有把握。其他孩子认为这是命贱的好处，这是处在社会底层的弃儿的命运。因此，在玩危险的游戏时，他们总是让他第一个去做。

他们说："这个人永远不会受到什么伤害，因为他是弃儿。优良的麦种害怕天灾，野生的种子不会死亡。"

在两年中一切顺利。扎贝尔设法买了几头家畜，别人弄不清楚她是怎么弄来的钱。她帮磨坊主干了许多杂活，磨坊主卡代·布朗榭答应派人替她修一修到处漏水的屋顶。她的穿着有所改善，她的弃儿也是如此，她看起来不像来的时候那样穷了。马德莱娜的婆婆对于家中一些用具的遗失，面包的大量消耗，曾经严厉地责备过几次。有一次，马德莱娜只好把责任揽到自己身上，使扎贝尔不致受到怀疑，但出乎婆婆的意料，卡代·布朗榭几乎没有生气，甚至故意装出视而不见的样子。

卡代·布朗榭这般通融的秘密，是因为那时他还十分爱自己的妻子。马德莱娜长得漂亮，又不会卖弄风情，人们到处都在夸他的妻子，而且他的生意也很兴隆。他是这样一种人，只在担心自己要倒霉时才会变得凶狠，所以这时他对马德莱娜的关心比别人想象的要多。于是招来布朗榭大妈的嫉妒，经常找碴儿进行报复，但马德莱娜总是默默忍受，从不向丈夫抱怨。

这也是尽快了却这种纠纷的最好办法，在这方面，我们还从未见过比马德莱娜更有涵养、更通情达理的女人。但是，我们这儿的人说，做好事比做坏事更容易被人忘记。有一天，马德莱娜终于因自己做的好事而受到严厉的质问和责骂。

那一年,小麦受到冰雹的损害,河水泛滥又使干草腐烂。卡代·布朗榭情绪不好。一天,他和一个同行一起赶集回来。那人刚娶了个漂亮的姑娘,在路上对他说:"总而言之,你过去也没有什么可抱怨的,因为你的马德隆也曾经是十分可爱的姑娘。"

"你说我过去和你的马德隆也曾经是什么意思?是不是有人说她和我已经老了?马德莱娜还只有二十岁,我并不觉得她已经变丑了。"

"不,不,我说的不是这个意思,"那人接着说道,"当然啰,马德莱娜现在还不错,但是,一个女人这么年轻就结婚,她的美貌是维持不了多久的。她给小孩喂了奶,就已经显得疲劳。何况你妻子身体并不强壮,你看她这么瘦弱,脸色不好。可怜的马德隆是不是病了?"

"我不知道。你为什么要问我这个?"

"天哪!我不知道。我发现她愁眉苦脸,像是有病或有烦恼的事情。啊!女人的青春转眼就消逝了,就像葡萄藤开花那样。我以后也会看到我妻子拉长了脸,神情严肃。我们这些男人就是这样!只有我们的女人还能引起我们的忌妒,我们才会喜欢她们。忌妒使我们生气,我们就吵闹,我们有时还会打人;她们于是感到伤心,放声大哭;她们待在家里,害怕我们,感到烦恼,不再爱我们了。但我们始终心满意足,因为我们是主人!……但是,有一天早晨我们得知,没有人再打我们妻子的主意,因为她们已变得丑陋,我们便不再爱她们,转身去追求别人的老婆……这就是男人的福分!再见,卡代·布朗榭。以前,你跟我妻子吻抱时太亲热了点,我看到了,但我什么也没说。现在我要对你说,我们以后还是好朋友,我尽量不让她像你的妻子那样愁眉苦脸,因为我了解自己:如果我忌妒,我会变得凶狠,但到我不再有忌妒的对象时,我也许会变得比狼更可怕。"

一个好的忠告会使一个清醒的头脑获益。卡代·布朗榭虽说聪明、勤劳,但因过于骄傲,所以头脑不大清醒。他回到家里时眼睛发红,肩膀耸起。他注视着马德莱娜,仿佛好久没看见她那样。他发现她脸色苍白,模样变了。他问她是否病了,声音非常生硬,使她变得更为苍白,她轻声回答说她身体很好。他为此生了气,上帝才知道生的是什么气,坐下来吃饭时想要跟什么人找碴儿吵架。不久机会就来了。有人说起麦价昂贵,布朗榭大妈就像每天晚上那样,抱怨家里的面包吃掉太多。马德莱娜一句话也没说。卡代·布朗榭想把浪费的责任推到她头上。老太太说那天早上她看到弃儿拿走半个圆面包……马德莱娜本应发一通脾气,和他们争辩一番,但她只知道流泪。布朗榭想起他的同行对他说的话,就更加生气,所以从那天起,他就不再爱他的妻子,还时时折磨她。至于为什么会这样,你想怎么解释就怎么解释吧。

二

他时时折磨她,使她苦不堪言。由于他过去也从未使她幸福,因此她结婚后是双重的不幸。她十六岁时家里就把她嫁给了这个红脸汉子。他性情暴躁,星期天要喝许多酒,星期一整天怒气冲冲,星期二愁眉不展,其余几天则像马一样工作,以弥补浪费的时间,因为他很吝啬,没有闲空为妻子着想。他星期六不算太粗暴,因为他干完了自己的活儿,想着第二天可以好好地消遣一番。但一星期只有一天情绪好是不够的,马德莱娜并不喜欢看到他心情愉快,因为她知道,他第二天晚上回家时又会怒气冲冲。

但是,由于她既年轻又体贴,性情十分温柔,没法一直对她发脾气,他还是有公正和友善的时候,这时他就拉住她的两只手对她说:"马德莱娜,没有比你更好的女人了,我觉得你是特意为我创造出来的。如果我娶了个卖弄风情的女人——这种女人我见得多了,我会把她杀死,或者我跳到磨坊的桨叶下面自杀。但我看得出你规矩、勤劳,你真是金子般的人儿。"

但是,他们结婚四年之后,他就不再爱她了,对她也不再说动听的话,他见她默默忍受他的折磨,感到十分恼怒。她又能说什么呢?她感到她丈夫不公正,又不愿因此责备他,因为她觉得自己的全部义务是尊敬她从未爱过的主人。

她婆婆很高兴地看到儿子重新变成家里的主人。她是这样说的,仿佛她儿子以前忘了自己是一家之主,还让人感觉出这一点!她恨自己的儿媳,因为她看出儿媳比自己强。她找不到责备儿媳的理由,只好说她身体不强壮,整个冬天都在咳嗽,结婚到现在只生了一个孩子。她蔑视儿媳就因为这些,还因为媳妇识文断字,星期天躲在果园的一个角落里读祈祷文,而不是来同她和周围的邻居东拉西扯地闲聊。

马德莱娜已把自己的灵魂交给上帝,她觉得没有必要抱怨,就忍受着痛苦,仿佛她命该受这个苦。她已经使自己的心离开了尘世,常常向往着天堂,就像一个将会从容赴死的人。但是,她仍然注意自己的健康,鼓起自己的勇气,因为她感到只有她活在世上,她的孩子才会幸福,她忍受一切是因为她爱自己的孩子。

她对扎贝尔并无深情厚谊,之所以有一点情谊,是因为这个既善良又势利的女人还在尽力照顾着可怜的弃儿。马德莱娜看到,那些只考虑自己的人变得越来越坏,因此她尊重能稍微顾及别人的人们。由于她在当地是惟一不考虑自己的人,所以感到十分孤独,非常烦恼,却又不大知道自己烦恼的原因。

然而,她逐渐发现,当时只有十岁的弃儿也开始像她那样来思考。我说"思考",指的是她从他的行为方式上作出的判断。因为可怜的孩子自打她第一次问他话以后,从来不在谈话里表现他的理解力。他不会说话,别人想让他闲聊时,他就立刻住口,因为他确实一无所知。但如要跑去给谁帮忙,他总是准备前往,尤其是替马德莱娜办事,不等她开口就已经跑去了。从他的表情来看,别人会以为他还没有弄清要做什么事情,但他把这些事做得既快又好,使她赞叹不已。

有一天,他手里抱着小冉尼,让孩子揪他的头发,逗孩子发笑,马德莱娜接过孩子时有点不满,仿佛是不情愿地说道:"弗朗索瓦,如果你现在已经开始忍受别人的一切,那么你就不知道他们什么时候才会罢休。"她极为惊讶的是,弗朗索瓦这样回答她说:"我情愿受苦,而不愿使别人痛苦。"

马德莱娜惊讶地朝弃儿看了一眼。在这个孩子的眼睛里有着某种神情，她在最通情达理的人们的眼睛里也从未见到过。这神情既善良又坚决，使她的思想不禁为之震惊。她在草地上坐了下来，把孩子抱在自己的膝盖上，叫弃儿坐在她的裙边，但不敢和他说话。她自己也无法解释，为什么她常常因自己取笑这孩子的天真幼稚而感到不安和愧疚。不错，她同他开玩笑时总是很温柔，也许是他的笨拙幼稚使她对这孩子更加同情和爱护。但在此时此刻，她想到他对她的嘲笑是理解的，并因此感到痛苦，只是无法表达罢了。

　　后来，她忘掉了这件小事，因为不久以后，她丈夫爱上了附近的一个姑娘，开始嫌弃她了，并且不准她让扎贝尔和她的孩子到磨坊来。于是，马德莱娜不得不考虑用更加秘密的方法帮助他们。马德莱娜把这事告诉了扎贝尔，并对她说，自己在一段时间里得装出忘掉她的样子。

　　但是，扎贝尔十分害怕磨坊主，她不像马德莱娜那样，可以因为爱别人而忍受一切。她暗自琢磨，磨坊主是一家之主，可能会把她赶出屋子，或是提高她的房租，这些事马德莱娜是无能为力的。她又想，她如果听从布朗榭大妈，就可以同大妈言归于好，有大妈做靠山，比有那年轻女人做靠山更加有用。于是她去找磨坊主家的老太太，承认自己接受过马德莱娜的接济，说她这样做并非心甘情愿，只是出于对她无法养活的弃儿的怜悯。老太太那么憎恨弃儿，就是因为马德莱娜关心他。她给扎贝尔出主意，让她把弃儿甩掉，并答应扎贝尔迟交六个月的房租。因为那时正好刚过圣马丁节，年景又不好，扎贝尔手头没钱。一段时间以来，马德莱娜受到严密的监视，无法把钱交给扎贝尔。扎贝尔大胆地作出了决定,答应第二天就把弃儿送回济贫院。

她答应了这件事之后,立刻又后悔了。她看到小弗朗索瓦睡在她破旧的床上,心情十分沉重,仿佛就要犯下杀人罪那样。她睡不着。但天还没亮,布朗榭大妈就走进她的屋子,对她说:

"喂,扎博①,起来吧!您既然答应,就不能反悔。您要是等到我儿媳跟您谈了话,我知道您就什么都做不成了。不过,您要知道,为了他的利益,也为了您的利益,就得让这个孩子走。我儿子待他不好,就是因为他又蠢又贪吃,我儿媳给他吃得太好,我可以肯定他已经偷过东西。弃儿都是天生的小偷,相信这些坏蛋简直是发疯。喏,这家伙会弄得您不得安宁,会败坏您的名声,有朝一日还会成为我儿子打老婆的祸根。最后,待他长得身强力壮之后,就会去当拦路抢劫的强盗,给您带来耻辱。走吧,走吧,上路吧!请您从牧场走,把他一直带到科尔莱镇。公共马车在八点钟经过那里。您同他一起上车,最晚中午就可到沙托鲁市②。您今天晚上就能回家,给您一个皮斯托尔③做路费,剩下的钱您可以在城里随便买些吃的。"

扎贝尔叫醒了孩子,给他穿上最好的衣服,把剩下的衣服包在一起,然后拉着他的手,在月光下出发了。

他们走着,走着,天色渐渐发亮,她心里越发难过起来。她走不快,也说不出话,走到大路边,她在沟渠一侧的陡坡上坐下,仿佛半死不活的样子。公共马车过来了,得抓紧时

---

① 扎博是扎贝尔的别称。

② 沙托鲁市,法国安德尔省省会。

③ 皮斯托尔,法国古币名,相当于十个法郎或十个利勿尔。

间上车。

弃儿以往从来不曾心绪不宁,他总是听从自己的养母,从未有过丝毫怀疑。但当他生平第一次看到一辆大车朝他驶来,车子发出的响声使他害怕,他把扎贝尔朝牧场方面拽去,刚才他们就是从牧场走上大路的。扎贝尔以为他已知道要去哪儿,就对他说:

"上车吧,可怜的弗朗索瓦,得上去!"

这句话使弗朗索瓦更加害怕。他以为公共马车是一只巨大的动物,追逐他,会把他一口吞掉。他面对他熟悉的危险时十分勇敢,现在却吓昏了头,便叫喊着往牧场逃去。扎贝尔在后面紧追,看到他的脸色像快死的孩子那样苍白,也完全失去了勇气。她跟着他一直走到牧场的尽头,让公共马车开了过去。

三

他们从来路走回去,一直走到离磨坊还有一半路程的地方,他们累了,就停了下来。扎贝尔看到孩子从头到脚,浑身颤抖,感到十分不安,他的心剧烈地跳着,连他的破衬衫都随着鼓了起来。她让他坐下,设法安慰他。但她不知道自己在说些什么,弗朗索瓦也无法理解她的意思。她从篮子里拿出一块面包,想劝他吃一点,但他一点也不想吃,他们久久地待在那儿,一句话也不说。扎贝尔终于镇静下来,对自己的软弱感到羞愧,她想如果她同孩子一起再回到磨坊,她便完了。下一辆公共马车在中午时分经过,她决定在那儿休息到差不多的时候再上大路。弗朗索瓦因为受了惊,失去了他有限的智力,他生平第一次进行了反抗,于是她试着用马铃声、车轮声和大车飞奔的速度来驯服他。

她试图取得孩子的信任,同时说出了她本来不想说的话。也许是她因后悔不由自主地说了出来,也许是弗朗索瓦在清晨醒来时听到了布朗榭大妈说的一些话,这时又重新想了起来,或者是他即将遭到不幸之时,他贫乏的思想突然开了窍。他用曾使马德莱娜感到惊讶甚至害怕的目光看着扎贝尔,说出了许多话:"妈妈,你要把我送走,你要把我带到离这里很远的地方,把我扔在那儿。"接着,他想起别人当着他的面不止一次地说过的济贫院这个词。他不知道济贫院是什么地方,但他觉得这地方,比公共马车还要可怕,就浑身颤抖地大声说道:"你要把我送到济贫院去!"

扎贝尔已经走得太远,到了没有退路的地步。她以为孩子对自己的命运已经有了更加清楚的了解,觉得不能再欺骗他并出其不意地把他甩掉,便对他说明了事情的真相,并想让他知道,他在济贫院会比跟她一起生活更加幸福,那里会更好地照料他,会教他干活,会让他在一个比她有钱的女人家里住一段时间,这个女人也可以当他的妈妈。

这些安慰使弃儿非常伤心。扎贝尔试图用这些话说得他不愿同她生活在一起,但他对未来的生活一无所知,感到更加害怕。再说,他还全心全意地爱着这个爱他不如爱自己的薄情母亲。他还爱着另外一个人,几乎像爱扎贝尔一样,那就是马德莱娜,但他不知道自己在爱她,也从来没有说过。他躺在地上,抽噎地哭着,双手把草拔起,捂在脸上,仿佛发疯一般。扎贝尔看到他这样,不禁心烦意乱,便不耐烦地强行把他拉起来,还吓唬他。弃儿用头猛撞石头,弄得浑身是血,眼看就要撞死在那儿。

正在这时,仁慈的上帝让马德莱娜·布朗榭路过那里。她一点不知道扎贝尔和孩子离开了家。她刚去普雷尔的老板娘家,把老板娘要她纺的细毛线交给老板娘,因为她是当地纺纱纺得最好的女人。她拿了工钱,回磨坊去,袋里装着十个埃居①。牧场里有一些比水面高出不多的木板小桥,正当她走近一座小桥要过河时,忽然听到撕心裂肺的叫声。她立刻听出是可怜的弃儿的声音。她跑到那边,看到孩子浑身是血,在扎贝尔的怀里挣扎。她一开始不知是怎么回事,因为看到这情景,会以为是扎贝尔狠狠地打了他一顿,想把他甩掉。她还真以为是这样。弗朗索瓦看见她,立刻朝她奔过来,像一条小蛇那样缠着她的双脚,拉着她的裙子叫道:"布朗榭太太,布朗榭太太,您救救我!"

扎贝尔高大、强壮,马德莱娜矮小、瘦弱,像一根灯芯草。她却并不害怕。她想扎贝尔一定是疯了,竟想杀死孩子,于是挺身而出,决心保护孩子,或者情愿让扎贝尔把她杀死也要让孩子逃跑。

不需要长篇大论就能把事情解释清楚。扎贝尔与其说在发怒,不如说在伤心,她把事情原原本本地说了一遍。这样,弗朗索瓦最终了解了他不幸的全部真相。这一次,谁也没料到他会有这么清醒的头脑,居然完全听明白了有关他的事。扎贝尔说完之后,他紧紧抱着磨坊主妻子的双腿和

① 埃居,法国古币,一埃居值三法郎。

裙子说:"别把我送走,别让人把我送走!"扎博在哭,磨坊主的妻子哭得更加厉害。他在扎博和磨坊主妻子当中走来走去,说出各种各样的好话和请求,这些话语和请求好像不是从他嘴里说出来的,因为这是他第一次设法说出心里的话:"哦,妈妈,我亲爱的妈妈!"他对扎贝尔说道:"你为什么要扔掉我?你难道希望我看不到你而伤心地死去?我做了什么事使你不再爱我了?是不是我有时没有听你的话,没有做你要我做的所有事情?是不是我做了什么坏事?我总是在很好地照料我们的牲畜,你自己也是这么说的,每天晚上你吻抱我,你对我说我是你的孩子,你从没对我说过你不是我的母亲!妈妈,把我留下吧,把我留下吧,我求你就像大家祈求仁慈的上帝一样!我要永远侍候你,永远为你干活。如果你对我不满意,你就打我,我决无怨言。但是,请你等我做了什么坏事之后再把我送走。"

他又走到马德莱娜身边对她说:"磨坊主太太,请您可怜可怜我。请您叫我妈妈把我留下。我再也不到您家里去了,既然他们不让我去。往后您再给我什么东西,我会知道我是不该拿的。我去对卡代·布朗榭先生说,让他打我,而不要为了我而责骂您。以后您去田里的时候,我会一直跟着您,替您抱儿子,整天逗着他玩。您要我做什么,我就去做什么,要是我做了什么坏事,您就别再喜欢我。但是,您不要让别人把我送走,我情愿跳到河里死去也不愿离开这里。"

可怜的弗朗索瓦看着河水,走到河边,眼看他的生命危在旦夕,只要说一句话拒绝他的请求,他就会跳到河里淹死。马德莱娜为孩子说话,扎贝尔也非常想听她的话,但一想到要回磨坊,就不像她刚才在大路上时有那样的劲头了。

"滚开,不听话的孩子,"她说,"我把你留下。但我明天为了你就要到外面去讨饭。你这孩子太笨,不知道我落到这个地步都是为了你。我领养这个孩子毫无用处,他连他自己的饭费也不能替我挣回来,我累死累活又有什么用处?"

"别再说了,扎贝尔,"磨坊主的妻子说,一边把弃儿抱了起来,虽说他已经很重,"拿着,这里是十个埃居,您拿去付房钱,或者用作搬家费,如果有人一定要把您赶出我们家的屋子。这是我的钱,是我自己挣的,我知道有人会向我索取这钱,但我不管了。要杀要剐随他们的便,我把这孩子买下了,他是属于我的,不再属于您了。这孩子心肠这么好,这么爱您,您不配把他留在您的身边。我来当他的妈妈,我准备为他受苦。为了自己的孩子,当妈妈的什么苦都能受。为了我的再尼我甘心粉身碎骨。是的,为这个孩子我也一样。过来,可怜的弗朗索瓦。你不再是弃儿了,听到了吗?你有了妈妈,你愿意的话就爱她,她也会全心全意地爱你。"

马德莱娜说这些话时并没有完全意识到它们的含义。她平时十分冷静,这时却头脑发热。她那颗善良的心在进行反抗,真的在对扎贝尔发怒。弗朗索瓦双手抱住磨坊主妻子的脖子,抱得那么紧,让她几乎透不过气来,还弄得她帽子上和手帕上全是血,因为他头上撞破了好几个地方。

这一切在马德莱娜身上起了巨大的作用,她既同情,又害怕,既难过,又果断,她勇敢地朝磨坊走去,仿佛是一个走向战场的士兵。她没料到孩子那么重,自己又没有力气,平时她只能勉强抱起她的小冉尼。她走到小桥上面,小桥不太稳固,在她脚下直往下陷。

她走到桥中央时停了下来。孩子变得越发沉重,累得她两腿发软,额头流汗。她感到自己仿佛快要晕倒。突然她想起前一天晚上在《圣徒传》这本古书中读到的一个美丽而奇妙的故事,就是圣克里斯托弗背着圣婴耶稣过河的故事,讲到这位圣徒感到孩子突然变得十分沉重,就害怕得停了下来。想到这里,她回过头来看看弃儿,只见他两眼翻白,双手不再抱着她。他也许过于伤心,或是流血过多。可怜的孩子已经昏迷过去了。

四

扎贝尔看到孩子这个样子,以为他已经死了。她对他的感情又回到了她的心里,她不再去想磨坊主和恶毒的老太太,从马德莱娜手里抱过孩子,又哭又喊地吻抱他。她们在河边坐下,让孩子躺在她们的膝盖上,给他清洗伤口,用手帕止住了出血,但她们没有办法使他苏醒过来。马德莱娜用她的胸口来温暖他的脑袋,往他脸上和嘴里吹气,就像为溺水的人做人工呼吸那样。他的神志恢复过来了。他睁开眼睛,看到她们在照料他,立刻吻抱了马德莱娜和扎贝尔,他是如此地动情,她们担心他再次昏倒,不得不制止了他。

"好了,好了,"扎贝尔说道,"我们应当回家了。不,我决不能离开这孩子,这点我看明白了,我再也不去想这件事。您的十个埃居我留着,马德莱娜,要是有人逼我,我今晚可以拿来付房钱。但您什么也别说。明天我去找普雷尔的老板娘,让她别戳穿我们的话,必要时她可以说还没有把纺毛线的工钱付给您。这样我们就能拖些时间。我即使去讨饭也要还清欠您的债,使您不至于为我而挨骂。您不能在磨坊领养这孩子,您丈夫会把他杀死的。把孩子留给我吧。我发誓会像往常那样照顾他,如果有人还要和我们纠缠,我们再做别的打算。"

命运注定弃儿回到家里,没有声息,也没有受到任何人的注意,因为布朗榭大妈突然中风,还没来得及把她要扎贝尔送走弃儿的事告诉她的儿子。布朗榭师傅急忙把扎贝尔叫来,让她帮助料理家务,因为马德莱娜和女仆要服侍他的母亲。三天里,磨坊里忙乱不堪。马德莱娜不辞劳苦,在婆婆的床边站了三夜,婆婆最后在她的怀里咽了气。

命运的这个打击把磨坊主的坏脾气压抑了一段时间。他曾经尽他所能爱过他的母亲,尽了儿子的孝心,现在,出于自尊也尽他所能厚葬了母亲。他在这段时间里忘掉了自己的情妇,甚至变得慷慨大方,把老太太遗下的旧衣服送给穷苦的邻居。扎贝尔在这些施舍里拿到了一些衣服,弃儿则得到一枚一法郎的硬币,因为布朗榭想起在一次迫切需要蚂蟥来为老太太治病的时候,所有的人都白跑了一趟,只有弃儿一句话不说就到他所熟悉的水塘里去捉了回来,路上花的时间也比别人短。

卡代·布朗榭几乎忘了对他的怨恨,磨坊里也无人知道扎贝尔要把弃儿送进济贫院这件鲁莽事。马德莱娜十个埃居的事,他后来才想起来,因为磨坊主没有忘记让扎贝尔支付他破屋的房租。马德莱娜谎称,她听说婆婆突然生病就急着跑回来,把钱掉在牧场里了。布朗榭找了很长时间,还狠狠地责骂了她,但他不知道这钱派了什么用场,所以扎贝尔没有受到怀疑。

母亲死后,布朗榭的性格逐渐发生了变化,然而不是朝好的方向变。他在家里越来越烦闷无聊,对家里的事情不像过去那么留心,花起钱来也大手大脚,不像以前那样吝啬。他对经营之道越来越荒疏,由于身体发胖,生活无序,也不再喜欢干活。他以次充好贩卖牲口,用不正当的交易获取利润,如果他不是把赚到的钱全部花掉,未尝不能发财致富。而他的情妇渐渐把他捏在掌心之中。她带他去赶集赴会,让他去赌博荒唐,在小酒店里厮混。他学会了赌博,常常手气很好,但最好还是让他总是输钱,因为这样一来,他就会对赌博感到厌恶。这种放荡的生活,使他完全脱离了正常状态,他只要稍微输钱,就会生自己的气,还对周围所有的人穷凶极恶。

他在过这种放荡不羁的生活时,他的妻子仍然安分、温顺地管着家,怀着爱心抚养他们惟一的孩子。实际上,她把自己看作两个孩子的母亲,因为她对弃儿也倾注了深厚的母爱,对他的关心几乎同关心自己的儿子一样。她丈夫越是放荡,她便越能当家做主和少受气。他刚开始过放荡生活时,显得十分粗暴,因为他担心受到妻子的责备,想让妻子害怕和顺从。后来他见她不爱争吵,也不公开吃醋,就决定让她安宁地生活。他母亲已经不在,不会挑起他对妻子的不满,他不得不承认,任何女人都不像马德莱娜那样省吃俭用。他常常几个星期不回家，一旦回家，想寻衅闹事，他就会因妻子的默默忍受而火气全消，他对这种耐心的沉默先是感到惊讶，最后只好去睡大觉。因此，只有他累了需要休息时，才不会在外面露面。

马德莱娜必须是个十分虔诚的基督徒，才能这样独自同一个老姑娘和两个孩子生活在一起。实际上，她是一个比修女还要虔诚的基督徒。上帝给了她很大的恩惠，使她学会识字，能看懂她读的东西。不过她读的总是同样的书，因为她只有两本书，一本是《福音书》，另一本是《圣徒传》的节本。《福音书》使她变得圣洁，晚上她在儿子床边阅读这本书时，常常会独自流泪。而《圣徒传》对她产生的则是另一种影响：这是无法比拟的，就像无所事事的人们在阅读童话故事时会情绪激动，去进行虚无缥缈的遐想那样。这些美丽的故事给予她的是勇敢和快乐。有时，弃儿看到她在田野里微笑，脸色通红，她的膝盖上放着她的书。他觉得十分惊讶，他很难理解，她花费精力对他讲述的这些故事——她对这些故事作了一些修改，使他能够听懂（也许是因为她自己也没有从头到尾全部看懂）——怎么会从她所说的那个叫书的东西中出来。因此他也想学识字，他跟她学得又快又好，使她感到惊讶。后来，他也能教小冉尼识字了。当弗朗索瓦到了初领圣体的年龄时，马德莱娜教他读教理书，堂区的本堂神甫很赞赏这孩子的聪明和记忆力，而孩子却总是被人们当作傻瓜，因为他几乎不开口说话，也不敢同任何人待在一起。

他初领圣体之后，到了当雇工的年龄，扎贝尔很希望他到磨坊里去当仆人，磨坊主布朗榭也不反对，因为大家都很清楚,弃儿是个好人,勤劳刻苦,热心助人,比其他同年龄的孩子都要身强力壮,精力充沛,通情达理。另外,给十个埃居的工钱他就满意了,所以雇用他可以省不少钱。弗朗索瓦见自己完全是为马德莱娜和他十分喜欢的冉尼干活,心中无比快乐。他明白扎贝尔可以用他挣的钱支付房租,去掉了她最大的一桩心事,他觉得自己像国王一样富裕。

不幸的是,可怜的扎贝尔没能长久地享受这种回报。入冬之后,她得了一场重病,尽管弃儿和马德莱娜千方百计地照料她,她还是在圣蜡节①那天死了,死前她的脸色曾经好转,别人还以为她的病有了起色。马德莱娜悼念她,为她痛哭流涕,还要去竭力安慰弃儿,没有马德莱娜,弃儿肯定无法克制自己的悲伤。

一年之后,他还在每天想念扎贝尔,而且几乎每时每刻都在思念她。有一次,他对磨坊主的妻子说:

“我在为我可怜的母亲的灵魂祈祷时,好像是在后悔,后悔以前爱她爱得不够深。我相信自己过去总是尽我所能使她满意,我对她总是只说好话,任何事情都帮她做,就像我现在帮您做一样。但是,布朗榭太太,有一件事我得向您承认,这件事使我感到难受,我经常为此请求上帝的宽恕。这就是自从我可怜的母亲想把我送到济贫院,而您站在我一边阻止她这样做的那天起,我对她的爱不由自主地在我心中减少。我并不怨恨她,我甚至不准自己认为她想抛弃我是做了坏事。她有权这样做,我错怪了她,她当时是害怕您的婆婆,总之,当时她那样做是违心的,因为我看出她还

---

① 圣蜡节在每年二月二日。

是非常爱我。但不知道为什么这件事总是来到我的脑子里,我无法摆脱它。自从您说了我永远不会忘记的那些话之后,我爱您超过了爱她,我不想这样也不行,我想您比想她更多。现在她死了,我没有伤心得死去,要是您死了,我是会死去的。"

"可怜的孩子,你对我这样好,当时我到底说过些什么话?我记不起来了。"

"您记不起来了?"弃儿说着在马德莱娜脚边坐了下来,马德莱娜一边听他说话一边纺纱。"是这样!您在把几个埃居交给我母亲时说:'给您,我买下了您这个孩子,他是属于我的。'您一面吻抱我一面对我说:'现在,你不再是弃儿了,你有了妈妈,她会爱你,就像你是她亲生的儿子那样。'您不是这样说的吗,布朗榭太大?"

"可能是的,我当时这样想就这样说了,我现在还是这样想。你是否认为我对你食言了?"

"哦,没有!只是……"

"只是什么?"

"不,我不说了,因为抱怨是不好的,我不想做忘恩负义、不知感恩的人。"

"我知道你不会忘恩负义,但我希望你说出你的心里话。咱们来看看,还有哪些地方我待你不像亲生的儿子?说吧,我命令你说,对冉尼我也会这样命令的。"

"嗯,那就是……那就是您常常吻抱冉尼,而自从我们刚才说的那天起,您却从来没有吻抱过我。我很注意,总是把脸和双手洗得干干净净,因为我知道您不喜欢肮脏的孩子,您总是在给冉尼梳洗之后才吻抱他。但我洗干净以后您也不吻抱我。我母亲扎贝尔也几乎不吻抱我。不过我非常清楚,所有的母亲都抚摸自己的孩子,因此我觉得我还是一个弃儿,您也不会忘记这一点。"

"来吻抱我吧,弗朗索瓦,"磨坊主的妻子说着把孩子抱在自己的膝盖上,深情地吻着他的前额,"我从没想到这点,确实是错了,你理当从我这儿得到更好的东西。喂,你看,我非常高兴吻抱你,你现在可以完全相信你不再是弃儿了,是吗?"

孩子扑上去搂住马德莱娜,脸色变得苍白,使她感到惊讶,便让他从她的膝盖上慢慢滑下来,想分散他的心思。过了一会儿,他离开了她,一个人走了,仿佛想躲起来,这使磨坊主的妻子感到不安。她去找他,只见他躲在谷仓的一个角落里,跪在地上,泪流满面。

"好了,好了,弗朗索瓦,"她把他扶起来,对他说,"我不知道你在想什么。如果你在想你可怜的妈妈扎贝尔,你就得为她祈祷,这样你心里就会感到平静些。"

"不,不,"孩子说着把马德莱娜的围裙边缘扭来绞去,拼命地吻它,"我没有想我可怜的妈妈。您难道不是我的妈妈?"

"那你为什么哭呢?你使我感到难过。"

"哦,不要!哦,不要!我不哭了。"弗朗索瓦回答道。他赶紧擦干眼泪,露出愉快的神色。"我不知道我为什么哭。对,我什么也不知道,因为我心满意足,就像上了天堂。"

五

从那天起，马德莱娜早晚两次都要吻抱这孩子，就像他真是她的亲生儿子一样，她对冉尼和弗朗索瓦的惟一区别是小的那个因为年龄小更受宠爱一些。弃儿十二岁时，他才七岁，弗朗索瓦心里也明白，像他那样大的男孩不可能像小不点那样受人宠爱。再说，他们外表上的差别比年龄上的差别更大。弗朗索瓦长得高大、强壮，像个十五岁的男孩，而冉尼则像他母亲那样瘦弱、矮小，可以说是他母亲的缩影。

一天早上，她在门口接受他的问候以后，像平常那样吻抱他。她的女仆见了就对她说：

"女主人，我没有冒犯您的意思，但我觉得这小伙子长得太大了，不能再像对待小姑娘那样来吻抱他了。"

"你这样看？"马德莱娜惊讶地回答道，"你难道不知道他的年龄？"

"知道，我倒不是觉得这样不好。不过，他是个弃儿，我虽说是您的女仆，也不会去吻抱他，即使给许多钱也不行。"

"您这样说很不好，卡特琳，"布朗榭太太接着说道，"特别是不该在这可怜的孩子面前说这种话。"

"让她说吧，让所有的人都说吧，"弗朗索瓦勇敢地回答道，"我听到这种话不会难过的。布朗榭太太，只要您不把我看成弃儿，我就满足了。"

"啊，你们看！"女仆说道，"我第一次听到他说这么多话。你能连续说上三句话了，弗朗索瓦？啊，对，我还以为你听不懂别人在说什么呢。要是我知道你听得懂刚才的话，我就不会在你面前说了，因为我一点也不想让你难受。你是个好孩子，不声不响，又肯帮助别人。好了，好了，你别去想这件事了。我觉得女主人吻抱你显得滑稽，因为你太大，不能再像孩子似的被人吻抱了，你被人爱抚时也显得比平时更傻。"

胖子卡特琳把事情解释清楚之后就去做饭了，不再去想这件事情。

弃儿跟着马德莱娜走到洗衣服的地方，在她身边坐了下来，和她说话，因为和她在一起，面对她一个人，他就会说话了。

"布朗榭太太，您还记得吗？"他对她说，"很久以前，有一次我在这儿，您让我睡在您的稻草上？"

"记得，我的孩子，"她回答道，"那是我们第一次见面。"

"是第一次吗？我过去不能肯定，我现在也记不清楚，因为每当我想起那个时候，我就像在做梦一样。那时离现在有多少年了？"

"有……等一下，大约有六年了，因为我的冉尼当时才十四个月。"

"这样的话，我当时的年龄还没有他现在大，是吗？您是不是认为他在初领圣体的时候会记得现在发生的所有事情？"

"哦！是的，我会记得很清楚的。"冉尼说道。

"这可不一定，"弗朗索瓦接着说，"昨天这个时候你在干什么？"

冉尼惊奇地张开嘴巴，想要回答，却又神色尴尬地说不出来。

"那么，你呢？我敢肯定你也记不得了。"磨坊主的妻子对弗朗索瓦说道。她听到他们俩嘁嘁喳喳地说话，常常会开开玩笑。

"我，我？"弃儿为难地说道，"您等一下……我当时到田里去，从这儿走过……就想起了您。对，我是在昨天想起您让我睡在稻草上的那天的。"

"你记性真好。你想起这么遥远的事情，真不容易。你记不记得你当时在发烧？"

"不记得！"

"你还把我的衣服给我送到家里，虽然我没有叫你这样做，你记得吗？"

"也不记得。"

"我可一直记着，因为我从这点看出你的心眼好。"

"我的心眼也好，是吗，妈妈？"小冉尼说着把吃掉一半的苹果拿了过来。

"当然啰，你的心眼也好，你现在看到弗朗索瓦做的所有好事，你以后也会去做的。"

"是的，是的，"孩子赶紧回答道，"今晚我就来骑那匹黄色的牝马，把它骑到牧场去。"

"好啊，"弗朗索瓦笑着说道，"然后你再爬到大花楸树上，从鸟窝中掏鸟，好吗？你等着，我会让你做的，孩子！但是,请您告诉我,布朗榭太太,我有一件事想问您,不知道您愿意不愿意告诉我。"

"说吧,什么事?"

"他们为什么认为叫我弃儿我会生气。做弃儿是不是不好?"

"不是,我的孩子,因为这不是你的错。"

"那么是谁的错呢?"

"是有钱人的错。"

"有钱人的错!这怎么会呢?"

"你今天问我问得太多了,这事我以后再跟你说。"

"不,不,现在就说,布朗榭太太。"

"我无法对你解释……首先,你是不是知道什么是弃儿?"

"知道,就是曾被父母送进济贫院的孩子,原因是父母无力抚养。"

"是这样。你已经清楚地看到,如果说有些穷人无法抚养自己的孩子,那是因为有钱人不帮助他们,所以是有钱人的错。"

"啊!说得对!"弃儿沉思着回答道,"不过,有钱人也有好的,您就是,布朗榭太太。只要能遇到这样的有钱人就好了。"

六

弃儿自从识了字和初领圣体之后,就一直在思索,探索一切事物的原因。他在脑子里反复思考卡特琳对布朗榭太太说的有关他的一番话。但他不管怎么想，总是想不出个所以然来，不知道他长大后为什么就不应再去吻抱马德莱娜。他是世界上最纯洁的孩子，绝不会想到像他这种年龄的男孩在乡下懂得过早的事情。

他思想纯洁的原因，是他受的教育不同于其他孩子。弃儿的身份虽说没有使他感到耻辱，却使他变得胆怯。尽管他不把这个名称看作一种侮辱，毕竟使他区别于周围的那些人，这种感觉让他很不习惯。别的弃儿几乎总是对自己这种命运感到耻辱，人们也冷酷无情地让他们明白，他们很早就被剥夺了基督徒的自豪感。他们长大后憎恨自己的亲生父母，更不喜欢让他们活在世上的养父养母。但是，弗朗索瓦碰巧落在扎贝尔手里，扎贝尔喜欢他，不虐待他，后来他又遇到了马德莱娜，马德莱娜比其他人都要仁慈，她的思想也比其他人更加人道。在他看来，她是个不折不扣的好母亲。一个得到母爱的弃儿要比别的孩子来得好，正如一个受折磨，被人看不起的弃儿会比别的孩子来得坏一样。

因此，弗朗索瓦只有跟马德莱娜在一起时，才会得到快乐，感到心满意足。他不去找其他牧羊人玩耍，他独自一人长大，或是在两个喜欢他的女人身边长大。特别是他跟马德莱娜在一起时，他感到同冉尼一样幸福，他不想去同那些很快就把他看作弃儿的孩子一起奔跑，因为跟这些孩子在一起，他不知为什么会突然感到自己仿佛是个陌生人。

因此他直到十五岁，还没有产生过任何邪念，也没有作恶的想法，他的嘴里从未说过一句下流话，他的耳朵也听不懂下流话。然而，自从卡特琳批评女主人和他亲热的那天起,这孩子就强烈地意识到并断定不能再让磨坊主的妻子吻抱自己了。表面上他似乎忘了这件事,或者还显得羞于做出小姑娘和喜欢受爱抚的样子,就像卡特琳说的那样。但实际上,并不是羞耻心让他克制自己。要不是他看出有人会因这位亲爱的女人爱他而受到责备,他才不去理会这种看法呢。人们为什么要责备她呢?他找不到答案。眼看自己找不到答案,他也不想请马德莱娜来解释。他知道她出于爱心和好心,能够忍受别人的批评,他记性极好,清楚地记得马德莱娜由于为他做好事,曾经受到责骂,差一点还挨了打。

正因为如此,他出于善良的本性,使她没有因他而受到责备和嘲笑。他懂了,这真是奇迹!这可怜的孩子懂了,一个弃儿只能偷偷地被人爱,他宁愿完全得不到马德莱娜的爱,也不愿给她带来一点烦恼。

他认真地干自己的活,随着年龄的增长,他干的活也就更多,因此他和马德莱娜待在一起的时间也逐渐减少。但是,他并没有因此而感到难过,因为他在干活时想,自己是在为她干活,他能在吃饭时看到她就是一种报偿。晚上,冉尼睡着了,卡特琳也去睡了,弗朗索瓦在睡前还要同马德莱娜一起待上一两个小时。她干活时,他读书给她听,或是和她说话。乡下人读书的速度不快,因此,他们仅有的两本书足够他们读的。他们一个晚上读完三页就已经不错了。书读完后,因为离开头读的时间已经很长,于是又从第一页读起,因为第一页的内容已经记不大清楚了。读书有两种方式,把这点告诉自以为很有文化的人们不是没有好处的。有些人有很多时间,又有很多书,他们贪婪地阅读,尽可能把各种各样的东西装进自己的脑袋,这些东西连仁慈的上帝也一窍不通。另一些人没有时间,也没有书籍,他们看到一本好书就十分高兴。他们把这本书读上一百遍也不会感到厌倦。在每次阅读时,总有一些他们以前没有注意到的东西会使他们产生新的想法。实际上是同一个想法,但由于这种想法经过反复思考和充分的品味、消化,所以一个人有了这种想法,就会比三万个充满虚无缥缈的废物的脑袋获得更多的营养,具有更加健康的精神。孩子们,我对你们说的这些话,是从本堂神甫先生那里听来的,他是这方面的行家。

因此,这两个人愉快地生活在他们对知识的享受中。他们慢慢地享受着,相互帮助着去理解和喜爱使人变得正直和善良的教诲。他们从中得到很大的启发和很大的勇气。对他们来说,最大的幸福莫过于感到自己对众人都有好感,在任何时间和地点都能根据真理的条文和做好事的愿望来取得一致的意见。

七

布朗榭先生不再太多地过问家里的开支,因为他把每个月给妻子用来维持家庭开销的钱,控制在最低的数额。马德莱娜不想惹他生气,尽可能舍弃自己的舒适,把东西送给周围她认识的穷人,今天送点柴火,明天送点吃的,后天送点蔬菜、衣服、鸡蛋和其他什么东西。她尽力帮助邻居,当她拿不出钱时,就亲自用她的双手去为穷人干活,使穷人不致因疾病或疲劳而死去。她非常节约,自己的旧衣服仔细地补了又补,粗看起来,别人会以为她日子过得不错。然而,由于她不愿她家里的人因为她的行善而受苦,她已习惯了吃得极少,从不休息,尽量少睡觉。弃儿把这一切都看在眼里,觉得十分正常,因为他的天性和他从马德莱娜那儿受到的教育,使他感到他有同样的意愿和责任。只是他有时对磨坊主妻子过于劳累感到不安,于是责备自己睡得太多,吃得太多。他真想能通宵达旦地帮她缝纫和纺织,当她想付给他已涨到将近二十埃居的工钱时,他便生气,要她瞒着磨坊主把钱自己藏起来,一定要她自己留着。

“要是我母亲扎贝尔没有死,”他说道,“这钱就会给她。您要我用这钱派什么用场呢?我不需要钱,既然您已照管了我的衣服,还给了我木鞋。这钱您就留给比我更穷的人吧。您已经为穷人做了这么多的事!如果您再给我钱,您就要干更多的活,要是您像我可怜的扎贝尔那样生病死了,这些钱放在我的箱子里又有什么用?这会使您死而复生,还是能阻挡我投河自尽?”

“你不要这样想,我的孩子。”马德莱娜对他说。有一天他又有了这种想法,就像他经常有这种念头那样:“自杀不是基督徒应做的事。如果我死了,你应该活下去,来安慰和帮助我的冉尼。你会这样做吗?”

“会的,只要冉尼还没有长大成人,还需要我的友情的话。但以后!……咱们别谈这种事了,布朗榭太太。在这方面我不能成为一个好基督徒。您要是希望我活在这个世上,您就别这么劳累,您不要死。”

"你放心吧，我不想死。我身体很好。我是干活的料，我现在甚至比年轻时还要强壮。"

"您年轻时！"弗朗索瓦惊讶地说，"难道您已不年轻了？"

他担心她到了死亡的年龄。

"我觉得我不曾有过年轻的时候，"马德莱娜像逆来顺受的人那样笑着回答，"我现在二十五岁，对我这样身体的女人来说已经开始老了，因为我不像你那样天生结实，孩子，我还经受过磨难，所以显得比实际年龄要老。"

"经受过磨难！是的，上帝！那时布朗榭先生对您说话是那么生硬，这点我看得十分清楚。啊！愿仁慈的上帝饶恕我！我可不是坏人。但有一天，他对您举起了手，好像要打您……啊！他还好没有这样做，因为我已经拿起一个连枷——当时没人注意这事——也要朝他打去……不过，这是很久以前的事了，布朗榭太太，因为我记得我当时比他整整矮一头，而现在我已能看到他头顶上的头发。现在，他简直什么话也不跟您说了，布朗榭太太，您不再难过了吗？"

"我不再难过了！你看呢？"马德莱娜说时有点激动，想到自己结婚后从未有过爱情。但她很快就恢复了常态，因为这事同弃儿无关，她也不应让一个孩子知道这种想法。"现在，"她说，"你说得对，我不再难过了，我过着我所希望的生活。我丈夫对我客气多了，我儿子长得也很好，我没有什么事情可以抱怨。"

"那我呢，您怎么没说到我？我……我……"

"嗯！你也长得很好，这使我感到满意。"

"我也许在别的方面也使您感到满意,是吗?"

"是的,你品行端正,对任何事情都有正确的想法,我对你感到满意。"

"哦!您对我这样好,要是我不能使您满意,那我一定是个大坏蛋,一定是个无耻之徒!但是,如果您同我的想法一样,还有一件事应该使您感到高兴。"

"那么,就请你告诉我,因为我不知道你又想出了什么微妙的事来使我惊喜。"

"没有微妙的事,布朗榭太太。我只要观察自己的内心,就会看到一件事。那就是:饥饿、口渴、酷暑和严寒,乃至每天被打得死去活来,而后只能躺在一捆柴上或一堆石头上休息,我都能忍受,那么……您明白了吗?"

"我觉得我明白了,弗朗索瓦。你受了所有这些苦都不会感到不幸,只要你的心对仁慈的上帝问心无愧,是吗?"

"当然首先是这个,这是毫无疑问的。不过,我想说的是另一回事。"

"我不明白。我看你变得比我还要鬼。"

"不,我并不鬼。我是说,一个活着的人会遇到的一切磨难,我都能忍受,只要想到布朗榭太太对我好,我就会心满意足。我刚才就是为了这个才说,如果您也有同样的想法,您便会说:弗朗索瓦这样爱我,所以我活在世上感到高兴。"

"啊!你说得对,我可怜而又可爱的孩子,"马德莱娜回答道,"你对我说的事有时会使我想哭。是的,不错,你对我的情谊是我生活中的一种福分,也许是最好的福分,另外……不，我的意思是再加上冉尼这个福分。因为你年龄比较大，更能理解我对你说的话，你也能更清楚地把你的想法告诉我。我可以向你保证，我跟你们俩在一起永远不会感到厌倦，我现在对仁慈的上帝只有一个要求，就是我们能像一家人那样长期生活在一起，不要分离。"

"不要分离，我也很想这样！"弗朗索瓦说道，"我宁愿粉身碎骨，也不愿和您分开。谁会像您那样来爱我？谁会为了一个可怜的弃儿甘冒受虐待的风险，谁又会把他称作自己的孩子、自己亲爱的儿子？您常常这样叫我，几乎总是这样叫我。现在，当我们单独在一起时，您常常对我说：'你叫我妈妈，而不要老是叫布朗榭太太。'但我不敢，因为我担心这样叫惯了之后，会在众人面前把这个词漏出来。"

"那么，还是照旧？"

"哦！还是照旧！否则您会受到责备，而我不希望因为我而给您带来麻烦。我胆子小，是的！我不需要别人知道您取消了我的弃儿身份。我独自一人知道我有个母亲，我是她的儿子，就已经知足了！啊！您不应该死，布朗榭太太，"可怜的弗朗索瓦用伤心的神色看着她说道，因为他一段时间以来一直有不祥的预感，"如果我失去了您，我在世上就不再有亲人，因为您肯定会进仁慈的上帝的天堂，而我却不知道自己能不能得到跟您一起去天堂的奖赏。"

弗朗索瓦说的这些话，思考的这些事，仿佛是大祸即将临头的警告。过了一段时间之后，这不幸确实落到了他的头上。

他那时已成为磨坊的小伙计。他骑着马到顾客家里去取小麦，磨成面粉后再给他们送回去。他为此往往要走很长的路,还常常要去布朗榭的情妇家,她家离磨坊只有四公里的路程。不过他不大喜欢这个差使,小麦过秤之后,他就立刻离开她家……

说到这里,讲故事的女人停了下来。

"我已经讲了很长时间,知道吗?"她对听故事的堂区教民们说,"我已经不像十五岁时那样底气足,我觉得这件事打麻人比我知道得更加清楚,可以接着讲下去。再说我们讲到的这个地方,我已经记不大清楚了。"

打麻人回答道:"我知道您为什么讲到中间就不像在开始时那样记得清楚了。这是因为弃儿的运气开始变坏,您感到难受,也因为您同所有虔诚的女人一样,一讲到爱情故事就胆小了。"

"这难道会变成爱情故事?"在场的西尔维娜·库尔蒂乌说道。

"啊!好!"打麻人接着说道,"我知道我一说出这个词,姑娘们的耳朵就会竖起来。不过得耐心点,我会把故事讲完,但我接下去要说的,还不是你们想听的地方。您说到哪里了,莫尼克大妈?"

"我说到布朗榭的情妇。"

"对,"打麻人说道,"那女人名叫塞韦尔[①],但她的名字和她的人品并不相称,因为她的思想毫无严肃之处。这女人很有一套迷人的功夫,能哄得人把闪闪发光的埃居乖乖地拿出来。不能说她刁恶,因为她整天高高兴兴,无忧无虑,但她一切都为自己打算,一点不为别人的损失感到难

---

① 塞韦尔,原文 Sévère,意思是"严肃的"。

受，只要她自己花钱痛快、能吃喝玩乐就行。她在当地曾经名噪一时，据说被她勾搭上的男人不计其数。那时她还非常漂亮，讨人喜欢，虽说肥胖，依然灵活，鲜妍得像一颗黑樱桃。她对弃儿原不太注意，她在她的谷仓或院子里遇到他时，常常说句无关紧要的话来同他开玩笑，并没有恶意，只是喜欢看到他脸红，因为这个女人同他说话时，他就会像姑娘那样脸红，感到浑身不自在。他觉得她神态放肆，又丑又凶，虽说她既不丑，也不凶。她只是在别人不让她得到好处或让她不高兴时才变得凶狠。同时还应该说，她得到多少，就几乎想付出多少。她因为爱充好汉而慷慨，喜欢听人家的感谢话。但在弃儿的脑子里，她是个魔鬼，这个魔鬼害得布朗榭太太生活拮据，害得她超负荷地干活。

"后来，弃儿长到了十七岁，塞韦尔太太突然发现他成了非常漂亮的小伙子。他不像其他乡下孩子那样矮胖，这些孩子到这个年龄仿佛都被压扁了，两三年后才会长得像个大人，弃儿却长得又高又大，身材匀称，皮肤很白，在收获季节也是如此，他的头发鬈曲，发根呈淡褐色，发梢呈金黄色。

"……莫尼克太太，您是否喜欢这样的？我说的是头发，不是小伙子。"

"这和您没有关系，"本堂神甫的女仆回答道，"您讲您的故事。"

他还是穿得很破旧，但他喜欢整洁，就像马德莱娜·布朗榭教他的那样。他有一种与众不同的气质。塞韦尔太太渐渐注意到了这一点，最后竟想让他开开窍。她这人倒没有偏见,当她听到别人说:"真可惜,这么漂亮的小伙子是个弃儿。"她就回答道:"弃儿自会长得漂亮,因为他们是爱情的结晶。"

于是,她想出了一个接近他的办法。她在圣德尼-德儒埃集市让布朗榭喝了过量的酒,待他双脚已经站立不稳时,就把他交给他当地的朋友,让他们安排他睡觉。弗朗索瓦是赶着牲畜跟主人一起来赶集的。这时,她对弗朗索瓦说:

"孩子,我把我的牝马留给你的主人,让他明天早晨骑着回家。你骑他的马,让我坐在你后面,你把我送回家。"

这样安排完全不合乎弗朗索瓦的心意。他说磨坊的牝马不够强壮,不能骑两个人,建议她骑自己的马,他可以骑布朗榭的马送她回家,然后他立刻返回,用另一匹马来接自己的主人,并且保证一大早就能回到圣德尼-德儒埃。但塞韦尔不听他的话,就像剪毛工不听绵羊的话一样,她命令他服从。弗朗索瓦怕她,因为布朗榭对她言听计从,他要是得罪了她,她就会使他失去磨坊的工作,更何况当时正值圣约翰节。因此,他只好让她坐在他身后。可怜的小伙子没有想到,这并不是逃脱厄运的好办法。

八

他们上路时已是黄昏,走到罗什福尔池塘的桥上时,天色完全黑了。月亮还没有从树林后面出来,那边的小道上全是泉水冲出的沟渠,路很不好走。弗朗索瓦用脚后跟驱马前进,走得很快,因为他十分讨厌塞韦尔,他想立即回到布朗榭太太的身边。

但塞韦尔并不急于回家,她开始装出贵妇人的样子,说她感到害怕,得一步一步地慢慢走,因为牝马举蹄不稳,有摔倒的危险。

"啊!"弗朗索瓦不理睬她的话,说道,"它要是跪倒在地,那可是它头一回祈祷上苍;它和受过洗礼的不能比,我从来没见到过这么不虔诚的牝马!"

"你真风趣,弗朗索瓦。"塞韦尔冷笑着说,仿佛弗朗索瓦说的话十分新奇。

"啊!我觉得一点也不风趣。"弃儿回答道,因为他觉得她在挖苦他。

"喂,你在下坡时不要让马跑得太快,好吗?"

"您别害怕,我们会跑得很稳的。"

下坡时马跑得很快,胖子塞韦尔不敢喘气,也无法说话,这使她感到不快,因为她想用甜言蜜语来勾引这个小伙子。但她又不愿意让他看出她已经不年轻,不再娇小可爱,忍受不了疲劳,因此她在这段路程中一句话也没讲。

他们走到栗树林时,她竟然说:

"等一下,弗朗索瓦,你得停下,我的朋友弗朗索瓦,牝马刚才掉了一个蹄铁。"

"即使它再掉,"弗朗索瓦说道,"我这里没有钉子和锤子,也不能替它钉上。"

"但蹄铁不能丢掉。这东西很贵!下去,替我去找。"

"好吧,不过在这些蕨类植物里找,花两个小时也找不到！我的眼睛又不是提灯。"

"是的,弗朗索瓦,"塞韦尔用半开玩笑半友好的语调说道,"你的眼睛像萤火虫那样闪闪发光。"

"您难道在我帽子后面能看到我的眼睛?"弗朗索瓦回答道。他以为她在取笑他,所以很不高兴。

"我现在看不见,"塞韦尔说时深深地叹了一口气,"但我以前看到过!"

"它们从未对您有过丝毫的表示,"天真的弃儿接着说道,"您可以不必理会它们,因为它们以前没对您无礼,将来也不会对您无礼。"

"我觉得,"本堂神甫的女仆听到这里说道,"有一段故事您可以跳过去。这个坏女人想出种种歪理来欺侮我们虔诚的弃儿,把这些歪理都说出来没什么意思。"

"您放心,莫尼克大妈,"打麻人回答道,"我会把不该讲的都跳过去。我知道我的听众是年轻人,我不会说一句多余的话。"

我们刚才说到弗朗索瓦的眼睛。塞韦尔听他说他的眼睛对她没有邪念,就想把它们说得不是那么正经。"您几岁了,弗朗索瓦?"她问他。她用您来称呼他,是想让他明白,她不再把他当小孩。

"哦！真的！我自己也不清楚。"弃儿回答道。他一眼看穿了她的用意。"我不大计算自己的年龄。"

"有人说您只有十七岁,"她接着说道,"但我敢担保您已有二十岁,因为您长得这么高,并且很快就要长胡子了。"

"这对我无关紧要。"弗朗索瓦打着呵欠说道。

"啊！您走得太快了，我的小伙子。我把钱包给丢了！"

"见鬼！"弗朗索瓦说道。他还没有看透她狡猾的本性。"那么您得下马去找，因为您的钱包很重要，对吗？"

他下了马，接着把她也扶了下来。她乘机靠在他的身上，他觉得她比一袋麦子还重。

她假装寻找自己的钱包，实际上钱包在她的口袋里。他走到离她有五六步远的地方，用缰绳拉着牝马。

"嗨！您不来帮我找找？"她说道。

"我得牵着牝马，"他说道，"因为它在想念自己的马驹子，要是放开它，它就会逃掉的。"

塞韦尔来到弗朗索瓦身边，假装在牝马的脚下寻找。他由此看出她什么也没有丢，只是丢了自己的魂。

"您嚷嚷丢了钱包的时候，"他说道，"我们还没有走到这儿呢。因此，您不可能在这儿找到您的钱包。"

"你这个小滑头，你难道认为我在骗人？"她回答时想去拉他的耳朵，"我觉得你在耍滑头……"

但弗朗索瓦往后退了一下，他不想跟她戏耍。

"不是，不是，"他说道，"您要是找到了您的埃居，咱们就走，因为我想睡觉，不想开玩笑。"

"那么我们就来聊聊，"塞韦尔坐到他的背后说道，"有人说，路上无聊时聊天能增添乐趣。"

"我不需要乐趣，"弃儿反驳道，"我也不感到无聊。"

"这是你对我说的第一句中听的话，弗朗索瓦！"

"如果这话中听，我也是无意中说的，因为我不会说好听话。"

塞韦尔开始生气，但她还没有承认自己的失败。"这个小伙子一定是个大笨蛋，"她心里想道，"我要是让他迷失方向，他就会跟我多待一会儿。"

她设法骗他，他要向右拐，她就让他往左拐。

"您带错了路，"她对他说道，"您是第一次经过这些地方。这些地方我比您熟悉。您要听我的话，否则您就要让我在树林里过夜了，年轻人！"

但是，弗朗索瓦只要在一条路上走过一次，他就会牢记在心，过了一年也能找到。

"不，不，"他说道，"是往这儿走，我没弄错。牝马也认得路，我不想整夜在树林里转来转去。"

这样，他到达塞韦尔所住的多兰地段，连一刻钟也没有耽误，也没有把耳朵张得像岩洞那样大，来倾听她的甜言蜜语。到家后，她想让他留下，说夜里天色太暗，河水上涨，不能涉水过去了。但弃儿对这些危险毫不在意，这么多废话也让他厌烦，他紧了紧裤脚带，不等她把话说完就翻身上马，飞快地奔回磨坊，马德莱娜·布朗榭正在等他，见他迟迟未归，十分担心。

九

弃儿没有把塞韦尔对他说的那些话告诉马德莱娜，因为他不敢这样做，也不敢独自去想这些事。我不敢说我遇到这种事会像他那样克制，不过克制总归没有害处。我讲的可都是实情,没一点添油加醋的地方。这小伙子真是规规矩矩,像个端庄贤淑的姑娘。

但是,塞韦尔太太夜里琢磨这件事,不禁对他气恼万分,觉得他也许并非傻瓜,而是瞧不起人。想到这里,她头脑发热,恼羞成怒,一心一意盘算如何狠狠报复。

第二天,酒醒了一半的卡代·布朗榭回到她的身边,她于是对他说,磨坊的小伙计是个无礼的小子,她只好管教管教他,拿胳臂肘狠狠给了他一下,因为他夜里同她一起从树林回家时对她甜言蜜语,还想吻抱她。

要勾起布朗榭的火气,这些话已经绰绰有余,但她觉得还不够,又嘲笑他把一个成年的男仆留在家里,留在他妻子的身边,好给他妻子消愁解闷。

布朗榭立刻为他的情妇和妻子醋劲大发。他拿起木棍,把帽子戴得低低的,好像套在蜡烛上的灭火罩,不问青红皂白就往磨坊跑去。

幸好弃儿不在家。他去砍伐布朗榭从盖兰的布朗夏尔那儿买下的一棵树去了,要到晚上才能回来。布朗榭完全可以到他干活的地方去找他,但他担心,自己怒气冲冲的样子,盖兰那些年轻的磨坊主见了会嘲笑他和他的嫉妒,因为在他遗弃和蔑视自己的妻子以后,这种嫉妒就显得不合时宜了。

他很想等弃儿回来,但要在家里度过这剩下的大半天时间,他会感到无聊,跟妻子找碴儿吵架也不会一直吵到晚上。一个人独自发火是持续不了多久的。

归根结底,他要把可怜的弃儿痛打一顿出出气,其实用不着怕别人的嘲笑,也不至于嫌无聊;不过他走着走着便稍稍平静了下来,他想到可怜的弃儿已不再是个孩子,弃儿既然在这种年龄会萌发爱情,也会在这种年龄勃然大怒,或用双手来进行自卫。他想了又想,一声不吭地喝着闷酒,脑子里盘算着要对妻子说的话,然而又不知从何说起。

他走进家门,就拿出一副生硬的姿态,要妻子听他说话。她站在那儿,样子同平常一样,面带愁容,但不乏自尊,一句话也不说。

"布朗榭太太,"他终于开了口,"我要命令您做一件事。如果您真是像您表现的那种女人,同时也是被别人认为的那种女人,这事您就用不着等别人开口啦。"

说到这里,他停了下来,仿佛为了喘口气,但实际上,他对自己要说的话有一种近乎羞怯的感觉,因为美德写在这个女人的脸上,就像祷文写在《日课经》上一样清楚。

马德莱娜没有要求他把事情解释清楚。她没有吭声,等他把话说完,她以为他会因一笔开支而责备她,并没有想到会是这种事情。

"您装出听不懂我说话的样子,布朗榭太太,"磨坊主接着说道,"不过事情明摆着。得给我把这东西扔出去,要早扔而不是晚扔,因为这个,我已经受够了。"

"扔什么?"马德莱娜惊讶地问道。

"扔什么!您不敢说扔谁,是吗?"

"天哪!不,我什么也不知道,"她说道,"您说吧,如果您希望我明白您的意思。"

"您真要让我发火,"卡代·布朗榭像一头牛那样大声吼道,"我对您说,这个弃儿在我这里是多余的人,如果明天早上他还在这里,我就将他痛打一顿后把他赶走,除非他情愿钻到我磨坊的桨叶下面。"

"这些话多难听，这种想法有多不好，布朗榭师傅。"马德莱娜说道。她的脸色不禁变得像修女帽那样白。"您要是辞退这男孩，您最终会毁了您的家业，因为能干您的活索取报酬又不高的伙计，您肯定找不到第二个。您一定要把这可怜的孩子赶走，他到底对您干了些什么？"

"我对您说，他让我当傻瓜，我的太太，但我不想成为这里的笑柄。他成了我家的主人，他在我家干的事，应该用棍子来报答。"

马德莱娜需要一些时间才能听懂她丈夫的意思。这种事她一点也没有想到。她找出她能想到的各种理由来使他恢复平静，不让他再这样胡思乱想。

但是，她这样做是白费力气，结果反而使他更加生气。他看到她对失去她的好仆人弗朗索瓦感到难过，他的嫉妒心又冒上来了，脱口骂出些难听的粗话，使她终于明白了，她因屈辱、自尊和极度的伤心而大哭起来。

情况越来越糟糕。布朗榭肯定说她爱上了这个济贫院的孤儿，说他为她脸红，还说如果她不把这弃儿立即赶出家门，他就要把弃儿打死，磨成粉末。

听到这话，她对他作了回答，声音要比平时高，她说他是一家之主，想辞退谁就辞退谁，但不能伤害和侮辱自己贞洁的妻子，还说她要把这种不公正的事情告诉仁慈的上帝和天堂里的圣徒，因为这使她受到过多的伤害和痛苦。她这样一句接一句地说下去，不由自主地责备他行为不端，并且替他找出了他这样做的真实原因：一个人做了见不得人的事又不愿承担责任，就想让别人也背上黑锅。

这样事情就弄得更糟了。布朗榭开始明白自己理亏，他惟一的补救办法就是发怒。他威胁马德莱娜说，他要一巴掌打得她说不出话来。他正要动手打时，冉尼听到吵闹声来到他们的中间，不知道发生了什么事，但他听到这样的争吵就脸色苍白，不知所措。布朗榭想让他走开，他哭了起来，父亲见了便借题发挥，说他没有教养，胆小如鼠，爱哭鼻子，还说他母亲只会把他养成窝囊废。然后，他把心一横，站起身来，挥舞着木棍，发誓要打死弃儿。

马德莱娜看到他如此狂怒，竟无所畏惧地冲到他的面前，他一时不知所措，惊讶得任她摆布。她从他手里夺下木棍，远远地扔到河里。然后她毫不让步地对他说："您不要放纵自己的坏脾气，走上毁灭之路。要知道，一个人如果没有了自知之明，不幸马上就会降临。即使您没有仁慈之心，您也要想想您自己，想想干坏事会给一个人的生活带来什么后果。我的丈夫，很久以来，您就在昏天黑地里过日子，您将要在歧路上越走越快。至少在今天，我要阻止您再去继续作恶，这件事会使您在人世和另一个世界受到惩罚。您不要去杀任何人，您从哪儿来还回到哪儿去，不要为了凭空捏造出来的羞辱而执意寻人报仇。您走吧，我为了您好，命令您这样做，这是我生平第一次对您下命令。您要听从这个命令，因为您会看到，我不会因此而忘记我应该对您的尊敬。我用我的许诺和名誉向您发誓，明天弃儿不会再在这里，您回来时不用担心会再遇到他。"

说完这话，马德莱娜打开家里的大门，让她丈夫出去。卡代·布朗榭被她的一席话说得哑口无言，也想一走了之，而且不用玩命就迫使她服从，他也就感到满意了。他戴上帽子,一句话不说就回到了塞韦尔的身边。他对她和其他人大肆吹嘘,说他让妻子和弃儿尝到了他棍子的厉害,其实根本没这回事,而塞韦尔却为这子虚乌有的事兴高采烈。

等丈夫走后,马德莱娜·布朗榭把绵羊和牝山羊赶到田里,叫冉尼看管,自己则来到磨坊的水闸尽头一个隐蔽的角落,这个地方四周的泥土已被水流冲掉,老树桩上长出了许多根蘖和树枝,两步以外什么都看不见。她常常来到这个地方,把自己的想法告诉仁慈的上帝,因为她在这里不会受到打扰,可以躲在疯长的草丛后面,就像黑水鸡躲在用绿树枝筑的窝里一样。

她一到这里,立刻跪倒在地,虔诚地祈祷起来,她很需要这种祈祷,希望从中得到巨大的帮助,她一心想着那个必须解雇的可怜弃儿,弃儿是多么爱她,会因她而伤心地死去的。因此,她无法对仁慈的上帝说出别的话来,只能说她过于不幸,要失去她惟一的依靠,和她心爱的孩子分开。她哭了又哭,因伤心过度,竟透不过气来,直挺挺地晕倒在草地上,在那里躺了一个多小时以后才奇迹般地醒了过来。

傍晚时,她竭力振作起精神。她听到冉尼唱着歌把牲畜赶回家,便努力站起身来,去做晚饭。过了一会儿,她听到牛拉着布朗榭买来的橡树回来,冉尼高兴地跑到他的朋友弗朗索瓦的面前,他一整天没有看到弗朗索瓦,烦闷极了。可怜的小冉尼看见父亲恶狠狠地瞪着亲爱的母亲时,感到非常伤心,跑到田里哭了起来,但又弄不清他们之间发生了什么事情。但孩子伤心不会长久,就像早晨的露水一样,此刻早已把过去的事情忘得干干净净。他拉住弗朗索瓦的手,像小山鹑那样跳着,把弗朗索瓦领到马德莱娜的身边。

弃儿只需对磨坊主的妻子看上一眼,就看到了她通红的眼睛和苍白的脸色。"天哪,"他心想,"家里发生了不幸的事情。"他的脸也开始变白了,浑身颤抖地看着马德莱娜,以为她会向他哭诉。她让他坐下,给他端上晚饭,一句话也不说,他一口也吃不下去。只有冉尼一个人边吃饭边说话,他已经没有心事,母亲在一旁不时吻抱他,叫他多吃一点。

冉尼上床后,女仆整理房间,马德莱娜走了出去,示意弗朗索瓦跟她一起出去。她从牧场一直走到喷泉。在那里,她鼓足勇气对他说:"我的孩子,不幸降临到你和我的身上,仁慈的上帝给了我们沉重的打击。你看到我是多么痛苦。本着对我的感情,你要坚强一些,因为如果没有你的支持,我不知道自己会变成什么样子。"

弗朗索瓦什么也猜不出来,虽说他首先想到她的痛苦是由布朗榭先生引起的。

"您对我说些什么?"他像对母亲那样亲吻马德莱娜的双手,对她说道,"您怎么认为我会没有勇气来安慰您、支持您呢?只要我还活在这世上,我难道不是您的仆人?我将为您干活,我现在有足够的力量可以使您不短少任何东西,我难道不是您的孩子?您就随布朗榭先生去干他要干的事,让他去挥霍财产,既然他自己愿意。您和我们的冉尼,我会给你们吃的和穿的。如果我必须暂时离开你们,我会到离此地不远的地方去当雇工!这样就能每天遇到你们,星期天回来和你们一起过。我已经壮实得可以耕田,挣到你们所需要的钱。您是那么通情达理,生活又那么节俭!

对！您不会再像现在那样要为别人节衣缩食,您将会生活得更好。好了,好了,布朗榭太太,我亲爱的母亲,您别难过,不要哭了,因为您要是再哭,我便会伤心得死去。"

马德莱娜见他猜不出发生了什么事情,只得一五一十把事情讲给他听,她把灵魂交托给上帝,并作出决定,虽然她不得不使他十分痛苦。

十

"好了,好了,弗朗索瓦,我的儿子,"她对他说道,"事情不是这样。我丈夫还没有破产,我知道他经营的情况。如果只是担心没吃没穿,你就不会看到我这样难过。只要感到自己有工作的劲头,人就不怕贫困。既然我得把我心里难过的原因告诉你,我就对你说,布朗榭先生在生你的气,他不想再让你待在家里。"

"啊！是这样?"弗朗索瓦说着站了起来,"那就让他立刻把我杀死,因为经受这样的打击之后我也活不下去了。是的,让他杀了我吧,因为我早已成了他的眼中钉,他想要我的命,这点我很清楚。那么,他在什么地方? 我去找他,对他说:'请告诉我,您为什么要把我赶走。也许我能找到回答您那些错误理由的办法。如果您一定要这样做,那就说清楚,以便……以便……'我不知道自己在说些什么,马德莱娜,我真的不知道。我无法控制自己,我看不清楚了。我的心麻木了,我的脑子发昏。我肯定会死,或者发疯。"

可怜的弃儿扑倒在地，用拳头敲打着脑袋，就像扎贝尔要把他送到济贫院去的那天一样。

马德莱娜看到这种情况，重新鼓起了最大的勇气。她拉住他的双手和双臂，用力摇晃他，强迫他听她说话。

"要是您像孩子那样任性、不听话，"她对他说道，"您就配不上我对您的友好感情，您会使我感到耻辱，因为我把您当作自己的孩子那样养大。站起来。您已经是大人了，不能像小孩那样在地上打滚。您要理解我，弗朗索瓦，对我说，您是否可以用您对我的爱来克制您的悲伤，在一段时间里不要来见我。啊，我的孩子，这是为了我的安宁和名誉，你要是不这样做，我丈夫就会让我痛苦和丢脸。因此，出于友好的感情，你今天就应该离开我，就像我出于友好的感情一直把你留到今天那样。根据不同的时间和情况，友好的感情可以用不同的方式来证明。你应该立即离开我。我为了阻止布朗榭干坏事，已答应让你在明天早晨前离开这里。明天是圣约翰节，你去找做工的地方，不能离这里太近，因为如果我们能够经常见面，布朗榭先生就会往坏的方面去想。"

"那他到底是怎么想的，马德莱娜？他对我抱怨些什么？我有什么地方做得不对？难道他一直认为您帮助我是给家里带来损害？这是不可能的，因为我现在是家里的成员！我在家里只是吃饱而已，又不拿走家里的一针一线。也许他认为我拿了工钱，嫌工钱太高。那么，请您让我照自己的想法去对他解释，说自从我可怜的母亲扎贝尔去世以来，我从来不想要他的一个埃居。不过，他要是知道这事，他就会索回您付给我的所有工钱，而这些钱您已经都拿去做了好事。您要是不想让我对他说这些,我就向他建议来年留在这里帮你们干活,不要一点工钱。这样,他就不会再认为我给家里带来损失,也许就会让我留在您的身边了。"

"不,不,不,弗朗索瓦,"马德莱娜急忙回答道,"这样不行。如果你对他说这样的话,他就会对你和我发怒,反而会带来不幸。"

"那到底是为什么呢?"弗朗索瓦问道,"他跟谁过不去? 他难道只是为了使我们难受才疑心重重?"

"我的孩子,你别问我他对你生气的原因,我不能告诉你。我实在为他感到羞耻,对我们大家来说,你最好不要去苦思冥想。我能对你说的,就是你要听我的话离开这里。你已经长大,身体又强壮,离开我也能生活。你在别的地方甚至会生活得更好,因为你不想要我一点工钱。所有的孩子都要离开自己的母亲去工作,有许多孩子还离得很远。因此,你要像其他孩子一样。而我则会像所有的母亲一样难过,我会哭泣,我会想你,我会在早晨和晚上祈求上帝,求他保佑你消灾免难……"

"是的! 您将另外雇一个仆人,这个仆人不会很好地伺候您,不会关心您的儿子和您的利益,也许还会恨您,因为布朗榭先生会叫他不听您的话,他会去向主人报告,把您做的好事统统说成坏事。您会成为不幸的人,而我已不在这儿,不能保护您、安慰您! 啊! 您以为我心里难过就会失去勇气? 您以为我只考虑自己,您对我说我在别的地方会过得更好! 可是我考虑的不是自己。赚钱或亏本跟我有什么关系? 我顾不上想如何克制自己的悲伤。是死是活,要看上帝的意愿,这对我来说并不重要,既然有人不准我为您活着。使我感到不安和无法从命的,倒是看到您将要受苦,将要轮到您来受践踏。如果说有人把我排除在道路之外,那是为了能更方便地从您的身上踩过去。"

"既然仁慈的上帝允许这样做,"马德莱娜说道,"那也只好忍受这种无法阻止的事情。特别是不要因抗拒而使自己不好的命运变得更坏。你要想想,我现在已经十分不幸,你还要想想,如果我得知你病倒了,对生活感到厌倦了,不想安慰自己了,我会比现在还要不幸多少倍。如果我在痛苦中感到一点宽慰,那便是知道你为人善良,出于对我的爱而仍然精神振作、身体健康。"

这最后一个充分的理由使马德莱娜取得了胜利。弃儿听从了她的话,双膝跪下答应了她,像在忏悔时许愿一样,他答应尽可能勇敢地忍受自己的痛苦。

"好吧,"他擦着湿润的眼睛说道,"我一清早就走,我在这里向您告别,我的母亲马德莱娜!也许是永别了,因为您没有对我说我是否还会再见到您,是否还能跟您说话。如果您认为我不应该再有这种幸福,您就什么也别对我说,免得我失去生活的勇气。请您让我保存着这种希望,有朝一日还能在这清澈的泉水边再见到您。在将近十一年之前,我是在这儿第一次见到了您。从那天起一直到今天,我总是感到心满意足。上帝和您给予我的幸福,我是不应该忘记的,我要把它们牢记在心,以便从明天起帮助我接受未来的时光和命运。我带着一颗因焦虑不安而破碎、麻木的心离开,我没有让您幸福,就离开了您,使您失去了最好的朋友,但您对我说,要是我不安慰自己,您就会更加难受。因此,我在想念您的同时会尽量安慰自己。我对您的友情太珍惜了,不愿意因为懦弱而失去它。永别了,布朗榭太太,请让我一个人在这儿待一会儿。我放声痛哭之后会好受一点。要是我的眼泪流到这泉水之中,您每次来这儿洗衣服时就会想到我。我也想在这里采集一些薄荷,放在我的衣服里面,因为我马上要去收拾行装。只要我闻到自己身上有这种香味,我就会想到我在这里看到了您。永别了,永别了,我亲爱的母亲,我不愿回家了。我想去吻吻我的冉尼,不吵醒他,但我感到缺乏这样的勇气。请您代我去吻吻他,为了不让他为我哭泣,您明天对他说,我很快就会回来的。这样,他在期待我回来时,会稍稍忘记我。但以后,您要对他谈起他可怜的弗朗索瓦,免得他把我全忘了。请您为我祝福,马德莱娜,就像您在我初领圣体时为我祝福那样。我需要您的祝福,以便得到上帝的恩惠。"

可怜的弃儿双膝跪倒在地,对马德莱娜说,如果有时他曾经违心地冒犯过她,希望能得到她的原谅。

马德莱娜发誓说他没有任何事需要她原谅,并说她为他祝福,希望她的祝福能像上帝的祝福那样灵验。

"好吧!"弃儿说道,"现在我又成了弃儿,没有人再爱我了,您难道不想吻抱我一下,就像您在我初领圣体那天出于爱心而吻抱我那样?我将来很需要回忆这一切,以便确信在您心中,依然充当我的母亲。"

马德莱娜以虔诚的精神吻抱了弃儿,就像他小时候那样。然而,要是有人看到这情景,就会觉得布朗榭先生生气不是没有道理,而且会批评这个正派的女人,可是这个女人没有邪念,她这样做,圣母马利亚不会怪罪。

"我也不会。"本堂神甫先生的女仆插嘴说。

"我更不会。"打麻人接着说道,并继续讲他的故事。

她回到家里,整夜没有睡着。她清楚地听到弗朗索瓦回来,在隔壁房间收拾行李,也听到他在清晨走出家门。她等他走远时才起床,生怕自己会失去勇气,变得软弱。当她听见他走到小桥上时,她突然微微打开大门,但没有出来,以便在远处再看他一眼。她看见他停了下来,望着河流和磨坊,仿佛在向它们告别。他摘下一根杨树的枝叶,插在自己的帽子上,就像找工作的人通常做的那样,表示自己在找工作,然后很快地走了。

布朗榭师傅中午时分回到家里,一句话也不说,一直等到妻子对他说:

"现在,要到雇工集市去雇一个磨坊伙计了,因为弗朗索瓦已经走了,您没有雇工了。"

"知道了,老婆,"布朗榭回答道,"我这就去,但我要提醒您,您别指望我会雇一个年轻的。"

这就是他对她顺从的回报。她感到心里难受,忍不住发泄了出来。

"卡代·布朗榭,"她说道,"我服从了您的意愿,无缘无故地辞掉了一个好仆人,我是不愿意的,这点我不想对您隐瞒。我不要您来感谢我,但是,现在轮到我来给您下一道命令了:不要侮辱我,因为我不应受到侮辱。"

她说这话的神色,布朗榭从未见到过,因此对他产生了效果。

"好了,老婆,"他说着向她伸出手来,"咱们言归于好吧,别再去想这件事了。也许我说话时过于急躁了些,但您已看到,我有理由不相信这个弃儿。魔鬼生下的这些孩子,

189

魔鬼始终会跟着他们。他们一方面是良好的仆人,另一方面却是不好的无赖。因此,我清楚地知道,我很难找到像他那样吃苦耐劳的雇工了,但魔鬼是他的父亲,会在他的耳边悄悄地对他说要生活放荡,我知道有一个女人曾对此告过状。"

"这个女人不是您的老婆,"马德莱娜回答道,"可能她在撒谎。她要是说真话,就不会对我产生怀疑。"

"我难道在怀疑你?"布朗榭耸了耸肩膀说道,"我只是怀疑他。现在他走了,我就不再想这种事了。如果我说了什么使你不高兴的话,你就算我在开玩笑。"

"我不喜欢这种玩笑,"马德莱娜回答道,"请您把它们留给喜欢这种玩笑的女人。"

十一

在最初几天里,马德莱娜还能忍受自己的悲伤。新来的仆人曾在雇工集市上遇到过弗朗索瓦。马德莱娜从他那儿得知,弃儿已同意受雇于埃居朗德那边的一个农民,年薪为十八个皮斯托尔,那个农民有个很大的磨坊和一些土地。知道他找到了一份好工作,她很高兴。她想重新忙碌起来,尽可能不要太懊恼。但她仍不由自主地懊恼万分,以致在很长一段时间里患了低热,体力逐渐被消耗,没有人来关心她。弗朗索瓦说得对,他的离去带走了她最好的朋友。她形影相吊,没有人可以说话,感到非常寂寞。于是她更加宠爱自己的儿子冉尼,冉尼也确实是个好孩子,像羔羊一样温顺。

但是,冉尼毕竟年纪太小,无法理解她过去对弗朗索瓦谈到的一切,他也不像弃儿在他这个年龄时那样对她关心备至。冉尼很爱自己的母亲,他对母亲的爱超过一般的孩子,因为她确实是一位难得的好母亲。但是,他受到爱抚不像弗朗索瓦那样惊喜和感动。他以为得到如此真心的爱抚是很普通的事情。他受到宠爱觉得理所当然,把这看成本属于他的权利。而弃儿则把微不足道的友情牢记在心,对滴水之恩也会涌泉相报,用他的行动以及说话、注视、脸红和哭泣的方式来表示感谢,所以马德莱娜和他在一起,就忘记了自己在家里所没有的安宁、爱情和安慰。

她重又处于孤独的境地,再次想起自己的不幸,久久地咀嚼和弗朗索瓦友好相处期间搁置一旁的所有痛苦。不再有人和她一起读书,和她一起关心世上的穷人,用同样的心来祈祷,有时还适当地开开玩笑,说些真心话和开心话。她现在看到的一切和她所做的一切已提不起她的兴趣,只能使她想起那个安静、友好的可爱伴侣。她去葡萄园或是去果园、磨坊,每一个像手心那样大的角落,无一不是同这个拉着她裙子的孩子或殷勤地待在她身边的勇敢仆人一起来过一万次的。她就像失去了一个极有出息、前途无量的儿子那样。她徒然地爱着她剩下的这个儿子,另一半的爱则不知该往哪里倾注。

她丈夫看到她被疾病围绕,可怜她伤心和烦恼的面容,担心她会生一场大病,他不想失去她,因为她把他的财产管理得井井有条,弥补了不少因他的挥霍而造成的损失。塞韦尔不准他管理自己的磨坊,所以他清楚地意识到,如果马德莱娜不再管理磨坊,他这部分财产就会弄得一团糟。他像往常那样斥责她,抱怨她对磨坊的事关心不够,其实并不指望能找出另一个比她更好的女人。

为了给她治病和解闷,他设法给她找一个伴侣。事情也实在凑巧,他伯父死后,他最小的堂妹一向由他负责监护,现在就由他来抚养。他起先想把她放在塞韦尔家里,但他的亲戚们觉得不体面。另外,塞韦尔看到这个小姑娘已有十五岁,长得十分俊俏,便不愿自己家里得到这份监护的权利。她对布朗榭说,在她看来,监护一个姑娘是一件没有把握的事情。

布朗榭看到监护堂妹有利可图——因为把堂妹养大的伯父在遗嘱里给了堂妹特殊赠予——不想把监护权让给别的亲戚,就把堂妹带到他的磨坊,嘱咐妻子把她当作妹妹和女伴,教她干活,帮忙做些家务,但给她的活儿又不能太重,这样她就不会想到别处去住。

马德莱娜真心诚意地同意了家里的这种安排。她喜欢马丽埃特,首先是因为马丽埃特长得美,这点却是塞韦尔所不喜欢的。她认为,聪明和善良的人总是长得俊美的。她接纳了姑娘,不是把她当作妹妹,而是把她当作女儿,因为这姑娘也许可以替代她可怜的弗朗索瓦。

在这段时间里,可怜的弗朗索瓦尽其所能地忍受着自己的痛苦,但没有成功,因为还从来没有一个大人或孩子曾经承受住类似的痛苦。他先是生了一场病,这对他来说也许是好事,因为由此他感受到了主人们的好心肠,他们没把他送进济贫院,而是把他留在家里,使他得到很好的照顾。

这个磨坊主不像卡代·布朗榭,他的女儿有三十来岁,还没有成亲,有待人宽厚、品行端正的好名声。

另外,这些人也清楚地看到,弃儿虽说生了一场病,他们还是找到了一个很好的雇工。

他身强力壮,所以痊愈得比别人要快,他甚至病还没全好就开始干活,但没有因此再次病倒。他觉得过意不去,想弥补损失的时间,来报答主人们对他的热心照顾。然而,在两个多月的时间里,他还是非常难受,早晨开始干活时,就觉得身体摇晃,仿佛刚从屋顶跌下来似的。但是,他还是逐渐振奋起来,而且决不肯说出他干活时感到的痛楚。主人很快就对他十分满意,把许多不属于他做的事情交给他管。主人知道他能读会写,就请他记账,因为这事还没有人能做,所以磨坊的生意常常出现混乱。最后,他虽说难受,但情况有了很大的好转。出于谨慎,他没有说出自己是弃儿,所以无人指责他的出身。

但是,良好的待遇、工作和疾病都不能使他忘记马德莱娜、可爱的科尔穆埃磨坊、他的小冉尼和埋葬扎贝尔的公墓。他的心总是悬在远离他的地方,星期天他不做别的事情,只是想念这些人,因此他不能消除一星期下来的疲劳。他远离他想念的地方,相距二十四公里远,所以他一直没有那里的消息。他最初想要习惯于这种状况,但心里总是感到不安,就想方设法一年至少打听两次,了解马德莱娜的生活情况。他到集市上去,寻找住在老地方的熟人,找到后他就询问他所认识的所有人的情况,出于谨慎,他先打听他不太关心的那些人,最后才问到他最关心的马德莱娜,这样,他了解到了她和她家庭的一些情况。

……不过,时间已经不早,朋友们,我讲着故事也会睡着。明天,要是你们想听,我就接着把剩下的故事讲完。晚安,朋友们。

打麻人去睡觉了,佃农点亮了手提灯,把莫尼克大妈送回本堂神甫的住宅,因为她上了年纪,夜里会走错路。

十二

第二天,我们又都聚集在农场,打麻人接着讲他的故事:

弗朗索瓦住在希隆镇那边的埃居朗德已经将近三年了,他做工的磨坊很漂亮,名叫上尚波,也叫下尚波或弗莱尚波,因为那个地方像我们这儿一样,尚波是个常见的名称。那个地方我去过两次,是个漂亮的好地方。那里的乡下人比较富,住的和穿的都比较好,做生意的也比较多,虽说土地比较贫瘠,收成却不错。不过,那里的土地凹凸不平。常有岩石突出地面,河水在土里冲出一道道深沟,看上去赏心悦目。那里的树木美丽无比,两条运河有许多支流,河水像岩石缝里流出的泉水那样清澈。

那里的磨坊都比我们这里的大,弗朗索瓦所在的磨坊是当地最大和最好的磨坊之一。在冬日的一天,他那名叫冉·韦尔托的主人对他说道:

"弗朗索瓦,我的仆人和朋友,我有些话要对你说,请你用心听着。

　　"咱们俩认识已经有一段时间了。我做生意赚了很多钱,我的磨坊生意兴隆,我在同行中独占鳌头,总之,我增加了自己的财产,但我不能向自己隐瞒,这一切我都应该感谢你。你替我工作,却不像仆人那样,而是像朋友和亲戚那样。你为了我的利益全心全意地工作,就像为自己的利益干活一样。你管理我的财产,比我亲自管理还要好,你在各个方面都表明,你比我更加在行。仁慈的上帝没有给我防人之心,如果你没有把我周围的人和事处理好,我就会受骗上当。那些利用我善心的人稍稍有些抱怨,你就勇敢地承担起责任,这使你不止一次处于危险的境地,但你总是能软硬兼施地摆脱困境。我对你最喜欢的一点,就是你的心同脑袋和手一样善良。你大度,不吝啬。你不会像我那样受骗上当,但你却像我那样喜欢帮助别人。对真正有困难的人,你第一个劝我慷慨解囊。对于装穷的人,你立即叫我不要高抬贵手。另外,你在乡下人中可以说知识渊博。你有主意,又能思考。你有新的方法,使你总是能够成功,所有的事情经你接手,都会做得很好。

　　"因此,我对你感到满意,我也想使你感到满意。请你坦率地对我说,你是否希望从我那儿得到什么,因为我什么东西都会给你。"

　　"我不知道您为什么问我这个,"弗朗索瓦回答道,"我的主人,我肯定对您显出不满意的样子了,其实我没有不满。我请您相信这点。"

　　"不满意,我可没说。不过,你平时的样子,不像是个开心的人。你面无喜色,不和任何人嬉笑,也从不玩乐。你是如此循规蹈矩,仿佛有伤心事一样。"

"您因此而责备我,我的主人?在这方面,我不能使您感到满意,因为我既不喜欢喝酒,也不喜欢跳舞。我不去酒店,也不去节日市集。我不会唱歌,也不会说笑话。我不喜欢任何使我工作时分心的事情。"

"因此,你值得受人器重,我的小伙子,我不会因此而责备你。我同你说起这些,是因为我觉得你有心事。也许你觉得你在这里为别人出了不少力,却得不到任何回报。"

"您这样想就错了,韦尔托师傅。我得到了我想得到的报偿,我也许在任何地方都不能得到这样高的工资,而且这工资是您自己给我定的,我并没有要求过您。另外,您每年都给我加工资,圣约翰节过了之后,您给我加到一百埃居,这对您来说是一笔不小的数目。万一您付这笔钱有困难,我可以不要,请您相信我的话。"

十三

"瞧,瞧,弗朗索瓦,我们简直不能相互沟通了,"冉·韦尔托师傅接着说,"我不知道该从哪儿说起。不过,你并不傻,我觉得我已经把嘴边的话都说出来了,你既然不好意思开口,我就再来帮你一下。你是否爱上了这里的一个姑娘?"

"没有,我的主人。"弃儿坦率地回答道。

“真的？”

“我可以向您保证。”

“那么，如果你可以求婚的话，你是否看到了一个令你喜欢的姑娘？”

“我不想结婚。”

“你居然有这种念头！你年纪太轻，不能打这个保票。那么，理由呢？”

“理由！”弗朗索瓦说道，“这难道对您十分重要，我的主人？”

“也许是，因为我关心你。”

“那么我就对您说。我没有理由对您隐瞒这点。我从未见过父亲和母亲……您瞧，有一件事我从未对您说过，以前说没有必要，但您要是问我，我是不会说谎的。我是弃儿，我是从济贫院里出来的。”

“是吗！”冉·韦尔托听后有点吃惊，就叫了起来，“我压根儿没想到这点。”

“您为什么压根儿没想到这点呢？……您不能回答吗，我的主人？那么，我来替您回答。这是因为您看到我是个好人，一个弃儿会是我这样的人使您感到惊讶。弃儿不能得到人们的信任，人们对他们有一种成见，这难道是对的？这是不公正的，不人道的，不过情况就是这样，人们不得不去适应，连心地最善良的人也难免有这种看法，因为您……”

“不，不，”主人改变看法后说道，因为他是个正直的人，想错了就马上纠正，“我不想违反公正的原则，如果说我在一时间忘记了这个原则，你就原谅我吧，这已经是过去的事情。那么，你认为你是弃儿就不能结婚？"

"不是这样，我的主人，我不是担心我的出身会造成障碍。女人的想法各种各样，某些女人心地善良，这种情况甚至会成为她们更加关爱我的一个理由。"

"啊！说得不错，"冉·韦尔托说道，"女人是比我们好！……何况，"他笑着说道，"像你这样漂亮的小伙子，青春年少，身心没有任何缺陷，还非常乐善好施。不过，咱们还是来听听你的理由。"

"请您听着，"弗朗索瓦说道，"我被一个女人领出济贫院，由她把我抚养，这个女人我并不认识。她死后，我又被另一个女人收养，她收养我只能得到微薄的救济金，就是政府发给像我这样的弃儿的那份救济金，但她待我很好，当我不幸又失去了她的时候，我要是没有第三个女人的帮助，就会继续受苦，这个女人是三个女人中最好的，我对她怀有深厚的感情，除了她以外，我不愿为另一个女人而活着。然而，我离开了她，我也许再也见不到她了，因为她有财产，她也许永远不会需要我。但是，我听别人说，她丈夫自秋天起就病倒了，他花掉了许多钱，别人不知他花在什么地方，他可能将要死了，给她留下的债务也许比财产还要多。如果这事发生，我不想对您隐瞒，我的主人，我将回到她那里，我惟一关心和希望的事就是帮助她和她的儿子，用我的劳动使他们不致受穷。因此，我不想结婚，因为结婚会拖累我。我在您这儿的雇用期是一年，一旦结了婚，我就将终身受到束缚。另外，我还要同时担负起过多的义务。我有了妻子和孩子之后，不能保证我能挣到养活两家人的钱，也不能保证我找到一个有点财产的女人以后，可以把自己家中的财产拿到另一个家里去。因此,我打算当单身汉。我年轻,日子过得还凑合,万一我心里爱上了什么女人,我会立刻驱除这个念头,因为您已知道,对于我来说只有一个女人,那就是我的母亲马德莱娜,她并没有因我是弃儿而感到为难,而是像待亲生儿子那样来抚养我。"

"啊,我的朋友,你说的这些事,增加了我对你的敬重,"冉·韦尔托回答道,"忘恩负义最令人厌恶,知恩必报是最好的美德。我很可以拿充分的理由来向你表明,你可以娶一个年轻的女人,这个女人会同你一条心,一起帮助年老的女人,但是,对于这些理由,我还需要考虑一下,同一个人谈谈。"

不需要十分聪明就能猜到,心肠好、判断力也不差的冉·韦尔托想要让他女儿和弗朗索瓦结婚。他女儿长得不难看,虽说年龄比弗朗索瓦稍微大一些,但相当有钱,可以弥补年龄上的差异。她是独生女儿,是个理想的对象。在此之前,她一直不想结婚,她父亲为此很不高兴。然而,近一段时间以来,他看到女儿常常提到弗朗索瓦,就问女儿是否喜欢弗朗索瓦,然而她是个规矩的姑娘,叫她说出心里话有点困难。最后,她终于在不置可否的情态下,同意父亲就婚姻的事去探探弗朗索瓦的口气,她盼望了解他的想法,心里焦虑不安,却又不想让父亲猜到。

冉·韦尔托很想给她带来满意的答复,首先是因为他想让她成亲,其次是因为他找不到比弗朗索瓦更好的女婿。除了他对弗朗索瓦的友情之外,他还十分清楚地看到,这小伙子虽说到他家里来时两手空空,在一个家庭里却价值千金,因为他聪明能干,干活利索,品行端正。

他是弃儿这一事实使姑娘感到有点为难。她有点高傲，但当她听说弗朗索瓦感情极为专一时，她又来劲了，并很快作出了决定。女人们遇到障碍反倒会产生爱恋。弗朗索瓦要想让人忘记他出身的缺陷，最好的办法莫过于对结婚表示厌恶。

就这样，冉·韦尔托的女儿在那天决定要嫁给弗朗索瓦，她以前还没有作出过这种决定。

"难道就这一点顾虑？"她对父亲说道，"他难道认为我们没有诚意和能力来帮助一个年老的妇女和她的儿子？他想必没有听懂您的话，父亲，他要是知道若他入赘我们家，他就不必为这件事担心了。"

晚上聊天时，冉内特·韦尔托对弗朗索瓦说："我非常看重您，弗朗索瓦，但是，自从我父亲对我说了您对那个把您养大，您愿意终身为她工作的女人的感情以后，我对您更加敬重了。有感情是您的事情……我很想认识这个女人，以便在有机会的时候可以帮她的忙，既然您对她仍然这么关心，她肯定是个很好的女人。"

"哦！是的，"弗朗索瓦很高兴谈起马德莱娜，就这样说道，"她是个很有见识的女人，就像你们这种人一样。"

这话使冉·韦尔托的女儿十分高兴，认为自己的事情很有把握。

"我希望，"她说道，"她万一像您担心的那样遭到了不幸，她可以来我们这儿住。我将同您一起来照顾她，因为她年纪已经不轻，是吗？她是不是已经衰老了？"

"衰老？不，"弗朗索瓦说道，"她还没有到衰老的年龄。"

"那么她还年轻啰?"冉内特·韦尔托问道。她竖起耳朵,注意听着。

"哦!不,她并不年轻,"弗朗索瓦老老实实地回答道,"我记不得她现在有多大岁数。她对我来说就像母亲一样,我不管她的岁数。"

"这个女人以前好看吗?"冉内特犹豫了片刻之后才提出这个问题。

"好看?"弗朗索瓦有点惊讶地说道,"您的意思是说漂亮?在我看来,她这样已相当漂亮,不过我老实对您说,我从没想过这点。这和我的感情有什么关系?她即使比魔鬼还丑,我也不会在意。"

"那么,您是否能说说她大约几岁?"

"请等一下!她儿子比我小五岁。对!这女人年纪不老,但也不是非常年轻,她大约和……"

"和我一样?"冉内特说时勉强笑了一下,"不管怎样,她成了寡妇之后,就不能再结婚了,是吗?"

"那不一定,"弗朗索瓦回答道,"如果她丈夫不把钱花得精光,给她留下一些财产的话,要娶她的男人有的是。有些男人为了钱,可以同自己的姑婆结婚,也可以同自己的侄孙女结婚。"

"您对为金钱而结婚的人瞧不起吗?"

"我永远不会这样想。"弗朗索瓦回答道。

弃儿心地单纯,但头脑并不那么简单,他最终弄清了她对他说话的意思,所以他说的话也不是没有用意的。但是,冉内特并不把他的话当真,对他更加一往情深。她以前的追求者很多,但她一个也看不上。她看中的第一个人,却是一个不理睬她的人，女人的想法真是古怪。

在以后的几天里，弗朗索瓦清楚地看到她有心事，饭吃得非常少，当他装作没看她的时候，她的两只眼睛总是盯在他身上。这样的想入非非使他非常担忧。他敬重这位好姑娘，也清楚自己要是装出冷淡的样子，姑娘会更加钟情于他。但是，他对她没有兴趣，即使娶了她，也是出于理智和义务，而不是出于感情。

这使他想到，他不能在冉·韦尔托家久留了，因为这件事迟早会有悲伤或反目的结局。

但是，正在这个时候，他遇到了一件非常意外的事情，这件事差一点改变了他所有的打算。

十四

一天上午，埃居朗德的本堂神甫先生徒步来到冉·韦尔托的磨坊。他在屋里转了一段时间，直至他在花园的一个角落找到弗朗索瓦。神甫显出十分神秘的样子，问他是否真是弗朗索瓦，姓拉弗雷兹，据说在户籍上给他写的是这个姓，还记载着"弃儿"的字样，原因是他左臂上有个记号。本堂神甫还问了他的确切年龄，抚养他的女人的名字，他住过的房屋，以及他所知道的有关他出生和生活的事情。

弗朗索瓦找出了自己的身份证，本堂神甫看了显得很满意。

"好吧！"神甫对他说道，"请您在明天或今天晚上到我家里来,不要让别人知道我要告诉您的事情,因为我不能让这件事传出去,对我来说这是个职业道德问题。"

弗朗索瓦到了神甫家里之后,本堂神甫先生把房间的所有门都关好,从抽屉里拿出四张薄薄的小纸片,说道:"弗朗索瓦·拉弗雷兹,这是您母亲给您的四千法郎。我不能对您说出她的名字和住址,也不能告诉您她现在是死是活。是宗教信仰使她又想起了您,看来她一直想这样做,因为她终于找到了您,虽说您生活在遥远的地方。她知道您是个好人,就把成家的钱给了您,条件是半年之内您不能把她送给您这笔钱的事说出去,除非是告诉您想娶的那个女人。她请我跟您商量,这笔钱是用来投资还是存在银行里,在必要时还可以让您用我的名字,以便保密。这事我会照您的意思去办,但在我把钱交给您以前,您必须许下诺言,保证不说出和做出任何会泄密的话和事来。我知道您是个可以信赖的人。请您发誓吧。"

弗朗索瓦发了誓,把钱仍留在本堂神甫那里,请神甫做主处理这笔钱,因为他知道这位神甫是个好人。神甫就像女人那样,要么极好,要么极坏。

弃儿回到家里,伤心多于快乐。他想念自己的母亲,要是能看到她、吻抱她,他情愿不要这四千法郎。但他又在想,她也许刚刚去世,把钱送给他是临终前的决定。想到这里,他更加难受,觉得自己既不能给她戴孝,也不能请人给她做追思弥撒。她无论是死是活,他都为她向仁慈的上帝祈祷,请上帝原谅她抛弃了自己的儿子,因为她的儿子真心原谅了她,同时也请上帝原谅他的过错。

他尽量不露声色,但在半个多月的时间里,他吃饭时仿佛总是沉浸在胡思乱想之中,韦尔托父女见了十分惊奇。

"这小伙子没把他的所有心事都告诉我们,"磨坊主指出,"他心里一定爱上了什么人。"

"也许是我,"姑娘想道,"他过于敏感,不会承认。他担心别人会以为他看中了我的财产,而不是看中我的人。他所做的一切,都是为了不让别人猜出他的心思。"

于是,她很注意化解他的孤僻,大大方方地用话语和眼神去亲近他,使他稍稍摆脱烦恼。

有时,他心里想,他现在相当有钱,可以帮助遇到困难的马德莱娜,同时可以和一个不贪他钱财的姑娘结婚。他感到自己没有爱上任何女人,不过他看到了冉内特·韦尔托的优良品性,他担心不满足她的愿望会显得自己心肠太硬。有时,他愁眉不展使她感到痛苦,他差一点要去安慰她。

但是,突然又发生了一件事,在给主人去克勒旺办事时,他遇到住在普雷尔附近的一个采石养路工,养路工告诉他,卡代·布朗榭已经去世,身后的事务乱成一团,不知他的寡妇是否能把事情料理好。

弗朗索瓦没有理由爱他的主人布朗榭,也不会为他哀伤。但是他的心地那样善良,一听到布朗榭的噩耗,就两眼湿润,头脑发沉,仿佛要哭出来一般。他想马德莱娜此刻正在为丈夫哭泣,原谅了丈夫所做的一切,除了想到丈夫是她孩子的父亲外,不会再追忆任何别的事情。马德莱娜的悲痛在他思想上起了共鸣,使他为了她的悲伤而哭泣。

他想骑上马,立刻跑到她的身边,但他觉得应该先得到他主人的同意。

十五

　　"我的主人，"他对冉·韦尔托说道，"我必须离开一段时间，是长是短，我现在说不清楚。我在我以前住的地方有点事，我请求您看在友情分上让我去，因为我可以对您实说，即使您不同意，我也不会听您的，我还是会不顾一切地走掉。请原谅我对您说出实话。如果我使您生气，我会十分难过，因此，我请您看在我曾为您效过力的分上，不要把事情往坏的方面去想，同时原谅我此刻丢下您的工作。如果我去的地方不需要我，我一星期之后就能回来。但也可能我今年很晚才能回来，甚至今年不能回来，因为我不想欺骗您。不过，如果您有什么事情没有我做不好的话，我一定尽力来帮您的忙。临走之前，我想给您找一个好工人来代替我，只要他同意干，我可以把圣约翰节之后应该付给我的那份工资让给他。这样，事情就可以安排好，您也不会受到损失。您只要跟我握一下手，祝我幸福，使我在同您告别时减少一点歉意。"

　　冉·韦尔托清楚地知道，弃儿很少有什么要求，但一旦他要做什么事情，连上帝和魔鬼都拦不住。

　　"你去吧，我的小伙子，"他说着对弃儿伸出了手，"我要是说你的离去对我没有任何影响，那是在撒谎。但我不想和你有什么疙瘩，情愿同意你的一切要求。"

　　第二天，弗朗索瓦去找一个磨坊工来接替他，他找到了一个勇敢、正直的人，是从军队退伍的，此人很高兴能在一个好主人家里找到一份报酬好的工作，因为冉·韦尔托有这样的名声，而且从来没有伤害过任何人。

他打算第二天一早动身，在走之前，他想在吃晚饭的时候同冉内特·韦尔托告别。她坐在谷仓门口，说自己头痛，吃不下饭。他看出她曾经哭过，心里为她担心。他不知该从何说起，来感谢她的好心，并对她说他不能不走。他在她旁边的一个桤木树桩上坐了下来，努力想同她说话，却又说不出一句话。她虽然没有看他，却看出了他的心思，便把手帕放在自己的眼睛前。他抬起了手，仿佛要去拿她的手来安慰她，但他想到自己不能由衷地对她说出她爱听的话，就没有把手伸过去。看到他默不作声，可怜的冉内特对自己的忧伤感到不好意思，就慢慢地站起身来，没有表示气恼，只是走到谷仓里去痛哭了一场。

她在里面待了一段时间，心想他也许会来，跟她说些好听的话，但他没有进去，独自去吃晚饭了，样子愁眉苦脸，一句话也不说。

说他看到她哭，心里一点也不难过，那也不符合事实。他心里确实有点像针扎一般，他想到同她在一起他会何等幸福，因为她的名声好，对他又这样钟情，和这样一个姑娘结婚一定会很快活。但是，一想到马德莱娜这时可能正需要一个朋友、一个参谋和一个仆人，想到他当初还是个一无所有、正在发烧的可怜孩子时她为他受的苦、干的活和受的气，比世界上任何一个女人都要多，他就把这些念头全撇开了。

"喂！"他在天亮前醒来时想道，"对你来说，现在不应该去想爱情、财产和安宁。否则你会自然而然地忘记你是弃儿，你会像野兔那样忘记过去的日子，就像许多过着好日子的人那样，不朝自己后面看看走过来的那条路。但是马德莱娜·布朗榭在你的脑子里对你说：你不要健忘，要想想我过去为你做的事情。上路吧，上帝会帮助您，冉内特，上帝会帮助您找到一个比您的仆人更好的恋人！"

他这样想着，走到他正直的女主人的窗下。要是适逢其时，他就会在窗边给她留下一朵花或一根带叶树枝以示告别，但这时是三王来朝节的第二天，大地被白雪覆盖，树枝上片叶不存，牧场上连一朵小小的蝴蝶花也没有。

他想出一个办法，把他在前一天分食三王来朝节饼时从里面拿到的一颗蚕豆①包在一块白手帕的一角，再把手帕系在冉内特窗子的栅栏上，意思是对她说，她要是前一天来吃晚饭，他就会把她当作王后。

"一颗蚕豆算不了什么，"他心里想道，"这是礼貌和友谊的标志，可以原谅我没能向她告别。"

但是，他听到自己心里又说起话来，叫他别送这样的礼物，并且对他指出，一个男人不应该像姑娘们那样去干，她们希望男人喜欢她们，想念她们，怀念她们，即使她们不想对此作出相应的回报。

"不，不，弗朗索瓦，"他心里想道，一面把蚕豆重新放回口袋，加快了走路的步伐，"你要做自己真正想做的事情，当你决定要忘记自己的时候，就必须让别人忘记你。"

① 三王来朝节饼中有一颗蚕豆或一个小瓷人，分食时吃到者为王。

想到这里，他加快了步子，还没有走到离冉·韦尔托的磨坊两个步枪射程的地方，就已经看到马德莱娜在他面前，想象中已听到一个轻微的声音在呼叫他帮忙。这幻象领着他往前走，他仿佛已经看到高大的花椒树、喷泉、布朗榭牧场、闸门和小桥，看到冉尼朝他跑来。而在所有的想象中，冉内特·韦尔托是没有任何力量来拉他的衣服，阻止他奔跑的。

　　他走得非常快，使他忘记了寒冷，不想吃喝也不想喘息，一直到他离开大路，从普雷尔小路拐弯，来到普莱西斯的十字架。

　　他来到那里之后，马上跪倒在地，像个善良的基督徒遇到老朋友那样吻抱木十字架。然后，他开始沿着那条坡道下坡。这坡道固然形同道路，却宽得像田野，无疑是世界上最漂亮的市镇公路。四周景色宜人，天地开阔，一望无际，顺坡而下，如此省力，乃至结冰的时候，驿车用牛来拉也会跑得飞快，还会出人意料地一头扎进下面的河里。

　　弗朗索瓦凡事都小心谨慎，他不止一次脱下木鞋，因此下坡时没有摔倒就走到了桥上。他没有往左拐去蒙蒂普雷，但还是向巨大的老钟楼问了好，老钟楼是大伙儿的朋友，人们回到这个地方，总是首先看到这个钟楼，要是人们走错了路，钟楼会使他们摆脱困境。

　　至于道路，我不想多加挑剔，它们在天暖的时候风光秀丽、一片青翠，令人赏心悦目。走在这些路上绝不会中暑。但这些路也最靠不住，当你以为在往安吉堡走的时候，它们却会把你引向罗马。幸好蒙蒂普雷的好钟楼总是慷慨地出现在你的面前，云雾中的青天都会在它闪闪发亮的帽檐下经过,告诉你应该往北还是往南。

但是,弃儿不需要靠瞭望台来辨认方向。他熟悉所有路面凹下去的道路、所有道路的尽头、所有的引水渠、所有的捕兽器和绿篱的树枝,即使在深更半夜,他也能像鸽子在天上直飞一样,在地上抄最近的路笔直往前走。

当他从叶已凋零的树枝中间看到科尔穆埃磨坊的屋顶时,大约是中午时分。他很欣慰地从屋子上空袅袅升起的一缕青烟中看出,屋子还没有成为老鼠的天下。

为了能更快地到达,他没有从布朗榭牧场那边走。这样他就没有在喷泉旁边经过,但树木和灌木都落了叶,他看见泉水在阳光下闪闪发光,那是有源头的活水,从来不结冰的。但磨坊周围已经结冰,非常滑,因此必须十分灵巧才能在河边的石头和斜坡上奔跑。他看到磨坊古老的水磨,因长年累月浸泡在水里而变黑了,长长的冰锥子挂在桨叶上,看上去像一根根银针。

屋子周围少了许多树木,模样有了很大的改变。这些树木是为已故的布朗榭抵债而被砍掉的,在许多地方可以看到刚被砍下的大椴木,颜色像基督徒的血那样红。屋子外部看来保养不善,屋顶已经破损,由于结冰,烘炉有一半已冻裂了。

不过,更令人伤心的是,整个屋子没一点灵魂和肉体、牲畜和人的动静,只有一条黑白相间的灰毛狗从门框里走了出来,朝弃儿叫了几声,乡下这种可怜的狗,我们称之为癞皮狗或丧家犬。但它立刻又转过身去,慢慢蹲了下来,蜷作一团睡觉了。

"喂,拉布里什,你还认识我吗?"弗朗索瓦对它说道,

"我可认不出你了，你变得又老又难看，肋骨突出，胡子雪白。"

弗朗索瓦就这样看着狗同它聊天，因为他忧虑，仿佛他在进屋前想消磨一些时间。他刚才迫不及待，此刻却害怕起来，他以为再也见不到马德莱娜了，也许她不在家或者是她而不是她丈夫死了，也许别人告诉他的磨坊主去世的消息是假的。结果，他脑子里什么想法都有，人们在涉及自己最想望的事物时往往会这样。

十六

弗朗索瓦终于推开了门，但他见到的不是马德莱娜，而是一个标致、时髦的姑娘，那姑娘像春天的朝霞那样红润，像朱顶雀那样精神。她显出可爱的样子问他：

"您有什么事，年轻人？"

弗朗索瓦没有盯着她看，虽说她看来引人注目。他环视房间四周，想寻找磨坊主的妻子。他只看到她床幔紧闭，她肯定睡在里面。他根本不想回答姑娘的问题，那标致的姑娘是已故的磨坊主的堂妹，名叫马丽埃特·布朗榭。他径直走到黄色的床前，不问一声就突然拉开床幔。他看到马德莱娜·布朗榭躺在床上，脸色苍白，昏昏沉沉，被高烧折磨得失去了人样。

他看着她，仔细地端详了很久，一动不动地看着，一句话也不说。虽然他看到她病了很难受，虽然他担心会看到她死去,但如今看到了她的脸,他觉得是一种幸福,自言自语道:我看到了马德莱娜。

但是,马丽埃特·布朗榭慢慢地把他从床边推开,把床幔重新放下,并示意叫他跟她一起到壁炉旁边去。

"啊,年轻人,"她说道,"您是准?您想干吗?我不认识您,您不是这儿的人。您到这里来有什么事情?"

弗朗索瓦没有听见她的问话,不但没有回答她,反而向她问了些问题:布朗榭太太已经病了多长时间?她是否有危险?她的病是否得到很好的治疗?

马丽埃特回答他,布朗榭太太自丈夫去世后就病倒了,因为她白天黑夜都要照料丈夫,把自己折腾得过于劳累,她的病还没有请医生来看过,如果病情恶化,就去请医生,至于是否很好地照料她,马丽埃特说自己照料她不辞辛苦,因为这样做是她的义务。

听到这话,弃儿仔细地看了看她,他不需要问她的姓名,因为他在离开这里的时候已经得知布朗榭先生要把自己的堂妹放在他妻子身边,另外,他发现这可爱姑娘的脸蛋同已故磨坊主那张令人难受的脸十分相像。像这样清秀的脸我们可以看到很多,它们同令人难受的脸有相似之处,但又说不出为什么会是这样。虽说马丽埃特·布朗榭看上去讨人喜欢,她的堂哥令人难受,但她还是有一种家族的神情,使别人一眼就看得出来。只是这种神情在已故磨坊主脸上是忧郁易怒,在马丽埃特的脸上与其说是发怒不如说是嘲笑,与其说是想让别人害怕自己,不如说是对什么都不怕。

因此,弗朗索瓦对马德莱娜可能从这个姑娘那里得到的帮助,既不十分担心,也不十分放心。她的帽子很精致,褶纹相当优美,用别针别在头上,她的头发有点像艺人的式样,梳得光滑、整齐,她双手洁白,她的围裙也像看护那样洁白。不过,她过于年轻,过于娇艳,过于放纵,不会日夜想着不能自理的病人。

弗朗索瓦看了这些不再多问,在壁炉边上坐了下来,决定等知道他亲爱的马德莱娜的病情向好的或坏的方面发展的时候,他才离开这个地方。

马丽埃特看到他像走进自己的家里那样,毫不客气地在壁炉边上坐了下来,感到十分惊讶。他低头看着没有烧尽的木柴,看他不想说话的样子,她不敢再问他是谁,以及来这里的目的。

过了一会儿,卡特琳进来了,她在这户人家当女仆已将近十八年或二十年了。她没有注意到他,径直走到女主人的床边,小心地看了看女主人的情况,然后走到壁炉旁,看马丽埃特怎么煎药。她的一举一动都说明她非常关心马德莱娜。弗朗索瓦在一震之中感觉到了真实的情况,想要对她表示友好的问候,但是……

"但是,"本堂神甫的女仆打断打麻人的话说道,"您说了个不恰当的词。一震的意思不是'一下子''一分钟'。"

"但我要对您说,"打麻人接着说,"要表示我们头脑中突现出一个想法,'一下子'说明不了任何问题,'一分钟'又实在太长。我不知道在一分钟的时间里可以想到多少数不清的事情。因此,要耳闻目睹发生的一件事情,就只须有一震的时间。要是您同意,我就说小小的一震。"

"一震的时间!"有语言纯正癖的老太太说道。

"对!一震的时间!这难道使您感到别扭,莫尼克大妈?难道万物不都是在震动吗?当您看到太阳喷薄升起的时候,您眼睛看着它时不是在眨吗?血在我们血管里沸腾,教堂的时钟在一点一点地剥夺我们的时间,就像筛子把麦子里的杂物一点一点地筛掉那样,您祷告时数的念珠,本堂神甫先生迟回来时您的心情,一滴滴下着的雨,还有据说是像磨盘那样转动的地球。您和我都感觉不到它转得飞快,因为地球这台机器加足了油,不过总是会有震动,因为我们在二十四小时里转了这么大一个圈。因此,我们也说一圈时间,来表示一定的时间,所以我说了一震这个词,而且会坚持这样说。您要是不想接着说下去,就别再打断我的话。"

"不,不,您的机器也加足了油,而且加得太足了,"老太太回答道,"让您的舌头再震一震吧。"

十七

我刚才讲到弗朗索瓦想向胖子卡特琳问好,让她认出他来,但在同一震的时间里,他又想哭,对装傻感到羞耻,所以连头也没有抬起来。当卡特琳朝炉膛弯下身时,看到了他的两条长腿,害怕得往后退。

"这是什么?"她问在房间角落里嘟哝的马丽埃特,"这个人是从哪里钻出来的?"

"你问我,"姑娘回答道,"我怎么知道?我从来没有见过他。他走进这里就像走进客栈一样,既不说日安,也不道晚安。他问我堂嫂的身体情况,仿佛他是她的亲戚或继承人。现在他坐在壁炉旁,就像你看到的那样。你去跟他说,我可不想管了。他也许不大正常。"

"怎么!您认为他脑子有毛病?不过,据我看,他不像是坏人,因为他好像要把自己的脸藏起来。"

"如果他在打坏主意呢?"

"您别怕,马丽埃特,我在这儿可以制伏他。他要是给我们找麻烦,我就把一锅开水倒在他的腿上,把烤肉铁扦扔到他的头上。"

从她们开始这样唠唠叨叨时起,弗朗索瓦一直在想着马德莱娜。"这个可怜的女人,"他想道,"她以前从丈夫那里得到的只有痛苦和伤害,她现在病了,是因为她一直在照料和安慰自己的丈夫,直至他去世。这姑娘是她已故丈夫的堂妹和宠儿,这点我听说过,姑娘脸上没有焦虑的神情,也看不出劳累或是伤心的迹象,因为她的眼睛宁静、明亮,就像太阳一样。"

他不禁去观看她帽子下面的部分,因为他还从未看见过一个如此鲜妍、活泼的美人。但是,她虽说使他的眼睛产生了好感,却没有赢得他的心。

"好吧,好吧,"一直在跟年轻的女主人窃窃私语的卡特琳说道,"我去跟他谈谈。得知道到底是怎么回事。"

"你跟他好好说,"马丽埃特说道,"别惹他生气:家里只有我们两个人,冉尼也许在很远的地方,我们叫喊也不会听到。"

"冉尼?"弗朗索瓦说道。她唠唠叨叨地说了许多话,但他只听见了他以前的朋友的名字。"他在什么地方,冉尼,我怎么没看见他?他是否已长得非常高大、非常漂亮、非常强壮?"

."瞧,瞧,"卡特琳想道,"他问到这事,也许他有不良的企图。天哪,这个男人会是谁呢?他的声音和身材我都不熟悉。这事我要弄个明白,要看看他的面孔。"

她这个女人看到魔鬼也不会退缩,身体强壮得像个农夫,胆子大得像个士兵,她走到他的身旁,决定拿掉他的帽子,以便看看他是狼人还是受过洗的人。她即将冲向他,绝没有想到他会是弃儿,这位老妇人的脾气从来是既不去想昨天也不去想明天,她早已把弃儿忘得一干二净。而且,他的模样变化那么大,身材那么挺拔,她得看他三次才能把他认出来。正当她要去推他,也许要跟他说话时,马德莱娜醒了,叫唤着卡特琳。马德莱娜说话的声音非常轻,别人几乎听不出来,因为她在发烧,口渴难忍。

弗朗索瓦连忙站起身来,要不是担心她会过于激动,他会第一个跑到她的身边。他只是迅速把汤药递给卡特琳,卡特琳接过药,就急忙拿给她的女主人,一时间忘了询问别的事情,而只是关心女主人的身体。

马丽埃特也过去做自己的那份工作,把马德莱娜扶起来吃药,这样做并不困难,因为马德莱娜已变得非常瘦弱,模样真是可怜。"您感觉怎样,嫂嫂?"马丽埃特问她。

"好!好!孩子。"马德莱娜回答道,声音就像垂死的人那样,她从不抱怨,以免让别人难过。

"不过,"她看着弃儿说道,"站在那儿的不是冉尼吧?孩子,我要不是在做梦的话,站在壁炉旁边的那个高个子男人是谁?"

卡特琳回答道:

"我们不知道,女主人,他没说,他像傻瓜那样站在那儿。"

弃儿看着马德莱娜,稍稍动了一下,因为他仍然害怕过早地惊动她,但同时又非常想和她说话。卡特琳此刻看到了他,但还是不认识他,因为他在三年中变化很大。她以为马德莱娜怕他,就说道:

"您别去管他,女主人。您在呼叫我的时候,我正想叫他出去呢。"

"别叫他出去,"马德莱娜说道,声音稍微提高了一点,并把床幔又拉开一点,"因为我认识他,他来看我做得很对。过来,过来,我的儿子。我每天都在祈求仁慈的上帝,请他恩准我为你祝福。"

于是,弃儿急忙跑了过来,双腿跪倒在她的床前,悲喜交加地哭了起来,哭得像透不过气来似的。马德莱娜拉住他的双手,然后又抱住他的脑袋,吻抱了他,说道:"你们去把冉尼叫来。卡特琳,去把冉尼叫来,让他也高兴高兴。啊!我感谢仁慈的上帝,弗朗索瓦,要是主有这个愿望,我愿意现在去死,因为我的孩子都长大了,我可以跟他们告别了。"

十八

卡特琳赶紧跑去找冉尼，马丽埃特也急于想知道这是怎么回事，便跟出去问她。屋里只剩下弗朗索瓦和马德莱娜两人在一起，马德莱娜再次吻抱他，哭了起来。后来她闭上了眼睛，变得更加虚弱。弗朗索瓦不知该如何安慰她，使她清醒过来。他好像疯了一般，只能用双手抱住她，称呼她亲爱的母亲和亲爱的朋友，请求她，仿佛她掌握了生死大权似的，请求她不要那么快，不要来不及听他说出想对她说的话就死去。

他用温存的语言、精心的照顾和真诚的体贴，使她苏醒过来。她重新看着他，听他说话。他对她说，他仿佛猜到她需要他，就抛弃一切，来到这里，只要她叫他留下，他就不再走了，要是她想雇他当仆人，他可以说是求之不得，而且很乐意每天听候她的吩咐。他还对她说："您不要回答我，您不要对我说话，我亲爱的母亲，您太虚弱了，您什么也别说。只是请您看着我，如果您高兴看到我的话，这样我就会清楚地知道您是否接受我的友谊和效劳。"

于是，马德莱娜以极为安详的神色看着他，她听他说话，感到如此欣慰，虽说她还在病中，他们仍然感到幸福和满足。

冉尼被卡特琳大声叫了回来，同他们一起沉浸在快乐之中。他已是个十四五岁的漂亮男孩，虽说不算强壮，但活泼欢快,很有教养,说话坦率、友好。

"哦！看到你长成这样,我真高兴,我的冉尼,"弗朗索瓦对他说道,"你既不算高大也不算壮实,可我就喜欢你这样,因为我想到你爬树和过河时还会需要我。我看你身体虽没有病,但还是娇弱,是吗？好吧！你在一段时间里还将是我的孩子,只要你不为此生气的话。你还会需要我,对,对。就像过去那样,你就让我来满足你所有的愿望吧。"

"是的,我的四百个愿望,"冉尼说道,"就像你过去说的那样。"

"对！他记性真好！啊！冉尼没有忘记他的弗朗索瓦,真好！不过,我们是不是每天都有四百个愿望呢？"

"哦！不,"马德莱娜说道,"他已经变得非常懂事,他只有二百个愿望了。"

"不多不少？"弗朗索瓦问道。

"哦！我同意,"冉尼回答道,"既然我可爱的妈妈开始有点笑容了,她想要什么,我都同意。我甚至会说,我现在每天有五百多个愿望,每个都是希望看到她病好。"

"说得好,冉尼,"弗朗索瓦说道,"他已经学会怎样说话了,你们看到了吗？好,我的小伙子,你那五百个这样的愿望会被仁慈的上帝听到的。我们会很好地照料你可爱的母亲,会使她振作起来,会使她渐渐快活起来,这样她就会恢复健康。"

卡特琳站在门口,很想进来看看弗朗索瓦,和他谈话,但马丽埃特拉着她的手臂,不断问她问题。

"怎么,"她说道,"他是弃儿？但他的样子却非常正派！"

她把门稍稍打开，从外面透过门缝来看他。

"那么，他怎么会同马德莱娜这么好？"

"我告诉您，是她把他抚养大的，他是个大好人。"

"但她从未对我说起过，你也没有说过。"

"啊！天哪！我从来没想过这事。他当时不在这儿了，我就几乎不再去想他了。另外，我知道我们的女主人为了他受过苦，所以我想让她忘记他。"

"受苦？受什么苦？"

"当然啰！因为她那么疼爱他，这也是很自然的事：这孩子心地特别好！您堂哥不要他待在家里。您很清楚，您堂哥不总是那么和蔼可亲的！"

"现在他死了，咱们就别说这事了，卡特琳！"

"是的，是的，说得不错，老实说，我忘了这事。唉，我真健忘！不过，他死了也只有两个星期的时间！现在，请让我进去，小姐，我要给这个小伙子吃饭，我想他应该饿了。"

于是她抽身去吻抱弗朗索瓦，因为他是个非常漂亮的小伙子，她这时已经忘记自己曾经说过，她宁可吻她自己的木鞋，也不去吻一个弃儿。

"啊！我可怜的弗朗索瓦，"她对他说道，"我很高兴见到你。我以为你再也不会回来了。您看，女主人，他的变化真大，是吗？我非常惊讶，您怎么会一下子就认出了他。如果您不说这个人是他，我看我要过一段时间才能认出他来。他真漂亮！确实漂亮！他已经开始长胡子了，对！胡子还看不大出，但可以感觉得到。你走的时候，胡子还不大扎人，弗朗索瓦，可现在有点扎人了。他多强壮，我的朋友！看他的手臂、他的手和他的腿！这样的工人一个能顶三个。

那边给你多少工资？"

马德莱娜看到卡特琳对弗朗索瓦这么满意，温柔地笑了起来，她看着他，也很满意地看到他这样漂亮、健康。她希望她的冉尼也能长得像他这样。至于马丽埃特，她见卡特琳这样大胆地看着一个小伙子，感到难为情，脸涨得通红，但没有想入非非。然而，她越是不让自己去看弗朗索瓦，就越是去看他，并觉得他正像卡特琳说的那样，长得非常漂亮，像一棵小橡树那样结实。

她没有再多想，就开始殷勤地给他端上饭菜，给他倒上当年最好的、颜色有点淡红的葡萄酒，当他盯着马德莱娜和冉尼看得忘记了吃饭时，她便提醒他别忘了吃饭。

"您再多吃一点，"她对他说道，"您几乎什么也没吃。您的胃口应该更好，因为您是从老远的地方来的。"

"您不用管我，小姐，"弗朗索瓦最终对她说道，"我在这里太高兴了，所以不大想喝酒、吃饭。"

"噢！"他在饭桌收拾好之后对卡特琳说道，"你带我去看看磨坊和屋子，我看它们都没有保养好，我得跟你谈谈。"

他同她一起走到外面之后，就向她询问家里的情况，像一个精通事务的男人，什么都想知道那样。

"啊！弗朗索瓦，"卡特琳说着，开始哭了起来，"情况糟透了。如果没有人来帮帮我可怜的女主人，我想那个坏女人会把她赶出家门，让她把全部财产都用来打官司。"

"你别哭，因为这样我会听不清楚，"弗朗索瓦说，"你要尽量说得清楚。你说的是哪个坏女人？是塞韦尔？"

"是的！没错！她让我们已故的主人破了产还不知

足。她现在想要得到他的全部遗产。她在寻找各种诉讼的理由。她说卡代·布朗树生前给她开过一些票据,她现在即使让人卖掉我们剩下的所有财产,也不能偿还她的全部债款。每天她都叫执达员来找我们,钱已经交出不少了。我们的女主人为满足她的要求,已经拿出了她能拿出的所有的钱。这些事情给她增添的烦恼,再加上她丈夫生病给她带来的劳累,我真担心她会死去。拿我们这样折腾下去,要不了多久我们就会没有面包吃,没有柴火烧。磨坊的伙计离开了我们,因为我们欠了他两年的工钱,而且也没有能力付给他。磨子已经不再转动,要是再这样下去,我们就会失去自己的顾客。他们已经扣押了马匹和收获的粮食,这些东西也要被卖掉了。他们还要砍掉所有的树。啊!弗朗索瓦,这真让人伤心。"

说完,她又哭了起来。

"你呢,卡特琳?"弗朗索瓦对她说道,"你也是债主吗?你的工钱付给你了吗?"

"我,债主!"卡特琳悲伤的声音变成了牛吼,说道,"不是!不是!我的工钱付不付,同任何人都没有关系!"

"好极了,卡特琳,说得好!"弗朗索瓦对她说,"你继续好好照顾你的女主人,其他的事就不用管了。我在主人那儿赚到了一点钱,我有钱来挽救马匹、收获的粮食和树木。至于磨坊,我去看看,如果有损坏,不需要修理工我就能使它运转。冉尼像蝴蝶一样敏捷,叫他立刻去跑一趟,一直跑到今天晚上,然后明天一早再去跑,叫他对所有的顾客说,磨坊的声音像一万个魔鬼那样响亮,磨坊主在等待磨面。"

"要给我们的女主人请个医生吗?"

"这事我想过，但我还想观察一下，到今天夜里再作决定。医生嘛，你是知道的，卡特琳，我的看法是，他们在病人非看医生不可时才需要，如果病情不重，依靠仁慈的上帝帮助比吃他们的药更管用。另外，医生会治有钱人的病，却往往把穷人治死。他们给富贵闲人消愁解闷，却使那些只在病危的日子才看到这些面孔的人们焦虑恐慌。我觉得布朗榭太太只要看到事情有救，她的病很快就会好起来的。

"在我们结束这次谈话之前，卡特琳，请你再对我说一件事情。我要你说实话，你可不能对我隐瞒。这事我决不会说出去。我这个人没有变，你要是还记得过去的我，你就应该知道弃儿是能够守口如瓶的。"

"是的，是的，这我知道，"卡特琳说道，"但你为什么把自己看作弃儿呢？这个名称别人不会再加在你的头上，因为你不应该有这样的名称，弗朗索瓦。"

"你别去管它。我现在是什么，将来还是什么，我不会因这事而烦恼。你对我说，你对你年轻的女主人马丽埃特·布朗榭有什么看法？"

"哦！她是个标致的姑娘！莫非您想娶她？她有点钱，她堂哥没有动过她那笔不大的财产，除非您继承了一笔遗产，弗朗索瓦师傅……"

"弃儿是不会继承财产的，"弗朗索瓦说道，"至于娶妻，这事我还需要一段时间才能考虑成熟，就像用锅子烤栗子那样。我想向你打听的是，这个姑娘是不是比她已故的堂哥要好些，马德莱娜把她留在家里，会感到满意，还是会感到痛苦？"

"这个，"卡特琳说道，"仁慈的上帝会告诉您的，我可不能。到现在为止,她还没使过什么坏,也没想过什么大事。她喜欢打扮,爱戴有花边的帽子,喜欢跳舞。这都无关紧要,马德莱娜那么宠爱她,待她那么好,她没理由耍脾气。她从未吃过苦,今后会变得怎么样就不好说了。"

"她对她堂哥是不是很好?"

"不是很好,除非他带她去节日市集。我们的女主人想提醒他,说不能让一个正派的姑娘跟塞韦尔待在一起。但姑娘只想玩,就跟她堂哥亲热,对马德莱娜噘嘴表示不满,马德莱娜只好让步。这样一来,马丽埃特就不像我所希望的那样跟塞韦尔势不两立。但也不能说她对她堂嫂不好,反正关系还算正常。"

"这些够了,卡特琳,我不再问你这方面的情况了。我只是请你不要把我们刚才说的话告诉这个姑娘。"

弗朗索瓦向卡特琳宣布过的事,他做得十分出色。由于冉尼的奔走,从晚上起就有人送来要磨的麦子,磨坊从晚上起就恢复正常。桨叶周围的冰打碎了,融化了,机器里加了油,木头断裂的地方被修复一新。好样的弗朗索瓦一直工作到凌晨两点,凌晨四点又起来了。他轻手轻脚地走进马德莱娜的房间,看到善良的卡特琳守在那里看护病人,便询问病人的情况。病人睡得很好,因为她看到她亲爱的仆人回来了,及时帮了她的忙,她感到欣慰。卡特琳不愿在马丽埃特起身之前离开她的女主人,弗朗索瓦就问她,科尔穆埃磨坊的漂亮姑娘在几点钟起床。

"天亮前不会起床。"卡特琳说道。

"这样的话,你还要等她两个多小时。你简直一点觉也睡不成了。"

"白天我会在椅子上睡一会儿,给奶牛喂草时,在谷仓的麦秆上也可以睡一觉。"

"好吧!你现在去睡!"弗朗索瓦说道,"我在这儿等候那位小姐,告诉她说,有人比她睡得晚,但比她起得早。现在让我来看看已故的主人的文件,以及他死后执达员拿来的文件。它们在什么地方?"

"在那儿,在马德莱娜的箱子里,"卡特琳说道,"我来给您点灯,弗朗索瓦。来吧,好好干,想办法让我们摆脱困境,因为您看得懂文书。"

说完,她去睡觉了。她听弃儿的话,就像听一家之主的话一样,这个说法是千真万确的:头脑清楚、心地善良的人,到处都能发号施令,这是他的权利。

十九

在开始工作之前,同马德莱娜和冉尼单独待在一起——因为小伙子一直和母亲睡在同一个房间里——的弗朗索瓦先去看看病人睡得怎样,他觉得她已经比他来的时候好多了。他很欣慰地想道,她不必看医生了,只要给她安慰,他一个人就能挽救她的健康和命运。

他开始仔细研究那些文件,很快就弄清了塞韦尔的要求,以及马德莱娜还剩下点什么来满足她的要求。除了塞韦尔花掉的和她叫卡代·布朗榭挥霍掉的钱之外,她说还欠她二百皮斯托尔,而马德莱娜什么财产也没有了,连同布朗榭留给冉尼的遗产,也就是磨坊及其周围的一些建筑和土地,如院子、牧场、房屋、花园、大麻田和种植地;因为所有的田地和其他地产都已像雪一样在卡代·布朗榭的手里化为乌有。

"感谢上帝!"弗朗索瓦想道,"我在埃居朗德的本堂神甫先生那儿有四百皮斯托尔。即使我没有能力做得更好,马德莱娜至少能保住她的房屋、磨坊的产品和她剩余的嫁妆。但我觉得花较少的钱也能摆脱困境。首先要知道布朗榭签给塞韦尔的票据是不是用了计谋和卑劣的手段,其次是要设法买回已出售的土地。该如何去买我十分清楚,根据买主的姓名,我保证能找到藏埃居的地方。"

事情是这样的。布朗榭在去世前两三年急需要钱,被塞韦尔的债务逼得走投无路,只好把土地低价卖掉,谁要就卖给谁,以便把得到的钱转给塞韦尔,以为这样一来就可以摆脱她和帮助她逼他破产的那些同伙。但是,在这种零星出售土地的交易里,常见的情况是:急于购买土地、对燕麦地的香味垂涎欲滴的人们,几乎都身无分文,付不出钱,要他们付清利息也十分困难。往往拖上十年、二十年才能付清。这原是给塞韦尔和她的同伙拿来投资的钱,但投得不是地方,她因此私下埋怨卡代·布朗榭急于出售,担心她永远得不到偿付。至少她是这么说的;其实这和别的投机一样,也是一种投机。农民即使一贫如洗,也会定期付清利息,因为他们那么害怕失去自己拥有的那块土地,而债主要是不满意,是可以收回土地的。

老实人啊,我们对这些事都十分清楚!我们曾不止一次用低价买进土地想发财。但土地的价钱无论怎么低,我们还是支付不起。我们贪婪的眼睛睁得大大的,可我们的钱包却鼓不起来。我们花了很大的力气来种一块地,得到的收入却不够支付卖主索取的利息的一半。我们在田里干活、流汗,贫困地过了半生,到头来还是破了产,只有土地在我们的艰苦劳动下变得更为肥沃、富饶。待到一块地能有两倍收成的时候,我们却不得不把它卖掉。要是能卖到好价钱,我们也就有救了,但情况又不是如此。我们被利息刮得身无分文,必须赶紧卖掉,任何价钱都得卖。要是我们不肯卖,法院会逼着我们卖。第一个卖主要是还活着,就会赎回他的土地,要不就由他的权利继承人和法定继承人来赎回。这就是说,在漫长的年代里,他们把土地交给我们,收取百分之八至十的利息,当土地经过我们的耕作收成增加一倍时,他们既不花劳动又不花钱,却能把土地收回去。并且随着时间的流逝,地产也跟着增值。因此,我们这些可怜的欧鲍总是要被追捕我们的大鱼吃掉,总是要因我们的贪婪和天真的念头而受到惩罚。

就这样,塞韦尔把钱押在了她自己的土地上,获得了很大好处。但是,她仍然想霸占卡代·布朗树的遗产。她摆布他的手段极为高明,让他为他土地的买主们作了保,成了他们付款的担保人。

弗朗索瓦看清了这种诡计的来龙去脉,寻思可以用低价买回这些土地而又不使任何人破产的办法,并且要捉弄一下塞韦尔及其同伙,使他们的投机不能得逞。

这事做起来并不容易。他有足够的钱,可以用当初的卖价来赎回几乎全部土地。塞韦尔和其他任何人不能拒绝收回债款。买主们赶快把土地卖掉也有好处,免得将来落个破产的下场。我告诉你们,你们这些听故事的年轻人和老人,赊购来的土地是你们老来受苦的执照。但是,这话我即使说了也是白说,你们一点都不会改掉买地的癖好。看到耕出的犁沟在阳光下冒出热气,任何人都会渴望成为它的主人。弗朗索瓦担心的就是农民的这种狂热,使他们死死不愿放弃自己那块土地。

孩子们,你们是否了解土地?过去有一个时期,我们这些堂区里对土地谈论得很多。有人说,过去的领主把我们束缚在土地上,是为了让我们拼命干活,直至死去,但大革命割断了束缚我们的绳索,我们不再像牛那样去拉领主的犁。事实是我们又把自己束缚在我们自己的土地上,我们的汗不少流,可我们仍然死在自己的土地上。

我们这里的资产者认为,补救的办法是永远不要有什么需要,也不要存任何欲望。上星期天,一位朋友对我宣传了这种办法,而且说得天花乱坠,我对他回答说,要是我们这些微不足道的人能永远不吃东西,不分昼夜地一直工作,不睡觉,不喝好酒,只喝清水,要是青蛙不为此生气的话,我们就会积蓄一大笔钱,别人就会觉得我们智谋过人,对我们大加赞赏。

弃儿弗朗索瓦就像你们和我一样,根据实际情况动了许多脑筋,以便找到办法,让买地的人再把土地卖给他。他最终找到的办法是对他们悄悄地散布精心编造的谣言,说塞韦尔表面上看很有钱,其实她欠的债比筛子上的孔还要多,有朝一日,她的债主们会来扣押她的所有债权和她的所有财物。他准备把这事秘密地告诉他们,把他们说得非常害怕之后,他就叫马德莱娜·布朗榭出面,用他的钱把土地按照卖出价全部赎回。

不过，他对这样撒谎感到于心不安，最后想出了一个办法，就是给每个可怜的买主一点好处，以补偿他们已经支付的利息。这样，他就可以使马德莱娜恢复对土地的所有权和使用权，同时又使买主们避免了破产和损失。至于塞韦尔会因他的谣言而信誉扫地，他丝毫也不理会。恶鸟拔了小鸡的毛，母鸡当然也可以去拔恶鸟的一根羽毛。

这时，冉尼醒了，轻手轻脚地下了床，以便不影响母亲休息。然后，他对弗朗索瓦道了早安，就立刻去通知其余的顾客，说磨坊已经修好，现在由漂亮的磨坊主看管着。

二十

马丽埃特·布朗榭从屋里出来时，天已经大亮。她悉心打扮，穿着黑白两色、美丽耀眼的丧服，活像一只小喜鹊。可怜的姑娘心里烦恼，因为她正服丧，在一段时间里不能去市集跳舞，她所有的追求者都为她感到失落惆怅。她心地那么善良，所以非常同情他们。

"怎么?!"她看到弗朗索瓦在马德莱娜的房间里整理文件，便说道，"您在这儿什么都做，磨坊主先生!您磨面粉，您处理事务，您煎药，过不久我还会看到您缝衣、纺纱……"

"而您呢，小姐，"弗朗索瓦清楚地看到，她表面上在调侃他，眼神却对他十分赞赏，就说道，"我还没有看到您纺纱、缝衣。我想我很快会看到您一直睡到中午，您肯定会这样做的。这会使您的脸色保持红润。"

"当然啰，弗朗索瓦师傅，我们已经开始数落起对方的不是了……这种游戏您可得留点神：我也是这方面的行家。"

"我恭候您高兴的时候，小姐。"

"这种时候会到来的。您不要害怕，漂亮的磨坊主。您在这里照料病人，那么卡特琳到哪里去了？您是否需要一顶女帽和一条衬裙？"

"那您去磨坊，是不是也需要一件罩衫和一顶无边软帽？您不干女人的活，不在您堂嫂的身边照看，看来是想拣麦秆、转磨盘去啰。听您的命令！咱们来换一下衣服。"

"您好像在教训我，是吗？"

"不，我首先是接受了您的教训，为了公平起见，我就投桃报李。"

"好！好！您喜欢开玩笑。不过，您玩笑开得不是时候，我们这里并不快乐。不久以前，我们去了公墓。您要是话这么多，我的堂嫂就无法休息，可是她非常需要休息。"

"正因为如此，您就不应该这样大声说话，我对您说话声音很轻，在病人的房间里应该这样，而您此刻说话却不像是在病房。"

"请别再说了，弗朗索瓦师傅，"马丽埃特说时降低了声音，但气得满脸通红，"请您行行好，看看卡特琳是否在附近，她为什么把我的堂嫂交给您来看管。"

"请原谅，小姐，"弗朗索瓦说时并不十分激动，"您既然喜欢睡觉，她就不能把您的堂嫂交给您来看管，就只好交给我来照料。至于去叫她，我是不会叫的，因为这可怜的女人已经累得要死。她为了不得罪您已经守了两个星期的夜。我让她去睡了，我想替她看管到中午，同时也做我自己的事情，因为大家都得互相帮助。"

"您听着，弗朗索瓦师傅，"姑娘说时突然改变了声调，"您好像是说我只想到自己，把所有的苦差事都留给了别人。如果卡特琳对我说她很累，我可能也会守夜。但她说她不累，我也没有看出我堂嫂的病有多么危险。您认为我心地这么坏，我不知道您是从哪里了解到的。您昨天才认识我，我们还没有很多接触，所以您不能像现在这样来指责我。您做得过火了，仿佛您是一家之主，然而……"

"……好吧，您说吧，漂亮的马丽埃特，请把已经到了嘴边的话都说出来。您不是要说，别人是出于善心才领养了我！我不是家庭的一员，因为我没有家，作为弃儿，我没有这个权利！这些是不是您想说的？"

弗朗索瓦直截了当地回答了马丽埃特，他瞧着她的那种神态使她满脸通红，一直红到眼珠。因为她看到他貌似严厉和严肃的同时，又显得十分平静和温柔，没有任何方法来激怒他，使他产生错误的想法或说出错误的话。

可怜的姑娘有了这种感觉，感到有点害怕，她平时决不会因为一点口舌而生气。她虽然害怕，却仍然有某种愿望，想要讨好这个说话如此坚决、目光如此坦率的漂亮小伙子。结果她自己倒局促不安，十分尴尬，几乎要掉下泪来，她忙把脸转到一边，不让他看到她波动的情绪。

但他却看得十分明白，便和颜悦色地对她说道：

"您没有让我生气，马丽埃特，您也没有理由生气。我对您并没有不好的看法。只是我看到您年轻,家里遭到了不幸,您却并不在意,我只是想对您说说我的想法。"

"那您是怎样想的?"她说道,"您会说出来,让我知道您是朋友还是敌人。"

"我的想法是,如果您不喜欢别人去关心自己所喜爱但遇到麻烦的人们,不喜欢别人为他们奔忙,那您就站在一边,什么都别管,只管去考虑您的打扮、您的恋人和您未来的婚姻,不要觉得别人在这里代替您忙碌有什么不好。但是,漂亮的孩子,如果您心肠好,如果您爱您的堂嫂和您可爱的侄子,甚至那个愿意像一匹拉车的好马那样死去的可怜而又忠实的女仆,那么,您就应当早一点醒来,照料马德莱娜,安慰冉尼,减轻卡特琳的负担,尤其是不要去听家里的敌人塞韦尔太太的话,她是个坏人,您要相信我。我就是这样想的,就是这些。"

"我很高兴能了解您的想法,"马丽埃特有点冷淡地说道,"现在,请您对我说,您有什么权利要我按照您的方式来考虑问题?"

"哦!是这样!"弗朗索瓦回答道,"我的权利是弃儿的权利,还要让您知道,是布朗榭太太出于好心领养的孩子的权利。因此,我有义务像爱自己的母亲那样爱她,并有权报答她的好心。"

"这些话无可非议,"马丽埃特接着说,"我感到我最好现在对您表示尊重,将来再对您表示友好。"

"这很好,"弗朗索瓦说道,"请跟我握一握手吧。"

他走到她的跟前,很自然地向她伸出自己的大手。但马丽埃特突然撒起娇来,把手缩了回去,对他说,一个姑娘像这样把手伸给一个小伙子，是不合适的。

听到这话，弗朗索瓦笑了起来，离开了她，因为他清楚地看到，她并不坦率，她只是想挑逗人而已。"哦，我美丽的姑娘，"他想道，"您想到别处去了，我们不会像您希望的那样成为朋友的。"

他走到马德莱娜的床边，马德莱娜刚刚醒来。她握住他的两只手，对他说道："我睡得很好，我的儿子。仁慈的上帝降福于我，让我一觉醒来就看见你的脸。我的冉尼怎么不和你在一起？"

把事情对她解释清楚之后，她又对马丽埃特说了些友好的话，她担心马丽埃特整夜守在她的床边，劝慰姑娘说她的病不需要这么多的照顾。马丽埃特以为弗朗索瓦会说她起来得很晚，但弗朗索瓦什么也没说，让姑娘和马德莱娜待在一起，马德莱娜想要起来，她感到自己的热度退了。

三天之后，她的身体恢复得很好，可以和弗朗索瓦商量她的事务。

"您还是休息吧，我亲爱的母亲，"他对她说道，"我在那边懂了不少事情，对事务相当熟悉。我要使您摆脱困境，我一定会了结这件事情。请您让我去做，不要否定我将要说的任何话，您要签署我带给您的所有文件。您的身体已经让我放心，现在我要到城里去请教几位律师。今天是赶集的日子，我会找到我想见的那些人，我想我不会浪费时间的。"

他怎么说，就怎么干了。他请教了几位律师之后，知道布朗榭签发给塞韦尔的最后几张票据可以被用来打一场必胜的官司，因为布朗榭在签署这些票据时脑子里昏昏沉沉，喝醉了酒头脑发热,干出了蠢事。塞韦尔认为马德莱娜怕花钱,不敢去打官司。弗朗索瓦不想劝布朗榭太太去打官司,但想合情合理地把事情了结,就要她装出若无其事的样子。他需要派一个人去向敌人传话,并想出了一个十拿九稳的计划。

三天以来,他对马丽埃特作了相当仔细的观察,发现她每天都往多兰那边去散步,塞韦尔就住在那边,她和这个女人的关系比他想象的要好得多,这主要是因为她能在塞韦尔家里遇到她认识的那些年轻人,以及向她献殷勤的资产者。这倒不是她想听任他们摆布,因为她还是个天真的姑娘,不知道狼已经离羊棚这么近。但是,她喜欢他们的吹捧,就像苍蝇喜欢牛奶一样。她去散步时完全瞒着马德莱娜。由于马德莱娜不喜欢和别的妇女闲聊,而且还没有离开过房间,所以她一点也没有发现,也没有怀疑到她这个过错。胖子卡特琳也不是一个好管闲事的女人。因此,姑娘戴好帽子,借口去放羊,而实际上是把绵羊交给一个牧童看管,自己却到那帮乌七八糟的朋友那里去炫耀自己的美貌。

弗朗索瓦为磨坊的事务来回奔波,把事情都看在眼里,但他丝毫没有对家里透露,而是想出了计策,就像我要对你们说的那样。

二十一

他走到过河处,堵在她的必经之路上;她去多兰要过这座木板桥时,看见弃儿骑在桥板上,两条腿悬在河水上面,显出一副消消停停的模样。她的脸马上变得像山楂果那样红。要不是猝不及防,只好装作偶然走到这里的样子,她会从旁边绕过去的。

但是,由于桥头树木枝叶茂盛,她一直走到跟前才看到他,就像走到狼的嘴边才看到狼那样。他的脸迎面朝着她,她进也不是,退也不能,都会被他看到。

"啊,磨坊主先生,"她装出大胆的样子说道,"您能不能稍微让开一点,让别人过去?"

"不能,小姐,"弗朗索瓦回答道,"因为这桥由我看管,管到今天晚上,每个人都要向我交过桥费。"

"您是不是疯了,弗朗索瓦?我们这个地方是不交过桥费的。您也无权在这里收过桥费,不管这种小木桥在你们埃居朗德叫作什么桥,您想怎么叫就怎么叫,只是您得赶快让开。这里不是开玩笑的地方,您会让我掉进水里去的。"

弗朗索瓦没有让开,双臂交叉在胸前,说道:"您以为我在和您开玩笑,以为收过桥费是在向您献殷勤?请别这样想,小姐。我想同您正经地谈一谈。如果您肯跟我走一段路,让我跟您谈谈,我就让您过去。"

"这样太不合适,"马丽埃特以为弗朗索瓦想对她献殷勤,就有点激动地说道,"如果有人看见我在路上单独跟一个不是我男友的小伙子待在一起,他会在这个地区说我什么闲话呢?"

"这话不错,"弗朗索瓦说道,"因为塞韦尔不在这儿,别人就不尊重您,就会说您闲话。因此您就到她家里去,以便在她的花园里同您所有的男朋友一起散步。好吧！为了不使您为难，我就在这儿和您谈一谈，只有几句话，但这是件紧急的事情，事情是这样的：您是个好姑娘，您已经把自己的心交给了您的堂嫂马德莱娜；您看到她处境困难，很想帮她摆脱困境，对吗？"

"如果您想谈的是这件事，我就听您说下去，"马丽埃特回答道，"因为您说的是实话。"

"好吧！我好心的小姐，"弗朗索瓦说着站了起来，同她一起倚在小桥边的河岸上，"您可以给布朗榭太太帮个大忙。我愿意相信，您同塞韦尔要好是为了布朗榭太太的幸福和利益，既然如此，您就应该劝这个女人和解。她想要的两样东西实际上不能同时得到：一是把布朗榭师傅的遗产变成当年为了偿还她的债务而出售土地所得款项的交付保证；二是要求支付签发给她的票据的款项。她为这可怜的遗产无理取闹、纠缠不清，将会是白费力气，她要的是要不到的东西。您要让她明白，她要是不坚持要我们为支付土地的款项作保，我们就能支付票据的款项，但是，如果她不让我们摆脱一个债务，我们就没有钱偿还她的另一个债务。她要是叫我们承担责任，把我们弄得一文不名，她也捞不到好处，而是有两头落空的危险。"

"我看这倒是真的，"马丽埃特说道，"虽说我不懂商务，但这事我总算弄明白了。弗朗索瓦，我万一能劝她作出决定，对于我堂嫂来说，是偿付票据的款项合算呢，还是不作保合算？"

"偿付票据的款项最不合算了，因为这事不公平。我们当然可以对这些票据提出异议，要求打官司。但打官司，就需要钱,您知道家里一点钱也没有,将来也不会有。因此,用您堂嫂剩下的财产去打官司或是支付给塞韦尔,对她来说都是一回事,而对塞韦尔来说,最好是不要打官司就能拿到钱。即使是破产,马德莱娜也情愿让人拿去她剩下的全部财产,而不愿背着一笔可能会同她的寿命一样长的债务,因为卡代·布朗榭田地的买主们是付不出钱的,这点塞韦尔十分清楚,她有朝一日势必要把这些土地买下来,这事对她来说并不坏,因为她会看到土质有了改良,在一段时间里她可以从中获得很大的利润。这样,塞韦尔让我们摆脱了债务,自己也不冒任何风险,并且她肯定会得到她那些票据的款项。”

“我会像您教我的那样去做,”马丽埃特说道,“如果我不是这样做,您就瞧不起我好了。”

“那就祝您好运,马丽埃特,并祝您一路顺风。”弗朗索瓦一面走开一面说道。

小马丽埃特去了多兰,很高兴能有一个借口,可以在那里露面,并在那里待上很长时间,以后还可以再去。塞韦尔对马丽埃特的建议装出很欣赏的样子,但实际上,她不打算急忙作出决定。她一直讨厌马德莱娜,因为马德莱娜的丈夫常常会不由自主地对妻子表示出敬意。她认为她可以把马德莱娜一辈子控制在自己的利爪之中,她宁愿不要她知道没有多大价值的票据,也要折磨马德莱娜,让马德莱娜背负还不清的债务。

弗朗索瓦对这事心中很有数,他想让她要求偿还这笔债务,以便借机从那些几乎没有支付任何钱的买主手里赎回冉尼的地产。但是,当马丽埃特给他带来回话时,他知道塞韦尔在用花言巧语糊弄她，一方面姑娘对继续干这种差事感到高兴，另一方面塞韦尔还没有走到这一步，就是情愿让马德莱娜破产，也不要她票据的钱款。

为了让她立刻走到这一步，他在两天之后把马丽埃特叫到一边。

"今天，"他说道，"您不能去多兰了，我的好小姐。您的堂嫂已经得知——我不知她是怎么知道的——您每天都去多兰，而且去得很勤，她说这不是规矩姑娘去的地方。我试图让她知道，您是为了她的利益才经常去塞韦尔家的，但她还是责备了我，也责备了您。她说她情愿破产，也不愿看到您败坏自己的名誉，并说您现在由她监护，她有权管您。您要是不愿意约束自己，她就会禁止您出门。如果您不再去了，她以后也就不会再对您提起此事，因为她不想让您难过，但她对您很生气，您最好去请求她原谅。"

弗朗索瓦还没把狗放走，狗就乱叫乱咬起来了。他对马丽埃特这个姑娘的性格作了正确的估计，她脾气急躁、火暴，活像她已故的堂兄。

"当然啰！"她叫道，"对堂嫂我要像三岁小孩那样听话！她简直像是我的母亲了，我应该对她服从！她从哪儿听说我在败坏自己的名誉！请您告诉她，我的名誉同她的名誉一样无懈可击，也许比她的更好。她对塞韦尔了解些什么？凭什么说她比不上别人？难道一个人就因为不是整天在缝纫、纺纱和祈祷便是坏人？我堂嫂因为同塞韦尔有金钱上的纠纷，就以为可以随便说塞韦尔的坏话。那是不公正的。她这样说是不谨慎的，因为塞韦尔只要愿意，就可以把她从现在住的房子里赶出去，幸好塞韦尔有耐心才没

237

有这样做,这一点就足以证明塞韦尔并不像别人说的那样坏。我好心干预她们之间同我毫不相干的争论,却得到这样的感谢。好了!好了!弗朗索瓦,您要知道,最规矩的女人并不总是最会顶撞别人的女人,我去塞韦尔家,并不比我在这里干的坏事多。"

"这毕竟是个问题!"弗朗索瓦想让酒桶里的泡沫都冒上来,就这样说道,"您堂嫂认为您没在那里干好事,也许并没有错。啊,马丽埃特,我看您去那儿是去得太勤些!这不正常。您已经转达了有关马德莱娜事务上的话,如果说塞韦尔没有给您回音,那是因为她不想回答。因此,您不要再到那儿去了,请相信我,否则我也会像马德莱娜一样,认为您去那儿有不可告人的目的。"

"弗朗索瓦师傅,"马丽埃特火冒三丈地说道,"您难道也要对我作威作福?您以为自己是我的家长,想代替我的堂哥。您嘴边的毛还不够多,不配来训斥我,我劝您不要来管我。您的女仆,"她整了整帽子继续说道,"如果我堂嫂找我,您就对她说我在塞韦尔那里,她要是派您来找我,您就瞧瞧您在那儿会受到怎样的接待吧。"

说完,她把门砰的一声关上,就迈着轻快的脚步到多兰去了。弗朗索瓦担心她的愤怒会在路上平息,特别是在这严寒的天气里。于是他让她先走一会儿,当她快到塞韦尔的住房时,他便迈开自己的长腿,飞快地跑了起来,赶上了她,让她以为他是马德莱娜派来找她的。

他用尖刻的语言把她刺激得要举起手来打他。但他没被她打着,因为他清楚地知道,火气会随着拳头一起消失,打了人的女人会消掉自己的怒气,所以他就逃走了。她走进塞韦尔的家门,就大发雷霆。这不是因为可怜的姑娘心怀恶意,而是因为她脾气一发,就不知如何隐瞒。她使塞韦尔怒气冲天。弗朗索瓦沿着低凹的道路小步离开时,在大麻田那边听见她们大吼大叫,发出的声音活像干草仓库着了火。

二十二

事情像他希望的那样成功了。他有充分把握,第二天便出发去了埃居朗德,在本堂神甫家里拿了他的钱,当天夜里返回,带回了他那四张小小的薄纸,这几张纸在他口袋里发出的声音,不比面包屑在无边软帽里发出来的声音响,但却价值千金。一个星期之后,人们听到了塞韦尔那里传来的消息。布朗榭土地的所有买主都被勒令付款,但没有一个付得出钱,这样,马德莱娜就受到威胁要她代替他们付款。

她得知这一消息后,害怕极了,因为弗朗索瓦压根儿还没有把事情告诉她。

"好!"他搓着双手对她说,"商人不会总是赚得到钱,小偷不会总是偷得到钱。塞韦尔太太将要错过一笔好交易,而您将要做成一笔好交易。不管怎样,我亲爱的,您要装出已经完蛋的样子。您越是装得难受,她就越是高兴地去做她以为会损害我们的事情。但是,这件坏事却会救您的命,因为您把钱付给塞韦尔之后,您就会收回您儿子应该得到的所有遗产。"

"你要我用什么来付钱给她呢,我的孩子?"

"用我口袋里属于您的钱。"

马德莱娜想要推辞,但弃儿是个固执的人,据他说,别人不能把他锁在脑子里的东西夺走。他跑到公证人那儿,以布朗榭的寡妇的名义交了二百皮斯托尔,这样,欠塞韦尔的债务就全部还清了,不管她愿意不愿意,连同遗产案的其他债主也拿到了钱,他们是同塞韦尔一伙的。

弗朗索瓦把事情做得尽善尽美,连可怜的买田人受到的损失也得到了补偿。剩下来的钱,他还能打官司。他让人告诉塞韦尔,他要控告她用欺诈和诡计从已故的磨坊主那儿骗得了票据。他又散布了一个故事,在当地很快就传开了。说的是他要种树篱,挖开了磨坊的旧墙,发现里面藏着已故的布朗榭老太太的扑满,扑满里装的全是以前铸的金路易,有了这些钱,马德莱娜就比过去任何时候都要富裕。塞韦尔不想继续争执下去,决定协商解决,希望弗朗索瓦能把正好在这时找到的这些埃居拿点出来,同时甜言蜜语地诱骗他,指望得到比他所出示的还要多的钱。但是她白费了力气。他把她引向一条羊肠小道,只用了一百埃居就让她交出了那些票据。

她为了报复,就对小马丽埃特进行挑拨。塞韦尔对马丽埃特说,布朗榭老太太是她的祖母[①],老太太扑满里的钱应该由她和冉尼平分,因为她有这个权利,她应该同她的堂嫂去打官司。

---

① 前文说马丽埃特是布朗榭的伯父的女儿,和这里的说法矛盾。

于是,弃儿只好说出他提供的这笔钱的真实来源,埃居朗德的本堂神甫给他送来了证据,供他打官司用。

他开始把这些证据拿给马丽埃特看,请求她不要做不必要的声张,并向她指出,她最好还是保持沉默。但马丽埃特不是一个安分守己的人。家里这些乱糟糟的事,已使她的头脑发热,可怜的姑娘受到魔鬼的诱惑。虽然马德莱娜对她一直很好,把她当作自己的女儿,让她随心所欲,她还是怨恨和嫉妒自己的堂嫂,并且不知羞耻地把内情说了出来。她是在气呼呼地同弗朗索瓦争吵时逐渐得知这内情的,但她并没有提防魔鬼会捉弄她。他越是责备她随心所欲、犯了错误,她就越是想取得他的欢心。

她不是个会被忧愁折磨得憔悴的姑娘,也不是个哭哭啼啼的姑娘,但她无法安静下来,因为她想到弗朗索瓦是一个那么漂亮的小伙子,又这么富裕,这么正直,对所有的人都这么好,办事这么灵活,这么勇敢,可以为自己所爱的人献出最后一滴血,但所有这些却不是为了她,虽说她可以算是当地最漂亮、最富裕的姑娘,喜欢她的小伙子有一大群。

一天,她把自己心里的想法告诉了她那恶毒的朋友塞韦尔。那是在位于通往纳普道路一端的牧场上,那里的一棵老苹果树正在开花,因为这些事情持续了一段时间,五月份已经来临,马丽埃特要在河边牧羊,塞韦尔就到这棵鲜花盛开的苹果树下同她聊天。

但是,由于上帝的旨意,弗朗索瓦也来到了那里,听到了她们的谈话,因为他看到塞韦尔进了牧场,就怀疑她又要策划什么阴谋来对付马德莱娜。那里的河岸低,他悄悄沿着河岸走到灌木丛下,那里的灌木长得十分高,运干草的大车在那里经过也不会被人看到。他到了那里之后，就不声不响地在沙地上坐了下来，竖起耳朵听她们谈话。

这两个女人的如簧之舌是这样说的。先是马丽埃特坦白承认，那些追求者她一个也看不中，因为有一个磨坊主虽然对她没有一点意思，却使她朝思暮想。但塞韦尔想把她介绍给她认识的一个小伙子。那个小伙子很喜欢她，他对塞韦尔说，如果塞韦尔能说服布朗榭家的姑娘嫁给她，他就在结婚时送一份厚礼给塞韦尔。塞韦尔好像叫那个小伙子预先给了她一笔钱，就像她收了其他许多小伙子的钱一样。因此，她要尽力使马丽埃特讨厌弗朗索瓦。

"呸，弃儿！"塞韦尔对她说道，"怎么，马丽埃特，像您这种身份的姑娘要嫁给一个弃儿！您难道要跟拉弗雷兹太太姓一个姓？因为这就是他的姓。我会为您感到羞耻，我可怜的姑娘。不过，这倒也没什么。只是您会不得不同您的堂嫂去争夺他，因为他是她的好朋友，这是真的，就像咱们俩是好朋友一样。"

"关于这点，"马丽埃特说道，"您不止一次对我说过，但我不相信，我堂嫂的年龄……"

"不，不，马丽埃特，您堂嫂还没有到不要男人的年龄，她只有三十岁。这弃儿还是个孩子的时候，您堂哥已经发现他和您堂嫂非常亲热了。正因为如此，有一天您堂哥还用鞭杆痛打了他，把他赶出了家门。"

弗朗索瓦真想穿过灌木丛，戳穿塞韦尔的谎言，但他克制住了，仍然一声不响。

塞韦尔把这件事说得天花乱坠，编造了极为下流的谎话，弗朗索瓦听了脸上发热，很难再忍耐下去。

"这么说，"马丽埃特说道，"他想要娶她啰，她现在是寡妇，他已经给了她很大一部分钱，至少想要享有他赎回的地产。"

"那他得喊高价才能达到目的，"塞韦尔说道，"因为马德莱娜现在把他剥夺光了，会去找一个更有钱的男人，她会找到的。她总得有一个男人来种她的地呀，只是在寻找这个男人的日子里，她会把这个大傻瓜留下来，因为他帮她干活不要一文钱，又能给她这个寡妇解闷。"

"要是她过的是这种生活，"马丽埃特气恼地说道，"我待的这个家可真叫正派人家啦，我待在这种家里不学坏才是怪事！我可怜的塞韦尔，我住在这样一个坏地方，别人会怎样说我坏话，您知道吗？啊，我不能再住下去了，我得走！不错！那些虔诚的女人看什么都看不惯，原来她们只有在上帝面前才是不知羞耻的人！① 现在，我让她去说您和我的坏话吧！好吧，我去同她告别，搬到您那儿去住。如果她生气，我就跟她顶嘴，如果她硬要我搬回她家，我就去打官司，让别人知道她的为人，您看好吗？"

"还有更好的办法，马丽埃特，那就是您尽快结婚。她不会不同意的，因为她急于要摆脱您。您妨碍了她同这个漂亮的弃儿之间不正当的关系。您不能再等了，这点您要明白，否则别人会说他是属于你们两个人的，这样就没人要娶您了。您结婚吧，嫁给我介绍的那个小伙子。"

"一言为定，"马丽埃特说着把牧羊棍用力打在老苹果树上，把棍子都打断了，"我对您许下诺言。请您去找他，

---

① 意思是：她们在人前假正经，只有上帝才知道她们的罪孽。

塞韦尔,让他今晚到我家里来向我求婚,我们这个星期天就宣布结婚。"

二十三

弗朗索瓦从来没有像走出河岸边的藏身处时那样难受,在那儿他听见了两个女人嚼舌头。他的心像一块石头那样沉重,在回家的路上,他几乎失去了回家的勇气,就沿着灌木丛走到通往纳普的道路上,在牧场一端的小橡树林里坐了下来。

当他只有一个人的时候,他像孩子那样哭了起来,因伤心和羞愧而感到心碎。听到自己被人这样指责,他感到羞愤不已,想到他可怜而又亲爱的朋友马德莱娜,那个他毕生如此纯洁和虔诚地敬爱的女人,却因他的善意帮助而受到长舌妇的恶意诽谤。

"天哪! 天哪!"他在林中自言自语道,"人怎么会如此恶毒? 像塞韦尔这样的女人怎么会如此肆无忌惮地用自己的尺度来衡量我亲爱的母亲这样一个女人的名誉? 马丽埃特这个年轻姑娘的思想本当十分纯真,一个孩子还不知道什么是恶,因此她听了这些鬼话便深信不疑,仿佛魔鬼缠身! 在这种情况下,其他人也会信以为真的。世上大部分凡人对恶已习以为常,所以几乎所有人都会认为,如果我爱布朗榭太太,她也爱我,那便是我们之间有了私情。"

于是,可怜的弗朗索瓦开始反躬自问,冥思苦想,反省塞韦尔的恶毒看法中是否也有他的过错,他在所有事情上是否都做得对,他是否因疏忽大意而在无意中为别人的恶毒看法提供了口实。但他徒费思索,始终想不出他曾做过类似的事情,甚至这样的念头也不曾有过。

他继续冥思苦想,自言自语道:

"唉!现在她已是寡妇,对自己的婚姻大事能够做主了,即使我的友情变成了爱情,仁慈的上帝又能觉得有什么不妥呢?我已把一大部分财产给了她,也给了冉尼。但是,我还有相当多的财产,仍是一个不错的对象,她要是嫁给我,不会给孩子带来损失。因此,我抱有这个希望并不是为了金钱,也没有人能使她相信,我爱她是出于私利。我是弃儿,她并不在乎。她以前像爱儿子那样爱我,这种爱是最强烈的感情,如今她可以用另一种方式来爱我。我知道如果我不娶她,她的敌人们就会逼我离开她,但若要我再次离开她,我情愿去死。何况,她还需要我,当我除了用金钱帮助她之外,也还有能力帮助她的时候,把这一大堆麻烦留给她,我岂不成了懦夫?是的,我的一切都应该是她的。她经常对我说要把钱全部还给我,我要消除她这个想法,办法是在上帝和法律允许的情况下,把所有的财产都放在一起。对,她为了儿子,应该保持自己的好名声,只有结婚才能使她保住这种名声。我怎么没想到这点?还要让恶语中伤来提醒我。我太单纯了,对别人我一点也不提防,我可怜的母亲对别人那样善良,从不考虑自己会受到损害。对,天意是一切向善,塞韦尔太太想作恶,却帮了我的忙,让我知道了自己的义务。"

弗朗索瓦不再感到惊讶,也不再考虑,于是起身回家,决定立即跪在她面前,把自己的想法告诉布朗榭太太,请求她看在仁慈的上帝的面上,接受他当作她的支柱,直到永远。

但是,当他到达科尔穆埃,看见马德莱娜在门口纺毛线时,他有生以来第一次因看到她的脸而感到羞怯和紧张。他没有像往常那样径直向她走去,睁大眼睛看着她,问她身体的情况,而是在小桥上停了下来,仿佛在观看磨坊的闸门,只用眼角去看她。当她朝他转过身来时,他又转到了另一边,自己也不知道是怎么回事,不知道他刚才觉得如此堂堂正正、合情合理的事情,为什么现在会变得如此难以启齿。

这时,马德莱娜叫他,对他说:

"你到我这儿来呀,我有话要对你说,我的弗朗索瓦。现在只有我们两人,你过来坐在我的身边,对我说说心里话,就像面对听我们忏悔的神甫说话一样,因为我想听你说实话。"

弗朗索瓦听了马德莱娜的话,精神为之一振。他在她身旁坐下,对她说道:

"请您放心,我亲爱的母亲,我已经把我的心交给了您,就像交给上帝一样,您会听到我毫不隐瞒的忏悔。"

他心里想,她也许听到了什么话,使她产生了同他一样的想法,因此他十分高兴,等待她开口。

"弗朗索瓦,"她说道,"你已经二十一岁了,可以考虑成家了,你不会反对吧?"

"不会,不会,我不反对您的想法,"弗朗索瓦快乐得满脸通红,回答道,"请您说下去,我亲爱的马德莱娜。"

"好!"她说道,"我料到你会对我说这个话,我确信已猜到了你看中的是什么人。好吧!既然这是你的想法,那么这也是我的想法,我也许比你想到的还要早。我想要知道这个人对你是否有好感。我敢发誓,即使她现在还没有好感,她很快就会产生的。你不是也在这样想吗?你是否愿意告诉我,你们已经发展到了什么程度?……那么,你为什么用惊讶的样子看着我?难道我说得不够清楚?我看你有点不好意思,需要我帮帮你的忙。好吧!这可怜的孩子整个上午都在赌气,因为昨天晚上你说的话稍稍刺痛了她,她也许觉得你一点不爱她。但我清楚地看到你爱她,如果说你稍稍责备了她的任性,那也是由于你多少产生了一点嫉妒。你不应该停留在这点上,弗朗索瓦。她年轻、漂亮,难免有点危险性,但如果她非常爱你,她一定会变得懂事而且顺从你的。"

弗朗索瓦伤心地说:"我想知道您对我说的是谁,我亲爱的母亲,因为我一点也听不懂。"

"真的?"马德莱娜说道,"你不知道?难道我是在做梦,还是你想对我保密?"

"对您保密?"弗朗索瓦拉住马德莱娜的手说道。接着,他又放开了她的手,抓住她围裙的一角,揉皱了它,仿佛他有点生气,接着他又把嘴凑到裙角上,像要吻它,最后他又放开了它,就像放开她的手那样,因为他觉得自己想哭,想发火,脑袋发晕,所有这些感觉都是接踵而至的。

"啊,"马德莱娜惊讶地说道,"你心里难过,我的孩子,证明你是在恋爱,然而事情的进展又不像你所希望的那样。但我可以向你保证,马丽埃特心地善良,她心里也难过,如果你坦率地对她说出你的想法,她也会对你说她只想念你一个人。"

弗朗索瓦站了起来,一句话也不说,在院子里走了一会儿,然后走回来对马德莱娜说道:

"我对您头脑里的想法感到非常惊讶,布朗榭太太。至于我,我对这事从来也没有想过,我很清楚地知道,马丽埃特小姐对我既不感兴趣也不尊重。"

"行了!行了!"马德莱娜说道,"这是你在气头上说的话,孩子!你跟她说话我难道没有看到?你对她说什么话我没有听到,但她好像完全听明白了,因为她的脸红得像烧红的火炭一样。我难道没有看到她每天离开牧场,把羊群交给别人看管?要是她的绵羊长得好,我们地里的小麦可就遭殃了,不过我不想惹她生气,也不跟她提羊的事,因为她头脑被恋爱和结婚的想法燃烧着。可怜的孩子已到了管不好绵羊的年龄,更管不住自己的心。她没有爱上我担心她会在塞韦尔家认识的一个坏人,她很有眼光地看上了你,这对她来说是莫大的幸福。我把我的小姑子几乎当作我的女儿,你同她结了婚,就能和我住在一起,成为我家的人,我把你们留在家里,同你们一起劳动,帮你们抚养孩子,这样我就可以回报你为我做的一切好事,想到这些,我觉得这对我来说也是莫大的幸福。因此,你不要孩子气十足,毁了我构思出来的幸福。你要看清楚,不要有任何猜疑。马丽埃特喜欢打扮,是因为她想讨你的喜欢。如果她最近有点游手好闲,那是因为她太想你了。如果有时她对我说话有点尖刻,那是因为她对你的讥刺感到不快,又不知该向谁发泄。她心地善良,愿意安分守己,因为她知道你是个安分守己、心地善良的人,她想要嫁给你。"

"您太善良了,我亲爱的母亲,"弗朗索瓦极度伤心地说道,"是的,心地善良的是您,因为您相信别人都心地善良,但是您错了。我要对您说,即使马丽埃特也心地善良——这一点我不想否认,惟恐在您面前说她的坏话——她的善良和您的善良也不相同,所以我一点也不喜欢。因此,您别再对我谈起她。我可以向您发誓,用我的信仰、鲜血和生命发誓,我对她的感情就像对卡特琳的一样,她要是想我,对她来说将是一种不幸,因为我对她一点也不合适。因此您不要让她说她爱我,您的聪明将会造成过失,您会使她变成我的敌人。与此相反,请您听听她将在今天晚上对您说的话,让她嫁给冉·奥巴尔吧,她已经作出这个决定。您让她早点结婚吧,因为她在您家里不合适。她在家里不愉快,也不会给您带来快乐。"

"冉·奥巴尔!"马德莱娜说道,"他对她不合适。他愚蠢,而她过于聪明,不会去顺从一个草包。"

"他有钱,而且她不会顺从他。她会牵着他的鼻子走,这个男人对她正合适。请相信您的朋友,我亲爱的母亲!您知道我从来没有给您出过馊主意。您让这个姑娘走吧,她应该爱您,但她却不爱您,她不了解您的价值。"

"你是心里难过才说出这种话来的,弗朗索瓦。"马德莱娜说着把手放在他的头上,摇了摇他的头,仿佛想从里面摇出真实的想法。弗朗索瓦对她的不信任感到很生气,便走开了,用一种不满的声音对她说话,这是他生平第一次同她争吵:"布朗榭太太,您对我不公平。我对您说这姑娘一点都不爱您。这是您逼得我不得不说出来的,可我来这儿不是为了引起不和和不信任。我之所以这样说，那是因为我对这点深信不疑。您难道还认为我爱她？啊，您不再爱我了，因为您不愿意相信我的话。"

弗朗索瓦难过得无法自制，就独自走到喷泉旁边哭泣。

二十四

马德莱娜比弗朗索瓦还要困惑，她正想走过去问问他，安慰他，但她被刚进门的马丽埃特拦住了。她的神态古怪，张口就对她谈起冉·奥巴尔，提出要和他结婚。马德莱娜仍然以为这些都是恋人争吵的结果，就试图和她谈起弗朗索瓦，马丽埃特作了回答，说话的声调使马德莱娜感到十分难受，觉得无法理解。马丽埃特说道：

"让那些喜欢弃儿的女人把弃儿留在身边取乐吧。至于我，我可是个正派姑娘，我堂哥虽然死了，但我不能因此让人来败坏我的名誉。我只属于我自己，马德莱娜，即使法律规定我要征求您的意见，也不能强迫我听从您的坏主意。因此，我请您现在不要阻止我，不然，我以后也会阻止您。"

"我不知道您到底是怎么回事，我可怜的孩子，"马德莱娜十分温和而又难过地对她说，"您对我说话的口气，仿佛您对我既不尊重也不友好。我想您现在脑子糊涂，是气恼的缘故，因此我请您在三四天后再作决定。我会叫冉·奥巴尔来的，如果您冷静下来考虑之后还是这样想的话。他是个正派人，而且相当富裕，我是不会阻止您嫁给他的。

但是,您现在正在火头上,不能控制自己,也无法看到我对您的友好感情。我对此感到难过,但看到您也难过,我就原谅您。"

马丽埃特摇了摇头,表示她蔑视这种原谅。她走去系上丝围裙,准备接待冉·奥巴尔。冉·奥巴尔在一个小时之后由穿着节日服装的胖子塞韦尔陪着一起来了。

这一下,马德莱娜才开始感到马丽埃特对她的忌恨是确实的,她居然为了家庭内部的事情,把她的敌人,她一见就会脸红的女人带到家里。但是,马德莱娜在接待她时依然彬彬有礼,给她端上清凉的饮料,丝毫也没有露出愤怒和怨恨的样子。她担心如果把马丽埃特惹恼了,她会丧失理智的。她说她并不反对她小姑子的意愿,但她想在三天之后再做答复。

听了这话,塞韦尔蛮横无礼地对她说三天时间太长。马德莱娜平静地回答说三天时间并不算长。听到这话,冉·奥巴尔就告退了,他像木头一样迟钝,像傻瓜一样地笑着,因为他毫不怀疑马丽埃特狂热地爱上了他。他出了钱是为了相信这点,而塞韦尔为了他的钱也使他相信了这点。

她临走的时候对马丽埃特说,她请人在家里做了一个烘饼和一些油煎薄饼,供他们订婚之用,虽说布朗榭太太推迟了订婚日期,这些饼还得要吃掉。马德莱娜说,一个姑娘同一个还没有得到女方父母允婚的小伙子一起出去,是不合适的。

"这样的话,我就不去了。"马丽埃特怒气冲冲地说道。

"不,不,您应该来,"塞韦尔说道,"您难道不能自己做主?"

"不，不，"马丽埃特回答道，"您看得很清楚，我堂嫂命令我留下。"

说完，她走进自己的房间，把门砰的一声关上。但她进去之后，立刻穿过屋子，从另一扇门走了出去，在牧场的尽头追上了塞韦尔和情郎，一面笑一面肆无忌惮地攻击马德莱娜。

可怜的磨坊女主人看到事情闹成这样，不禁哭了起来。

"弗朗索瓦说得对，"她想道，"这姑娘一点都不爱我，她是个忘恩负义的人。她丝毫不明白我这样做是为了她好，希望她能够幸福，所以想叫她不要做出以后她会后悔的事情。她听信了坏人的主意，我只好看着塞韦尔这个坏女人把忧愁和诡计带到我的家里。我不该摊上这么些伤心事，可我应该听从上帝的旨意。可喜的是我可怜的弗朗索瓦比我看得清楚。他要是娶了这样的女人，一定会吃苦头的！"

她寻找他，想对他说说她的想法，发现他坐在喷泉旁哭泣，还以为他因为失去了马丽埃特在伤心呢，于是她尽量说些话来安慰他。但她越是这样做，就越是让他难受，因为他从这里看到她不想了解事情的真相，她的心也不能按他所希望的那样转到他的一边。

晚上，冉尼在房间里躺下睡了，弗朗索瓦留下来同马德莱娜待了一会儿，试图把事情说清楚。他先是对她说，马丽埃特嫉妒她，塞韦尔还说了她一些坏话和谎话。

但是，马德莱娜一点也听不出其中的意思。

"别人会说我什么坏话呢？"她天真地说道，"马丽埃特这个可怜的疯姑娘脑子里会有什么嫉妒？别人骗了你，弗朗索瓦，一定是另一些事，也许是某种利害关系，我们以后会知道的。至于嫉妒，这是不可能的，我这样的年龄已经不会使一个漂亮姑娘感到担心。我快要三十岁了，一个吃了许多苦，受了许多累的乡下女人，这样的年龄已经可以做你的母亲了。只有魔鬼才敢说我不是把你当成儿子看待，马丽埃特应该清楚地看到我是多么希望你们两人结婚。不，不，你别相信她会有如此恶劣的想法，或者你别对我这样说，我的孩子。这样我会感到羞耻和难受的。”

弗朗索瓦还想把这件事说下去，他在壁炉前低着头，免得马德莱娜看到他的尴尬相。他说道：“但是，布朗榭先生当年要我离开家时，是有过这种错误想法的！”

“你难道知道这事，弗朗索瓦？”马德莱娜说道，“你是怎么知道的？我没有对你说过，我是决不会对你说的。要是卡特琳把这事告诉了你，那就是她的不对了。你听到这样的想法应该像我一样感到刺耳和难受。咱们别再去想这件事了，让我们原谅我已故的丈夫吧。可恶的是塞韦尔。但现在塞韦尔不会再嫉妒我。我失去了丈夫，我又老又丑，就像她过去希望的那样，但我没有因为这个而感到不快，因为这使我有权受人尊敬，有权把你看作我的儿子，有权给你找一个年轻、漂亮的妻子，使她喜欢生活在我的身边，爱我就像爱她的母亲一样。这是我惟一的愿望，弗朗索瓦，我们会找到这样的女人的，这点你可以放心。马丽埃特不接受我给她的幸福，那算她倒霉。好吧，去睡吧，你要振作起来，我的孩子。要是我觉得我成了你结婚的障碍，我会叫你立刻离开我。但是，你放心，我不会让大家感到不安，人们决不会去猜测绝不可能的事情。”

弗朗索瓦觉得马德莱娜的一番话很有道理,因为他一直习惯于对她深信不疑。他站起身来,道了晚安,然后就走了。临走前他握住她的手,端详着她,这是他生平第一次想要知道她是否真的又老又丑了。实际上,她由于一直安分又忧伤,对自己形成了一种不正确的看法,其实她仍然是个漂亮的女人,就像她过去那样。

突然间,弗朗索瓦觉得她依然年轻,像圣母那样美,他的心开始激烈地跳动,仿佛他爬到了钟楼顶上那样。他回到磨坊睡觉去了,在面粉袋的中央,他有一张干干净净、方方正正的木板床。当他单独待在那儿时,他开始颤抖,感到喘不过气来,仿佛在发烧一般。这只是相思之病,因为他生平第一次感到自己被熊熊烈火烧得滚烫,而在过去,他只是在灰烬下慢慢变热。

二十五

从那时起,弃儿变得那样忧郁,看到他那种样子就觉得可怜。他干活时一个顶四个,但他不再有快乐和安宁,马德莱娜也没有办法让他说出是什么原因。他发誓说他对马丽埃特既没有情意也不怀念,但没有用,马德莱娜就是不愿相信他的话,不过也找不出能解释他心里难过的其他原因。她见他心里痛苦,自己却不再得到他的信任,不禁心如刀绞。发现这个年轻人在苦闷中如此固执,如此自负,她更是惊讶万分。

她生性不爱折磨人，决心不再同他提起这件事。她试着劝马丽埃特回来，但她受到极为冷淡的接待，便泄了气，不再吭声；她忧心如焚，却丝毫不表露出来，生怕增添别人的痛苦。

弗朗索瓦还是像以前那样热忱和老实地协助她，帮她干活。他像过去一样，尽量多花些时间陪伴她。但他不再像从前那样和她说话。他在她身旁总是显得十分尴尬。他的脸色在同一分钟内会变得像火一样红，又会像雪一样白。她以为他病了，便握住他的手腕，看看他是否有热度，但是他把手缩了回去，仿佛她触痛了他。有时他说几句责备她的话，但她却不理解。

他们之间的这种隔阂与日俱增。在这段时间里，马丽埃特同冉·奥巴尔的婚事正在加紧筹备，婚期定在布朗榭小姐满孝的那天。马德莱娜害怕那一天来临，认为弗朗索瓦会因此而发疯，就想让他到埃居朗德他以前的主人冉·韦尔托家里住一段时间，散散心。但是弗朗索瓦决不愿意马丽埃特也有马德莱娜所坚持的那种想法。他在她面前没有显出丝毫烦恼。他同她的未婚夫友好地交谈，在路上遇到塞韦尔时，他同她开玩笑，表明他并不怕她。结婚那天，他去参加了婚礼。因为他是多么高兴地看到这个姑娘离开了家，使马德莱娜得以摆脱她的虚情假意，所以没有人会以为他曾经爱过她。连马德莱娜也开始相信这是真的，或者至少认为他已摆脱了痛苦。她怀着平日的善心接受了马丽埃特的辞别，但是这个姑娘因弃儿的缘故仍在和她怄气，所以她清楚地看到姑娘在离开她时既不留恋，也不抱有好感。善良的马德莱娜平时多愁善感，这时便因这个姑娘的忘恩负义而哭了起来,并为她向仁慈的上帝祈祷。

一个星期之后,弗朗索瓦突然对她说他要到埃居朗德办点事,要在那儿住上五六天,她对此并不感到奇怪,甚至还感到高兴,认为换换环境对他的健康有好处,因为她认为他的病因是过于抑制自己的痛苦。

弗朗索瓦看来仿佛已经摆脱了痛苦,实际上心中的痛苦与日俱增。他无法去想别的事情,无论是睡着还是醒着,无论是在远处还是在近旁,马德莱娜总是在他的心中,在他的眼前。确实,他一生都在爱她和想她。但是,在最近这段时间以前,这种思念一直是他的乐趣和安慰,现在却一下子变成了痛苦和不安。他高高兴兴地做她的儿子和朋友时,他在世上没有更美好的愿望。但是,爱情改变了他的想法,他感到异乎寻常的痛苦。他心想,她永远也不会有他这样的变化。他责备自己过于年轻,认识她时过于不幸、过于幼稚,给这个可怜的女人带来过太多的痛苦和烦恼,他对她来说绝不是引以为豪的人,只是关心和同情的对象。总之,她在他心目中是如此美丽、可爱,如此令人爱慕而又高高在他之上,所以当她说自己年老色衰时,他就觉得她这样说是为了防止他追求她。

与此同时,塞韦尔、马丽埃特及其同伙开始把他作为公开诽谤她的理由,他十分担心这种诽谤会传到她的耳朵里,会引起她的烦恼,而希望他离开。他觉得她过于善良,不会自己开口叫他离开,但她会因他而忍受痛苦,就像她过去忍受痛苦那样。于是他想去请教埃居朗德的本堂神甫,他认为神甫先生是个敬畏上帝的正直人。

他到神甫那里去了,但没有找到神甫。神甫出门见他的主教去了，弗朗索瓦就到冉·韦尔托的磨坊里去过夜，答应在韦尔托家做客，住上两三天，等待神甫先生回来。

他看到他正直的主人仍像他离开时那样，是个高尚文雅、和蔼可亲的朋友，还看到他正直的女儿冉内特即将和一个很好的小伙子结婚。她嫁给他主要是出于理智，而不是出于爱情，但幸运的是她对他的尊重多于反感。这样一来，弗朗索瓦同她在一起时就不像以前那样拘束了。第二天是星期天，他和她长谈了一次，向她敞开心扉，说出了他在救助布朗榭太太的满足中感受到的苦恼。

冉内特是个很有洞察力的人，她渐渐猜出这种友情对弃儿的震撼比他自己所说的强烈得多。她突然拉住他的手臂，对他说道："弗朗索瓦，您不应该再对我有任何隐瞒。现在，我头脑十分清楚，您看，我可以毫不害羞地告诉您，我以前对您的想念，超过了您对我的想念。您以前知道我对您的感情，但是您没有对我的感情作出回答。您没有欺骗我，您没有为自己的利益做出其他许多人处于您的地位会做的事情。您这种品德，和您对您最喜爱的女人所保持的忠心，赢得了我对您的器重，我不但不否认我以前对您的感情，而且还乐于回忆这种感情。我希望我对您说出这件事之后，您会更加尊重我，并且会对我有个公正的看法，承认我对您过去的审慎既不怨恨也不记仇。我想对您作出更加友好的表示，我是这样想的。您对马德莱娜·布朗榭的爱，并非完全是对一个母亲的爱，而是对一个女人的爱，这个女人年轻、可爱，您希望成为她的丈夫。"

"哦！"弗朗索瓦说话时脸红得像个姑娘，"我像爱我母亲那样爱她，我心里对她充满了敬意。"

"这点我不怀疑,"冉内特接着说,"但是您对她有两种爱,我从您脸上看到的是一种,而从您话里听到的又是另一种。啊!弗朗索瓦,您不敢对她说出来,您也不敢对我说出心里话,您不知道她是否会对您的两种爱做出回答。"

冉内特·韦尔托把话说得那样温和、理智,她面对弗朗索瓦,脸上流露出真挚的友情,弗朗索瓦没有勇气再撒谎了。他握住她的手,对她说,他把她看作自己的姐姐,她是世上惟一使他有勇气对之吐露心底秘密的人。

于是,冉内特问了他好几个问题,他都如实地、明确地作了回答。她对他说道:

"亲爱的弗朗索瓦,事情我已经清楚了。我不知道马德莱娜·布朗榭对这事会有什么看法,但我非常明白,您在她身边再待上十年,也不敢对她说出您的痛苦。那么,我去替您探探口气,然后把结果告诉您。我父亲、您和我,我们明天就动身,去那儿拜访和认识一下把我们的朋友弗朗索瓦抚养成人的那位正直女人。到时候,您带我父亲到田里走走,装作是向他请教,我便乘这时候同马德莱娜谈谈。我会小心行事,在完全确定了她的想法之后再说出您的心思。"

弗朗索瓦几乎要跪倒在冉内特的面前,以感谢她的好心,冉·韦尔托也同意了这个办法,他女儿在弃儿的同意下把一切都告诉了他。他们在第二天动身,冉内特骑在她父亲的后面,弗朗索瓦提前一小时出发,以便通知马德莱娜,有客人来访。

太阳落山的时候,弗朗索瓦回到了科尔穆埃。他在路上遇到了一场暴雨,但他没有抱怨,因为他对冉内特的友情寄予很大希望,他的心要比离开时舒畅多了。乌云挟带的雨水滴在灌木丛上,乌鸦看到行将躲到大科尔莱山坡后面的一线阳光投射过来,便拼命地歌唱。一大群小鸟在弗朗索瓦前面的树枝间飞来飞去,它们叽叽喳喳的叫声使他心情欢畅。他想起小时候在牧场梦想、嬉戏,吹着口哨来吸引小鸟儿。这时,一只漂亮的小雀,在别的地方称为灰雀的,在他头顶周围飞来飞去,仿佛要把好运气和好消息告诉他。这使他回忆起他母亲扎贝尔哄他睡觉时唱的一首毫无意思的古老歌曲:

> 灰雀儿,
>
> 尾巴短,
>
> 小灰雀,
>
> 尾更短,
>
> 跳跳,
>
> 唱唱,
>
> 飞走了。

马德莱娜没想到他会这么早回来。她甚至担心他不会再回来了,所以看到他时,不禁朝他跑过去,吻抱了他,使得弃儿满脸通红,她感到很奇怪。他通知她说有人要来拜访,他既害怕别人猜到自己的心思,又怕别人猜不到他的心思,为避免引起猜疑,他对她说冉·韦尔托想来这里购置地产。

于是,马德莱娜赶紧着手准备,以便款待弗朗索瓦的两位朋友。

冉内特第一个走进屋子,这时她父亲还在马厩拴马。她一见马德莱娜就喜欢上了她,马德莱娜对她也一样。她们先握了握手，接着几乎立刻就拥抱起来，仿佛由于对弗朗索瓦的爱，她们才毫无拘束地交谈起来，就像早已相识一样。确实，这两个女人都天性善良，两个在一起就更是弥足珍贵了。冉内特看到她仍然有点喜爱的男人如此钟情的马德莱娜，难免有点伤感，但她并不嫉妒，只想从她将做的好事中得到安慰。马德莱娜看到这位面容姣好、神色和蔼的姑娘，便以为弗朗索瓦喜爱和思念的是她，现在她同他订了婚，是亲自来告诉马德莱娜的，马德莱娜也丝毫不嫉妒，因为她一直把弗朗索瓦当作自己的亲生儿子。

晚饭之后，韦尔托老头因旅途有点劳累，就去睡觉了，冉内特把马德莱娜带到外面，她暗示弗朗索瓦和冉尼两人离得稍稍远一点，直到从远处看到她把围裙撩起的一边拉下来时再过来。然后，她真心诚意地去完成她的使命，她做得那么巧妙，使马德莱娜来不及大声反对。不错，随着事情逐渐解释清楚，马德莱娜感到非常吃惊。一开始，她觉得这是弗朗索瓦心地善良的又一证明，只是为了阻止流言蜚语的传播，便于终生为她效力。她本想表示拒绝，认为这样一个年轻的男人娶一个年纪比他大的女人为妻，是责任感过于强烈的表现，早晚他会后悔的，而且不可能长期保持忠诚而不感到厌倦和懊恼。但冉内特告诉她，弃儿对她的爱是那样地热烈和执着，他已因此失去安宁和健康。

这点是马德莱娜无法想象的，因为她一直过着简朴、节制的生活，从不打扮，也不出家门，听不到任何恭维话，对自己在男人眼里会有怎样的形象，早已不再有任何概念。

"总之，"冉内特对她说，"既然您这么中他的意，既然您的拒绝会使他伤心欲绝，您为什么还要固执地坚持自己的看法,不听也不信别人对您说的话？如果您这样做,那便是您不喜欢这可怜的孩子,不愿意让他幸福。"

"您别这么说,冉内特,"马德莱娜回答道,"我爱他几乎(即使不完全相同)像爱冉尼那样,我要是猜到他心里对我还有另一种感情,我对他的友谊肯定不会这样坦然。但是,您要我怎么办呢？我一点也没有想到会这样,我现在脑子里一片茫然,不知怎样来回答您。我请您给我时间来考虑这个问题,我要同他谈谈,好弄清楚他是在胡思乱想,还是因赌气才这样做,或者又是他想对我履行的一个义务。而我最怕的就是这个。我觉得他已经报答了我过去对他的照顾,如果他还要把他的自由和他这个人交给我,那就给得太多了,除非他爱我,就像您认为的那样。"

冉内特听到这话,就把围裙拉了下来。站在离她们不远、眼睛一直盯着冉内特的弗朗索瓦这时走到了她们身边。冉内特灵机一动,请冉尼领她去看喷泉,他们走了,让马德莱娜和弗朗索瓦单独待在一起。

马德莱娜本想平静地询问弃儿,这时却突然说不出话来,羞怯得像个十五岁的少女。她看上去是那样的可爱和诚实,倒不是由于她的年龄,而是由于她的思想和行为纯洁无瑕。弗朗索瓦看到他亲爱的母亲像他一样脸红,像他一样颤抖,就看出这不同于她平时宁静的神色,对他来说是个好兆头。他握住她的手和手臂,说不出一句话来。她一面颤抖,一面想朝冉尼和冉内特所在的地方走去,但他使劲地拉住了她,把她拉向了他。马德莱娜感到他的意志已经敢于抗拒她的意志,不用解释就已清楚地看出,这时走在她身边的已不再是她的孩子弃儿,而是她的恋人弗朗索瓦。

他们默默地手挽着手,像两棵葡萄藤那样紧紧地缠在一起,走了一段时间以后,弗朗索瓦对她说道:

　　"咱们去喷泉吧,也许我到了那里会说得出话来。"

　　到了喷泉,他们没有找到冉内特和冉尼,因为这两个人早已回到家里。弗朗索瓦终于鼓起了说话的勇气,他想起他是在这里第一次看到马德莱娜的,过了十一年以后,他也是在这里同她告别的。应该相信,他讲得非常好,马德莱娜找不出话来回答他,直到午夜十二点他们还在那儿,她快活得哭了起来,他则双膝跪在地上,感谢她答应做他的妻子。

　　"……故事就讲到这儿,"打麻人说道,"因为说到婚礼,可讲的就太多了。反正他们的婚礼我参加了。弃儿在梅尔堂区娶马德莱娜的那一天,冉内特在埃居朗德堂区也结了婚。冉·韦尔托像举办回门酒宴一样,把弗朗索瓦和他的妻子,还有冉尼——冉尼对这一切都很满意——以及他们所有的朋友、亲戚和熟人,一起请到他家赴宴。酒宴上的气氛优雅、惬意、快乐,人人都兴高采烈,我后来再也没有见到过这样的聚会。"

　　"那么,这故事是完全真实的啰?"西尔维娜·库尔蒂乌问道。

　　"即使不完全是,这样的故事也会有的,"打麻人回答道,"您要是不相信我,就到那里去看看吧。"

小 法 岱 特

陈丰　译

序　言

一

我们走上林荫小道,聊着梦想中的共和国和这个我们不得不忍受的共和国。路边撩人的百里香令人驻足歇息。

"你还记得吗?"他说,"一年前,我们经过这里,在这儿待了一晚上,因为你给我讲了弃儿的故事,我建议你用你给我讲述时的家常语气写下来。"

"我模仿的是我们这里麻农的语气。我想起来了,仿佛十年过去了。"

"然而大自然并没有改变,"朋友接着说,"夜晚依然纯净,星光依然灿烂,野生百里香依然芬芳。"

"但人变得更糟糕了,我们也像其他人一样。善良的人变得软弱,软弱的人变得胆小,胆小的人变得怯懦,慷慨的人变得鲁莽,多疑的人变得变态,自私的人变得凶狠。"

"那我们呢?"他问道,"我们又是什么? 变成了什么?"

"我们很伤心,我们已经变得不快乐了。"我答道。

他责备我灰心丧气,要向我说明革命不是玫瑰花温床。我知道如此,对此并不关心。但他也要向我证明,不幸并非坏事,唤醒了由于风平浪静而沉睡的力量。我当时并不同意他的观点。我不能轻易站到革命后泛起的邪恶的本能、邪恶的激情和邪恶的行为一边。

我对他说:"对我们这种人来说,一点窘迫和多劳可能是非常有益的。但更多的苦难则意味着穷人的死亡。我们暂且抛开物质上的痛苦:就目前而言,人类存在着一种不会带来任何好处的道德上的痛苦。恶人痛苦则暴怒;好人受难则是殉道,鲜有人存活。"

"你失去了信仰了吗?"朋友有些错愕地问道。

"正相反,"我说,"这是我一生中对思想的未来、对上帝的仁慈以及对革命的命运最有信心的时候。但信仰是以世纪为单位计算的,思想涵盖时空,不考虑每日每时;而我们,可怜的人类,则算计着倏忽即逝的瞬间,品味着其中的欢乐与苦涩,却无法阻止自己通过心灵和思想与我们的同代人休戚与共。他们误入歧途时,我们不安;他们迷失方向时,我们绝望;他们受苦时,我们也不会感到平静而幸福。你说夜晚很美,星光闪烁。无疑,这天地间的宁静是不朽的真理的一种形象,人们不能搅浑真理的神圣源泉,也不能使其枯竭。但当我们仰望星辰,当我们呼吸野生植物的芳香,大自然在我们身边吟唱永恒的田园诗时,我们却窒息、痛苦、哭泣、哀怨,我们在阁楼和地牢中死去。人类从来没有发出过比这更低沉、更嘶哑、更具威胁性的怨恨声。这一切终将过去,未来是我们的,我知道。但现在的情况却让我们崩溃。上帝仍在统治,但此时他不在治理。"

朋友说:"要努力摆脱这种绝望的情绪。想一想你的艺术,试着在艺术带来的闲暇中找到魅力。"

"艺术就像自然,它总是很美,"我说,"它就像上帝,永远是美好的,但有时它满足于抽象的存在,只是日后有仰慕者配得上它时才露真容。艺术的气息会使哑然失声很久的琴弦复活。但它是否能使那些在风暴中断开的琴弦颤动起来?今天的艺术正处于分解的过程,以待绽放出新的花朵。它就像所有的事物、人类,就像在革命时期,就像冬天死去而春天重生的植物。但恶劣的天气会导致许多幼苗死亡。自然界少几朵花或几颗果实又有什么关系呢?几个人的声音被熄灭,几颗心被痛苦或死亡冻僵,这对人类来说又有什么关系呢?不,艺术不能安慰我。因为今天,正义和真理在大地上遭受苦难。没有我们,艺术会活得很好。它将像诗歌一样精湛而不朽,像大自然一样,永远在我们的废墟上微笑。我们这些正经历邪恶时代的人,在成为艺术家之前,让我们努力成为人;比起缪斯女神的沉默,还有更令人痛心的事。"

"听听耕作的歌声,"朋友说,"这至少没有辱骂任何痛苦。差不多一千多年来,伴着这简单而庄严的颂歌,我们乡村的香醇像《浮士德》中'四散并献祭'的女巫。"

我倾听着耕夫的吟诵,其中穿插着长时间的沉默;我欣赏着他肆意汪洋的即兴创作给古老的圣事主题带来的无穷变化。这既像大自然的遐想又像一个神秘的公式,大地通过这个公式宣告其力量与人类劳作结合的每个阶段。

我的遐想,这首歌以一种不可抗拒的魅力引发的遐想,改变了我的思路。

我对朋友说:"你去年在这里所言是对的。诗歌超越诗人,在他们之外,在他们之上。革命对此无能为力。囚犯啊! 垂死的人啊! 所有国家的俘虏和战败者,所有进步的烈士! 在被人类之声振动的气息中,总会有一种有益的和谐以宗教式的解脱穿透你们的灵魂。甚至无须过多:鸟儿的歌声、昆虫的窸窣声、微风的低语、大自然的寂静中总穿插着一些神秘的、难以言喻的雄辩之声。如果这诡秘的语言能传到你耳朵里,即使是片刻,你也能在思想上摆脱人类残酷的枷锁,你的灵魂会在创作中自由翱翔。正是在那里,主宰一切的魅力在起作用,这才是共同的财富,穷人往往比富人更享受这种魅力,而这种魅力更愿对受害者而不是对刽子手展示自己。"

　　"你看,"朋友说,"无论我们多么痛苦和不幸,我们都不能被剥夺热爱自然和在自然的诗意中歇息的甜蜜。好吧,既然我们可以给不幸的人的只有这些,就让我们仍然像以前那样进行艺术创作,也就是说,让我们轻声赞美这些甜美的诗句吧。表达出这些诗句,就像把有益的植物汁液敷在人类的伤口上。毫无疑问,在寻找适用于人类物质救赎的真谛时,还要找到许多其他补救措施。但其他人比我们自己会更好地处理这个问题。由于社会眼前的重要问题是一个现实问题,还是让我们尝试用一些无关紧要的消遣来为自己和他人的行动降温吧。如果我们在巴黎,我们不会为自己时不时去听音乐以净化我们的灵魂而自责。我们现在既然在田野里,就让我们倾听大自然的音乐吧。"

　　"既然如此,"我对朋友说,"让我们言归正传,回到我们的田园诗。你还记得吗? 在革命前,我们正思考着这样一种吸引力,即受公众苦难影响的灵魂总是要把自己扔回到田园梦中,扔进某种乡村生活的理想中。现实世界中的习俗越发残酷,思想越发黑暗,这种理想就越发显得天真幼稚。"

"的确,我从没感觉这么好。我承认,我已经厌倦了政治上的恶性循环,厌倦了指责执政的少数人,却又不得不马上承认这些少数人是多数人的选择,所以我想忘记这一切,哪怕只有一个晚上,来倾听刚才唱歌的那个农民,或者听你讲,如果你想给我讲一个你们村的麻农在秋夜里给你讲的故事。"

"耕夫今天不会再唱歌了,"我回答说,"因为太阳已经下山,你看他正牵着他的牛回来,把鞍座留在沟里。麻还没到漂白的时候,还在河里泡着,在月光下,沿着围场和平房,看起来就像排列成阵的小幽灵。但我认识那个麻农;他很爱讲故事,而且他住得离这里不远。我们不妨请他来吃晚饭。他很久没研磨大麻,没有咽下灰尘,会滔滔不绝地讲。"

"好吧,咱们去找他,"朋友说,"我兴头已经上来了;明天你就把他的故事写下来,与《魔沼》和《弃儿弗朗索瓦》编成一个乡村故事系列,我们就按惯常的方式,统称为《打麻人夜话》。"

"我们要把这个集子献给被囚禁的朋友。我们被禁止与他们谈论政治,只能给他们讲故事,给他们散心或让他们入睡。我特别要把这篇献给阿尔曼德……"

"没必要说出他的名字,"朋友说,"他们会在你的故事中看出一个隐藏的含义,并发现一些可恶的阴谋。我知道你指的是谁，'他'也会知道，你甚至用不着写下他名字的第一个字母。"

麻农吃了一顿丰盛的晚餐，看到右边有一大壶白酒，左边有一罐烟草，整晚可以随意装入烟斗，他给我们讲了下面的故事。

1848 年 9 月诺安镇

二

正是在 1848 年 6 月那些灾难性的日子之后，我被外部的风暴困扰，灵魂深处感到痛苦。我试图在孤独中，如果不能在平静中，至少找回信仰。如果我自称是一个哲学家，我可以相信或声称，在当代历史灾难性的事实面前，对思想的信仰会令心态平和。但对我来说并非如此。我谦卑地承认，在一个艺术家的灵魂中，天赐的未来的确定性并不能关上通向被内战蹂躏的黑暗现状的痛苦之门。

对于参政的行动者来说，在每个政党中，在每种情况下，都会有希望或痛苦、愤怒或喜悦的热潮，都会有胜利的陶醉或失败的愤慨。但对可怜的诗人来说，就像对无所事事的女人一样，他们在考虑事件时并没有看到直接和个人的利益。无论斗争结果如何，他们都会因双方流血而感到深深的恐惧；他们看到社会震荡之后，仇恨、侮辱、威胁、诽谤如污秽的烈焰直冲云霄，会有一种绝望的感觉。

在这种时刻，像但丁这样暴风雨般狂狷的奇才，用他的眼泪，用他的胆汁，用他的神经，写出了一部令人惊骇的诗篇,一部充满折磨和呻吟的悲剧。当一个人眼前是痛苦的人间荒芜的炼狱时,他必须像这个铁与火的灵魂一样坚硬,才能想象出象征性的地狱的恐怖。如今,艺术家更加脆弱而敏感,他只不过是与他相似的那一代人的反光和回声,他迫切需要转移视线和分散想象力,回到平静、纯真和遐想的理想状态。他的弱点使他这样做,但他不应为此感到羞愧,因为这也是他的职责。在邪恶源于人与人之间的互不理解和互相仇视的时代,艺术家的使命就是要颂扬温柔、信任和友谊,从而提醒铁石心肠或心灰意懒的人,这个世界上还存在着或仍然可以存在纯洁的道德、温柔的感情和原始的公平。直接影射眼下的不幸,呼吁正在发酵的激情,并不能通往救赎的道路:最好是一首甜美的歌曲,一个粗糙的烟斗声,一个让孩子毫无恐惧和痛苦入睡的故事,而不是用虚构的色彩来强化并填充真实的罪恶景象。

被割喉时再去宣扬团结,是在沙漠中呼喊。有些时候,人们如此冲动,甚至对任何直接的忠告都充耳不闻。目前的事件是六月那些日子以来的必然结果。从此以后,我们阅读的那些故事的作者不得不"和蔼可亲",哪怕这意味着悲哀致死。就像他任人嘲笑一切一样,他也任凭他的"田园诗"被嘲弄,而并不在意某些批评家的评判。他知道他已经取悦了那些喜欢这种"论调"的人,取悦了那些和他一样因罪恶而感到痛苦的人,深知对仇恨和复仇的恐怖对他们有好处,他们可以承受:的确,这是一种转瞬即逝的解脱,但比激情的宣讲更真实,比经典的演示更醒目。

1848 年 12 月 21 日诺安镇

一

高斯镇的巴尔伯老爹是镇议会议员,说明他的家业整治得不错。他那两块地不但能养活一家子,还有剩余拿到市场上赚点钱。他家牧场上收割的干草满满地装了好几车。这是此地公认的上好饲料,只是小溪边上的掺了点杂草。

巴尔伯老爹家的大瓦房盖得挺体面,气派地坐落在山坡上,还有一个相当漂亮的花园和一片需要花六个工才能管理过来的葡萄园。他家的谷仓后面还有一个美丽的果园,我们那儿叫屋边园地。那里果实累累,有李子、黑樱桃、梨和花楸果。就连果园四周围的核桃树也是方圆几里最老、最粗壮的。

巴尔伯老爹是条硬汉,心眼儿好又顾家,对邻居和乡亲们也挺不错。

他已经有三个孩子了。可是,或许是巴尔伯大妈觉得她养活五个孩子没问题,而且觉得年岁不饶人,她得抓紧,竟然一下子又给他生了两个:一对漂亮的男孩。他们长得别提多像了,简直分不出谁是谁,让人一看就知道是一对双棒,一对绝顶相似的双胞胎。

他们生下来的时候,萨日特大妈把他们包在围裙里,没忘了用针在老大胳膊上画个小十字。她说拴根带子或者项链什么的都免不了把他们弄混,老大会丢了继承权。她还说可别忘了等孩子长大点,再给他做个永远抹不掉的记号。老大叫西尔万。人们为了把他和当他教父的大哥区别开来,便管他叫西尔维内。小的叫朗德烈,这是他受洗礼的名字,大伙一直这么叫他。因为他的叔叔,也就是他的教父,从小就被唤作朗德烈奇。

巴尔伯老爹从市场上回来,看到摇篮里的两个小脑袋,有点吃惊。

"哎哟!"他说,"这个摇篮太小了,明天早上我得把它加大点。"

他多少是个无师自通的木匠,他家的一半家具都是他自己做的。他没再大惊小怪,便去照料妻子。她喝着大杯的热葡萄酒,再舒坦不过了。

"孩子他妈,你可真行,"他对她说,"看来我还得加把劲,这不又多余添了两张嘴。就是说,我得在地里不停地干活,不停地养牲口。你放心,咱们好好干。可是下回你别一下子给我生三个,那可就太多了。"

巴尔伯大妈哭了起来,巴尔伯老爹慌了神:

"别哭,别哭,"他说,"你不该难过,我的好老伴。我这么说是感谢你,不是抱怨你。这两个孩子又漂亮又结实,一点毛病都没有,我高兴还高兴不过来呢。"

"唉!我的天,"女人说道,"当家的,我当然知道您不是在抱怨,可是我真发愁。听人说,没比养一对双胞胎更福气又更麻烦的了。他们老是相克相害,几乎总得一个死了,另一个才能安生。"

"真有这回事?"老爹说,"我可是头一回碰上双胞胎,这可不多见。萨日特大妈还在这儿,她见识广,能跟咱们说说怎么回事。"

　　萨日特大妈被叫来了,她回答道:

　　"相信我,这两个孩子会好好活下去的,不会比别的孩子更多病。我当了五十年的接生婆,看着这里所有的孩子出生,他们有的活着,有的死了。我这不是头一回接下双胞胎,长得像不像和他们身体好坏一点关系也没有。有的双胞胎并不相像,就像您跟我似的,可是他们经常是一个壮实,一个体弱。结果只活了一个。可是看看你们这两个,他们又结实又漂亮,就跟一个人一样。他们在妈妈肚子里谁也没伤着谁,来到世上没让母亲受多少罪,自己也没吃多少苦。他们真漂亮,只想好好活着。巴尔伯大妈您就放心吧,您肯定能高高兴兴地看着他们长大的。再这么下去,只有您和天天看见他们的人才分得出他们俩。我可从来没见过这么相像的双胞胎,简直是一个蛋壳里出来的两只小山鹑,这么可爱,一模一样,只有山鹑妈妈才分得出他们来。"

　　"好极了!"巴尔伯老爹搔着脑瓜说,"可是我听人说,双胞胎彼此特别亲热,一分开就活不下去,至少有一个会伤心得死去。"

　　"这倒是真的,"萨日特大妈说,"但是请记住我的经验之谈,千万别忘了。因为等你们的孩子长大,该离开你们的时候,我可能已经不在人世,不能再给你们忠告了。等你们的孩子从开始彼此认出来的时候,就得注意别让他们老在一起。把一个留下看家,就把另一个带去干活;叫一个去钓鱼,就打发另一个去打猎;叫一个去放羊,就让另一个去放

274

牛。你们给一个喝酒,就给另一个喝水,或者相反,别同时教训他们,也别同时纠正他们,别给他们穿一样的:要是一个戴有檐帽,另一个就戴鸭舌帽。特别是他们的外套可不能同一种蓝色。反正得想法子别把他们混起来,别让他们谁也离不开谁。我跟你们说的这些话,真怕你们当耳旁风。你们要是不小心,总有一天会后悔的。"

萨日特大妈说的是金玉良言,他们完全相信,答应一定按她说的做。他们赠给她一份厚礼,把她送走了。既然她说双胞胎不该喝同样的奶,他们便赶紧去找奶妈。

但是当地根本找不到。巴尔伯大妈原本没想到会有这两个孩子,而且其他几个孩子又都是她自己喂的奶,所以事先毫无准备。巴尔伯老爹只得到附近去找。在这当儿,巴尔伯大妈不能让她的小家伙们受委屈,便让他们都吃她的奶。

我们这儿的人作个决定可没那么快,甭管多富裕,多少也得讨价还价。谁都知道巴尔伯家出得起钱,何况巴尔伯大妈不很年轻了,同时喂两个婴儿肯定吃不消。于是巴尔伯老爹找到的所有奶妈都开价每月十八法郎,和向城里人要的价差不多。

巴尔伯老爹觉得这个价钱对一个农民来说太高了,每月只肯付十二或者十五法郎。他跑遍四乡也谈不妥价钱,与人争执不出结果。事情倒不急,两个孩子反正还小,累不着妈妈。他们很结实,又很安静,从来不大吵大闹,在家里并不比一个孩子更费事,一个要是睡了,另一个准也睡着了。老爹做好了摇篮,他们一哭,就摇他们,让他们一起安静下来。

巴尔伯老爹总算用十五法郎雇到了一个奶妈,待剩下
一点鸡毛蒜皮的小事不肯让步的时候,他的老伴发话了:

　　"哎,当家的,我真不明白咱们干吗每年要花上一百八
十或者二百法郎,就好像咱们是什么老爷、太太似的,好像
我已经过了给孩子喂奶的岁数了。我的奶喂他们有富余!
我的小伙子们满月了,瞧他们不是很好吗! 您要给孩子找
的奶妈迈尔洛德家的还没我一半壮实,还没我一半身体好,
她的奶已经有十八个月了,对咱们这么小的孩子来说不合
适。萨日特家的说别给咱们的双胞胎喂一样的奶,好让他
们别太亲热,这是真的。可是她不是也说过,得好好照顾他
们,因为双胞胎的命比不上别的孩子。我倒愿意他们俩特
别亲热,需要的时候,一个肯为另一个做出牺牲。再说了,
把哪个孩子让别人去喂? 说实在的,跟哪个分开我都舍不
得。我也很爱其他几个孩子,但是不知道怎么回事,这两个
是我的孩子里最招人疼,最乖的。不知道为什么,我老怕失
去他们。孩子他爹,我求求您,别再想那个奶妈了,萨日特
家说的别的话,咱们可以照着做,您想吃奶的孩子怎么能亲
热得起来呢? 到了他们分得清自己的手和脚的时候,他们
早已经断奶了。"

　　"你说得不假,老伴儿,"巴尔伯老爹看着妻子,她还是
那么少有的鲜妍和健康,"可是等孩子长大了,你的身体不
济了呢?"

　　"别担心,"巴尔伯大妈说,"我觉得我的胃口和我十五
岁的时候一样好。再说,我要是吃不消,一定不瞒您,到时
候把一个孩子从这儿带走也不晚。"

　　巴尔伯老爹让步了,何况他也不愿意白花钱。巴尔伯

大妈毫无怨言、毫不费力地喂着这对双胞胎。她的体质非常好,两个小家伙断奶两年以后,她又生下了一个漂亮的小女儿,叫娜奈特,又是她自己喂的奶。可是这回她有点吃力了。要不是大女儿刚有了第一个孩子,不时帮帮她,用自己的奶喂小妹妹,巴尔伯大妈真难以支撑下去。

就这样,一家人在阳光下茁壮成长着。小叔子和小姑子们,小侄子和小侄女们,谁也别嫌谁更吵闹,也不用说谁比谁更懂事。

二

双胞胎愉快地成长着,并不比别的孩子更容易生病。他们既温顺又调教得非常好,就跟所有人一样,顺顺当当地成长。

他们生来就是金发,而且一直都是金发。他们的脸色非常好,大大的蓝眼睛,下垂的肩,身材挺拔而健壮,比起所有同龄的孩子,个子大,胆子也大。四乡的人经过高斯镇都要停下来看他们,想看看他们有多像。谁走的时候都说:"不管怎么说,这对小伙子真漂亮。"

就这样,这对孪生子从小就习惯于被人看来看去,问长问短,长大了也一点不腼腆、不拘谨。他们和谁在一起都很自在,他们主动接触生人,但总是非常诚实,而且人家怎么问,他们就怎么回答,不低下头,也不用人再三追问,不像我们这儿的孩子,一见生人就躲到灌木丛后边去。一开始,谁也看不出他们有什么区别，就像看见两只鸡蛋。但是观察一会儿就会发现，朗德烈个子比较大，比较壮实，头发稍微浓密些，鼻子略微大些，眼神也更活络些。他的额头更宽，神态也更果断。他哥哥右侧面颊上有块记，他左脸上也有一块更深的。因此当地人分得出他们俩。但是，天一黑或者离得稍微远一点，几乎谁都会弄错。尤其是他们的声音完全一样，再加上，他们分明知道人家会弄混，常常互相冒充答应别人，毫不掩饰他们对您的嘲弄。巴尔伯老爹自己有时候也搞糊涂了。就像萨日特大妈预言的，只有母亲从来不会弄错，甭管是大黑天，还是从多远的地方看见他们走来或者听见他们说话。

其实，他们俩都挺不错。如果说朗德烈比哥哥更开朗、更勇敢，西尔维内则感情更丰富、更细腻，人们不可能更偏爱他弟弟。头三个月，家里确实想让他们别老在一起。在乡下，做这么一件违反习俗的事，三个月已经够长的了。但是，一则谁也看不出这么做有什么太大效果，再则神甫先生说过，萨日特大妈说话颠三倒四，人是不可能改变上帝在自然法则里规定了的东西的。就这样，人们渐渐忘了答应要做的事，头一回把他们的小袍子脱掉，让他们穿着裤子去望弥撒的时候，他们穿的裤子就是同一块料子做的。这是他们母亲的一条裙子改成的，样式也一模一样，因为乡里的裁缝再做不出别种式样的衣服了。

等他们长大了，人们发现，他们喜欢同样的颜色。新年，他们的姑姑罗赛特想送他们每人一条领带，他们在那个把货驮在一匹佩尔什马背上的杂货商那里挑的都是淡紫色的领带。姑姑问他们是不是因为他们总是穿得一样，双生兄弟却没想那么多。西尔维内回答说，这是杂货商包里颜色和图案最漂亮的领带，朗德烈也硬说其他的领带都难看。

"那我的马的颜色呢，"杂货商笑着问道，"你们觉得怎么样？"

"真丑，"朗德烈说，"跟一只老喜鹊似的。"

"难看极了，"西尔维内说，"绝对像一只脱毛的老喜鹊。"

"您瞧，"杂货商好像很明事理似的对姑姑说，"这两个孩子的眼光一样，一个把红的看成黄的，另一个准得把黄的看成红的，可不能为这个和他们较真。因为，听说要是想不让一对双生以为他们是一个模子里刻出来的，他们就会变成傻瓜，不知道自己在说些什么。"

杂货商这么说是因为他的淡紫色领带染得很糟糕，他巴不得一下子卖出去两条。

往后，一直都这样。这对双胞胎穿得一模一样，人们越来越分不清他们谁是谁了。不知是这两个孩子耍的小花招，还是神甫说的不可能破坏的自然法则，一个孩子把他的木鞋的尖弄坏了，另一个很快就把同一只脚的鞋尖磨坏；一个撕破了外套或者帽子，很快，另一个也撕一个一模一样的口子，就好像他们出了同样的事，然后，要是问他们到底怎么回事，我们这对双胞胎就笑，狡黠地做出一副无辜的样子。

甭管是福还是祸，这种感情随着年龄增长。这两个孩子稍微会思考的时候，要是一个不在，另一个就没法和别的孩子一起玩。要是老爹试着把一个终日带在身边，而把另一个放在母亲身边，两个孩子就会非常难过，脸色苍白，干活也懒洋洋的,好像病了似的。到了晚上他们又见面的时候,只见他们手拉着手走开,再也不愿意回来。这既是因为他们在一起很自在,也是在和父母赌气,怪父母使他们这般伤心。于是,谁也不再这么做了。应该说,父亲、母亲以及叔叔、婶婶、兄弟、姐妹对这对双胞胎都近乎偏爱。他们为这对双生骄傲,因为这对孩子受到别人的夸奖,也因为这两个孩子确实不丑、不笨,而且心眼也不坏。巴尔伯老爹有时担心他们老是这么待在一起,养成习惯,长成男子汉的时候不知会变成什么样,也想起萨日特大妈的话,于是故意逗他们,想让他们互相嫉妒。要是他们犯了点小错误,比如,他揪住西尔维内的耳朵对朗德烈说,这回我饶了你,因为你一向最听话,但是西尔维内看到他弟弟免于受罚,虽然自己两耳发热,也感到欣慰,朗德烈却哭得像是他自己挨了训。家里人有时候也试着把一件两人都想要的东西只给他们其中的一个,但是,立刻,如果是吃的,两人就对半分;如果是什么好玩的或是一把小刀之类的东西,他们就算是两人共有的,或者给来给去,不分是你的还是我的;要是称赞一个表现好,做出对另一个不公平的样子,这一个看到他的兄弟受到鼓励和爱抚会感到高兴和骄傲,也去夸他,跟他亲热。反正要把他们的精神或肉体分开是枉费心机。因为,即使是为他们好,谁也不怎么愿意惹我们心爱的孩子不高兴,于是人们很快让事情像上帝安排的那样听其自然了。如果有人搞一点捉弄双胞胎的把戏,他们也不会轻易受骗。他们非常机灵,有时候为了使人们让他们清静点,便假装吵架。但是,这对他们来说只是为了好玩,他们一个滚在另一个身上时,非常小心一点不伤着对方。要是一个过路的看见他们在吵架而感到惊讶,他们就藏起来笑话他。我们会听见他们叽叽喳喳地说话、唱歌,像一根树杈上的两只喜鹊。

尽管他们非常相像,非常友爱,但是上帝却从来没有在世间创造过绝对相同的东西,也不希望他们的命运相同,因此我们看到,他们是上帝意念里的两个分开的、性格不同的造物。

人们从一次考验中就可以看出这一点,这次考验是在第一次领圣体之后。巴尔伯老爹的两个女儿闲不住地生孩子,家里人丁越来越兴旺。他的大儿子马丁——一个漂亮、正直的小伙子——在服兵役;他的女婿们干活很勤快,可是收入并不总那么丰厚。我们家乡连续几年歉收,田里受灾,生意也难做,使得乡下人入不敷出。这样,巴尔伯老爹就没有能力把家里所有的人都留在身边了,他不得不考虑把他的双胞胎送到别人家去。普里谢的卡约老爹提出要其中的一个给他放牛,因为在畜牧业方面他颇有点打算,而他所有的男孩对于干这活来说,年龄不是太大就是太小了。丈夫第一次跟老伴说起这事的时候,巴尔伯大妈非常害怕又很伤心,虽然她一直在为生计担忧,却没有料到事情会落到她的双胞胎身上。但是,她对丈夫百依百顺,这时候便不知道说什么才好。老爹也有他自己的忧虑,可他一切从长计议。起初,这对双胞胎哭了。三天里,除了吃饭的时间,他们就钻进树林和牧场,谁也见不着他们。他们不搭理父母,要是问他们是不是打算服从,他们也不回答。但是他们在一起的时候却没少商量。

第一天,他们只知道伤心,互相紧拉着胳膊,似乎惟恐人们来把他们强行分开。但是巴尔伯老爹没这样做。他具有农民的明智,相信时间的作用,因此他半是耐心,半是怀着信心地等待着。第二天,双胞胎见没人来烦扰他们——因大伙都指望他们自己想通——父亲既不威胁他们,也不惩罚他们,反而使他们对父亲更加害怕。

"可是咱们真得合计一下,"朗德烈说,"得知道咱们俩谁去,因为他们让咱们自己选择,卡约老爹说他不能两个人都要。"

"反正咱们得分开,我走或者我留下有什么区别?"西尔维内说,"我不光是想到要去别处生活,如果我是和你一起去,即使离开家,我也会慢慢习惯的。"

"话是这么说,"朗德烈又道,"可是,比起那个见不到他的孪生兄弟,又见不到他的父亲、母亲,看不到他的花园、他的牲口,看不到平常他喜欢的一切的那个人,那个和咱们父母住在一起的总可以多得到点安慰,少点烦恼吧。"

朗德烈说话的时候神情坚决,可是西尔维内又哭了起来,他不如他弟弟果敢,想到一下子会失去一切,离开一切,他非常痛苦,止不住又眼泪汪汪。

朗德烈也哭了,可是哭得没那么厉害,哭的原因也不一样。因为他总是想由自己来承受最大的痛苦,他要看看他哥哥能够承担多少痛苦,其余的都由他来承担。他非常清楚,比起他自己,西尔维内更怕到一个陌生地方去生活,更怕寄人篱下。

"你瞧,哥哥,"他对西尔维内说,"要是我们决定分开的话,还是我走的好。你当然知道我比你结实,咱们几乎老是同时生病,可你发起烧来总是比我厉害。人家说如果把咱们分开,咱们可能会死去。我不信我会死,但是我不能替你担保,所以我希望你和妈妈在一起。她可以安慰你,照顾你。其实,人家要是看得出咱们俩在家有一丁点儿区别的话,我肯定,那就是,你更受宠。我知道你更可爱,情感也更丰富。所以你留下,我去。我们不会离得太远。卡约老爹的地和咱们的紧挨着,咱们每天都见得着。我喜欢辛苦点,可以散散心,再说我跑得比你快,每天一干完活,我马上就来找你。你呢,没太多事可干,可以遛个弯到我干活的地方来看我。这比你在外面我在家让我放心得多,所以我让你留下。"

三

西尔维内一点也不想听这些。尽管比起朗德烈,他跟父亲、母亲和小娜奈特更亲,他也怕把痛苦留给他亲爱的兄弟。

他们商量了一通以后就抽签,结果命运落到了朗德烈头上。西尔维内不满意这么决定,要求用一块大钱币的正反面来决定。他三次都碰上钱的正面,总是该朗德烈走。

"你看得很清楚,这是命中注定的,"朗德烈说,"你知道命运是不能抗拒的。"

第三天,西尔维内还是不住地哭泣,而朗德烈几乎不哭了。最初想到要离开家,朗德烈也许比他哥哥更难过,因为他更有勇气,也知道父母的意志是不能违背的。然而他意识到了痛苦,痛苦反而减轻了,他想出了很多理由来安慰自己。可是西尔维内因为忧伤而没有勇气思考，甚至朗德烈决定走了，西尔维内还一点没想到他会走。

再则，朗德烈比他哥哥自尊心要强一点。人们总是说他们要是不习惯分开，他们就永远只是半个男人。朗德烈想到自己十四岁了，多少感到一点自豪，想让人看看他不再是一个小孩子了。从他们第一次爬到树梢上去找鸟窝到这会儿为止，总是他先说服并且帮助他哥哥。这次也是他使西尔维内平静下来，晚上，他向父亲宣布，他哥哥和他同意尽义务，他们抽了签，结果是他，朗德烈，去放牧普里谢的牛群。

尽管双胞胎已经又高又壮了，巴尔伯老爹还是让他们分别坐在他的两个膝头上，对他们说：

"孩子们，你们已经懂事了，从你们听话这点就能看出来，我真高兴。记住，孩子让他的父母高兴，上帝也会高兴，总有一天上帝会奖励他们的。我不想知道你们俩谁先服从的。但是上帝知道，他会称赞他说得对，称赞另一个听话。"

说到这儿，他把双胞胎带到他们的母亲那儿，好让她夸他们几句。可是巴尔伯大妈简直忍不住要哭，她什么也说不出来，只是亲吻他们。

巴尔伯老爹一点不傻，非常清楚他们俩谁更勇敢，谁情感更丰富。他不想给西尔维内的诚意泼冷水，因为他知道朗德烈已经下了决心，只有他哥哥的忧伤才会使他犹豫。他在天亮前叫醒了朗德烈，小心不惊动睡在他旁边的哥哥。

"起来吧，我的宝贝，"他低声对他说，"咱们得到普里谢那里去了，别让你妈看见你。你知道她很伤心，不该再跟她告别。我把你带到你的新主人那儿去,把你的行李也带去。"

"我不跟我哥哥告别了吗?"朗德烈问道,"我要是不告诉他一声就走,他会埋怨我的。"

"要是你哥哥醒了,看到你走,他就会哭,会叫醒妈妈,妈妈会因为你们难过而哭得更厉害。来吧,朗德烈,你是一个好心的小伙子,不会愿意让你妈妈伤心得生病,好事做到底吧,我的孩子,装作没事儿似的走吧。今天晚上之前我就把你哥哥带去。明天是星期天,你白天来看你妈妈。"

朗德烈勇敢地服从了,看也没看一眼身后就出了家门。巴尔伯大妈睡得不太好,心里也不那么踏实,男人对朗德烈说的话她全听见了。可怜的女人觉得丈夫言之有理,一动不动,只是稍微拨开帐子看着朗德烈出去。她伤心至极,跳下床要去亲吻他,但是走到双胞胎的床前她停住了,西尔维内还在熟睡。可怜的小伙子哭了整整三天三夜,简直哭得精疲力竭,甚至有点发烧,他在床垫上翻来覆去,喘着粗气,呻吟着,就是醒不过来。

巴尔伯大妈看着孪生兄弟里留下的这一个,不禁想道,她要是看着这个走会更痛苦的。他确实是两个里最敏感的。要么是他的性格不那么坚强,要么是因为上帝在他的自然法则里写过,两个因为爱情或者友谊而互相亲近的人里,总有一个为另一个付出更多的感情。巴尔伯老爹稍微有点偏爱朗德烈。因为比起抚爱和体贴,他更看重工作和勇气。可是母亲对这个更优雅、温存的西尔维内稍微有点偏爱。

她看着她那可怜的、苍白无力的孩子,心想,要是他被人雇去那就太可怜了。她的朗德烈更能吃苦,他不至于因为对母亲和孪生兄弟的依恋而病倒。她想,这孩子很有责任感。但是,不管怎么说,要不是他心肠比较硬,就不会这么毫不犹豫地走,连头也不回,没掉一滴可怜的眼泪。他应该双腿跪下请求上帝给他勇气,要不就迈不开步,他应该走到我床前——我在装睡——来看看我,吻吻我的帐子。我的朗德烈是个真正的小男子汉。他热爱生活,爱活动,爱干活,四海为家。可是这个西尔维内有一颗女孩子般的心,这么温柔体贴,让人没法不像爱自己的眼睛一样疼爱他。

巴尔伯大妈这么漫无边际地想着又回到她的床上,却一点也睡不着。而这时,巴尔伯老爹带着朗德烈穿过了普里谢那边的草地和牧场。他们走上一个小高坡,从那儿一下去就再也看不到高斯的房屋的时候,朗德烈停了下来,回过头去,他的心在膨胀,他坐在蕨草上,再也不能多迈一步。父亲装作什么也没发现,继续往前走,过了一会儿,他轻声地唤朗德烈,对他说:

"天亮了,我的朗德烈。要是咱们想在太阳升起来以前赶到,就得快点走。"

朗德烈站起来,因为他发过誓不在父亲面前哭泣,便忍住了涌上眼帘的豆大的泪珠,他假装是因为他的小刀从兜里掉出来了。到普里谢的时候,他非常难过但是没有流露出来。

四

　　卡约老爹看到来的是双胞胎中健壮、勤奋的那个，便非常高兴地接待了他。卡约老爹很明白他们作这个决定不是没有痛苦的。他是个善良的人，一位好邻居，又是巴尔伯老爹的好朋友，因此一再夸奖、鼓励小伙子。他赶快给他端来汤和一壶葡萄酒，好让他平静下来。他不难看出朗德烈很忧伤。然后他带朗德烈去拴牛，教他怎么干。其实，朗德烈干这活不是生手。他父亲有一对很漂亮的牛，他经常调理它们，把它们管得很好。这孩子一看到卡约老爹的牛喂得又肥又壮，是本地最好的品种时，立刻为他的刺棒下能有这么一头漂亮牲口而有股自豪感。然后，他便很得意地向人显示他不笨，也不懒，人家没什么新鲜玩意儿可教他的。他父亲也没少夸他。该去地里的时候，卡约老爹所有的孩子们，小伙子和姑娘们，都来拥抱他。最小的女儿还把拴着带子的花系在他的帽子上。因为这是他第一天给他们干活，对接待他的家庭来说，是个节日。朗德烈的父亲临走时当着他的新主人的面告诫他，嘱咐他处处听主人的话，像对自己的牲口一样看好人家的牲口。

　　朗德烈答应一定努力干好，就到地里去了。在那儿，他不慌不忙地干了一整天，没少出活。回来的时候胃口好极了。因为这是他第一次干得这么猛。稍微有点疲劳正是治疗忧伤的灵丹妙药。

可是可怜的西尔维内在孪生地的日子可不那么好过。有件事得告诉你们。这两个孩子降生以后不久,巴尔伯家的女仆也生下一对未成活的女孩,高斯镇的巴尔伯老爹的家和他的地产从此便得了"孪生地"的名儿。农民是起诨名、绰号的能手,他们家便因此而得名。西尔维内和朗德烈不管在哪儿出现,孩子们少不了围着他们叫唤:"这就是孪生地的孪生子!"

然而巴尔伯老爹的孪生地这一天充满忧伤。西尔维内一醒来,看到朗德烈不在他旁边,就知道是怎么回事了。但是他不能相信朗德烈能这么不和他告别就走,他难过之余很生朗德烈的气。

"我怎么他了,"他问妈妈,"我在什么事上得罪了他?他让我干什么,我就干什么,他让我别在你们面前哭,亲爱的妈妈,我难过得头都要裂开了,但是我忍着不哭出来。他答应过,不和我说些鼓励的话,在没有和我在大麻地那头吃午饭之前,是不走的。我们常在大麻地那里聊天、玩耍。我想给他捆行李,把我那把刀给他,我这把比他那把要好。您昨天晚上什么也没跟我说就给他收拾包裹。妈妈,难道您知道他打定主意不跟我说声再见就走?"

"我是照你父亲的意思做的。"巴尔伯大妈回答道。

然后她想尽一切办法安慰他。他什么也听不进去。直到看见她也哭了,才拥抱她,求她原谅自己给她添了烦恼,答应守在她身边安慰她。但是,妈妈刚刚走开去饲养场,去洗衣服,他拔腿就往普里谢跑,甚至没想好去哪儿,只是像一只跟在母鸽子后边的公鸽子一样,凭着直觉走,也不看路。

要不是遇上正往回赶的父亲,他会直奔普里谢的。父亲拉着他的手把他领回家,对他说:"咱们今天晚上去。但是别在你弟弟干活的时候去看他,这样会惹他主人不高兴的。再说你妈正在难过,我还指望你去安慰她哩。"

五

西尔维内像个孩子似的,又回到母亲的裙下,一整天没离开她,没完没了地跟她谈论朗德烈。每当经过他和朗德烈常常走过的地方,他都情不自禁地想到朗德烈。晚上,他和父亲一起到普里谢去。他父亲要陪着他,西尔维内想去拥抱他的兄弟都快想疯了,连晚饭都顾不上吃就急着上路。他指望朗德烈来迎接他,他一直想象朗德烈迎着他跑过来的样子。可是,朗德烈虽然很想这么做,却没有动窝。他怕普里谢的年轻人和孩子们笑话他们这种被看成一种病态的双生兄弟之间的友谊。结果西尔维内在饭桌旁找到了他,他吃着,喝着,好像和卡约老爹一家已经一起生活了一辈子。

朗德烈一看到西尔维内进来便心花怒放,要不是他控制住自己,他会推翻桌子和凳子赶紧去拥抱西尔维内的。但是他没敢这么做。因为他的主人们好奇地看着他,玩味着从这种友情里看到的一种新奇的东西,这是当地学校老师所说的一种"自然现象"。

西尔维内向他扑过来,哭着拥抱他,像一只小鸟为取暖在鸟窝里挤来挤去那样偎依着他的兄弟。这时候,朗德烈对旁人在场很恼火,但又不能不为自己高兴。他想表现得比他哥哥更理智些,便不时暗示西尔维内控制自己。这使西尔维内吃了一惊而且很生气。这时,巴尔伯老爹正和卡约老爹聊天,还喝上一两杯酒,两个兄弟便一起出去了。朗德烈很想悄悄地和他哥哥亲热,但是别的孩子老是远远地看着他们。卡约老爹最小的女儿,小索朗日像一只朱顶雀,又机灵又好奇,悄悄跟着他们直到榛树林。他们要是注意到她,她便很尴尬地笑笑,但是仍然紧跟着他们,因为她总觉得会看到什么奇特的现象,却又不知道在这两兄弟的友谊之中到底会有什么让人惊异的东西。

西尔维内尽管很奇怪他兄弟挨近他时这么冷静,却没想责备他,因为他非常高兴又和他在一起了。第二天,朗德烈自由了,因为卡约老爹放了他的假。他一大早就动身,想让他哥哥在床上大吃一惊。西尔维内虽然是他们俩当中较贪睡的,可是朗德烈走过果园的篱笆时,他已经醒来了,他光着脚跑出来,好像有谁告诉他,弟弟正在向他走来。这一天对朗德烈来说是最高兴的一天。自从他知道他再也不能每天回家,回家对他来说便是一种奖赏,他又高兴地见到了家人,看到了他家的房子。上半天,西尔维内完全忘记了他的痛苦。吃早饭的时候,他心想,他还要和他弟弟一起吃中饭。吃完了中饭,他想到晚饭是一天当中最后一顿饭,便开始忧心忡忡,浑身不自在起来。他全心全意地照顾弟弟,和他亲热,给他吃最好的,把自己的面包头和生菜心给他吃。然后,他又为弟弟的衣服和鞋子操心,好像弟弟要到很远的地方去,又好像弟弟是最可怜的。他却没想到他才是两个人里最值得同情的,因为他最痛苦。

六

一星期就这么过去了。西尔维内每天来看朗德烈,他从孪生地来的时候,朗德烈不时停下手里的活儿和他待一会儿。朗德烈渐渐习惯了,西尔维内却一点也不习惯。他像个受难的人,一个小时一个小时地、一天一天地数着。

世上西尔维内只听得进朗德烈的话。所以他们的母亲也经常要求朗德烈劝导西尔维内平静下来。因为这可怜孩子的病越来越重了。他不再玩耍,不吩咐他,他就不干活。他还带小妹妹去散步,但是几乎不和她说话,也不想陪她玩,只是看着她,让她别摔着,别碰着。家里一不留神,他就溜走了,躲到一个谁也找不到的地方去。他跑到那些以前他经常和朗德烈一起玩,一起聊天的沟渠、树篱和沟壑里去,坐在他们一起坐过的树根上,把脚放在他们过去像两只小鸭子一样蹚过水的小溪里。他为找到几块朗德烈用小砍刀削过的木头或者他用来投掷或打火的小石子而兴奋。他把这些东西收集起来,藏在一个树洞里或者一个木桩下面,好不时拿出来看看,似乎这些东西都具有重大意义。他经常在脑海里追溯、搜寻过去的幸福时光。别人认为无足轻重的东西,对他说来却是一切。他不考虑以后的日子,没有勇气去思考怎么熬过眼前折磨他的日子。他只想着过去,沉浸在延绵不断的梦幻中。

有时候,他好像看见和听到了他的孪生弟弟,便自言自语,以为是在回答他;有时,他倒下便睡,梦见朗德烈,醒来以后又因为只剩下他独自一人而哭泣。他任凭眼泪流淌,毫不控制。他希望累极了便可以磨灭和减轻他的痛苦。

有一次,他朝尚波那边的小树林走去,他在一条雨季漫出树林,现在却已经干涸了的小溪上找到了一个小风车。我们这儿的孩子用小柴棍做的这种小风车,做得很精致。他们甚至可以用水流使风车转起来。有的时候,风车留在那儿很久,直到别的孩子来把它弄坏,或者大水把它冲走。西尔维内找到的这个完好无损,在那儿已经两个多月了。因为这里没什么行人,所以没人发现这风车,把它弄坏。西尔维内认出这是他弟弟的作品。制作的时候,他们发誓一定要回来看它。可是他们把它忘了。从那以后,他们又在别处做了许多风车。

西尔维内非常高兴找到了这个风车。他把风车拿到低处——因为溪水的水位降到了那儿,看着风车打转,并且回味朗德烈第一次推动它的时候的快乐情景。然后,他把风车留在原处,好等下个星期天和朗德烈一起来,给他看看他们的风车有多结实,做得多棒。

但是,第二天,他忍不住自己又来了。他发现早上有人在林子里放牧,溪水边上被来饮水的牛踩得乱七八糟。他再往前走几步,发现牲口踩到了他的风车上,把风车踩得粉碎,所剩无几。他心头沉重,担心这天会有什么不幸的事落到朗德烈头上。他一口气跑到普里谢,好肯定朗德烈没出什么事。可是他发现朗德烈不愿意他白天来,因为朗德烈怕耽误干活,主人会生气。于是西尔维内只好在朗德烈干活的时候远远看着他，不让朗德烈看到他自己。他大概是不好意思承认他为什么跑去，所以他回到家很久以后什么也没说，只字不提这件事。

西尔维内脸色变得苍白，睡不好，而且几乎什么都不吃，他母亲非常难过，不知道怎样安慰他才好。她试着带他到市场上去，要么让他跟他父亲或者叔叔们到牲畜集市上去，但是他对什么都不上心，也没有心思玩。巴尔伯老爹什么也没有跟他说，却想说服卡约老爹同时雇这对孪生兄弟。但是卡约老爹回答他的一番话，他觉得很有道理：

"就算我能同时用他们俩一段时间，那也长不了。因为像我们这样的人，能一个人干的活就不会用两个人干。到了年底，您还得让他们中的一个雇到什么地方去。您不觉得要是西尔维内非得去一个地方干活，他就不会再胡思乱想，他就会像朗德烈一样勇敢地面对现实吗？早晚得走到这一步。他不一定能被雇到您愿意他去的地方。如果这两个孩子不得不互相离得更远，不得不只能每周或者每个月才见上一面，那最好还是先让他们习惯于分开，不要总是一个装在另一个的口袋里似的。您想明白点，老伙计，别过分顺从一个孩子的任性，您的妻子和您别的孩子对他要性子太迁就，太让着他了。现在最难的时刻都过去了，您瞧着，您要是不让步，他会慢慢习惯的。"

巴尔伯老爹服了，承认西尔维内越去看他弟弟，就越想见他。巴尔伯老爹决定在下一个圣约翰节的时候，设法给西尔维内找个雇主，好让他见到朗德烈的时候越来越少，最后能像别人一样生活，而不被一种近乎狂热而颓丧的友谊压垮。

但是,绝不能和巴尔伯大妈说这些。因为,刚一开始说,她的眼泪就夺眶而出。她说西尔维内会自杀的,巴尔伯老爹不知怎样才好。

朗德烈听他父亲、主人和他母亲的话,没少劝他那可怜的孪生兄弟。可是,西尔维内一点也不辩解,什么都答应,却无法自制。他的痛苦中还有别的、他没说出口的东西。因为他不知道怎样说才好:这就是他在内心深处对朗德烈很嫉妒。看到谁都对朗德烈这么器重,他的新主人们对他像对自己家里的孩子那么亲,西尔维内高兴极了,从来没这么高兴过。但是,一方面他为此感到欢欣,另一方面当他觉得朗德烈对新友情的报答有些过分的时候,他又感到痛苦,又被触怒。西尔维内受不了,只要卡约老爹一发话,哪怕只是轻轻地、不紧不慢地叫他一声,朗德烈便马上迎过去,而把父亲、母亲和哥哥都撇在一边。他更担心的是别误事而不是友情。他不和那么忠实地依恋他的人多待一会儿,却那么快地服从命令,西尔维内觉得他自己绝对做不出来。

就这样,可怜的孩子心里充满了忧虑,怀疑从前他是不是朗德烈惟一爱的人,觉得他的友谊没有得到应有的回报。他怀疑是不是其实早就这样了,只不过他没有察觉罢了;要么是一段时间以来,他的孪生兄弟对他的感情淡漠了,因为他在别处遇见了更合他心意的、更讨他喜欢的人。

七

朗德烈不会猜到他哥哥的这种嫉妒心。因为他天生就不会嫉妒。西尔维内到普里谢来看他的时候，为了让西尔维内开心，他带西尔维内去看大公牛、漂亮的奶牛、相当可观的牧群和卡约老爹田里的好收成。朗德烈看重这一切，不是出于羡慕，而是因为他喜欢地里的活计和养牲口，喜欢乡间一切美好的东西和干得漂亮的活儿。他看到他带到牧场上的三岁口的小牝马干净、肥壮、溜光水滑便很愉快，他最看不惯活儿干得马马虎虎，受不了任何上天赐予的可以充满生机、带来物产的东西被冷落、被忽视。西尔维内无动于衷地看着这一切，奇怪为什么他弟弟把在他看来无所谓的东西那么放在心上。他对什么都疑心重重，便对朗德烈说：

"你可真爱上这些大牛了，你不再想咱们的小牛犊，它们有多活泼，又跟咱们这么温存，那么招咱们喜欢，它们更爱让你而不是父亲去拴它们。你问也不问问咱们那头奶牛怎么样了，它的奶有多好。我去喂它的时候，这可怜的牲口伤心地看着我，好像它知道只剩下我一个人了，又好像它想问问我另一个孪生兄弟到哪儿去了。"

"没错，这是一头好牲口，"朗德烈说，"但是看看这里的奶牛！你会看到给它们挤奶，你一辈子也不会一下子看到这么多奶的。"

"这很可能，"西尔维内又说，"但是我敢保证这里绝不可能有布鲁内特那儿那么好的牛奶和奶油，因为孪生地的草比这儿好得多！"

"见鬼吧！"朗德烈说，"我敢说，要用卡约老爹顶呱呱的饲料换水边上荆棘丛生的草地，父亲会甘心情愿地答应的！"

"得了！"西尔维内耸耸肩膀，"灌木丛里有些树比你们这儿所有的树都漂亮，那儿的草料少而精，把草料带回家的时候，一路留下香脂般的味道。"

他们这么抬杠其实没多少意义，因为朗德烈非常清楚什么也比不上自家的产业，而西尔维内并不比留心别人的产业更留心他们自家的，他根本就没把普里谢的产业放在眼里。但是这些没多少意思的话的背后，一边是一个无论在哪儿、无论以什么方式，都高高兴兴地生活、工作的孩子；另一边的那个孩子则无法理解他弟弟没有他竟也能自在、平静地度过时光。

如果朗德烈把西尔维内带到他主人的花园里，一边和他闲聊，一边不时地停下来割掉嫁接树上的一个死树杈或者拔掉有碍蔬菜生长的野草，西尔维内便会不高兴。朗德烈总是想到把别人的事做得井井有条，为别人服务，不像他，总是揣摸他兄弟的一言一行。西尔维内什么也没流露出来，他为自己这么容易生气而感到害臊。但是分手的时候他总是对朗德烈说：

"行了，你今天已经烦我了，也许你已经受够了，我在这儿的时间已经太长了。"

朗德烈一点也不明白这些怪罪从何而来，这使他非常难过。这回该轮到他埋怨自己的哥哥了，而西尔维内不想解释，也解释不清是怎么回事儿。

如果说这可怜的孩子嫉妒所有让朗德烈分心的东西，他更嫉妒那些朗德烈对他显得有感情的人。他受不了朗德烈和普里谢其他孩子交朋友，和他们高高兴兴地在一起。他一看到朗德烈照顾小索朗日，爱抚她，逗她玩，就埋怨他忘了自己的小妹妹娜奈特，西尔维内说她比这个小丑丫头不知道可爱、干净和讨人喜欢多少倍。

但是一个人满心嫉妒的时候永远不会公正，当朗德烈到孪生地来的时候，西尔维内又觉得他过分关心小妹妹。西尔维内抱怨他只顾妹妹，和他在一起的时候却很不耐烦，无动于衷。

终于，他对友谊的要求越来越苛刻，他的心情非常忧郁，朗德烈开始不好受了，觉得总是见到他并不那么愉快。西尔维内总是怨他不该像他现在这么顺其自然，他有点烦了。似乎西尔维内得让弟弟和他自己一样不幸福，他自己的痛苦才会减轻。朗德烈明白，并且想让西尔维内也明白，过重的友情会成为一种病痛。西尔维内不想听这个，认为弟弟跟他这么说就是冷酷无情。结果他开始隔三岔五地和弟弟赌气，几个星期也不去一趟普里谢，虽然他想去得要命，但仍然忍住不去。他在最不该傲气的地方傲气起来。

他们拌嘴，生气，西尔维内甚至把朗德烈为了让他振作起来说的那些明智、诚恳的话往坏里想。可怜的西尔维内心里充满怨恨，甚至恨起他那么爱的人来。于是，一个星期天，为了不和弟弟一起过这一天，他便离开家，而朗德烈却没有一个星期天不回来的。

这种孩子气的恶意大大伤了朗德烈的心。他喜欢有情趣的动荡的生活，因为他一天比一天更强壮，更无拘无束。玩任何游戏他都是第一名，因为他身体最灵活，眼睛最尖。每个星期天，离开普里谢快乐的小伙伴回到孪生地来是他为西尔维内做出的小小牺牲。他无法让西尔维内跟他去高斯的空场上玩，甚至出去散散步。西尔维内无论是体格还是头脑，比他弟弟都更像孩子，只想专心一致地爱朗德烈，也希望得到同样亲热的回报，想让朗德烈一个人和他到他所说的"他们的"地方去，到那些他们从前在一起玩的犄角旮旯去做那些游戏，而他们已经不是玩那些游戏的年龄了。比方说做小柳条鞭、小风车或者捉小鸟用的圈套；要么用石子砌房子；再不就垒一块手帕大小的地，孩子们假装在上面进行各种耕作，小规模地模仿着怎么耕地、播种、耙地、除草和收割。他们在一小时里互教互学一年里的农活，学着如何耕作和收获。

朗德烈已经不爱玩这些东西了，他现在自己干活或者帮着做事了。他更喜欢赶六头牛拉的大车而不是拴在他的狗尾巴上的树枝做的小车。他更愿意和当地的棒小伙子比试，去玩九柱戏，因为他已经能很机智地夺去大球，并且在三十米远的地方击中目标。即使西尔维内同意一起去，他也不玩，而是一言不发地待在一个角落里，随时可能因为朗德烈好像玩得十分开心而感到焦虑不安。

朗德烈还在普里谢学会了跳舞。尽管因为西尔维内不喜欢跳，他很晚才对跳舞感兴趣，他已经跳得和那些刚会走路就学跳舞的人一样好了。在普里谢，他被公认是跳奥弗涅舞的能手。虽然他对亲吻姑娘还没有兴趣，但是既然按风俗每跳一回都得这么做,他也很高兴去亲吻她们,因为这样一来,他从表面上看脱离了儿童状态。他甚至希望女孩子们对他也像对男人们一样扭捏一点。但是她们一点也不,那些比较大的女孩子甚至笑着搂他的脖子,这使他颇为懊恼。

西尔维内看见他跳过一回,这是最惹他生气的事情之一。看到朗德烈亲吻卡约老爹的一个女儿,他火冒三丈,嫉妒得直哭。他觉得这是件可耻的事,是大逆不道的。

就这样,每次朗德烈要是都出于对哥哥的友情而牺牲自己的乐趣,他的星期天都过得不那么愉快,但是他没有一个星期天不回来。他觉得他哥哥会感激他的。虽然为了让哥哥高兴他自己有些厌烦,他并不因此后悔。

他看到他哥哥在一个星期里尽和他找碴儿吵嘴,现在又离开家不跟他和好,不禁悲从中来。离家以后,他第一次哭了,眼泪一个劲地往下淌。他藏了起来,因为他总觉得在父母面前伤心是件害羞的事,他也怕这会使得他们更伤心。

要说嫉妒的话,朗德烈比西尔维内更有权利嫉妒。西尔维内更受母亲宠爱,巴尔伯老爹尽管私下里更喜欢朗德烈,但也对西尔维内更迁就、更体贴。这可怜的孩子因为比较孱弱,缺乏理智,因此最受娇惯,谁都怕伤他的心。他的命好,因为他留在家里,而弟弟替他离开家,替他承担痛苦。

好心的朗德烈头一回这么想,觉得他的孪生兄弟对他太不公平了。在这之前,他因为心眼太好,总认为西尔维内没错。他不责备西尔维内反而怨自己身体太好,太爱干活,太喜欢娱乐,而不会说些温柔的话,也不会像他哥哥那样无微不至地关心人。但是这回,他在自己身上找不到一点有损于他们情意的过错。因为,为了今天能回来,他放弃了去钓螯虾。为此,普里谢的男孩子们策划了整整一个星期,他们向他保证,要是他和他们一起去的话,一定会很开心的。他顶住了一个很大的诱惑,这在他这个年龄是很不容易的。他痛痛快快哭了一通之后,听见离他不远的地方也有人在哭,并且自言自语。农村的女人伤心时,就是这么自言自语的。朗德烈很快就听出来这是妈妈,便向她跑过去:

"唉!上帝,"她哭着说,"怎么这孩子这么让我操心!他可真要了我的命。"

"妈妈,是我让您这么操心吗?"朗德烈叫着,扑上去搂住她的脖子,"要是我的话,您就罚我吧,可千万别哭了。我不知道我怎么让您生气了,但是我还是请您原谅我。"

这时候,母亲发现朗德烈并不像她通常想象的那样心肠硬。她紧紧地拥抱他,因为过于伤心,她也不知道自己在说些什么。她对朗德烈说,她在抱怨西尔维内而不是他,可她平时却尽怪罪他。她对他曾经有过不公平的想法,她向他道歉。可是她觉得西尔维内疯了,她非常担心,因为天没亮他就走了,什么也没吃。太阳开始落山了,可是他还没回来。中午有人在河边看见他。巴尔伯大妈怕他跳河寻短见。

八

西尔维内可能想寻短见,这个念头像蜘蛛网上的蚊子一样从母亲的脑子里很快传到朗德烈的脑子里。朗德烈赶紧去找哥哥。他跑着，伤心极了，心想："妈妈从前说我心肠硬，也许说得有道理。但是这会儿西尔维内准是内心深处有毛病才会让可怜的妈妈和我这么痛苦。"

朗德烈东奔西跑，怎么也找不到西尔维内。他呼唤他，却没人答应。他逢人就问，可是谁也不知道西尔维内的下落。最后他来到灌木林牧场的对面，走了进去。因为他想起西尔维内非常喜欢那儿的一块地方。这是河水在地里冲成的一道沟，被河水连根拔起的两三棵老树，横卧在水面上，根露在水外面。巴尔伯老爹不想把它们搬走，树怎么倒的，就让它们怎么待着。它们倒在那儿可以拦住水，使得土壤在树的根部形成块垒，这样正好。因为河水每年冬天都给他的灌木林造成很大损失，每年都吞掉他的一小块牧场。

朗德烈走近壕沟，他和哥哥都习惯这么叫灌木林里的这块地方。他没时间一直绕到有一个小台阶的角落那儿去。这小台阶是他们用草皮块贴在石头和根块上搭成的。根块是地里钻出的根和长出的新枝。为了尽快到达沟底，他尽可能从高处往下跳，因为沟床长满了齐腰深的树枝和杂草，如果他哥哥在那里，他不钻进去的话，是看不见他的。

他十分不安地走进壕沟，因为他一直想着妈妈跟他说过，西尔维内有寻短见的念头。他在树叶堆上来回走着，拍打着杂草，喊着西尔维内的名字，吹着口哨唤那只可能跟着西尔维内的狗。因为一整天谁也没在家看见它和它年轻的主人。

但是朗德烈徒劳地叫唤和寻找了半天，他还是孤零零地一个人在沟里。朗德烈是个干什么都能干好的小伙子，考虑得很周到,他检查了所有的沟床,看看有没有脚印或者异常的土块坍塌的地方。他伤心而又艰难地搜寻着。他差不多有一个月没到这儿来了,他以前对这里了如指掌也白搭,因为这儿有不少小变化。整个右边的沟都长满了青草,沟底沙土里的荆棘和木贼长得十分茂密,简直找不到能留下印迹的一只脚大小的地方。但是朗德烈翻来覆去地找,总算发现了狗的踪迹。他还发现有一片草被踩过了,好像菲诺或者别的像它那么大小的狗曾经在上面蜷作一团地躺过。

这一切引起了他的思索。他继续查看水沟的陡坡。他自以为发现了一个新的口子,好像是有人往下跳或者往下滑的时候造成的。尽管事情还没弄清楚,很可能是一只大水耗子连翻带刨带啃挖成这样的,他还是非常难过,四肢不听使唤。他双膝跪倒,仿佛在求上帝保佑。

他这么待了一段时间,没有力量也没有勇气去告诉别人他为什么这么焦虑,他望着河水,两眼满含着泪水,好像要为他哥哥找这条河算账。

这时候,河水静静地流淌,在沿河床垂入水中的树枝上颤动,水声向远方流去,像是什么人在窃笑着嘲弄人。

可怜的朗德烈六神无主,完全为不幸的念头所缠绕。没有任何能使人产生预感的迹象,他简直绝望了。

"这条恶毒的河什么都不告诉我,"他想道,"它让我哭上一年也不会把哥哥还给我。自从河水冲毁了牧场以后,那么多的树荚落在河床深处,人一掉进去就甭想再出来。我的天!我那孪生兄弟准是在那儿,在水底,躺在离我两步远的地方,可是我却不能在树枝和芦苇堆里看见他,找到他。不管怎么说,我得下去看看!"

想到这儿,他为哥哥哭了起来,并且抱怨自己。他从来没这么伤心过。

最后他想到去问一位寡妇,人们叫她法岱大妈。她住在灌木丛的尽头,就住在沿小溪的那条路的下边。这个女人没有地,除了一个小花园和一座小房子之外一无所有。但凭着她深明世间苦难和灾难的缘由,人们从四面八方来求她,她便不愁生计。她用巫术给人治病,就是说,用秘方给人治好创伤、扭伤和其他种种伤痛。她有点爱吹嘘,自诩给您除去了您压根儿就没有的病症,诸如肠胃脱节或者腹膜脱落之类。我是不大相信这类事情的。我也不怎么相信有关她的传说,比如说她能使一头好奶牛的奶进入一头喂养得很糟糕的老奶牛的体内。

但是她精通我们所谓"凉血法"的降温疗法,她贴在刀口和烧伤上的灵验膏药以及她调制的退烧剂,毫无疑问,能给她赚不少钱,也治好了许多病人。这些病人若是按照医生的方子治病会丧命的。至少她是这么说。被她救治过的人宁愿相信她而不愿意去医生那儿冒险。

在乡下,有本事的人多少有点像巫师,所以,很多人认为法岱大妈知道的比她愿意说出来的还要多。说她能找回丢失的东西,甚至人。总之,她很有主意,很会推理,能在许多情况下帮助您走出困境。于是许多她无能为力的事情,人们也以为她能办到。

孩子们总是愿意听各种故事,所以朗德烈在普里谢——众所周知,那儿的人比高斯的人要轻信而且朴实——听说过法岱大妈把一粒种子扔在水里,口中念念有词,就能找到淹死的人。种子顺着水漂游,停在哪儿,我们就肯定能在哪儿找到那可怜的尸体。不少人以为祝圣用过的面包有同样的功能,几乎所有的磨坊都为此留着这种面包。但是朗德烈一块也没有,法岱大妈就住在灌木林边上,人一伤心就不那么会动脑子了。

他一口气跑到法岱大妈家,向她讲述了自己的痛苦,求她跟他到沟壑那儿去,试着用她的魔术帮他找到哥哥,甭管他活着还是已经死去了。

但是法岱大妈不愿意人家夸大她的名声,也不愿意在一点小事上滥用她的才能,便嘲笑他,甚至相当生硬地把他赶走了。何况孪生地的女人生孩子发生阵痛的时候,人家没请她而雇了萨日特家的,她为此很不高兴。

朗德烈天性有点高傲,要是换个场合,可能会抱怨或者生气的。但是他痛苦不堪,便一言不发地回到沟边上,决定下水去,尽管他既不会潜水,也不会游泳。但是,当他低着头,两眼盯着地面走着的时候,忽然有人拍他的肩膀。他回过头去,见是法岱大妈的孙女,乡里人都叫她小法岱特,一方面是随她们家的姓,另一方面也表示她多少是个巫女的意思。你们都知道"法岱"又叫小妖,别处叫作小疯鬼,是指一种心肠很好但是很鬼的小精灵。我们也管仙女叫"法岱",我们那儿几乎没人相信仙女。但是不管是指仙女还是指女性的小精灵,谁看见她都觉得看到了一个小疯鬼,因为她这么瘦小,又蓬头散发,天不怕地不怕。她是个爱聊天又爱嘲弄人的孩子,像蝴蝶那么活泼,像红喉雀那么好奇,黑得像只蛐蛐儿。

我之所以把小法岱特比成一只蛐蛐儿是要告诉你们她

不漂亮。这可怜的田野里的小叫虫比壁炉里的还要丑。但是你们要是还记得儿时怎么和它玩,让它发怒,在你们的木鞋里叫,你们可能知道它的脸一点也不傻,逗人发笑,而不是招人生气。高斯的孩子们不比别的孩子傻,和别的孩子一样可爱,观察到相像的东西就找到了比喻,当他们想让小法岱特发怒的时候,便管她叫"蛐蛐儿"。有时候这么叫她,甚至是出于友好,因为她机灵。他们虽然有点怕她的精明劲儿,却一点也不讨厌她,因为她总给他们讲各种故事,教他们新的游戏,她很有创意。

所有这些名字和绰号使得我忘了她受洗的姓名,你们以后可能也想知道。她叫弗朗索瓦兹,所以她那位不愿意人家给她改名字的祖母总叫她芳舒。

孪生地的人和法岱大妈之间一直有芥蒂,所以双胞胎很少和小法岱特说话,他们甚至疏远她,从来不主动和她玩,也不和她的弟弟"蝈蝈儿"玩。蝈蝈儿比她还要干巴、狡黠。他总是摽在她身边,她要是跑了没等他,他就会生气;她要是嘲笑他,他就朝她扔石块儿。他人小脾气大,她越不理他,他就越要惹她发火。小法岱特生性快乐,动不动就笑。但是因为法岱大妈的关系,有些人,特别是巴尔伯老爹家的人便觉得和蛐蛐儿或蝈蝈儿——或者您要是觉得更妥,就管他们叫蟋蟀和蚱蜢——交朋友,会给他们带来不幸。这一点也不妨碍这两个孩子和他们搭话,因为这两个孩子没觉得他们有什么不光彩的。小法岱特从老远一看见"孪生地的孪生子"便少不了和他们搭讪,跟他们开各种玩笑,叫他们的外号。

九

可怜的朗德烈转过头,因为肩膀上让人拍了一下有点不快,他见是小法岱特,"蝈蝈儿"冉奈在她后面不远的地方,一瘸一拐地跟着她。他一生下来腿就有毛病,是个跛子。

一开始朗德烈不想搭理他们,想继续赶他的路,因为他没心思开玩笑。可是小法岱特拍着他的另一个肩膀对他说:

"不好了! 不好了! 淘气的双胞胎,半个小伙子丢了他的另一半儿!"

朗德烈与其说是受到侮辱不如说是受到戏弄,听到这话又转过身来,伸出拳头向小法岱特打去。小法岱特要不是躲闪得快,这一拳头够她受的。因为双胞胎快十五岁了,一点也不笨拙;她快十四岁了,却又瘦又小,看上去不到十二岁,让人觉得一碰就碎。

然而她非常机敏、灵巧,是挨不着打的。她手劲不足,却敏捷、狡猾有余。她跳开得恰到好处,朗德烈差点没把拳头和鼻子都撞到一棵正好在他俩之间的树上。

"坏蝈蝈儿,"可怜的双胞胎火冒三丈,"你的心眼真坏,竟来招惹一个像我这么伤心的人。你老是戏弄我,叫我半个小伙子。我今天要把你们——你,还有你那个丑蝈蝈儿——揍成四半,好让你们看看,你们俩还比不上一个好样儿小伙子的四分之一。"

"当然啰,孪生地的漂亮双胞胎,河边灌木林的老爷,"小法岱特仍然以嘲讽的口气回答,"您和我过不去才蠢哩,我给您带来了您的孪生兄弟的消息,来告诉您在哪儿能找到他。"

"这就是另一码事了,"朗德烈马上消了气,又说道,"要是你知道,法岱特,就告诉我,那我可就太高兴了。"

"这会儿法岱特不比蛐蛐儿更想让您高兴,"小姑娘还在顶他,"您尽跟我说些蠢话,而且要不是您这么笨,这么不灵活,早就打着我了。您有本事就自己找您那个痴呆兄弟去吧。"

"坏丫头,我在这儿听你的废话才叫傻呢,"朗德烈说着转过身去,继续往前走,"你还不及我清楚我哥哥在哪儿,在这种事上你也不比你奶奶更有本事,她是个爱撒谎的老家伙,一钱不值。"

小法岱特拽了一把小蝈蝈儿,他总算赶上了她,拉着她那布满灰尘的破裙子。她跟着朗德烈,没完没了地嘲讽他说,没有她,他就永远找不到他的孪生兄弟。朗德烈简直甩不掉她,还以为她奶奶或者她自己用巫术与河妖串通一气,使他找不到西尔维内,于是决定往灌木林那边走,回家去。

小法岱特一直跟着他走到牧场的篱笆那儿,他该下去的时候,小法岱特像只站在栏杆上的喜鹊似的俯下身去,对他叫道:

"再见吧,没良心的双胞胎,你把哥哥扔下不管。你是等不到他吃晚饭的。明天、后天你都见不着他,因为他在那儿像一块可怜的石头一样,一动也不动。而且暴风雨就要来了。今天夜里有的树权会掉到河里,河水会把西尔维内冲得远远的,那你可就永远找不到他了。"

朗德烈几乎情不自禁地听着这些恶言恶语,浑身直冒冷汗。他不完全相信,但是法岱家族与魔鬼串通一气是出了名的,所以不能肯定什么事也没发生。

"得了,芳舒,"朗德烈停下来说,"你想不想让我安静会儿,或者告诉我你是不是真的知道我哥哥的下落?"

"要是在下雨之前我给你找到他,你给我什么?"小法岱特问道。她从篱笆上站起来,两只胳膊摇动着,像要飞似的。

朗德烈不知道能许诺她什么,还以为她想骗他点钱。但是风吹树摇,雷声隆隆,他极度恐惧起来。他不是怕暴风雨,而是这暴风雨来得这么突然,在他看来这么不自然。也可能是因为朗德烈想入非非,刚才没有发现暴风雨从河边的树后面逼近。特别是他在山谷里已经待了两个小时,他只有爬上来的时候才能看见天。其实,是小法岱特提醒了他,他才注意到暴风雨的到来。她的裙子被风吹得鼓起来,她那脏兮兮总是没有扎好的黑发散乱地耷拉在耳朵边上,这时像鬃毛一样竖起来。小蝈蝈的帽子被一阵大风刮跑了,朗德烈也费了好大劲才没让他的帽子被风卷走。

霎时间,天空布满了乌云。小法岱特站在栏杆上,看上去比平时高出一倍。得承认,朗德烈确实害怕了。

"芳舒,"他说,"你要是把我哥哥找回来,我就服你了。你也许看见他了。你也许知道他在哪儿。做个好姑娘吧。我真不知道我的痛苦有什么让你觉得好玩的。你就发发善心吧。我想你其实比你看上去,也比你说话给人的印象要好多了。"

"我凭什么给你当个好姑娘?"小法岱特说道,"我从来没干什么对不起你的事,你就把我看成坏家伙! 我凭什么要对两个像一对骄傲的公鸡似的、从来没对我表示友好的孪生兄弟发善心?"

"好了,法岱特,"朗德烈又说,"你是想让我给你点什么。告诉我你要什么,我就给你什么。你要我那把新的小刀吗?"

"给我看看。"小法岱特说着像只青蛙似的跳到他身边。

她早就看到过这把不错的刀,这是朗德烈的教父上回赶集的时候花了十个苏买的。她一时很想要。但马上又觉得这太少了,于是向朗德烈要他那只小白母鸡。这只鸡比鸽子大不了多少,羽毛一直盖到爪子上。

"我不能答应给你白母鸡,因为这是我妈妈的,"朗德烈说,"但是我保证替你向她要。我肯定她不会拒绝的。因为见到西尔维内她会很高兴,怎么谢你都不过分。"

"好吧!"小法岱特又说,"我还想要你们那只黑鼻子山羊,巴尔伯大妈也会给我吗?"

"我的天! 我的天! 芳舒你决定点什么事可真够慢的。听着,有一点是真的:要是我哥哥有什么危险,你把我带到他身边,我敢肯定为了感谢你,我爸爸和妈妈给你的不仅是我们的母鸡和雏鸡窝、山羊和小羊圈。"

"好吧! 咱们以后再说。"小法岱特说着把她干枯的小手伸给朗德烈,让他把手放在上面,算是同意了。朗德烈把手放在上面时有点发抖,因为这时候小法岱特的目光火辣辣的,简直像个幽灵。

"我这会儿先不告诉你我想跟你要什么,也可能我自己还不清楚。但是你好好记住你这会儿跟我许了什么愿。到时候你要是不认账,我就让所有的人都知道双胞胎朗德烈是个不守信用的人。我在这儿跟你说再见,千万别忘了我现在什么都不跟你要,但是有一天我会找你要我想要的东西,你到时候可别迟疑,也别后悔。"

"一言为定!法岱特,我向你保证,就这么定了。"朗德烈拍着小法岱特的手说。

"好吧!"她得意扬扬,非常高兴,"从这儿往回走,走到河边,一直往下走,直到你听见羊叫,你会看见一只棕色的羊羔,你哥哥就在那儿。要不是我说的这么回事,你许的愿就不算数。"

说完,蛐蛐儿抱怨蝈蝈儿跳进灌木丛里,不管蝈蝈儿高兴不高兴,也不管他像条鳗鱼似的拼命挣扎。朗德烈像做梦一般,再也看不见他们,也听不见他们的声音。他不再浪费时间去琢磨小法岱特是不是要弄他,便一口气跑到灌木林的尽头,跑到壕沟那儿。他从那儿走过,没打算下去,因为他已经好好查看过那里,肯定西尔维内不在那儿。可是他刚要走就听见一只羊羔在咩咩叫。

"我的上帝,"他想道,"这姑娘真说对了。我听见了羊叫,我哥哥就在那儿。可是他是死是活我就不知道了。"

他跳下去,走进荆棘。他哥哥根本不在那儿。但是沿着水流十步远的地方,一直听得到羊叫,朗德烈发现他哥哥坐在河对岸,用外衣裹着一只小羊羔,这只小羊羔真的从鼻尖到尾巴都是棕色的。

西尔维内活得好好的,脸上和衣服上都没有划破的痕迹,朗德烈松了口气,由衷地感谢上帝。在这幸福的时刻,他没想到请上帝原谅他相信了魔鬼的学问。但是他刚想叫西尔维内,便停下来看着他。西尔维内还没发现朗德烈,好像也没听见他走来,因为水在石子下面流过,哗哗作响。朗德烈非常惊讶他照小法岱特说的竟找到了西尔维内。西尔维内坐在被大风疯狂吹动的树中间,一动也不动,像块石头。

谁都知道大风起来的时候待在我们这条河边上是有危险的。堤岸下部已被侵蚀了,暴风雨把那些根扎得浅的桤树连根拔起是常事,只有那些粗壮的老树可以幸免。这些树会出人意料地倒下砸在人身上。西尔维内虽然不比谁头脑简单也不比谁疯狂,却没意识到危险。他没想那么多,就好像他安全地躲在一个完好的谷仓里似的。他漫无目标地游荡了一整天,真累了。要说他没在河里淹死是万幸,他也完全被悲伤和苦闷吞噬了。他像个树桩似的坐在那儿一动也不动,两眼盯着流水,脸像睡莲的花瓣一样苍白,嘴巴半张着,像对着太阳打呵欠的小鱼。头发也被风刮得乱七八糟。他甚至顾不上那只小羊羔了。这只小羊走失了,是他在牧场上发现的,他怜惜它,便把小羊裹在外衣里,想把它送回家。可是走着走着他就忘了打听谁丢了羊。小羊在他的膝头上叫着,他却没听见。在这完全笼罩在阴影里、杂草丛生的地方,面对着或许使它十分恐惧的激流,可怜的小家伙发出令人怜悯的叫声,睁着又大又亮的眼睛看着四周,非常惊异为什么没有同类听到它的叫声,也看不见它的牧场、它妈妈和它的棚子。

十

这条河总体上不过四五米宽（根据我们新的说法），但是有的地方既宽又深。要不是这条河横在朗德烈和西尔维内中间，朗德烈肯定会不假思索地扑过去抱住哥哥的脖子。可是西尔维内根本没看见他，朗德烈也就有时间想想怎样使西尔维内从梦幻中醒来，怎样说服他，把他领回家。因为这可怜的正在赌气的家伙要是不同意，就会从河那边跑掉，朗德烈就别想马上找到水浅得可以蹚过去的地方或者一座小桥，好过河追上他。

朗德烈独自思考了一会儿，想象他父亲在这种情况下会怎么办。他爸爸的理智和谨慎够四个人用的。他想象巴尔伯老爹会很从容地处理这件事，假装没什么大不了的，不让西尔维内看出他有多着急，既不会过分责备他，也不过分鼓励他重新开始这令人沮丧的另一天。

朗德烈像夜幕降临时在灌木丛里转悠的土拨鼠，吹着口哨，好像在逗引乌鸦唱歌。西尔维内被惊醒了，他抬起头来，见是弟弟，便十分不好意思，赶紧站起来，还以为朗德烈没看见他。朗德烈也好像才瞧见他。由于水流声不很大，互相都听得见对方说话，他用不着冲西尔维内嚷嚷：

"嘿，我说西尔维内，你怎么在这儿？我等了你一上午。看你出来老半天了，我就溜达到这儿来了。我想吃晚饭的时候能在家见到你。你既然在这儿，咱们就一块儿回去吧。咱们沿着河岸往下走,在小轱辘浅滩(这个浅滩正好在法岱大妈家对面)那儿会合。"

"走吧。"西尔维内说着抱起小羊羔。小羊羔认识他没多久,挺不情愿跟他走。他们沿着河边走去,互相不敢多看。因为他们都怕对方看出自己正生气,重新见了面又很高兴。朗德烈一边走一边不时说一两句话,好像没看出西尔维内很沮丧。他先问西尔维内在哪儿捡到这只棕色小羊羔,西尔维内不想告诉他太多,因为他不愿意承认他走了很远,甚至不知道他去过的地方叫什么名。看到西尔维内有些尴尬,朗德烈便对他说:

"你以后再讲给我听。风太大了,在水边的树下面待着可不太好。幸好老天开始掉雨点儿了,风很快就会停下来的。"

朗德烈暗自想道:"蛐蛐儿预言我能在下雨前找到他,这倒是真的。这小姑娘真比我们有远见。"

他可一点没想到他和法岱大妈足足聊了一刻钟。他求她,而她拒绝的当儿,小法岱特完全可能遇见西尔维内。朗德烈是出门的时候才看见她的。最后他终于想到了这点。但是她跟他搭讪的时候怎么对他遇上的麻烦知道得这么清楚呢?他和法岱大妈解释的时候她又不在。这回,他没想到来灌木林的路上他向好几个人打听过他哥哥在哪儿,肯定会有人在小法岱特面前提起这事,或者,为了满足好奇心,这小姑娘可能像以往那样藏起来听到了他和她奶奶说话的最后部分。

至于可怜的西尔维内,他正想着怎么解释他对弟弟和妈妈的恶劣态度。因为他一点没料到朗德烈会装作若无其事的样子。他不知道对朗德烈该有些什么表示。朗德烈从来没撒过谎，什么也没瞒过孪生兄弟。

走过浅滩的时候他很不自在，因为他一直不知道该怎样摆脱尴尬的场面。

刚一上岸，朗德烈就来拥抱西尔维内，情不自禁地比平时更热烈地亲吻他。可是他忍住什么也没问。因为朗德烈非常清楚他会不知道说什么才好。朗德烈把他领回家，跟他聊些他们两人都很上心的事。走到法岱大妈家门口，他仔细张望小法岱特是不是在家。他很想去谢谢她。可是门紧闭着，只听见蝈蝈儿在号，他奶奶又在骂他。每天晚上他都得挨顿骂，甭管他是不是该挨骂。

听到这顽童的号啕，西尔维内很不舒服，他对弟弟说：

"这家人真讨厌，总听见有人在叫唤或者打人。我知道没有比蝈蝈儿更坏、性情更多变的了。要说蛐蛐儿，我看她一钱不值。可是这两个孩子也够倒霉的，没爹没妈，靠一个巫婆生活，这巫婆什么也不能给他们。"

"咱们家可不是这样，"朗德烈接过话茬，"爸爸、妈妈从来没碰过咱们一个指头。就是责备咱们淘气的时候也那么温存，充满了善意。邻居根本听不见。就有这么一些人因为太幸福，反倒身在福中不知福。小法岱特是世上最不幸、最不受待见的了，却整天乐呵呵的，从来不埋怨什么。"

西尔维内听懂了这话里含着对他的责备，对自己的行为很后悔。从早上开始他就后悔了。他至少二十次动了回家的念头。可是他害臊，没动窝。这时候，他心里堵得慌，一言不发，只是哭。可是他弟弟拉着他的手对他说：

"要下大雨了，咱们快往家跑吧。"

他们跑了起来。朗德烈尽量逗西尔维内发笑,西尔维内勉强笑笑,好让朗德烈高兴。

可是一进家门,西尔维内就想躲到谷仓里去,他怕爸爸责备他。巴尔伯老爹却没像老伴那样把事情看得太严重,只是开开玩笑。巴尔伯大妈事先听了巴尔伯老爹的开导,也尽量不让西尔维内看出她有多担心。只是在她忙着把双胞胎安顿在一堆旺火前面,好让他们烘干的时候,西尔维内才发现她哭过了。她还时不时用忧虑、伤心的眼光看着西尔维内。这会儿要是只有他们俩,他会请她原谅,跟她亲昵,安慰她。可是父亲不太喜欢那些情意绵绵的表现。吃完晚饭,西尔维内只好什么也不说就上床睡觉去了。他实在太累了。他一整天什么都没吃,太饿了,狼吞虎咽地吃完晚饭,他便像喝醉了似的,只能由他的孪生弟弟帮他脱了衣服,安顿他睡下。朗德烈坐在他床边,拉着他的一只手。见他睡着了,朗德烈便向父母告辞,一点也没注意妈妈拥抱他的时候比以往更带感情。他总以为她不能像爱西尔维内那样爱他。他一点也不嫉妒。心想自己不那么可亲,他只能得到他应得的那份爱。他如此知足既是出于对妈妈的敬重,也是出于孪生兄弟的感情。西尔维内比他更需要爱抚和安慰。

第二天,在巴尔伯大妈起身之前西尔维内便跑到她床前,向她敞开心扉,承认他有多后悔,多不好意思。他告诉她这一段时间以来,他痛苦极了,不仅是因为和朗德烈分开了,还因为他觉得朗德烈对他一点感情都没有了。妈妈问他这错误的念头从何而来,他也说不清楚。因为这是一种他无法控制的病态心理。妈妈表面上不明白,实际上很了解他。一个女人很容易体会这种折磨,看到朗德烈凭着勇气和毅力这么镇定自若,她也时常感到痛苦。可是这次她承认嫉妒对一切情感来说都是有害的。即使是对最受上帝推崇的情感来说也是如此。所以她注意不纵容西尔维内继续这么下去。她告诉他,他给朗德烈带来很大痛苦,而朗德烈却心地善良,一点不抱怨,也不让人看出他受了多大打击。西尔维内承认这一点,并且相信弟弟比他更像个基督徒。他答应一定克服弱点,此刻他的意愿是很真诚的。

但是,尽管西尔维内表面上平静下来,好像满意了,尽管妈妈使出全身解数,用尽站得住脚的理由来消除他的怨气,尽管他尽可能真诚、公平地对待弟弟,他仍然心存苦涩。他情不自禁地想道:"弟弟是我们两人里最好的基督徒,是最公平的。我亲爱的妈妈这么说,也确实是这么回事。但是如果他像我爱他似的这么爱我,他就不会像现在这个样子。"他想起朗德烈在河边找到他时那副平静、无动于衷的样子。他想起自己真想跳河的时候,听见朗德烈找他时像招呼乌鸫似的吹着口哨。如果说离开家的时候他还没有这念头,可是到了晚上,他不止一次想到他弟弟不会原谅他有生以来第一次这样跟他赌气,这样躲避他。他想:"要是他这么跟我过不去,我肯定耿耿于怀。可他原谅了我,我非常高兴,但是我看他原谅我的时候也不是那么轻松的。"想到这儿,不幸的孩子一边唉声叹气,一边又努力控制自己。

可是,只要我们稍微有心使上帝满意,上帝总是会奖赏、帮助我们的。这一年其余的时候,西尔维内比较理智,避免和弟弟吵架或者赌气。他对弟弟爱得比较平静了,他的身体一直为焦虑所折磨,现在健康也恢复了,身体也强壮了。他父亲让他干更多的活儿,发现他越少注意自己,身体就越好。但是在爹妈家干活总也比不上在别人家干活艰苦。因此这一年里朗德烈一点省不了劲儿,他比哥哥力气大,个子也高了。无论是表面上还是内心深处,我们注意到他们俩之间原有的细微的区别越来越明显。十五岁一过,朗德烈成了一个真正漂亮的棒小伙,而西尔维内还是个可爱的少年,比弟弟纤瘦,也没弟弟脸色那么好。这样再没人把他俩弄混了。他们还是长得很像兄弟俩,但是人们不能一下子看出他们是双胞胎。朗德烈比西尔维内晚出生一个小时,本应是弟弟,可是头一次见到他们的人都以为他比西尔维内年长一两岁。这更增加了巴尔伯老爹对朗德烈的宠爱,他是真正的乡下人,最看重力气和个头。

十一

在朗德烈与小法岱特那次奇遇后的头几天里,这小伙子还真老想着他向小法岱特许的愿。小法岱特帮他摆脱烦恼的时候,他真是替爹妈答应把他们孪生地最好的东西给小法岱特。可是看到巴尔伯老爹压根没把西尔维内赌气当回事儿,一点儿也不着急,他又怕小法岱特来要报偿的时候,他爸爸会让她碰一鼻子灰,会笑话她的所谓的魔法和朗德烈对她许的那些动听的诺言。

这种担心使得朗德烈很害臊。随着他的悲伤不断平息下去,他越发肯定他遇上的事情当中一定有魔法在作怪。

他不能肯定是小法岱特在捉弄他,但又感到这种可能性是存在的。他找不到充分理由向父亲证明他许的愿是完全值得的,又不知道怎样推翻他的诺言。因为他曾经以名誉起誓,以灵魂和良心担保。

可是,令他不解的是,事情发生的第二天,甚至一个季度以后,他既没在孪生地也没在普里谢听人谈起小法岱特。她既没有到卡约老爹家去找朗德烈,也没到巴尔伯老爹家去要什么。朗德烈在地里老远看见她的时候,她根本不往他这边走,好像根本没注意到他。这在她倒是反常的,因为她跟在所有人后头跑,不是出于好奇,就是寻开心,和那些心情好的人逗乐、打趣,或者呵斥、嘲弄那些心情不好的人。

可是法岱大妈家就在普里谢和高斯的邻村,不定哪天,朗德烈和小法岱特就能在一条路上面对面地碰上。要是路不宽,他们免不了互相拍打一下,或者打个招呼再过去。

这天晚上,小法岱特正赶着她的鹅往家走,蝈蝈儿像往常一样紧跟着她,朗德烈从牧场上找回母马,赶着它们慢慢往普里谢走。他们正好在一条小路上碰见了。这条小路从孪生地十字路口一直通向小轱辘浅滩,正好在峭壁之间,所以他们谁也躲不开谁。朗德烈生怕人家提醒他说过的话,满脸通红。为了不让小法岱特有什么想法,他从老远刚一看见她,便跳上一匹马,想让它跑起来。可是所有的马腿都上了绊索,因此他骑的那匹马跑不起来。朗德烈见自己离小法岱特越来越近,不敢正眼看她,便假装回头看看小马驹是不是跟上来了。他再看前面时,小法岱特已经从他身边过去了,她什么也没跟他说。他甚至不知道她是不是看了他一眼,不知道她是不是曾经用眼神或微笑向他示意晚上好。他只看见那个老是那么讨厌、那么可恶的蝈蝈儿，正捡起石头朝他这匹马腿上扔去。朗德烈真想给他一鞭子，但是他怕停下来跟他姐姐讲理。于是他假装没看见，一直往前走，再没朝身后看一眼。

后来朗德烈每次遇见小法岱特差不多都是这样。慢慢地，他敢正视小法岱特了，随着年龄的增长，他越来越懂事，不再为这么件小事担心。他鼓足勇气平静地注视她，希望她随便跟他说点什么。令他不解的是这小姑娘却故意把脸扭到一边，好像她也因为同样的原因怕见他似的。这下朗德烈胆子更大了。他为人公正，便想到他没有去感谢她为自己带来欢乐是否是一个错误，不管她是运用了科学，还是纯属偶然。他决定再看见她就主动跟她说话，这次他至少向她走近了十步要去跟她打招呼，跟她聊天。

可是，他一走近，小法岱特就做出一副骄傲，甚至生气的样子，可还是瞧了他了。她用一种十分蔑视的眼光注视着他，使他完全不知所措，不再敢和她说话。

这是一年里他最后一次碰到小法岱特，从此以后，不知道怎么鬼使神差的，小法岱特总能完全躲开他，不管从多远看见他，她都绕到另一边去，躲到谁家地里，或者绕一个大圈子，好避免看见他。朗德烈以为由于他没良心，她非常生他的气。可是她这么讨厌他，他便决定不再做任何努力去赔不是。小法岱特跟别的孩子不一样，天生没有小心眼，甚至太洒脱了。只要她舌头绕得过来，她总是找碴儿吵架、捉弄人。她总能说出最切中要害最刺人的话。谁也没见她赌过气，都说她缺少姑娘家该有的傲气。她十五岁了，也该把自己当回事了。可她总像个淘气包，看见西尔维内陷入梦境的时候,她老想折磨他,打扰他,把他推往绝境。她遇见他时,老是跟着他走一段,笑话他的孪生地,成心折磨他,说朗德烈根本对他没什么感情,拿他的痛苦开玩笑。可怜的西尔维内比朗德烈更相信她是巫女,非常惊讶她怎么能猜出他在想什么,于是更觉得她讨厌透了。他根本看不起她和她们家。像她躲朗德烈一样,西尔维内也躲着这可恶的蛐蛐儿。他说她早晚会跟她妈一样。她妈妈行为不端,离开了丈夫,跟那些当兵的跑了。蛔蛔儿生下不久,她就作为随军小贩走了。从那以后,人们再也没有她的消息。她丈夫含羞忍辱而死。法岱老奶奶不得不抚养两个孩子。这两个孩子她带得很不好,因为她吝啬,也因为她太老,她几乎没法儿看住他们,把他们收拾干净。

因为这一切,朗德烈虽然没有西尔维内那么高傲,也觉得小法岱特很让人恶心。他后悔和她打交道,尽量不让人知道这件事。他也瞒着他的孪生兄弟,不想西尔维内知道他那时多么为他担心。西尔维内也不告诉朗德烈小法岱特对他怎样坏,因为小法岱特猜到了他的嫉妒心,他很害臊。

可是时间在流逝。双胞胎兄弟正是处在变化很大的年龄,他们一星期在身体、精神上发生的变化如同一个月发生的变化,一个月的变化如同一年。朗德烈很快忘了他的奇遇,有段时间一想到小法岱特他便有些焦虑不安,后来也就不再想了,好像这不过是场梦。

朗德烈到普里谢快十个月了,转眼就要到圣约翰节。朗德烈就是这个时候受雇到卡约老爹家的。卡约老爹对朗德烈十分满意,这好老汉宁肯给他增加工钱也不愿意放他走。朗德烈也觉得能待在他家的邻村,能继续和普里谢的人在一起再好不过了，他很喜欢那儿的人。他甚至感到他对卡约老爹的一个侄女有点感情，她叫玛德隆，是个不错的姑娘。她比他大一岁，还有点把他当成孩子。但是后来越来越不一样了。年初玩游戏或者跳舞的时候，他要是因为亲吻她而脸红，她还笑话他。可是后来每到这时候，她非但不再逗他，自己脸也红了。她不再跟他单独待在牲口棚或者干草房里。玛德隆家境富裕，他们俩以后完全可以结成良缘。两家在当地名声都不错，很受敬重。后来，卡约老爹看到两个孩子互相想见面又怕见面，便对巴尔伯老爹说他们是很般配的一对，让他们互相好好了解一段时间没什么坏处。

朗德烈留在普里谢，西尔维内仍然在父母身边，圣约翰节的前八天，事情就这么决定了。西尔维内现在已经很理智，巴尔伯老爹发烧的时候，这孩子在地里还挺顶事。西尔维内非常害怕被送到远处去，这种恐惧在他身上起了好作用。因为他努力克服他对朗德烈过分的依恋，至少不让人看出来。尽管孪生兄弟一周不过见上一两面，孪生地又有了平静、和美的气氛。圣约翰节对他们来说是个幸福的日子。他们一起进城去看城里和乡下的劳务市场，还有大广场上的庆祝活动。朗德烈和漂亮的玛德隆跳了不止一支布雷舞①。西尔维内为了让他高兴也试着跳。他不太会跳。然而玛德隆对他们都一样，面对面，手把手地教他，帮他踩上拍子。西尔维内就这么和弟弟在一起，他发誓好好学跳舞，好分享朗德烈的快乐，他在这方面一直让朗德烈挺难

① 布雷舞，法国奥弗涅地区的民间舞。

堪的。

他不怎么嫉妒玛德隆,因为朗德烈一直跟她保持距离。玛德隆又总是夸奖、鼓励西尔维内。她对他倒没什么顾虑。在外人看来,这对孪生兄弟中,玛德隆喜欢的是西尔维内,朗德烈如果不是生来就讨厌嫉妒的话,这会儿该嫉妒他们了。也许他尽管很天真,但不知怎的他却明白玛德隆这么做是为了让他高兴,好常常有机会和他在一起。

圣安多希节前的三个月期间,一切都很好。圣安多希是高斯镇的主保圣人节,是九月份的最后几天。这天对孪生兄弟来说本是盛大的节日,因为人们在镇里的大核桃树下跳各种舞,玩各种游戏。可这次,这个节日却给他们带来了意想不到的新的痛苦。

卡约老爹头天就给朗德烈放了假,让他到孪生地去过夜,好一早就能看到庆祝活动。朗德烈晚饭前就上路了,非常高兴能让哥哥大吃一惊,因为西尔维内按理第二天才能见到朗德烈。这个季节,白天很短,夜幕早早就降临了。大白天里朗德烈什么都不怕,可是他毕竟是个孩子,又是本地人,他可不愿意晚上一个人在路上走,特别是秋天,这是巫仙、精灵出没的季节,大雾正好遮掩住他们的巫术、魔法。朗德烈什么时候都是自己出去放牛或者把牛赶回来,什么也不怕,这天晚上也没觉得比其他晚上更可怕。但是他走得很快,大声唱着歌。天黑时,人们经常这样,因为我们知道歌声能吓着并且赶走野兽和坏人。

走到小轱辘浅滩对面时,——人们之所以这么叫,因为这儿的小石子又圆又多——他把裤腿往上卷了卷,因为水可能没过脚腕子。他小心翼翼地往前走。因为浅滩弯弯曲曲,左右尽是深坑。朗德烈对浅滩很熟悉,不会走错,而且,树叶已经掉了一半,透过树枝正好看见法岱大妈家的灯光。只要朝那个方向走,一般是出不了问题的。

树底下黑极了,朗德烈用他的棍子试探着往前走,他很惊讶水比平时深,特别是他听到了闸门那儿的水声,闸门已经打开一小时了。他清清楚楚看见了法岱特家窗子里射出的光线,便大着胆往前走。可他刚走两步,水就没到了他膝盖以上,他忙往后退,以为走错了。他又往上、往下都试了试,可是到处是水坑。没有下雨,闸门却总是发出隆隆的响声,真是怪事。

十二

朗德烈想:"我准是走错了。因为我看到法岱特家的蜡烛在我右边,可是它本来应该在我左边。"

他又沿原路往回走,走回野兔十字路口。他闭上眼睛转了个圈好重新调整方向。他注意到他周围的树和灌木林,他没走错,他已经走到河边了。尽管浅滩好像没什么可怕的,他再也不敢往前走哪怕三步,因为他忽然发现法岱特家的灯光在他身后,这灯光照理应该在他正对面。他回到岸上,这灯光又好像在它本来的位置上。他朝另一个方面走进浅滩,可是这回,水几乎没到他的腰。他还是往前走,以为他是掉到了一个坑里,只要朝着光线走就会走出来。

他幸亏停了下来,因为坑越来越深,水一直没到他肩膀。水冰凉,他停了一会儿,考虑是不是往回走。因为光线好像又改变了方向。他甚至看见这光线在蠕动、奔跑、跳跃,从一个岸边跳到另一个岸边,最后在水中反射成了两道光线,闪烁着,像一只小鸟扑打着翅膀,又像树脂灯一样发出嗞嗞的响声。

这回朗德烈害怕了,差点昏了头,他听说这种火光最消耗人精力,最险恶了,它玩一种把戏,使得看它的人迷失方向,把人带到水最深的地方,发出古怪的笑声,拿人们的恐惧开心。

朗德烈闭上眼睛不看它。然后壮着胆子赶紧转过身去。他走出水坑,回到岸上,扑倒在草地上。他看着那鬼火欢笑着、跳跃着,真是可恶极了。它一会儿像一只翠鸟一样疾飞,一会儿又完全消失。有时候它像一个牛头那么大,转瞬又像猫眼儿那么小。它迎着朗德烈跑来,在他身边飞速旋转,简直使他眼花缭乱。最后,见朗德烈不想跟着它跑,那鬼火便到芦苇里跳跃,好像是生气了,正在骂他。

朗德烈一动也不敢动。因为再返回也没法赶跑那鬼火。谁都知道谁跑它就在谁身边跑,它把人引上岔路,直到他们发狂,摔倒在某个糟糕的鬼地方。朗德烈又冷又害怕,浑身哆嗦。这时他听见身后有人在轻声唱:

精灵,精灵,小精灵,
带上你的蜡烛和犄角;
我拿了斗篷和风帽,
精灵精灵两相好。

小法岱特出现了,迎面碰上朗德烈。她正快活地准备过河,一点没觉得那疯狂的鬼火有什么奇怪,有什么可怕的。暮色里,朗德烈坐在地上,后退着,像一个真正的男子汉和有教养的人一样在诅咒。

"是我,芳舒,"朗德烈说着站起来,"别怕,我不是你的对头。"

朗德烈这么说,是因为他怕小法岱特不亚于怕那鬼火。他听见了她的歌声,认为她一定和鬼火串通一气,那鬼火像疯子般在她面前又跳又扭,好像非常高兴见到她。

"我知道,漂亮的双棒,"小法岱特想了想说,"你这么奉承我是因为你吓得半死了,你的声音在嗓子眼儿里发抖,跟我奶奶一样。得了吧,可怜的心肝,夜里你可没有白天那么神气,我打赌没有我你不敢过河。"

"说实话,我刚从水里出来,"朗德烈说,"我差点儿没淹死。法岱特,你真要去冒这个险吗?你不怕万一找不到浅滩?"

"我为什么找不到?可是我看得出你怕什么,"小法岱特笑着回答说,"把手递给我,胆小鬼。鬼火没你想得那么坏,谁怕它,它就害谁。我呀,我老看见它,我们彼此挺熟悉。"

说着,她一把拉住朗德烈的胳膊,她的劲儿比朗德烈想象的要大多了。她带他跑进浅滩,唱道:

> 我拿了斗篷和风帽,
> 精灵精灵两相好。

在小巫婆的世界里,朗德烈一点不比在鬼火的世界里更自在。可是看见装成他同类的鬼总比看见装成火的鬼好一些,这鬼火那么阴险,一晃就不见了。所以朗德烈并不反抗,他很放心,因为小法岱特带他走得很稳,他正好走在石子上,脚都没湿。但是他们走得很快,给鬼火带来一股风,这神出鬼没的东西总是跟着他们,我们这儿的小学老师就这么称呼它,他知道很多这家伙的事,还保证说这没什么可怕的。

十三

要么是因为法岱大妈知道鬼火是怎么回事,告诉过孙女这夜里的火光没什么可怕的;要么是因为她经常看到这鬼火,小法岱特觉得扇起鬼火的鬼一点也不坏,只把它往好处想。小轱辘浅滩附近经常有鬼火,只不过碰巧朗德烈从来没看见过罢了。鬼火越来越近,小法岱特感到朗德烈在浑身发抖。

"你真傻,"她说,"这火一点也不烫。你要是知道怎么摆弄它,你就会发现它留下的不只是它的痕迹。"

"这更糟糕,"朗德烈心想,"不烫的火,我知道这是什么:这不可能是来自上帝的火,因为上帝的火是用来取暖和燃烧的。"

可是他没告诉小法岱特他在想什么。他们平安无事地到了对岸。这时候,他真想把她固定在那儿,然后自己跑回孪生地去。可是他不是那种忘恩负义的人,不想不跟她说声谢谢就走。

“这是你第二次帮我的忙,芳舒·法岱,”他对她说,"我要是不跟你说我一辈子都不会忘,我就不是个东西。你来救我的时候我简直快疯了,那鬼火跟着我,对我施妖术。要不是你。我甭想过河,要么进去了甭想出来。"

“你要不这么笨可能很容易就过河了,也不会有什么危险。”小法岱特回答道,“没想到像你这么个大小伙子,十七岁了,下巴都快长胡子了,还这么容易受惊吓,看见你这样子我真开心。"

“芳舒·法岱,您干吗这么开心?"

“因为我一点不喜欢您。”她轻蔑地回答道。

“那为什么您一点儿也不喜欢我呢?"

“因为我看不起您,”她又回答道,“我看不起您,看不起您的双胞胎哥哥,也看不起您爹妈。他们傲气十足就因为他们有钱,以为谁帮你们忙都是应该的。他们教您忘恩负义。朗德烈,除了懦弱之外,这可是男人最要不得的缺点。"

受到这小姑娘的责备,朗德烈觉得受到莫大侮辱,因为他认为不全是他们家人的错,于是他反驳道:

“法岱特,我要有什么错,您责怪我就是了,我哥哥、爸爸、妈妈和我们家其他人都不知道您帮过我,这回我一定告诉他们,您要什么奖赏就给您什么。"

“嗨,您可真神气,”小法岱特又说,“您以为,您可以仰仗爹妈报答我。您以为我跟我奶奶一样,扔给她几个钱,她就能忍受那些不诚实、不讲理的人。得,我呢,根本不需要也不想要您的赏赐,您那儿的什么我都不放在眼里。我医治了您心里那么大的痛苦,可是快一年了,您竟然没想到对我说出一句感激和友好的话来。"

"法岱,我错了,这我承认。"朗德烈说。他头一次对小法岱特的讲话方式这么吃惊,"可是这多少也是你的错。你帮我找到哥哥并不是用什么法术。我向你奶奶打听的时候,你可能刚瞧见过他。你说我心肠不好,你要是真的心地好,就不会让我难过,让我等着,就说不出会把我引到远处的话。你本当马上告诉我:'冲下牧场,他就在水边。'你要是不恶作剧地拿我的痛苦逗着玩,这原费不了你多少事。可这一来,你帮的忙就掉价了。"

小法岱特本来反应是很快的,这次却沉思了一会儿才说:

"我很明白你想尽可能不感谢我,尽可能想象你不欠我什么,因为你答应过要报答我。可是这更说明你心肠硬,心眼不好。你一点没注意到我并没有来向你要什么,我甚至没埋怨你忘恩负义。"

"这倒是真的,芳舒,"朗德烈说,他毕竟是有诚意的,"我觉得我是错了,我也很不好意思。我本该来跟你说说。我也这么想过,可是你老对我摆出一副怒气冲冲的样子,我不知道怎么办才好。"

"要是事情发生的第二天您就来跟我说句友好的话,您绝对不会看到我这副生气的样子。您会马上知道,我根本不要您给我什么,我们会成为朋友的。那我就不会像现在这样,对您没有好印象,恨不得让您自己去和鬼火周旋。再见吧,孪生地的朗德烈,快去烘干衣服,去告诉您爹妈:要不是那个穿得破破烂烂的蛐蛐儿,我敢肯定,我得在河里喝个够。"

说着,小法岱特转过身,唱着朝家里走去:

　　吸取教训,拿上包裹,
　　孪生地的朗德烈·巴尔伯。

这回,朗德烈真觉得灵魂在忏悔,他对这个女孩子也不是没有一点友情。她似乎与其说是心地好,不如说是脑子灵,甚至那些爱开玩笑的人也不喜欢她的恶作剧。不过他心地高尚,不愿良心上有愧疚。于是他追上去,用斗篷拦住她,对她说:

"哎,芳舒,这件事得解决好,而且就在咱俩之间。你对我不满意,我对自己也不满意,你得告诉我你希望得到什么,甭管什么,最迟明天我就给你带来。"

"我希望再也不见到你,"小法岱特冷冷地回答,"不管你给我带来什么,你瞧着,我都会朝你的鼻尖甩过去。"

"用这话对待一个要向你认错的人可太粗暴了。你要是不想要礼物,也许我能为你做点什么,让你看到我只想对你有用,没什么恶意。得,告诉我怎样才能让你高兴。"

"您不能对我说对不起,希望我们成为朋友吗?"小法岱特停下来问道。

"对不起,这要求太过分了。"朗德烈说。在这个小姑娘面前,朗德烈没法克服他的傲气。她和她的年龄很不相称,有时那么不懂事,完全不像她这么大的人。"说到你的友谊,法岱特,你的想法老是稀奇古怪,我不能那么相信你。还是跟我要一样我马上就能给你,而又不必讨回来的东西吧。"

"好吧,"小法岱特的声音清楚又干脆,"就照您说的办,双棒朗德烈。我把您的对不起还给你,再也不怨恨您。现在,我照您的许诺提要求,到那一天得按我说的办。那一天不晚于明天,也就是圣安多希节。下面就是我要的:弥撒以后您请我跳三次布雷舞,晚祷以后跳两次,三钟经以后再跳两次,一共七次。这一整天,从起床到晚上睡下,您不再和任何其他人,不管是小姑娘还是妇女跳舞。您要是跟别人跳了,那我就知道您有三个很坏的毛病:忘恩负义、胆小和不讲信用。再见,明天我在教堂门口等着您跳舞。"

朗德烈跟着小法岱特一直走到她家。她拉开门闩,很快进去,没等双棒反应过来,门推开又马上闩上了。

十四

一开始,朗德烈觉得法岱特的主意挺好玩,他并不生气,直想笑。心想:"这姑娘并不坏,不过疯疯癫癫的。她也不像人家以为的那么贪,她要的东西不会使我们家破产的。"可是仔细一想,他发现这种讨债法其实够让他为难的。小法岱特舞跳得很棒。他看见过她在田里或者在路边和土拨鼠一起蹦跶,她像个小鬼似的抖动,快得让人跟不上她。可是她一点不漂亮,穿得又那么可笑,星期天没一个像朗德烈那么大的男孩请她跳舞,特别是当着众人的面。只有那些还没有领过圣体的猪倌儿或者男孩儿肯邀请她,村里的漂亮姑娘们不愿让她跟她们一起跳舞。要听从这么个舞伴的支配,朗德烈觉得受到莫大侮辱。想到他答应过漂亮的玛德隆至少跟她跳三次舞,他不知道他要是不得不让她别再这么要求,她会怎样对待这种羞辱。

他又冷又饿,总害怕鬼火跟着他,于是赶紧往前走,没太多想,也没朝身后看。他回到家就烘烤衣服,只对家里人说,天太黑,他没看见浅滩,费了好大劲儿才从水里走出来。他不好意思承认他那会儿特别害怕,没讲到鬼火,也没提小法岱特。他去睡觉的时候想,明天还早,用不着多想这次倒霉的相遇的后果。可是他怎么也睡不踏实。他做了五十来个梦,梦见小法岱特骑着鬼火,那鬼火像只大红公鸡,一只爪子上挂着个犄角形的灯笼,里面点着蜡烛,那灯光照亮了整个灌木林。小法岱特变成了山羊那么大的蛐蛐儿,冲他用蛐蛐儿般的声音嚷嚷着,唱着一支他听不懂的歌。可是他老听到一些同韵的词:蟋蟀、法岱、犄角、风帽、妖怪、双胞胎、西尔维内。他的头都要炸了,鬼火的光非常强,闪得飞快,他醒来时还看见小光泡,就像我们盯着太阳或者月亮看了很长时间以后眼前闪动的那种黑色的、红色的或者蓝色的泡泡。

这一夜朗德烈睡得很不好。第二天他累极了。整个弥撒过程中他都在睡觉。神甫先生布道他一句也没听见,神甫在尽情地颂扬、赞美圣安多希的美德和他的一切。从教堂里出来,朗德烈无精打采,忘了小法岱特这回事。她就在门廊前面,离漂亮的玛德隆很近。玛德隆站在那儿,确信自己会是第一个被邀请的。可是朗德烈走过来要跟她说话的时候,他一下看见了蛐蛐儿,她往前走了一步,毫不害羞地高声对他说:

"哎,朗德烈,昨天晚上说好你请我跳第一个舞,咱们可别忘了。"

朗德烈一下子满脸通红,他看到玛德隆的脸也红了,遇上这样的事,她不由得极其惊讶,也非常气恼。朗德烈于是斗胆顶撞小法岱特:

"蛐蛐儿,很可能我答应过请你跳舞,可是在这之前我已经请了别人,等我跟答应过的第一个人跳完了再轮到你。"

"不对,"小法岱特肯定地说,"朗德烈,你记错了,你答应我之前没答应过别人,因为我是去年向你提的要求,昨天晚上你只不过又答应了一遍。玛德隆今天要是想跟你跳舞,这么着,你的双棒兄弟跟你长得一样,她可以跟他跳,反正你们俩都一样。"

"蛐蛐儿说得对,"玛德隆拉起西尔维内的手,骄傲地说,"您要是老早就答应了她,朗德烈,那就应该说话算数,我也挺愿意和您哥哥跳的。"

"对,对,这是一回事,"西尔维内天真地说,"咱们四个一起跳。"

为了不引起人们注意,得赶快让这事过去。蛐蛐儿开始高傲而灵巧地跳了起来。布雷舞从来没这么吸引人,这么让人陶醉。她要是漂亮,人又好,看她跳舞真是个乐趣。她跳得绝妙,没一个漂亮姑娘跳得有她这么轻盈又自信。可是蛐蛐儿穿得那么难看,使她看上去比平时还丑十倍。朗德烈不敢再瞧玛德隆,因为面对她,他感到伤心、屈辱。他看着他的舞伴,觉得她比平日穿得破破烂烂时还难看,她自以为打扮得挺漂亮,可那套包装只能招人笑话而已。

她那顶帽子因为发霉而变黄了。这帽子不像当地时兴

的那样小巧而且后面卷起来,而是一边耷拉一个又宽又扁
的大腮。帽子后面的辣椒形装饰一直垂到脖子上。这么一
来她跟她奶奶像极了。她的脑袋像个大斗,支在一个棍子
那么细的脖子上,她的提花裙子短了有两只手那么多。这
一年里她长高了不少,被阳光晒得粗糙的骨瘦如柴的胳膊
从袖子里伸出来,像蜘蛛的两条腿。她系着一条她自己挺
得意的肉色围裙,是她妈妈的。她没想到把围裙摘下来。
十年以来,年轻人早就不戴这玩意儿了。她完全不是那种
时髦女孩,可怜的姑娘。她太不风流了,而且像个男孩似
的,一点不考虑外表,只喜欢玩游戏,捉弄人。所以,她这会
儿像个过星期天的老太太,人家因为她穿得不像样而看不
起她。她穿得不好不是因为穷,而是因为她奶奶吝啬,也因
为她自己没有审美眼光。

十五

　　西尔维内简直不明白他的双棒兄弟怎么会对这个法岱
特突发奇想。他比朗德烈更讨厌她。朗德烈不知道怎么解
释才好,恨不得钻到地缝里去。玛德隆很不高兴。他们虽
然不得不跟着小法岱特活蹦乱跳,但是满脸不乐意,好像鬼
魂附体似的。

　　刚跳完第一支舞,朗德烈就逃走,躲到果园里去了。可
是不一会儿,小法岱特就追到他这儿来了。蝈蝈儿跟着她。
他帽子上插着一根孔雀毛,垂着镀金的流苏,比平时更没好

气,更吵吵嚷嚷。她还带来一帮比她年纪小的丫头片子,因为与她同龄的姑娘几乎都不理睬她。要是朗德烈拒绝跟她走,这帮小丫头都是她的证人。朗德烈看到她和这群家禽,只得乖乖地把她带到核桃树林,想在那儿找个没人注意的角落跟她跳舞。幸亏玛德隆、西尔维内和本地人都不在这边。他想利用这机会完成他的任务,和小法岱特跳三次布雷舞。他们周围只有一些外乡人,一点也没注意到他们。

刚一跳完,他就跑去找玛德隆,想请她一起到树荫下去吃麦糊。可是她跟别的小伙子过舞以后,他们答应让她吃个够。于是她骄傲地拒绝了朗德烈。蔑视和傲慢使她在朗德烈眼里变得从来没这么美过,而且好像谁都注意到了这点。看到朗德烈眼泪汪汪地站在角落里,玛德隆赶紧吃完,从桌子旁站起来,高声说:"听,晚祷的钟声响了,晚祷以后我和谁跳?"她转向朗德烈,指望他马上说:"和我。"可是没等他开口,别的小伙子已经要求了。玛德隆很不屑地用责备或者怜悯的目光看了他一眼,就和那些新来向她献殷勤的小伙子去做晚祷了。

晚祷很快唱过了。皮埃尔·欧巴尔多、冉·阿拉德尼兹、艾蒂安·阿拉菲力普他们三个轮流请玛德隆跳舞,像她这么漂亮而且富有的姑娘,少不了被邀请。朗德烈用眼角盯着她。小法岱特这会儿正在教堂里跟别人念长长的祷告。有人说她确实虔诚,也有人说她这么做是为了更好地掩盖她和魔鬼的勾当。

玛德隆好像压根儿没想他,因为兴奋,她脸红得像草莓,而且已经不再为他无奈之下让她受了气而难过。朗德烈心里很不是滋味。他悟出他过去没想到的:她过分意识到自己的娇媚,压根儿没把他放在心上,既然没有他她也这么开心。

至少表面上他的确有他的错。可是她明明看见他在树荫下面非常伤心,她本该猜到他有什么事情要向她解释的。可是她满不把这事放在心上。他难过得心都要碎了,她却快活得像只羊羔似的。

等她和三个舞伴跳完之后,朗德烈走近她,想和她单独聊聊,尽可能向她解释清楚。他不知道怎样把她带开,因为他这个岁数的小伙子和女人在一起时还不怎么放得开。他没能说出一句话便拉起她的手让她跟他走。她却半气恼半抱歉地说:

"呦,朗德烈,你最后才来请我跳舞?"

"不,不是跳舞。"他说。他不会装假,不愿意再食言,"我跟您说点事,您不能不听。"

"嗬,朗德烈,你要是有什么秘密跟我说,那么下回再说吧。"玛德隆说着抽回她的手,"今天是跳舞和开心的日子。我的腿还有劲儿。蛐蛐儿把你的腿累坏了,你要是想睡觉就去睡吧,我还要待会儿哪!"

说完她便接受日尔曼·欧杜的邀请,和他跳舞去了。她转过身去的时候,朗德烈听到日尔曼·欧杜对她说到他:

"这家伙以为这支布雷舞该和他跳了。"

"很可能,"玛德隆点了点头,"可是还没他的份儿。"

听到这话,朗德烈很受刺激。他站在离他们跳舞不远的地方,注视着玛德隆的一举一动。她没什么恶意,却非常高傲,看不起人。这使朗德烈十分恼火。玛德隆回到他跟前的时候,他有点嘲讽地看着她。于是玛德隆便一惊一乍地对他说：

"呦，朗德烈，你今天再也找不到舞伴了。我看你还得回到蛐蛐儿那儿去。"

"我倒很乐意去找她，"朗德烈说，"她也许不是这节日活动里最漂亮的姑娘，可是她舞跳得比谁都好。"

说完，他便跑到教堂周围去找小法岱特。他把她领回舞场，面对着玛德隆，就地跟她跳了两支布雷舞。要知道蛐蛐儿有多自豪，多高兴！她一点不掩饰她有多快活，调皮的黑眼睛亮晶晶的，仰着戴着大帽子的小脑袋，像只带冠的母鸡。

倒霉的是，她的成功使得平日常和她跳舞的五六个男孩很气恼，因为他们没有机会再接近她。他们跟她在一起从没觉得有什么可自豪的，只是因为她很会跳舞。他们这会儿对她指手画脚，嫌她神气活现，在她身边嘀嘀咕咕："瞧哇，蛐蛐儿还以为她迷住朗德烈·巴尔伯了呢！蛐蛐儿，女妖，小傻瓜；瘦猫儿，蛐蛐儿，小青蛙……"他们还说些当地别的无聊话。

十六

小法岱特走过他们旁边的时候，他们不是拽她的袖子，就是伸出脚使绊子，有几个年纪最小、最没教养的孩子拍打着她帽子上的耳垂，把耳垂从一个耳朵上转到另一个耳朵上，叫着："大伙来看橄榄帽，快来看法岱大妈的橄榄帽！"

可怜的蛐蛐儿左右打了几巴掌,可是这样做只能更惹人注意,当地人议论起来了:"瞧咱们的蛐蛐儿,她今天运气有多好,朗德烈·巴尔伯老请她跳舞!她跳得是真好,可是她还以为她是个漂亮姑娘,打扮得像只喜鹊。"有的还对朗德烈说:

"可怜的朗德烈,她给你念了咒是怎么的?你怎么只盯着她?要不就是你想变成巫师,不几天我们就会看到你把狼带到地里来。"

朗德烈觉得很受侮辱。西尔维内看不出弟弟的所作所为有什么了不起,有什么值得称道的。见弟弟成了众人甚至外乡人的笑柄,他更觉得受了侮辱。这些外乡人也跟着掺和、打听、说三道四:"他倒真是个漂亮小伙子。可是甭管怎么说,他也够奇怪的,迷上了所有这些人里最丑的姑娘。"玛德隆也过来了,她像个胜利者似的听着这些讥讽的话,毫无恻隐之心,她也插嘴说:

"你们要怎么着?朗德烈还是个孩子。在他这岁数,只要有人和他说话,他才不管是个长着魔鬼般的羊脑袋的,还是个基督徒模样的。"

西尔维内拉住朗德烈的胳膊,低声对他说:

"弟弟,咱们走吧,要不咱们得气死。他们在笑话你,那些骂小法岱特的话都落在你身上了。我真不明白你今天怎么了,连着请她跳了四五次。好像你成心让人笑话。我求求你,别这么开玩笑了。人家对她不好,看不起她,她乐意,她自找,她就喜欢这样。可是咱们不愿意这样。咱们走吧,三钟经以后咱们再回来,你请玛德隆跳舞。她是个本分的好姑娘。我一直跟你说你太爱跳舞了,就因为这个你尽干蠢事。"

朗德烈刚跟他走了没两步就转过身去,因为他听见有人在大喊大叫。原来是小法岱特。玛德隆和别的姑娘让那些向她们献殷勤的小伙子拿她开心,孩子们听了这些嘲弄她的话,更加肆无忌惮,刚才一拳把她的帽子打掉了。她的黑色长发垂到背上,气愤而又伤心地和他们扭打着。因为这回她没说什么该让人这么对待她的话。她气得大哭,一个坏孩子用棍子挑着她的帽子,她怎么也够不着。

朗德烈觉得这样很不好,他心地好,看不下不公平的事。他抓住那调皮的孩子,从棍子上把帽子摘下来,拿起这棍子给了那小子屁股上一下子。他来到其他孩子中间,只吓唬了他们一下,他们便开始逃跑。他拉起可怜的蛐蛐儿的手,把帽子还给她。

旁观的人看到朗德烈这么矫健,淘气包们这么害怕,都笑了起来,为朗德烈鼓掌。可是玛德隆使得事情对他不利,有些和他同龄甚至比他大的小伙子似乎在取笑他。

朗德烈不再害臊。他觉得自己很勇敢,是强者。一种说不出的男子汉的感觉使他做了他应该做的事,没让一个女人受欺负,不管她是美还是丑,是高还是矮,他在众人面前选她当了舞伴。他察觉玛德隆那边的人瞧他的眼神不对头,便径直走到阿拉德尼兹和阿拉菲力普跟前,对他们说:

"好吧,你们这些人有什么要说的?要是我乐意关心这姑娘,关你们什么事?你们若是认为受到冒犯,为什么转过身悄悄地说?我不就在你们跟前吗?你们一点儿没看见我吗?这儿有人说我还是小孩子,可是这儿没有一个男子汉或者一个大小伙子当面对我这么说！我听着哪，咱们看看谁再跟和我这么个小孩子跳舞的姑娘过不去。"

西尔维内一直没离开他弟弟。他并不赞成朗德烈去吵架，可是他随时准备支持他。那儿有四五个年轻小伙子看上去比双棒兄弟还厉害。看到他们俩这么坚决，而且，说实在的，他们得想想为这么点小事打架到底值不值，于是他们谁也没吭声，你看看我，我看看你，好像在问谁愿意和朗德烈较量。没人站出来。朗德烈一直没放开小法岱特的手，这时候对她说：

"芳舒，快戴好你的帽子，咱们跳舞去，我倒要看看谁再来把你的帽子摘掉。"

"不，"小法岱特擦着眼泪说，"我今天跳够了，我把其余的给你免了。"

"别，别。还得跳，"朗德烈充满勇气和自豪，"你和我跳舞就得挨骂，没那么一说。"

他又和她跳舞，没人再说什么，也没人再斜眼看他们。玛德隆和那些向她献殷勤的小伙子到别处跳舞去了。跳完这支布雷舞，小法岱特低声对朗德烈说：

"朗德烈，现在够了。我对你很满意。我不再追究你答应我什么了。我这就回家去。你今天晚上爱和谁跳舞就和谁跳。"

她弟弟正在和别的孩子打架，她拉起他就走。她走得很快，朗德烈甚至没看见她从哪儿走的。

十七

朗德烈和他哥哥回家去吃晚饭。因为西尔维内一直为刚才的事情不安，朗德烈便告诉他，前一天晚上因受到鬼火纠缠，小法岱特如何救了他，要么是因为她勇敢，要么她靠的是魔法，她要求朗德烈答应在圣安多希节的庆祝会上请她跳七次舞来报答她。别的事他一点没提，他不想告诉西尔维内去年他多担心他会淹死。他不说是明智的，因为孩子们有时产生坏想法，要是有人对这些想法特别注意，又跟他们提起来，他们又会想起来的。

西尔维内赞成弟弟信守诺言，而且对他说，这事给他惹的麻烦使人们更尊重他。他为朗德烈踏进河里感到后怕，却并不感激小法岱特。他一点不想和她沾边儿，不愿意相信她是偶然在那儿发现朗德烈的，也不相信她是出于好心来救他的：

"是她和魔鬼勾搭好让你神志不清，让你淹死。可是上帝不答应，因为你当时没做不道德的事，过去也没有。可是这个坏蛐蛐儿却利用你心眼好，利用你的感激之情，什么最让你讨厌，什么对你最有害，她就让你答应她什么。这丫头最坏了。女巫都爱干坏事，没有一个是好东西。她很明白她会让你和玛德隆吵翻，会让你看不清真相。她还想让你去打架，要不是上帝又帮你防着她，你肯定会和人干一架，肯定会遇到倒霉事儿的。"

朗德烈看着西尔维内的眼睛,心想也许他说得对,便没顶他,几乎没替小法岱特说话。他们聊着鬼火的事儿。西尔维内好奇地听着,他从来没见过鬼火,也一点儿不想遇见。可这事他们没跟妈妈说,因为她一想到鬼火就会害怕。他们也没和父亲说,因为他根本不把这当回事,他见过不下二十回,压根儿没觉得有什么了不起的。

他们本来要跳到大半夜的。可是朗德烈很生玛德隆的气,心事重重。他一点不想利用小法岱特还给他的自由,而是帮哥哥到牧场上找牲口去了。他们正好走到去普里谢的路上的一半。朗德烈头疼,走到灌木林尽头的时候,便和哥哥分手了。西尔维内不乐意他经过小轱辘浅滩,怕鬼火和小蛐蛐儿又要戏弄他。朗德烈向西尔维内保证绕远道,从磨坊那儿的独木桥过去。

朗德烈听他哥哥的,没有穿过灌木林,而是沿着肖姆瓦村旁的小道走下去。他什么也不怕,因为节日的喧闹声从远处飘来。他还隐隐约约听到圣安多希节庆的音乐声和跳舞的人们的喊叫声。他知道精灵只在夜深人静的时候才出来作怪。

他走到路的尽头,正对着采石场的时候,听到有人在呻吟、哭泣。一开始他还以为是杓鹬鸟。可是越走近,越像是有人在呻吟。他向来关心人,特别乐于帮助人,这时候便大胆地朝采石场走去。

可是听到他的脚步声,那个痛苦呻吟的人忽然不作声了。

"谁在那儿哭?"他问道,语气很坚定。

没人回答。

"是不是有人病了？"他又问。

还是没人回答。他想走了，可是走之前，他还想看看堆满场地的石块和大蓟。这时候月亮升起来了。借着月光，他看见有个人趴在地上，脸朝前，像死了一样一动不动。要么他真的死了，要么是他痛苦至极，不想让人发现，便一动也不想动。

朗德烈从来没见过也没碰过死人。想到这可能是具死尸，他一阵紧张。但是他很快克服了恐惧，因为他想到他得去救他。他坚定地走过去，碰了碰这个躺在地上的人的手。那人见自己被发现了，当朗德烈走近时，便坐了起来。朗德烈认出是小法岱特。

十八

一开始，朗德烈因总是在路上撞见小法岱特有点恼火，但是她看上去非常伤心，他便有点同情她了。他们聊了起来：

"怎么，蛐蛐儿，是你哭得那么伤心？又是谁打你，要不追你来着，让你这么难过，还藏起来？"

"没有，朗德烈。从你那么大胆护着我以后，谁也没敢再欺负我，再说，我谁也不怕。我是为了哭才躲起来的，就这么回事。让人看出自己痛苦是最蠢的了。"

"可是你为什么伤心成这样？是不是因为今天人家欺负你了？你也有不对的地方，你得想开点，也别再去招惹人。"

"朗德烈,你为什么说我也有不对的地方? 难道我想和你跳舞就冒犯你了? 难道我就不能像别的女孩子那么快乐?"

"不,不是这么回事,小法岱特。您想跟我跳舞,我一点不怨您。您让我做的,我都做了。和您在一起的时候,我可表现得不错。您的错不是在今天,跟我也没什么关系,而是就您自己来说,这您知道。"

"不,朗德烈,看在我爱上帝的分上,我不明白我错在哪儿。我从来没替我自己打算。要说我有什么不对的地方,那就是我给您带来不少麻烦,虽然我不是成心的。"

"别扯到我,小法岱特。我一点不怨您。咱们说说您。既然您不知道您有什么缺点,您想不想让我出于友善,真心实意地告诉您,您错在哪儿?"

"我愿意,朗德烈。我把这看成我对你好而应得的最好奖励,或者因为对不起你而应得的最好惩罚。"

"好吧,芳舒·法岱。既然你说话这么讲理,而且这是我头一回见你这么温和,这么好打交道。我这就告诉你为什么人家不像对待一个十六岁的姑娘似的那么尊重你。先是你的神态和举止完全不像姑娘,倒像个小子。你太不在乎你的外表了,看上去很肮脏,不修边幅。你的穿着和谈吐让人觉得你很丑。你知道,孩子们给你取的外号比蛐蛐儿还难听。他们经常管你叫'假小子'。你都十六了还不像个姑娘,这像话吗? 你像马厩里的猫似的爬树,跳上一匹没有笼头又没有鞍子的马,让这马奔跑起来的时候,就像是鬼魂附体似的。健壮而矫健,天不怕地不怕,这当然好,可这是男人的天性,对一个女人说来就不太合适了。你好像老想惹人注意,所以人家也就注意到你,像追一只狼似的跟在你后边嚷嚷。你挺幽默,你说的那些俏皮话让那些和你说的话毫不相干的人发笑。比别人机灵当然好,可要是老想表现出来你就会树敌太多。你好奇心太重,你要是发现了人家的秘密,只要跟他们合不来,就把这秘密劈头盖脸地甩过去,一点情面都不留。这样,你让人害怕。人们怕谁就讨厌谁。他们对待这样的人,比对方待他们更坏。不管你是不是女巫,我都相信你懂不少事,可是我希望你别动坏心眼。你老想显得像女巫,好吓唬那些惹你生气的人,就因为这样,你把自己的名声败坏了。这些就是你的不是,芳舒·法岱。就因为你的这些毛病,大家都跟你过不去,好好想想,你是不是愿意稍微跟大家相像一点。这样大伙就更愿意听你讲那些他们不懂的事了。"

"谢谢你,朗德烈,"听了这番苦口婆心的话,小法岱特严肃地说道,"你跟我说的这些都是人家抱怨我的。可是你说的时候很诚恳,特别有分寸,他们可不是这样。你愿不愿意听听我的回答?能不能在我旁边坐一会儿?"

"这地方真不舒服。"朗德烈说。他倒不在乎和小法岱特多待一会儿,他是在想人家都说她给人带来厄运,而那人却一无所知。

"你找不到舒服地儿,"她回答说,"你们这些有钱人就是爱挑剔。非得有块草坪你们才肯坐到外面来。你们能在你们的牧场上,在你们的花园里找一块漂亮地方,一片舒服的树荫。而那些一无所有的人可没向上帝提这么多要求,他们碰上一块石头就枕在上面。他们的脚不怕刺扎,无论走到哪儿都能看到天地间一切美好的事物。朗德烈，对于那些深知上帝所创造的一切都有它的作用、都是美好的人来说，没有什么讨厌的地方。我不是女巫，可是我知道踩在你脚下的那些小草有什么用。因为我知道它们的用途，我赞赏它们，绝不会讨厌它们的味道和模样。我说这些，朗德烈，是想告诉你一个道理，这和花园里的花、采石场的荆棘有关，也和基督徒的灵魂有关。这就是，人们经常看不起那些外表不漂亮，看上去不起眼的东西，结果失去了帮助和忠告。"

"我不太懂您想说什么。"朗德烈说着在她身边坐下。

他们沉默地坐了一会儿，因为朗德烈根本不理解小法岱特的思想。他脑子里像团乱麻，可是他忍不住想听这姑娘说下去。他从来没听见过有人像小法岱特此刻这样，用这么温柔的声调，说这么入情入理的话。

"你听我说，朗德烈，"她说，"其实我更值得同情，而不该受到责备。要说我自身有不对的地方，至少我没真的伤害别人；要是大家公正、讲理的话，就会更多地看到我的好心，而不是我那张难看的面孔和我破旧的穿着。你知道吗？你要是知道我的情况就不妨想想，自从我生下来就遭受到怎样的命运。谁都指责我那可怜的妈妈，骂她，可我不想跟你说她的坏话，虽然她不在，不能为自己辩解。我不能这么做，我不知道她做了什么坏事，也不知道她为什么这么做。好吧，人就是这么坏，我妈妈刚把我扔下，我还在为这个伤心地哭泣的时候，别的孩子为了芝麻粒儿大的小事，为了一件他们之间可以互相原谅的小事和我闹别扭，就会把我妈妈的错儿翻出来，想迫使我为她脸红。也许，一个理智的姑娘处在我的位置上,会像你说的那样,一声不响地低着头,觉得最好还是不再替妈妈辩护,让别人去骂她,好让自己不挨骂。可是我,你瞧,我做不到。我控制不住自己,我妈妈永远是我妈妈,甭管她怎么样,甭管我是不是能找到她,也甭管我是不是再听人提起她,我都真心地爱她。所以,人家要是说我是风骚女人和随军酒贩的孩子,我就要发火,这倒不是为了我自己:我知道这碍不着我什么事儿,因为我没干什么坏事。我发火是为了这个可怜的、亲爱的女人。我有责任为她辩护。可是我不能也不会替她辩护,所以我就替她报复。我对别人说他们应该听到的实话,让他们知道自己并不比他们朝她扔石块的人强多少。这就是为什么他们说我好打听,说我放肆,说我发现他们的秘密到处去说。上帝使得我这么好奇,如果这是指我对隐藏着的事物的好奇心,这倒是真的。可是别人要是对我好,同情我,我就不会为了满足自己的好奇心去做损人的事儿;我会从奶奶告诉我的秘密中得到乐趣,去给人治病。我爱到处跑,四处搜寻,光是花、草、石子、飞虫等大自然里的一切奥妙就够我忙的,够让我开心的了。我会总是一个人,没有烦恼。我最大的乐趣是到人家不爱去的地方去,梦想一大堆人家从来没听说过的事。这些人自以为聪明,自以为什么都知道。我对别人的闲事感兴趣,是想用我的小常识给人帮忙,我奶奶经常不动声色地用这些知识谋利。我给那些和我同龄的孩子治好伤口或者治好了病,教他们怎么用药,不要任何报酬。可是他们不但不感谢我,反把我看成女巫,那些人用得着我就说好听的求我,可一有机会就对我说些蠢话。

"为这个我非常气恼。我本来可以让他们倒霉。既然

346

我知道怎样给人带来好处,当然也知道怎样给人带来痛苦。但是我从来没这么做。我不记仇。我用语言报复,是因为我脱口说出嘴边的话能使我心情舒畅些,以后我就不再去想,并且原谅他们了。是上帝教我这么做的。要说为什么我不在乎我的外表和举止,这说明我还没傻到以为自己美,我知道我丑得让人没法看。人家老是这么说,生怕我不知道,看到人们对上帝没能照顾到的人那么冷酷,那么看不上眼,我觉得让人讨厌我是件快乐的事。想到我向上帝和保护我的天使抱怨他们给我这张脸,而他们并不比我更厌恶我这张脸,我感到欣慰。所以我从来不像别人那样说:瞧这条毛毛虫,一个丑八怪;啊!它真难看!应该弄死它!我可从来不杀死上帝的可怜造物。要是一只毛毛虫掉进水里,我就递过去一片叶子把它救上来。所以人家说我就喜欢坏动物,说我是女巫,因为我不愿意让一只青蛙受罪,不愿意撕下一只蜜蜂的腿,不愿把一只活蝙蝠钉在树上。可怜的动物,我对它说,要是应该把所有丑的东西都杀掉,我不比你更有权活下来。"

十九

　　小法岱特非常谦卑、平静地说她怎么丑,不知道为什么使得朗德烈很感动。他回想着她的脸,在采石场昏暗的光线里他看不清这张脸,他没想恭维她,对她说:

　　"可是,法岱特,你不像你自己以为的或者你说的那么难看。有人长相远不如你，可是谁也没说她们什么。"

"不管我漂亮点还是丑点，朗德烈，你总不能说我是个漂亮姑娘。得了，别想安慰我了，我并不为这个难过。"

"可你要是像别人一样梳妆打扮会是什么样子呢？大家都说你的鼻子并不那么短，嘴不那么大，皮肤也没那么黑，你其实并不赖。人家还说，咱们这儿再也找不到比你的眼睛更亮的眼睛了。如果你不那么放肆和嘲讽地看人，谁都乐意让你这双眼睛看看的。"

朗德烈没怎么意识到他在说些什么。他在想着小法岱特的毛病和优点。这是他头一回这么注意小法岱特，对她这么感兴趣。以前他可不是这样的。小法岱特也注意到这点，可是她没有流露出来。这时，她在认真地想着朗德烈的话。

"看见好的东西，我的眼睛里就充满善意，"她说道，"看见不好的东西，我的目光就带着怜悯。让那些我不喜欢的人不愉快，我心里高兴。我不懂那些被人奉承的漂亮姑娘怎么能向所有的人献媚，好像她们对所有的人都有兴趣。要是我长得漂亮，我只跟我喜欢的人亲热。"

朗德烈想到玛德隆，可是小法岱特没容他想下去。她接着说：

"朗德烈，你瞧，我的过错就是我没有求人家可怜我，让人家原谅我长得丑。我在他们面前从不修饰打扮，这就冒犯了他们，使他们忘了我经常给他们帮助，忘了我从来没有对不住他们。再说了，就算我想精心修饰，我到哪儿去找东西打扮自己？虽然我没有一文钱，可我向人讨过吗？我奶奶除了给我够维持生计的钱，给我饭吃，还给我什么？若说我不会利用可怜的妈妈留给我的旧衣服,这是我的错吗?从来没人教过我,我十岁就被遗弃了,没人爱我、同情我。我知道人家说我什么,你曾经好心替我开脱:人家说我十六岁了,如果我有钱,有条件好好打扮自己,也可能看得过去。可是,我懒,又爱到处逛,所以一直留在奶奶身边,她一点不喜欢我,而且完全有条件找一个女佣。"

"可不是,法岱特,"朗德烈说,"人家都说你不爱干活,你奶奶逢人就说她留着你还不如请一个女用人。"

"我奶奶这么说,是因为她爱说人坏话,爱抱怨。可是我若要离开她,她又不让我走。她知道我非常有用,虽然她不愿意这么说。她的眼神和腿脚比不上她十五岁的时候了,不能再去找做药汤、药粉的草。她需要人到很远、很难走的地方找这些草。还有,我跟你说过,我自己也发现了一些她不知道的草的用途。看到我的药效果很好,她很吃惊。说到我们的牲口,这些牲口真是棒极了。人们总是奇怪为什么这些牲口属于我们这种没有自己的牧场、只能在公共牧场上放牧的人。可是我奶奶非常清楚,绵羊的毛这么漂亮,山羊的奶这么好,这是谁的功劳。瞧,她可不愿意让我离开她,我值的钱,比她花在我身上的钱要多得多。我还是爱我奶奶,虽然她老骂我,剥夺了我不少东西。还有一个原因使我不能离开她。朗德烈,你要是愿意,我讲给你听。"

"当然了。"朗德烈回答道。他听小法岱特讲下去,一点也不厌倦。

"这就是,"她说道,"我才十岁,我妈妈就把一个可怜的丑孩子,一个像我这么丑的孩子扔在了我的怀里。他比我更不幸,因为他天生是瘸子,生下来就瘦弱多病,佝偻着背,心里老是不痛快,老是捣鬼,因为他总是很难受,这可怜的小家伙!所有的人都招惹他,推搡他,看不起他,我可怜的蝈蝈儿!我奶奶骂他骂得太凶,还老打他,我只能装作站在奶奶一边责骂他才能保护他。可是我总是非常小心,怕真的伤着他。他也很明白,这小家伙。所以他要是做了什么错事,就躲到我的裙子下面对我说:'趁奶奶还没抓住我,快打我吧!'我呢,也打着他玩儿。这个机灵鬼儿,假装又哭又叫。然后我还得安慰他。我不能总让这可怜的小家伙破破烂烂。只要有几块布,我就设法给他做衣服穿。他病了,我给他医治,我奶奶只会任他死去,因为她不会照料孩子。我总算让这可怜的小家伙活了下来。没有我他会更不幸,很快就会被埋在地下,躺在我那可怜的父亲身边。我没能让父亲也活下来。我不知道让蝈蝈儿活下来是不是一件好事,他那么畸形,那么不讨人喜欢;但是,朗德烈,我实在没有办法,想到我去为自己挣点钱,让自己不那么寒酸,我便因怜悯他而心碎,我就责备自己,好像我是蝈蝈儿的妈妈,好像由于我的错儿,眼看他慢慢死去。这就是我所有的错误和不是,朗德烈。但愿好心的上帝对我做出评价,我原谅那些误解我的人。"

二十

　　朗德烈一直聚精会神地听小法岱特讲,觉得她说的没什么站不住脚的地方。最后小法岱特讲到她弟弟蝈蝈儿的时候,他感到突然对她产生了一种友情,好像要站在她一边反对所有的人。

"这回,法岱特,"他说,"谁要是说你不对他就大错特错了。你说的这些很清楚,没人会怀疑你是善良的,没人会认为你没有道理。可是你为什么不让人了解你是什么样的人呢?这样人们就不会说你的坏话,也会有人替你辩护的。"

"朗德烈,我对你说过,"她答道,"我不愿意讨那些我不喜欢的人的喜欢。"

"可是你跟我说了,这是因为……"说到这儿,朗德烈停了下来,对自己差点要说出的话感到惊讶,他接着说,"这是因为你觉得我比别人好?可是我倒以为你一直恨我,因为我从来没对你好过。"

"本来我可能有点恨你,"小法岱特说,"如果过去是这样,从今天开始就不是这样了。我来告诉你为什么,朗德烈。我原以为你很傲,你也确实很傲。可是你能战胜傲气,以尽到责任,这更说明你有值得骄傲之处。我原以为你忘恩负义,可是尽管你的教养使你这么高傲,你还是信守诺言,什么也没能使你说话不算数。还有,我原以为你是个胆小鬼。因为这个,我有点看不起你,可是我发现你只是有点迷信。真的碰到危险,你是很勇敢的。你请我跳了舞,虽然你为这个受到了侮辱。你甚至在晚祷以后还到教堂附近找我,其实我在祈祷以后已经在心里原谅你了,已经不想再折磨你了。你还站在我这边,和所有的坏孩子对着干;你敢顶撞那些大小伙子,要是没有你,他们会欺负我的。还有,今天晚上,听见我哭,你就来陪我,安慰我。朗德烈,别以为我会忘了这些。你会一辈子都看到我永远记得这一切。这回轮到你跟我提要求了,无论你想要什么,无论在什么时候都行。我知道我今天给你带来很大痛苦。我敢肯定,朗德烈,因为我是女巫,能猜到你在想什么。今天早上我一点没想到会这样。好吧,请相信我只是精明,心眼儿并不坏。我知道你爱上了玛德隆,不应该强迫你和我跳舞,让你和她吵翻。我承认当时我看到你因为和我这么个丑姑娘跳舞,把一个漂亮姑娘搁在一边,觉得很好玩,一开始我以为这只是深深地刺伤了你的自尊心,后来我才明白,这在你心里真是一道伤口。我发现你总是情不自禁地朝玛德隆那边看,而她那副看不起你的样子差点没让你哭出来。我也哭了,真的。就是在你想去揍那些向她献殷勤的人的时候我哭了,你还以为这是懊恼的眼泪。这就是为什么你在这儿发现我的时候我哭得那么伤心,为什么我会一直哭到我弥补了给你带来的痛苦之后,你可是我至今见过的最善良、最勇敢的小伙子。"

她又哭了起来,朗德烈很感动。"那么,我可怜的芳舒,"朗德烈说,"咱们假定你惹得你以为我爱上的姑娘生我的气了,你能做些什么使我们重新和好呢?"

"相信我,朗德烈,"小法岱特说,"我没那么笨,知道该怎么解释。玛德隆会知道一切都是我的错。我会向她承认,会让你像雪一样清白。明天要是她还不跟你和好就说明她从来没有爱过你。还有……"

"可是我没什么可遗憾的,芳舒,因为她从来没爱过我。其实,你会白费心思的,别去费这个劲了,别再为你给我带来的一点点痛苦过意不去了。我已经没事儿了。"

"这样的痛苦不会一下子就过去的。"小法岱特说道。接着她换了另一种口气说："至少人家都这么说。你是在说气话，朗德烈。等你睡过一觉，第二天醒来你会非常痛苦的，直到你和这漂亮的姑娘和好。"

"可能吧，"朗德烈说，"可是这会儿，我敢向你发誓，我真不知道，也不去想。我觉得是你非要让我相信我对她很有感情。如果说我对她有点感情，这感情太少了，我几乎记不得了。"

"这就怪了，"小法岱特吸口气说，"你们这些小伙子就是这样去爱一个人的？"

"得了吧！你们这些姑娘，也爱得不深。既然你们这么容易受刺激，又那么容易从另一个人那儿得到安慰。这事咱们一时还说不到一块儿去。至少你，我的小法岱特，你老是嘲笑那些情人，我相信就是这会儿你还在笑话我，想撮合我和玛德隆的事儿。别这么干，我跟你说，她会以为是我让你这么做的，会错怪我的。而且这可能会让她生气，以为是我让人转告她，我是对她最倾心的人。其实我从没跟她说过一句情话，即使我在她身边很高兴，想请她跳舞，她也使得我没勇气对她开口。既然这样，咱们就把这件事撇在一边吧。她要是愿意回心转意就回头，她不回头我也死不了。"

"我比你更清楚你在这事儿上是怎么想的，朗德烈，"小法岱特又说，"我相信你说的，你从来没对玛德隆说过你爱她。可是，除非她单纯得过分，从你的眼神里她不会什么也看不出来，特别是今天。因为我，你们才吵翻的，那么也得由我让你们和好。这是让玛德隆知道你爱她的最好时刻。这事儿由我来办，我会干得很周密，恰到好处，让她不会责备说是你让我这么做的。朗德烈，相信你这个丑蛐蛐儿，她的内心没有她的外表那么丑。原谅她让你这么受折磨。这样对你来说会有好结果的。你会知道得到一个漂亮姑娘的爱情有多甜蜜，得到一个丑姑娘的友谊多么有用。因为丑姑娘不自私，没什么能让她气恼，她也不记仇。"

"不管你是美还是丑，"朗德烈拉起她的手说，"我知道了得到你的友谊真是件好事，甚至爱情比起你的友谊都算不了什么。你心眼好，我现在知道了。因为，我过去深深地伤害过你，而你今天一点也不计较。你说我对你多么好，可是我觉得我很无礼。"

"怎么会呢，朗德烈？我不知道你为什么……"

"因为跳舞的时候我一次也没亲吻你，芳舒。可这是我应该做的，是我的权利。这本来是这里的习惯。我对你像对十来岁的小姑娘，人们从来不弯下身子亲吻她们。可是你跟我差不多大，咱们相差还不到一岁。我让你受委屈了。你要不是一个善良的姑娘，会感觉得到的。"

"我没想这个。"小法岱特说着站了起来。她觉得她在撒谎，又不想让朗德烈看出来，"你听，"她强装快乐，"你听麦茬地里蛐蛐儿在唱哩，它们在叫我的名字。猫头鹰在告诉我天空这个大表盘上标出的时间。"

"我也听得很清楚，我得回普里谢去了。可是我跟你告别以前，法岱特，你愿不愿意原谅我？"

"可我从来没埋怨你，朗德烈，谈不上什么原谅。"

"当然谈得上。"朗德烈说。自从他们谈到爱情、友谊，他很激动。她的声音那么动听，连小树林里歇息的灰鹊的鸣啭都显得生硬了。"我说的请你原谅,是要你对我说,我现在得亲吻你,好补上白天漏掉的吻。"

小法岱特有点颤抖,马上又恢复了平静:

"朗德烈,你是想让我惩罚你,好让你的错误得到补偿。好吧,我宣布你没错了,我的小伙子。让你请一个丑姑娘跳舞已经够了,你要吻她那就过分善良了。"

"瞧你,别这么说,"朗德烈叫道,拉起她的手和胳膊,"我不觉得亲吻你是一种惩罚,除非我亲吻你,你觉得难过,恶心……"

说完,他非常想亲吻小法岱特,他因为怕她不同意而有些发抖。

"听着,朗德烈,"她声音非常温柔,令人愉快,"我要是长得美就会告诉你,要偷偷接吻,这不是时候也不是地方。我要是轻佻,我会觉得这正是时候,也是地方。因为黑夜遮住我的丑陋,你不会因为有人看到你这个怪想法而害羞。可是我不轻佻也不漂亮,那我就跟你说,咱们握握手,表示真诚的友谊,我会非常高兴得到你的友谊,因为我从来没得到过,我别无所求了。"

"好吧,"朗德烈说,"我诚心诚意地跟你握手,你听见了吗,法岱特?可是最真诚的友谊,也就是我对你的这种友谊,也不妨碍咱们互相拥抱。你要是不同意,我就认为你还是有什么埋怨我的地方。"

他试图冷不防地拥抱她,可是她抵挡着,因为他执意要这么做,她哭了起来,说道:

"朗德烈,放开我,你让我很难过。"

朗德烈吃惊地放开她,见她这么伤心,满脸泪水,很是气恼。

"我可知道了，"他说，"你说你只想得到我的友谊，这不是真话，你还有对你来说更重要的友情，所以你不能拥抱我。"

"不是的，朗德烈，"她抽泣着说，"我是怕你黑夜里拥抱我，看不见我，白天你再见到我的时候就会讨厌我。"

"难道我没看见过你？"朗德烈不耐烦地说，"到月光底下来一点，让我好好看看你，我看得很清楚。我不知道你是不是难看，可是我喜欢你的脸。因为，我爱你，这就是我要说的。"

然后他便去拥抱她。一开始，他有点发抖，后来他非常热烈地亲吻她，她有点怕了，推开他说：

"够了，朗德烈，行了。你好像因为发火才拥抱我，或者你是在想着玛德隆。安静点，我明天就去跟她说，你拥抱她的时候得到的快乐，比我能给你的要多得多。"

说完，她赶快走出采石场，轻盈地跑了。朗德烈疯了似的想跟着她跑。他在沿着河边走回去之前，有三回想跟她跑。后来他觉得身后有鬼才跑回普里谢。

第二天清早他就去照料他的牛，给它们喂料，和它们亲热。他想着他和小法岱特在肖姆瓦采石场的长谈，这一切就好像发生在一瞬间。过去的这一天与以往都不一样，因为困倦，精神疲劳，他脑袋发沉。想到他对这姑娘的感觉，他心乱如麻，感到恐惧。她又在他眼前晃动着：丑陋、穿着破烂，就像他平时看到的那样。有时他觉得好像梦见过想要拥抱她，非常激动地把她搂在怀里。就好像他对她产生了强烈的爱情，好像她一下子看上去是世上最漂亮、最可爱的姑娘。

"她准是像人们说的很会勾引人,虽然她并不想这么做,"他想,"她昨天晚上肯定对我施了魔法,要不,我不会在两三分钟里对这小魔鬼产生这么强烈的感情,我从来没对父亲、母亲、也没对兄弟姐妹,肯定也没对玛德隆,甚至没对我亲爱的双棒兄弟西尔维内有过这种感情。他要是能看到我内心的感情,我可怜的西尔维内,他会被嫉妒心吞噬的。我对玛德隆的感情伤不着我哥哥。要是一整天我都这么疯狂而且心烧火燎的,像我在这个小法岱特身边那会儿似的,我真得精神失常,在这世上除了她谁也不认了。"

朗德烈因为疲劳和烦躁感到窒息、羞耻。他坐在牛槽上,担心这迷人的姑娘会使他失去勇气、理智和健康。

天大亮的时候,普里谢的农工们都起来了。他们笑话他和丑蛐蛐儿跳舞,他们嘲笑他的时候,把她说得很难看,没教养,穿得不像样,他真不知道往哪儿躲,他非常害臊,不光是人们看到了什么,还因为他小心不让人看出来什么。

可是他一点也不生气,因为普里谢的人都是他的朋友,他们逗他的时候都没有恶意。他甚至鼓起勇气告诉他们小法岱特不像他们以为的那样,她要强得多,她能帮人大忙。可人们还是嘲笑他说的话。

"她妈妈,我就不用说了,"有人说,"她也是个什么都不懂的孩子,你要是有一头牲口病了,我劝你可别用她的药,因为她是个饶舌的小丫头,并没有给牲口治病的绝招儿。可是她有让小伙子迷糊的绝招儿,这倒像是真的,因为圣安多希节那天你一整天都没离开她,你得小心点,我可怜的朗德烈,因为很快人家就会叫你雌蛐蛐儿的雄蛐蛐儿,母魔鬼的公魔鬼。鬼会跟着你走,魔鬼'乔治荣'会从床上拉走我们的床单,会把我们的马鬃弄乱,那我们还不得不给你驱邪。"

"我看,"小索朗日说,"昨天早上他准是把一只袜子穿反了,这会召来巫师的,小法岱特就发现了。"

二十一

白天,朗德烈播种的时候看见小法岱特走过。她走得很快,是到玛德隆给她的羊摘树叶的萌芽林那边去。这是放牛的时候,这些牛已经干了半天了。朗德烈把它们赶到牧场上去的时候,看见小法岱特在跑。她步子非常轻盈,简直看不见她的脚尖踩着了草。他很想知道她要和玛德隆说些什么。他没赶紧去喝汤,那汤就放在刚犁过的犁沟里,却轻轻地沿着小树林走去,想听听这两个年轻姑娘在一起嘀咕些什么。他看不见她们,玛德隆在说话,声音很低,他一点也听不见。可是小法岱特的声音柔和又清楚,虽然她根本没大声嚷,他却一句不漏地听见了她所说的话。她在和玛德隆谈论朗德烈。像她答应过朗德烈的那样,她告诉玛德隆,十个月前,她要求朗德烈给她一样东西,她想要的时候就得给她。她解释这一切的时候非常谦卑、善良,让人听着很舒服。后来她说到朗德烈在圣安多希节的前一天晚上因为在小轱辘浅滩走错了路,差点没淹死。可是她一点没提鬼火和朗德烈有多害怕。她只讲好的一面,说明坏就坏在她自己异想天开,想满足虚荣心:也就是她只和一个大小伙子跳舞,而不和小男孩们跳舞。

听到这儿,玛德隆火了,提高声音说道:"这些跟我有什么关系?蛐蛐儿,你就是和孪生地的双胞胎跳一辈子舞,也碍不着我什么,我一点也不羡慕。"

法岱特又说道:

"玛德隆,别用这么厉害的话说可怜的朗德烈,因为朗德烈把心都给你了,您要是不理他,我可不知道他该有多伤心。"

她的话那么动听,声音那么柔和,她这么夸他,朗德烈想记住她说话时的语气、方式,到时候用得着。他听到她这么赞扬他,兴奋得脸都红了。

小法岱特讲话那么好听,玛德隆也很惊讶,可是她太看不起她了,不能向她表示出来:

"你整天饶舌,胆大包天,"她说,"好像你奶奶教过你怎么哄骗人。我可不爱和女巫聊天,这会交厄运的。你让我清静点,带角的蛐蛐儿。你找到了一个向你献殷勤的,留住他,我的小妞儿,这可是第一个也是最后一个为你的丑脸蛋发疯的人。我可不捡你剩下的,哪怕是国王的儿子。你的朗德烈只不过是个傻瓜。你以为你从我这儿夺走了他,现在又来求我再要他。这可真是配得上我的好情人,连小法岱特都看不上。"

"您如果因为这个感到被伤害了,"小法岱特接过话茬,她的声音深深打动了朗德烈的心,"您要是那么傲气,非得侮辱了我才觉得公平,那您爱怎么就怎么着吧。漂亮的玛德隆,您就把地里蛐蛐儿的自尊心和自信心都踩在脚下吧,您以为我看不起朗德烈,要不然我不会来求您原谅他。那好吧,我告诉您,我一直爱着他。他是我惟一想念的小伙子,也许我一辈子只会想着他。可是我很明白,也很有自尊心,绝对不会想到谁能爱我。我知道他是什么人,也知道我是什么人。他漂亮,有钱,受人尊重;我又丑,又穷,又让人看不起。我很明白我配不上他。您应该看出他在节庆活动上多看不起我。您就知足吧,小法岱特看都不敢看的小伙子看您的时候眼里充满爱情。您就笑话小法岱特吧,您就跟那个小法岱特争都不敢和您争的人和好吧,您就这样来惩罚她。如果不是出于对他的友谊,至少也是对我蛮不讲理的惩罚。答应我,他来求您原谅的时候好好对待他,安慰安慰他。”

玛德隆非但不可怜她的顺从和献身精神,还表现得冷酷无情,她赶走小法岱特,对她说朗德烈跟她才正合适。而对她自己说来朗德烈太孩子气、太傻了。可是,不管漂亮的玛德隆怎样粗暴无礼,小法岱特的自我牺牲却起了作用。女人的心就是这样,只要一个小伙子受到其他女子的尊敬、钟情,这个小伙子在她们眼里就成了男人。玛德隆从来没把朗德烈当回事,把小法岱特轰走以后却想了很久朗德烈。她尤其想起这个能说会道的丫头谈到对朗德烈的爱情,想到小法岱特爱到竟然敢跟她承认的地步,她不由得为这么报复了这个可怜的姑娘而沾沾自喜。

晚上,她到普里谢去了,她家离那儿没几步。她说是来找一只羊,这只羊在地里和她叔叔的混在一起了。她设法让朗德烈看见她,用眼神示意他走近她,来跟她说话。

朗德烈当然注意到了。自从小法岱特插手这事以后,他的脑子变得灵活了。"法岱特是女巫，"他想，"她把玛德隆的可爱劲儿还给我了。她在一刻钟谈话里为我做的比我一年里能做到的还多。她真机灵，心眼又少有的那么好。"

他看着玛德隆这么想着。可是他还没决定要不要跟她说话，她已经静静地走了。倒不是因为他在她面前感到害羞。不知道怎么回事，他的羞涩消失得无影无踪，而过去见到她时的那种高兴劲儿和希望得到她的爱情的欲望也随之消失了。

刚吃完晚饭他就假装要去睡觉。可是他沿着床边溜了出去。他擦着墙，径直朝小轱辘浅滩走去。这天晚上，那鬼火又在那儿跳舞。他从老远就看见它在跳跃，他想："这就好，精灵在那儿，小法岱特就在这附近。"他穿过浅滩，没有害怕，也没走错，一直走到法岱大妈家。他四处张望着。有好一会儿他既看不见灯光也听不见任何声响。大家都睡下了。蛐蛐儿常常在她奶奶和蝈蝈儿睡着以后出来，他希望她这会儿在附近转悠。他穿过灌木丛，走到肖姆瓦采石场，又吹口哨又唱歌，希望让人听见。可是他只看见獾在留茬地里窜来窜去，只听见猫头鹰在树上叫。他只好回去了，没能感谢帮了他大忙的好朋友。

二十二

朗德烈整整一星期没见着小法岱特，他觉得很奇怪，也很担心，心想："她准以为我又忘恩负义了。若说我没见着她，却不是因为我没等她，没找她。在采石场里我还没亲吻她，她就不好受了。我可一点坏心眼也没有，一点不想伤害她。"

他这一星期所想的比他一辈子想的还多。他脑子里像团乱麻。他一直在沉思，心情很激动，不得不强迫自己干活。不管是牛，闪光的犁还是被秋天的细雨浸湿的肥沃的红土地，都不再是他沉思和梦想的全部内容了。

星期四晚上朗德烈去见双棒哥哥，见他像他一样地发愁。他们俩性格不同，可是有时互相影响。西尔维内好像猜到有什么事扰乱了弟弟的平静，可是他猜不出是什么事。他问朗德烈是不是和玛德隆言归于好了。朗德烈头一次撒了谎，说是他们和好了。其实朗德烈没和玛德隆说一句话，他想总会有机会跟她说的，他一点也不着急。

总算到了星期天，朗德烈老早就去望弥撒，他在弥撒钟声响前就进去了，他知道小法岱特总是这时候到，因为她要做人家都笑话她的长长的祷告。他看见一个瘦小的人儿跪在圣母马利亚的祭台前，背着他，脸埋在双手里，正在专心致志地祈祷。这正是小法岱特的姿态。可是从发型、身材上看都不像是她。朗德烈又出去看看能不能在教堂门廊里找到她。我们这儿管这门廊叫"叫花子门"，因为望弥撒的时候，衣衫褴褛的叫花子们都站在那里。

他还是没看见小法岱特的破衣服。他只听见弥撒却见不着她的人影。只是在序诵开始的时候，他又看了一眼在祭台前虔诚地祈祷的姑娘。他见她抬起头来，认出正是他的蛐蛐儿。她的穿着和神态都与往常完全不同。其实，她穿的还是那套寒酸的衣裙，还是那条粗呢裙子，那件红色的短上衣,她还戴着那顶没有花边的布帽子,可是她在一星期里把她这套穿戴都洗了一遍,又重新剪裁、缝制。她的裙子长了些,正好垂到她的短袜子上。袜子和帽子都洗得雪白。帽子的式样也是新的,正好盖住她梳得光滑的头发。她的方头巾是新的,淡黄色的,正好衬出她褐色的皮肤。她把短上衣也加长了。她不像是一截穿了衣服的木头,她身材纤巧,体态灵活,像一只漂亮的小蜜蜂。还有,不知道这八天里她用一种什么花草混合物洗了脸和手,她的脸蛋白皙,可爱的小手又干净又细嫩,像春天里的白刺李。

朗德烈见她变化这么大,不留神把祈祷书掉在地上。听见声响,小法岱特转过身来,她看着他,他也正好在看她。小法岱特脸有点红了,像灌木丛里的一朵小玫瑰。她这样看上去非常美,特别是她那双无可挑剔的黑眼睛里闪着亮晶晶的光,这使她看上去好像换了个人。朗德烈还在想:"她是个女巫,她想从丑变美,瞧她就奇迹般地漂亮起来了。"他感到一阵害怕。可是这一点也不妨碍他想靠近她,跟她说话,他急切地等到弥撒结束,心怦怦直跳。

而她不再看他。祈祷以后,她没跑也没和孩子们打闹,而是静悄悄地走了。人们几乎没机会注意到她变化这么大,变得那么可爱。朗德烈没敢去追她,因为西尔维内一直盯着他。一个小时以后,他总算逃脱了。这回他听凭感情驱使,找到了小法岱特。她在凹陷的小路上乖乖地放她的牲口。人们管这条小路叫"宪兵小道",从前国王的一个宪兵在这条路上被高斯人杀了。那时候光是法定的税已经够重的了,而他还来逼迫穷人负担额外的税款和劳役。

二十三

因为是星期天,法岱特放羊的时候不缝补也不纺线。她安安静静地玩着一种我们这儿的孩子有时候挺当回事儿的游戏。她在找一种四叶车轴草,这种草很少见,谁找到,谁就得到幸福。

"芳舒,你找到了吗?"朗德烈刚走到她身边就问道。

"我经常找到,"她答道,"可是没像人们说的那样给我带来幸福。我在书里夹了三株这种草,一点用处也没有。"

朗德烈在她身边坐下,好像要跟她聊天。他忽然感到一阵他和玛德隆在一起的时候从没有过的羞涩。他有很多话要谈,却说不出一句话。

小法岱特也不好意思起来。双棒一言不发,瞧着她的眼神却挺古怪。终于她问他为什么那么奇怪地看着她:

"要么是因为我变了发型,"她说,"我这是听了你的话。我想,要让人看了顺眼,先得穿着规整些。所以我不敢露面,怕人家又对我说三道四,怕人家说我想不那么丑却做不到。"

"人家爱说什么说什么,"朗德烈说,"我不知道你为了变得漂亮,做了些什么。反正你今天的确漂亮,除非把眼睛挖了才会看不出来。"

"别笑话我了,朗德烈,"小法岱特又说,"听说美人们因为她们的美丽而晕头转向,丑姑娘因为她们的丑陋而伤心。我已经习惯让人看了吓一跳，我没那么傻，以为人家会喜欢我。你不是跟我来说这个的。我只等着你告诉我，玛德隆是不是原谅你了。"

"我不是来跟你说玛德隆的。我不知道她是不是原谅我了，我也不去打听。不过我知道你跟她说什么来着，你说得真好，我得好好谢谢你。"

"你怎么知道我跟她去说了？她告诉你了？这么说，你们讲和了？"

"我们根本没讲和。我们俩还没相爱到吵架的地步。我知道你跟她去说什么了，因为她告诉别人，别人又告诉我了。"

小法岱特满脸绯红，这使她更漂亮了。因为她从来不曾面带这种因害怕和兴奋才有的透着诚实的颜色，这种色彩使得最丑的姑娘也会变得漂亮起来。可她又担心玛德隆会透露她说了些什么，使她坦陈对朗德烈的爱情传为笑柄。

"玛德隆说我什么啦？"她问。

"她说我是个大傻瓜，不会讨任何姑娘喜欢，甚至小法岱特也不会爱我；小法岱特看不起我，躲着我，整整一个星期藏起来不见我。我得满世界找，到处跑，好见到小法岱特。所以我才是让人家笑话的，芳舒，因为人家知道我爱你，可是你一点也不爱我。"

"这可真是坏话。"法岱特吃惊地说。她的巫术没有神到使她猜出朗德烈这会儿比她更精明："我没想到玛德隆这么会撒谎，这么不讲信义。可是得原谅她，朗德烈，她是因怨恨才这么说的，怨恨就是爱情。"

"很可能是这样，"朗德烈说，"所以你一点不记恨我，芳舒。你原谅我所做的一切，因为你根本看不起我。"

"你这么说可真不公平，朗德烈。这不是真的，这可真冤枉我了。我还没疯狂到去撒谎，这是人家编派的。我跟玛德隆没这么说。我跟她说的都是为她好，而又不损害你的话。正相反，我向她证明我觉得你有多好。"

"我说芳舒，"朗德烈说，"咱们别争论你到底是怎么说的，或者你没说什么。我想听听你这个有学问的人的话。上星期天，在采石场，不知怎么回事，我对你产生了强烈的感情，结果我一个星期吃不下，睡不好。我什么也不想瞒你，因为想瞒住你这么精明的姑娘是白费心思。我承认星期一早上我对这种感情感到害臊。我恨不得走得远远的，好不再陷入这痛苦的爱情中去。可是星期一晚上我又陷入这种疯狂，我甚至在夜里穿过浅滩，一点不担心鬼火会阻拦我去找你。那鬼火还在那儿，它跟我恶作剧的时候，我便嘲笑它。自从星期一，每天早上我都像傻子似的，因为谁都笑话我怎么会看上你。到了晚上我就像疯了似的，因为我对你的兴趣比我感觉到的羞耻还要强烈。今天我见你看上去这么善良、懂事，大伙见了都会吃惊。要是半个月以后你一直是这样，不但人家会明白我为什么爱上你，而且还会有别人更爱你。我可能会配不上你，你也不会喜欢上我的。可是，要是你还记得上星期天，圣安多希节那天，你会记得在采石场我请你答应我亲吻你。我真想这么做，我不在乎你是不是出了名地丑和讨人嫌。这是我的权利，法岱特。告诉我，你把这当不当回事，我这么做是不是不但不使你信服反而让你生气。"

小法岱特把脸埋在手里，一言不发。朗德烈听到她对玛德隆说的话,知道她爱他。应该说这爱情在他身上产生的效果非常强烈,他要立刻给予回报。可是看到这小姑娘害羞和伤心的样子,他开始担心她跟玛德隆说这些好听的话,是出于好意,是为了完成她的允诺。这使他更爱小法岱特了,他因此很伤心。他把她的手从脸上拿下来,看到她脸色苍白,好像要死了一样。因为他强烈地责备她对他疯狂的爱不作回应,她瘫坐在地上,握着他的手,抽泣起来。她喘不过气来,浑身发软。

二十四

朗德烈很害怕,拍拍她的手,好让她醒过来。她两手冰凉,僵直得像木头。他焐着她的手,在自己手心里搓了很久。她又能讲话的时候,说道:

"朗德烈,我想你是和我闹着玩的。有些事可一点不能开玩笑。我请你让我安静些,别再跟我说这些了。除非你有什么事要我做,我一定会帮你忙的。"

"法岱特,法岱特,"他说,"您这么说可真错了。是您在耍弄我。您讨厌我,可是您让我抱着别的幻想。"

"我?"她痛苦地说,"我让您相信什么了?我给您一份友谊,就像您的双棒兄弟给您的一样,也许要好些,因为我不嫉妒,我在您的爱情上帮了您的忙,可没有横插一杠。"

"这是真的,"朗德烈说,"你像上帝一样善良,我责备你,是我错了。对不起,芳舒。让我尽情地爱你吧。我也许不能像爱我的双棒兄弟或者爱我妹妹娜奈特那样平静地爱你,可是我向你保证,要是你不乐意,我一定不再想法亲吻你。"

想到他自己,朗德烈以为小法岱特对他只有平静的友谊,因为他不是那种狂妄、爱吹牛的人,所以他在小法岱特身边怯生生的,不敢亲近她,好像压根儿没有亲耳听到她对玛德隆说的关于他的那些话。

以小法岱特的敏锐,足以意识到朗德烈的确疯狂地爱上了她。她太激动了,一时几乎要晕过去。可是她害怕很快会失去这份来得太快的幸福。因为害怕,她想给朗德烈一段时间来热烈地追求她的爱情。

他在她身旁一直待到深夜。虽然他不敢再跟她说甜蜜的话,他还是非常爱她,觉得看着她,听她说话非常愉快,所以他总是下不了决心离开她片刻。他和蝈蝈儿玩耍。蝈蝈儿从来离不开他姐姐,没一会儿就找到他们这儿来了。他对蝈蝈儿很好,发现虽然大伙儿对这个可怜的小家伙那么不好,但是他和善待他的人在一起的时候不笨也不使坏。他很听话,对朗德烈很感激,玩了一会儿以后,便亲吻朗德烈的手,叫他"我的朗德烈",就像他管他姐姐叫"我的芳舒"。朗德烈对他也很怜惜、温存。他为所有的人,包括他自己过去那样对待法岱大妈这两个可怜孩子而感到内疚。他们只需要像所有人一样被爱,就能成为最善良的人。

第二天和后来几天里,朗德烈总能遇到小法岱特。有时候是晚上,他便能跟她聊一会儿。有时候他白天在地里遇见她,虽然她不能停下来时间太长,也不愿意耽误他的活儿,他也非常高兴能跟她说上几句话,好好看看她。在所有人面前,她说的话,她的穿着和举止一直很得体。这一点大家也注意到了。不久,人们跟她说话时的腔调和对待她的方式都变了。她不再说得罪人的话,大伙儿也不再骂她;她既然听不到难听的话,也就不再想臭骂别人,不再想让人伤心。

可是人们的看法不像我们希望的变得那么快,要人们不再看不起她,而是尊重她,不再讨厌她,而是喜欢她,还得有段时间。以后我会告诉你们这变化是怎么产生的。你们能想象,眼下谁也没太注意小法岱特变得规矩了。总有那么几位好心的老头、老太太宽厚地看着孩子们长大。他们有时像是所有孩子的父母,在高斯镇的核桃树下东拉西扯,看着小孩子们或者年轻人在他们周围玩九柱戏,或者跳舞。老人们会说:

“这孩子这么下去会是一个好兵。他身体那么棒,错不了;这一个赶明儿会跟他爹一样精明能干;那个孩子准像他妈一样是个性情温和的明白人;那个小吕赛特赶明儿准是农场里的好雇工;瞧这个胖胖的路易丝,不止一个小伙子喜欢她。要说那个小玛丽蓉,她还得长大点才能像别人一样懂事。”

说到小法岱特,可有点费琢磨:

“她跑得飞快,好像不想跳舞也不想唱歌。自打圣安多希节,她就不见了。跳舞的时候,这儿的孩子摘了她的帽子,她可能受惊不小。她还换了她的橄榄帽。现在她不比别人丑了。”

“您看见没有,这阵子她的皮肤变白了?”有一回裁缝大妈说,“从前她脸上布满小雀斑,像个鹌鹑蛋。可上回我见到她,仔细瞧了瞧,见她那么白净,脸色苍白,我吓了一跳,问她是不是发烧了。看她现在这样,好像变了一个人。谁知道?有的丑姑娘到十七八就变漂亮了。"

"她也变得明事理了,"诺班老爹说,"等一个姑娘明白自己是个姑娘,她就会变得漂亮,讨人喜欢。蛐蛐儿该知道她不是小子了。老天爷,她要是变坏了,那可是咱们这儿的耻辱。可是她变规矩了,变得跟别人一样体面。她明白她得让人忘了她有个被人说闲话的妈妈。你们瞧着,她会让人不再提起她母亲的。"

"但愿如此,"库尔提耶大妈说,"一个姑娘像匹奔马似的,那可真难看。我也指望她变好。前天我碰见她,她没跟在我后面学我一瘸一拐的样子,还跟我打招呼,真心问我身体怎么样。"

"你们说的这小姑娘疯疯癫癫的,可是人不坏,"亨利老爹说,"她心眼儿不错,我是这么觉着,因为我女儿生病的时候,她经常好心地在地里照看我的孙子们。她把他们照顾得非常好,他们都不想离开她了。"

"不知道是不是真的,"裁缝大妈又说,"听人说,巴尔伯老爹的双棒里的一个从上次圣安多希节以后,爱上小法岱特了。"

"得了吧!"诺班老爹说,"别把这事儿当真。这不过是孩子们闹着玩儿,巴尔伯家的人可不傻,孩子们也不比他们爹妈笨,你们明白了吗?"

他们就这么议论着小法岱特。他们平时根本想不到她,因为人们几乎看不见她。

二十五

可是有人老看见她,而且非常注意她,这就是朗德烈·巴尔伯。他要是不能自在地跟她聊天便十分恼怒,可是一跟她在一起,他便平静下来,心满意足。因为她给他讲道理,安慰他。她跟他玩可能多少有点挑逗性质的小游戏,至少他有时候这么想。可是她很诚实,一点不想得到他的爱情,要不是他自己老是瞎琢磨,他没有权利生气。从他这么强烈的爱情看,她不能怀疑他会欺骗她,因为这是一种乡下人不常见的爱情。乡下人爱起来比城里人耐心。朗德烈正是一个比别人更有耐心的人。谁也不会想到他会这么心烧火燎的,谁要是知道(他没让人看出来),会感到非常惊讶。可是小法岱特看他这么全心全意、这么突然地爱上她,担心这只是一把干草点着的火,或者虽然她不幸被烧着了,这在他们之间最终也只不过是一种未到结婚年龄的孩子们之间的诚意,至少按家长们的看法,谨慎地说是这样的:因为爱情不能等待,一旦爱情进入两个年轻人的血液,谁要等对方同意那才是奇迹哩。

可是小法岱特虽然看上去比同龄的孩子要小,却有着一种超乎她年龄的理智和意志,她的心比朗德烈的心还要炽热,所以她得有值得称道的坚强自制力。她发疯似的爱朗德烈,却表现得十分理智。她白天、黑夜,每时每刻都按捺不住地想见他,抚摸他,可是一跟他在一起,她便非常冷静,给他讲道理,甚至装作一点没看出他心中的爱情之火,握手的时候不许他握到手腕之上。

他们常在没人的地方相会,加上夜幕降临,朗德烈本来可以十分忘情,甚至不服从小法岱特的要求。可是他神魂颠倒,非常怕小法岱特不高兴,又十分不敢肯定她是不是爱他,和她相处的时候便毫无非分之想,似乎她是他姐姐,而他是那个蝈蝈儿冉奈。

为了让朗德烈摆脱那些她不赞同的看法,小法岱特教他一些本领,她的机智和天赋完全超出了她奶奶教她的范围。她不想让朗德烈觉得她有什么神秘,因为他总是有点怕巫术,她便想方设法让他明白她知识的奥秘和魔鬼毫无关系。

“朗德烈,”一天小法岱特对他说,“你只提恶精灵。可有一种精灵是好的,这就是上帝之圣灵。魔王是神甫先生编造的,魔鬼‘乔治荣’是乡下长舌妇瞎说的。我小的时候相信,非常害怕我奶奶的魔法。可是她笑话我,因为谁要是什么都不信,谁就能让人什么都相信。人们相信那些假装能随时召来魔鬼的巫师,不亚于相信撒旦,其实巫师们很明白他们从来没见过魔鬼,也从来没得到过魔鬼的任何帮助。那些轻信的人相信魔鬼,呼唤魔鬼,可是从来没能让它露面。我奶奶告诉我,犬道村的磨坊主曾拿了根棍子四处吆喝鬼,想好好揍它一顿,人家听见他在黑夜里叫唤:‘你出来呀,老狼;你出来呀,疯狗;你出来呀,魔鬼乔治荣。’乔治荣压根没来。结果这磨坊主得意扬扬,夸口说魔鬼怕他。”

“可是,”朗德烈说,“你不相信有魔鬼,这可不太像基督徒,我的小芳舒。”

"我不能跟你争这个，"她回答说，"可是如果真的有鬼，我敢肯定它没有权利跑到世上来坑骗咱们，从上帝那儿要走咱们的灵魂。它不可能那么放肆，因为世界是属于上帝的。只有上帝能主宰世间的一切。"

朗德烈摆脱了巨大的恐惧，不能不佩服小法岱特，因为她的想法和祈祷时的虔诚都表明她是个真诚的基督徒，她的心愿比别人都美好。她全身心地爱着上帝，她总是精神振奋，又满怀温情。她对朗德烈谈到她对上帝的这份爱的时候，他十分惊讶地发现，虽然人们教他祈祷，参加仪式，他却从来没想到去理解这些祈祷和仪式的含义，他恭恭敬敬地尽义务，却从来没有像小法岱特那样因为爱上帝而内心感到温暖。

二十六

他跟她边走边聊，知道了不少草的性能和给人或者牲口治病的药方。不久，他刚学会的给牲口治病的药方就在卡约老爹的一头母牛身上见效了。这头牛因为吃了过多的青草，得了浮肿病。兽医已经放弃治疗，说这牛活不过一小时。朗德烈给它喝了一种小法岱特教他配制的汤剂。他是偷偷给它喝的。农家人因为失去这么一头漂亮的牛非常难过，第二天早上来找它，准备把它扔到一个坑里去。可是他们看见它站起来了，开始去嗅饲料，眼睛亮亮的，几乎消肿了。还有一次，一只小鸡被毒蛇咬了，朗德烈又按照小法岱特的方法,很轻松地给它治好了。后来,他还试着用一种偏方治好了普里谢一只狗的狂犬病,这只狗后来没有再咬人。朗德烈尽量不让人知道,也不向人炫耀他的知识,于是人们以为牲口的病好了是因他调理得好。卡约老爹虽然也这么认为,但是像所有那些有经验的农夫或者佃农一样,他觉得事情有点奇怪,他说:

"巴尔伯老爹没有给牲口治病的本事,而且他运气也不好,去年丢了不少牲口,这不是头一回。可是朗德烈手气真好,这是天生的,要么有福气,要么没有。咱们还得去学校学兽医,可要是天分不行,学了也没用。不过我跟你们说,朗德烈可真聪明。他老能找到合适的办法,这是他的天赋,要办好一个农场,这可比有钱还重要。"

卡约老爹说的这些并非没有根据,没有道理。只是他错把这天赋给了朗德烈:朗德烈没别的本事,只不过是细心地用了他学来的药方。要说天赋,也不是神话,因为小法岱特就有。她奶奶没给她上几课,她就用这点知识,像个发明家一样,发现并猜到了上帝赋予的一些草的性能和应用的方法。她并不是巫师,她完全有理由反驳。可是她有观察力,会比较,能注意到一些事情,并且去试验。这确实是天赋,谁也不能否认。卡约老爹想的稍微有点离谱。他以为一个放牛的,一个农夫手运好或者不好,只要他人在牲口棚里,就对牲口有好处或者有坏处。可是即使在最错误的信条里也有一些合理的成分。应该说,办事精心,干活利索,工作认真负责的人,能把一些因心不在焉或者愚蠢而办糟的事情办好。

朗德烈对这些事一直很感兴趣。他非常感激小法岱特教给他这些本领,非常佩服这年轻姑娘的才干,对小法岱特的感情也越来越深。他心甘情愿地顺从她,在和她散步或者见面的时候强迫自己不去想爱情。他也注意到小法岱特不像他,不那么在乎让人追求、夸奖,而是对恋人的志趣和实际事业分外关心。

朗德烈很快就深深爱上了她,全然不再为让人看出他爱上一个公认又丑又坏、教养又差的小姑娘而感到羞耻。他在这事上小心翼翼,都是因为他的孪生哥哥。他知道他有多嫉妒。朗德烈光是为了让他能接受过去他对玛德隆的感情,就已经做过很大努力。那感情比起他现在对芳舒·法岱的感情简直微不足道,也平静多了。

朗德烈爱得太强烈,简直无法谨慎小心。而小法岱特知道事情的奥秘,不愿意让朗德烈受人奚落。她太爱他了,不想给他家里带来痛苦,便要求他绝对保密。这么过了一年,他们的事情才泄露。朗德烈使得西尔维内习惯于不再盯着他的一举一动。这地方没多少人,被一条沟与外界隔开,树木茂盛,正是保守爱情秘密的好地方。

西尔维内尽管接受了朗德烈把感情分给玛德隆,他的痛苦也因朗德烈的害羞和这姑娘的谨慎减轻了,可是看到朗德烈不再爱玛德隆,他仍然感到高兴,以为朗德烈不急于把他的心交给一个女人,他也就不再嫉妒,节假日也让朗德烈干点自己的事,去买些东西。朗德烈来来去去有的是借口,特别是星期天晚上,他老早就离开孪生地,半夜才回到普里谢。这对他说来很方便,因为他在杂物棚给自己弄了张床。您可能会问我这个词是怎么回事,因为学校里的老师会生气,这词该是杂物间。可是,老师认识这个词,而不知道是什么意思。我得告诉他,这是粮仓紧挨着牲口棚的地方,那儿堆着轭、链子、钉蹄子的铁以及各种对牲口和农具有用的家什。这样朗德烈可以随便什么时候回去,不会惊动任何人。星期天一整天直到星期一早上他都可以自由支配,因为卡约老爹和他的大儿子都是很通情达理的人,从不去酒馆,节假日也不熬通宵,习惯于在这些日子里自己管理农场。他们说这是为了让家里的年轻人自由自在地按上帝的意愿开心、娱乐,因为这些孩子在一星期里比他们干得多。

冬天,夜里很冷,朗德烈和小法岱特很难在露天里谈情说爱。他们在雅科的塔楼里找了一块藏身之地,这塔楼原本是鸽棚,鸽子早就不来了。塔楼遮掩得很严实,属于卡约老爹的农场,卡约老爹用来堆他的剩余饲料。朗德烈有钥匙,这塔楼又在普里谢边上,离小轳辘浅滩不远,在封闭的草头田里,魔鬼也得非常细心才能发现两个情人在那儿约会。天气要是暖和,他们就到小树林里去。这是些修剪过的小树,在当地到处都是。这对小偷和情人来说更是绝妙的藏身之地。既然小偷从来不光顾我们这儿,情人们便充分利用。在这里会厌烦,但是不会害怕。

二十七

然而,世上没有不透风的墙。一个星期天,西尔维内经过墓地的围墙时,听到他的孪生弟弟在几步远的地方说话,

376

声音虽然很轻,可是西尔维内对他的声音非常熟悉,即使没听清他的话,也能猜出他在说什么。

"你怎么不来跳舞了?"西尔维内看不见他在和谁说话,"可有一段时间弥撒以后见不着你了,谁也不会觉得我请你跳舞有什么不好,反正在他们看来我几乎已经不认识你了。人家不会认为我请你跳舞是出于爱情,而会以为是出于好心,是因为我想知道这么长时间了你还会不会跳舞。"

"不,朗德烈,别这样。"西尔维内一点也听不出这是谁,因为好长一段时间他都没听到过小法岱特的声音了,她躲着大伙儿,特别躲着他。"别这样,"她说,"最好别让人家注意我。你要是请我跳了一次舞,每个星期天你都会想再跳,没几次人家就会说闲话的。相信我的话,朗德烈,等人家知道你爱我了,咱们的苦恼也就开始了。让我走吧,你先和你家里人还有你的双棒兄弟待上半天再到咱们约好的地方来找我。"

"永远不再跳舞,这多难受!"朗德烈说道,"你那么爱跳舞,可爱的姑娘,又跳得那么好! 拉着你的手,让你在我的怀里转,看着你那么轻盈,那么可爱,只和我一个人跳,这该多让我高兴!"

"不应该这样,"她又说道,"我的好朗德烈,我知道你很遗憾不再跳舞了。我不明白你为什么不跳了。去跳吧,你玩得高兴,我也快活,我会更耐心地等着你的。"

"唉! 你太有耐心了!"朗德烈的声音可表现不出一点耐心,"可是我宁可砍掉两条腿也不愿意和我不爱的姑娘跳舞,给我一百个法郎我也不愿意亲吻她们。"

"那好吧！要是我去跳舞，"法岱特又说，"我也得跟别人跳，也得让别人亲吻我。"

"去你的吧！快去你的吧！"朗德烈说，"我可一点不愿意别人亲吻你。"

西尔维内再也听不见别的什么了，只听见远去的脚步声。朗德烈朝他这边走来，为了不让朗德烈发现他在偷听，西尔维内赶紧躲进墓地里去，让他走过去。

这一发现像一把刀扎在西尔维内的心上。他一点也不想知道朗德烈这么疯狂爱着的姑娘是谁。知道朗德烈为了别人抛弃了他，这个人占据了他所有的心思，他甚至瞒着他的孪生哥哥，不让他知道他的心思，这已经够了。"他一定不相信我，"他想道，"他这么爱这姑娘，结果他怕我，讨厌我。现在我可明白为什么他在家那么腻烦，为什么我想跟他去散步，他那么担心了。我不再坚持，以为他愿意一个人待着。现在，我得小心别让他心烦。我什么也不跟他说。他会因为我发现了他不想让我知道的事而怨恨我。他想甩了我，就让我自己伤心去吧。"

西尔维内照他心想的那么做，甚至有点过分。他不仅不再想把弟弟留在身边，为了不打扰他，他还总是先离开家到果园里去胡思乱想，一点也不想再到地里去。他想："我要是遇上朗德烈，他会以为我盯着他，会觉得我碍他的事儿。"

他已经痊愈的忧郁又渐渐复发了，又陷入沉重的无法排遣的忧伤之中，没多久人们就从他脸上看出来了。他妈妈慢慢又照看起他来。他十八岁了，可是他的精神状态还像他十四岁时那么脆弱，西尔维内因此很害羞，不肯说是什么让他心里这么不好受。

也正因为他这么做，他才能从这种病态中解脱出来。上帝只抛弃自暴自弃的人。把自己的痛苦封闭在心里的人比抱怨的人更有力量战胜痛苦。可怜的西尔维内经常伤心得脸色苍白，还不时地发烧。他渐渐长大了，可是总那么脆弱、单薄。他干不了农活，这不是他的错。他明白干活对他有好处，他父亲已经为他的忧伤够烦恼的了，他不想再让父亲因为他的软弱而生气、难过。于是他拼命地干活，跟自己过不去。他干起活来常常体力透支，第二天他像散了架似的，什么也干不了了。

"他永远不会是个很棒的农场工人，"巴尔伯老爹说，"可是他能干多少就干多少，而他干的时候不知道惜力。所以我不愿意让他到别人家去，因为他怕人埋怨他，上帝又没给他多少力气，没多久他就得累死。那我得恨我自己一辈子。"

巴尔伯大妈完全明白这些道理，她想尽办法让西尔维内高兴起来。她为他的身体问了不少大夫，有的说得好好照顾他，光让他喝牛奶，因为他非常虚弱；也有的说，得让他拼命干活，给他喝上好葡萄酒，既然他体弱就得让他结实起来。巴尔伯大妈不知道听谁的好。众说纷纭的时候常常会是这样的。

幸亏她因不知所措，谁的话也没听。西尔维内沿着上帝指的路向前走，没碰到什么让他东倒西歪的东西，在发现朗德烈的爱情之前，他的小毛病并没太折磨他。发现朗德烈的爱情使得西尔维内因自己给弟弟带来了痛苦而感到他自己的痛苦在加剧。

二十八

　　还是玛德隆发现了插玫瑰的花瓶。如果说她发现的时候并无恶意,她利用这件事时却用心不善。她早就不再为朗德烈而难过了。她既然没爱他多长时间,忘记他也用不了多长时间。可是她一直有点记恨,只要有机会她就会想起来。女人的怨恨确实比悔恨更深。

　　事情是这样的。人们都以为漂亮的玛德隆和小伙子们在一起的时候规矩而自尊,实际上她很轻佻,在友情上还没有可怜的蛐蛐儿一半的理智和忠诚,可是大家都说蛐蛐儿的坏话,以为她不安分。不算朗德烈,玛德隆已经有两个情人了,可她又答应了第三个,她的表哥,普里谢卡约老爹的小儿子。她让这小伙子觉得有指望,于是小伙子老盯着她。玛德隆怕事情败露,又不知上哪儿躲起来好跟新情人自由自在地聊天,于是想飞到朗德烈和小法岱特真诚相会的鸽楼上去。

　　小卡约找了好一阵鸽楼的钥匙,可是没找到,因为钥匙总是在朗德烈的衣兜里。他没敢问任何人,因为他找不出理由解释他为什么要钥匙。就这样,除了朗德烈谁都不关心钥匙在哪儿。小卡约以为钥匙要么丢了,要么在他爸爸的钥匙串上,于是毫不犹豫地上了鸽楼,破门而入。这天朗德烈和小法岱特正好在里面,两对情人面对面十分尴尬。这样他们也就保证谁也不把对方的事情捅出去。

可是玛德隆忽然醋劲大发，十分恼火。因为她发现朗德烈成了本地最漂亮、最受尊重的小伙子之一，竟然从圣安多希节后一直对小法岱特那么忠诚，于是她决计报复。她什么也没跟小卡约说，小卡约是老实人，一点不关心这件事。她让她朋友中的一两个小姑娘帮她忙，她们也对朗德烈挺恼火，认为他不再请她们跳舞便意味着看不起她们。于是她们开始观察法岱特，没多久就肯定了她和朗德烈的感情。她们马上盯住他们，有一两次看见他们在一起，便在村里嚷嚷开了，逢人就说。天知道坏话传千里，都说朗德烈找小法岱特是看错了人。

所有的女孩子都掺和进来了。因为要是一个长得漂亮又能干的小伙子爱上了一个人，这便是对其他所有女孩子的侮辱。要是能有机会咬这个被爱的姑娘一口，谁也不会放过。据说女人要是使起坏来，往往又快又狠。

就这样，半个月以后，雅科塔楼上的奇遇便传开了，所有人，男女老少都知道了双棒朗德烈和蛐蛐儿芳舒之间的爱情，谁也不知道这里的花招，谁也不知道这里面有玛德隆什么事，她小心不出头露面，装作像刚知道这一新闻似的，其实是她不怀好意，第一个把事情捅出去的。

巴尔伯大妈听到了传闻，心里很难受，但又不想对男人说。可是巴尔伯老爹也从别处听说了。西尔维内很谨慎地为弟弟保密，哪知现在所有人都知道了，他很伤心。

一天晚上朗德烈想像往常一样老早离开家，可是这时他父亲当着他妈妈、大姐和双棒哥哥的面对他说：

"朗德烈，别那么急着离开我们，我有话跟你说。可是我得等你教父，因为我要当着家里所有关心你的人的面，让你解释件事。"

等教父,也就是朗德烈奇叔叔来了以后,巴尔伯老爹这样说道:"我要跟你说的,可能让你害羞,我的朗德烈。我不得不当着全家人说你,我自己也不好意思,也觉得遗憾。可是我指望害臊会对你有好处,能让你从怪想法里清醒过来,这怪想法会害了你的。

"将近一年以前,你好像在上个圣安多希节上认识了什么人。打一开始人家就跟我谈起这桩莫名其妙的事,说你和咱们这儿最丑、最坏、名声最不好的姑娘跳了一整天舞。我当时没太在意,以为你是闹着玩。我当然不赞成你这么做。一则不该老跟不太好的人在一起混,而且更不该因为大家都觉得他们讨厌而让他们更受屈辱、更倒霉。我没跟你提这事,是因为第二天我见你很难过,以为你在责备自己,不会干这种事了。可是一星期以来,我听说不是这么回事。虽然我是从最可靠的人那儿听来的,可我还是不愿意相信,除非你亲口对我说。我的怀疑要是错了,你就把这当成我对你的关心,把这看成我有义务监督你的行为。要是这事儿不是真的,你就向我保证没么回事,让我知道我错怪了你,我会非常高兴的。"

"爸爸,"朗德烈说,"您能不能告诉我您责备我什么?我一定告诉您真实情况,我会毕恭毕敬地回答您的。"

"大家怎么说你的,朗德烈,我想你已经听到不少了。人们都说你和法岱大妈的孙女勾勾搭搭。这法岱大妈也不是个好东西,且不说这可怜的姑娘的母亲那么不知羞耻地离开了丈夫、孩子和家乡,跟当兵的跑了。人家说你和小法岱特满世界跑,我真怕你被她拉进糟糕的爱情里去,你这辈子都会后悔的。你听见了吗?"

"我听见了,亲爱的爸爸,"朗德烈回答道,"再容我问一个问题我就回答您。是因为她的家庭还是因为芳舒·法岱本人,您认为我结识她是件坏事?"

"也许是因为这两条。"巴尔伯老爹比一开始明显地更加严肃了。他本来指望朗德烈会很尴尬,可是,没想到他这么镇静,这么有主意。"首先,"他接着说,"血缘关系不好是个丑恶的痕迹。像我们这么一个受尊重、有声望的家庭怎么会和法岱家结亲?再则,小法岱特本人也不受人尊重,引不起人信任。我们看着她长大,知道她值多少。我听说,我自己也看见过两三回,这一年以来她的表现确实比过去好了,她不再跟小男孩们满处跑,不再恶语伤人。你瞧,我可不愿意待人不公平。可是这不能让我相信一个教养那么差的孩子能成为一个好女人,我可知道她那个奶奶,我有理由担心这里面会有什么骗你上钩的花招,给你带来耻辱,让你不知所措。有人甚至对我说小法岱特怀孕了。我不想轻信,可是这让我非常难堪,因为人家会说是你干的,会责骂你,甚至可能会起诉你,弄不好这事会成为丑闻。"

朗德烈从一开始就嘱咐自己要谨慎,和颜悦色地把事情讲清楚,这会儿也失去了耐心。他的脸像火一样通红。他站了起来:

"爸爸,"他说,"跟您说这些话的人像狗一样在撒谎。他们这么侮辱芳舒·法岱,我要是逮住他们,他们要么反悔,要么和我决斗,直到我们之间有一个趴下。告诉他们,他们是些胆小鬼和渎神的人;让他们来跟我面对面说那些他们阴险地暗示给您的话,我们会好好较量一番的。"

"你别这么生气，朗德烈，"西尔维内说道，他非常伤心而且沮丧，"父亲没责怪你做了什么伤害这姑娘的事；可是他担心别人会跟她过不去，怕她跟你白天黑夜到处溜达是想让人以为这事应该由你负责。"

二十九

孪生哥哥的声音使朗德烈稍稍缓和下来。可是朗德烈还是反驳他说的话：

"哥哥，"他说，"这事你一点也不明白。你总是对小法岱特有成见，你一点也不了解她。我不在乎人家说我什么，我可受不了别人说她的坏话。我想让爸爸、妈妈平静下来，相信我的话：世上再也没有第二个像这个姑娘这么诚实、规矩、善良而又无私的了。如果说她不幸外表欠佳，她的为人却是大大值得称道的。我不相信一个基督徒会责备她天生的不幸。"

"朗德烈，您倒好像责备起我来了。"巴尔伯老爹也站了起来，好让儿子明白他不允许事情这么发展下去，"我看得出您很恼火，您对这个法岱特的感情可比我所希望的要深许多。既然您不害羞也不后悔，咱们就什么也别说了。我得负责提醒您小心年轻人的过失。这会儿您得回到您主人那儿去了。"

"你们不能这么分手，"西尔维内拉住正要走的弟弟，"爸爸，朗德烈因为让您不高兴伤心极了，他什么也说不出来。原谅他,拥抱他吧,要不他会整宿地哭,您生气就是对他最严厉的惩罚。"

西尔维内哭了,巴尔伯大妈也哭了,大姐、朗德烈奇叔叔都哭了。只有巴尔伯老爹和朗德烈眼睛是干的。他们心情非常沉重,他们听大家的话互相拥抱了。父亲不要求任何许诺,因为他知道一个坠入情网的人的许诺是不可靠的,而且他也不想破坏他的权威。可是他让朗德烈明白这事还没完,以后再说。朗德烈气愤又伤心地走了。西尔维内很想追上他,可是他没敢这样做。因为他料到朗德烈会去向法岱特述说他的痛苦。他伤心地睡下了,整夜地呻吟,尽梦见家里发生了不幸的事。

朗德烈去敲小法岱特家的门。法岱大妈已经很聋,一睡着就什么也惊醒不了她。这段时间朗德烈因为被发现了,只能晚上在老太太和冉奈睡觉的房间和法岱特说话。他们在那儿也很冒险,因为老巫婆不会接受他,不会有好听的话,而只会用笤帚把他轰出门。朗德烈把他的痛苦讲给小法岱特听,觉得她既温顺又勇敢。一开始她想说服他,为了他好,他最好收回他的感情,别再想她。可是见他更痛苦,越来越抵触,她又劝他听话,让他对未来抱希望:

"你听着,朗德烈,"她对他说,"我早就料到会有什么事落到咱们头上,我总在想万一有什么事,咱们该怎么办。你爸爸没什么错,我一点也不怨他。他是出于爱你才怕你爱上一个像我这样一文不值的人。我原谅他对我有些傲慢和不那么公平。因为我小时候确实疯疯癫癫,你刚爱上我的那会儿也是这么说我的。若说这一年来我改正了缺点,可时间还太短,还不能取得他的信任,就像他今天对你说的。还得再过一段时间，人家对我的戒心才会慢慢消除，现在流传的丑恶谎言也就不攻自破了。你父亲、母亲会看到我非常规矩，不想带坏你，也不想骗你的钱。他们会公平地看待我的真诚感情的，咱们见面、说话也用不着躲着任何人了。可是现在你得听你父亲的，我肯定他会禁止你和我来往。"

"我可没有这份勇气，"朗德烈说，"我宁可跳河。"

"那好吧！你要是没有这份勇气，我来帮你，"小法岱特说道，"我走，我离开家一段时间，两个月以前有人给我在城里找了个不错的活儿。我奶奶太聋也太老了，不能再做草药，也没法再卖药。她不能再给人治病了。她有个好心的亲戚可以来和她住在一起，好照顾她，还有我那可怜的蝈蝈儿。……"

想到要离开这孩子，小法岱特声音有些哽咽。他和朗德烈是她在这个世界上最爱的人，但是她很快又鼓起勇气，说道：

"现在他相当强壮，可以离开我了。他会去参加初领圣体，会觉得和别的孩子一块儿学习数理问答挺有意思，这样他就不会因为我离开而难过了。你大概也注意到，他现在挺懂事的。别的小男孩们也不再惹他发怒。一句话，朗德烈，我必须这么做；得让人家忘记我一段时间，因为目前乡里人对我特别不满又特别嫉妒。等我在外待上一两年，再以体面的表现和良好的名声回到这儿。这一点，我在别处比在这儿容易做到。那时候，人家便不会再跟咱们过不去，咱俩会永远是最好的朋友。"

朗德烈听不进这个建议。他非常失望，回普里谢的时候十分痛苦,简直能引起心肠最硬的人的怜悯。

两天以后,他拿着酒桶去收葡萄的时候,小卡约对他说:

"朗德烈,我知道你怨恨我,你好久不跟我说话了。你可能以为是我把你和小法岱特的事情到处传播,你把我想得那么坏,我很生气。老天有眼,我没说出去一个字。人家给你找这些麻烦,我还替你难过哩。因为我一直挺佩服你,也从来没骂过小法岱特。我对这个小姑娘还有几分尊敬。鸽子楼的事儿发生以后,她本来可以为了她自己的利益到处乱说,可是她嘴很严,没人知道我和玛德隆的事。光是为了报复玛德隆,她本来是可以利用这件事的。她知道得很清楚,所有恶言恶语都是玛德隆说的。可是她没这么做。我算明白了,朗德烈,不能光看表面,光相信名声。谁都以为法岱特很坏,其实她很善良;谁都以为玛德隆是个好姑娘,可是她不讲义气,不仅对法岱特和你如此,对我更是。说到她对友谊是不是忠实,我可抱怨的事情多了。"

朗德烈完全相信小卡约的解释,小卡约也尽量安慰他,让他别那么伤心。

"人家可真伤透了你的心,我可怜的朗德烈,"他最后说道,"可是小法岱特的好品行能使你得到些安慰。她离开是对的,这样你们家的人就不再烦了。我刚这么跟她说来着,顺便和她告别。"

"小卡约,你说什么?"朗德烈叫道,"她离开了?她走了?"

"你不知道?"小卡约说,"我以为这是你们俩商量好的,你不陪她是因为怕她责怪你。可是她走了,这没错儿。

不到一刻钟以前她从你们家对面经过,夹着个小包袱。她到麦昂堡去,这会儿顶多才走到老城,或者乌尔蒙山坡。"

朗德烈把刺棒斜靠在牛的额骨上,撒腿就跑,一直跑到一条沿福尔摩莱纳的乌尔蒙葡萄地的沙面路上才追上小法岱特。

他因为伤心,又因为跑得太急,精疲力竭,一下子栽倒在路上,一句话也说不出来,但他用手势让她明白,除非她从他身上踩过去,否则别想离开他。

等他稍稍缓过来,法岱特对他说道:

"我本想让你免了这份痛苦,我亲爱的朗德烈。可是你千方百计让我失去这个勇气。做个真正的男子汉吧,别让我失去信心;我需要的勇气比你能想象到的还要多。一想到我那可怜的小冉奈这会儿正哭着找我,我觉得自己软弱极了,真想在这些石子上把脑袋撞碎。唉!朗德烈,求求你了,帮我一把,别拦着我尽我的职责。因为我要是今天不走,我就永远也走不成了,咱们也就完了。"

"芳舒啊芳舒,你用不着多大勇气,"朗德烈回答道,"你只想着一个很快就会摆脱痛苦的孩子,你一点不因为我有多失望而发愁。你不懂什么叫爱情,你根本不爱我。你会很快忘了我,你也许再也不会回来了。"

"朗德烈,我一定回来,我向上帝发誓最早一年,最迟两年以后就回来。我忘不了你,因为除了你,我永远不会有别的什么朋友和恋人了。"

"不会有别的朋友,这可能,芳舒,因为你再也找不到比我更顺从你的人了。可是说到恋人,这就不好说了,谁能向我保证呢?"

"我向你保证!"

"你自己都不知道,法岱特。你从来没爱过,等你爱上了,你会几乎记不得你可怜的朗德烈了。啊!要是你爱我像我爱你一样,你就不会这样离开的。"

"你真这么以为,朗德烈?"小法岱特伤心而又严肃地看着他,"你也许不知道你在说些什么。我相信我的行为是出于爱情而不是友谊。"

"得了吧,要是出于爱情,我也不至于这么伤心。唉!好吧,芳舒,这若是爱情,我几乎相信我会在不幸之中感到幸福。我会相信你的话,相信未来是有希望的,我会像你一样坚强,真的!……可这不是爱情,你说过不止一次了,我从你在我身边这么平静这一点上也看出来了。"

"所以你认为这不是爱情,"小法岱特说,"你敢肯定吗?"

她一直看着他,泪水充满眼帘,滴在面颊上,同时又奇怪地微笑着。

"啊!我的上帝!我的上帝!"朗德烈叫道,把她搂在怀里,"我要是错了该多好!"

"我相信你确实错了,"小法岱特回答道,她一直在微笑着,哭着,"我相信,可怜的蛐蛐儿从十三岁开始就注意到朗德烈了,而且再没对别人产生兴趣。我想她在路上、田里追他,跟他说些疯话,逗他,让他不得不搭理她的时候,她还一点不知道她在干什么,也不知道是什么把她向他推去。我想,一天她见朗德烈非常痛苦,便去找西尔维内,她发现他坐在河边上,沉思着,在膝头上抱着只小羊羔,我相信这时她在朗德烈面前装成女巫,是为了让朗德烈不得不感激她。我相信,她在小轱辘浅滩骂他,是因为从那以后他再也没跟她说过一句话,她又恼火,又伤心。我相信,她想跟他跳舞是因为她疯狂地爱上了他,想让他因为她舞跳得漂亮而喜欢她。我相信,她在肖姆瓦采石场哭泣,是因为悔恨,是因为惹他不高兴了而难过。我也相信,他想亲吻她,她拒绝了,还有他向她谈起爱情,而她却以友谊做回答,是怕失去这份来得太快的爱情。最后,我相信,她这么走掉,心却碎了,是希望日后她回来时,她在所有人的心目中变得配得上他,能成为他的妻子,而对他们家说来,这不会是一种遗憾和耻辱。"

这回朗德烈真觉得要发疯了。他笑着,叫着,哭着,吻着芳舒的手和裙子。要是她愿意,他会去吻她的脚。可是她把他扶起来,怀着真正的爱情亲吻了他,他差点没晕过去。因为他从来没从她这里,也没从别人那里得到过这样的亲吻。他像个傻子似的倒在路边的时候,小法岱特红着脸羞涩地捡起包袱走了,她不许他追过来,向他发誓她一定回来。

三十

朗德烈听话地回来收葡萄,很奇怪自己没像想象的那么痛苦。知道自己被爱是多么甜蜜,而自己怀着深情时,内心又多么充满善意。他心中既惊讶又舒坦,按捺不住地对小卡约说了。小卡约也很惊讶,佩服小法岱特自从爱上朗德烈，又被朗德烈爱上以后，能这样抵御软弱和轻率。他对朗德烈说：

"知道这姑娘有这么多优点我真高兴，因为我从来没觉得她坏。我甚至可以说，她要是看上我，我不会不喜欢她的。因为她那双眼睛，我从来没觉得她难看，总觉得她挺好看的。这段时间以来，谁都会发现，她要是想讨人喜欢，她会变得一天比一天更可爱。可是她只爱你，朗德烈，对别人无非不惹人讨厌而已。她只想得到你的欢心。我跟你说，这种性格的女人合我意。再说，她还很小，还是孩子的时候我就认识她了，我一直觉得她心眼好，要是咱们让每个人都说真心话，说实话，问他们觉得她怎么样，让他们说说她的事儿，谁都不得不说她的好话。可是世上的事情就是这样，只要有那么两三个跟在一个人后面，其他人都会掺和进来，朝他扔石子，把他的名声搞臭，却还不太知道是为什么；好像把一个不能自己保护自己的人毁了是一件愉快的事。"

听了小卡约这番推理，朗德烈得到很大安慰。从这天起，他们结下了很深的友谊，朗德烈向小卡约倾诉他的烦恼，心里也好受些。有一天他甚至跟小卡约说：

"别再想那个玛德隆了，我的好卡约，她一钱不值，让咱们俩都这么痛苦。咱们同岁，你用不着急于结婚。我有个妹妹，叫娜奈特，可漂亮了，有教养，温柔又可爱，她已经十六岁了。到我们家常来着点，我父亲很看重你。等你跟我们的娜奈特熟了，你瞧着，除了想当我妹夫，你不会有其他更好的想法了。"

"真的，我不会说不字，"卡约回答道，"要是这姑娘没另有所属，每星期天我都上你们家去。"

芳舒·法岱走的当天晚上,朗德烈去看父亲,想告诉父亲他认为不好的姑娘有多诚实,同时向他表示自己现在很听话,将来的事以后再说。走过法岱大妈门前的时候,他心情非常沉重,可是他鼓起勇气,心想,要是芳舒不走,他也许还不会知道他这么幸福地被她爱上已经好久了。他见到芳赛特大妈,她是芳舒的亲戚和教母,是来替芳舒照顾老太太和小家伙的。她坐在门口,蝈蝈儿坐在她腿上。可怜的冉奈哭着,不肯上床,他说因为他的芳舒还没回来,应该由她来做祈祷,照顾他睡下。芳赛特大妈费了好大劲才使他安静下来。朗德烈听到她跟他说话时温柔又友好,心里很高兴。可是刚一看见朗德烈,蝈蝈儿就挣脱芳赛特大妈的手,一只脚还没撤出来,便扑到双棒的脚下,拥抱他,求他把他的芳舒领回来。朗德烈把他搂在怀里,哭着尽量安慰他。他想把他篮子里的一串非常诱人的葡萄给蝈蝈儿,这串葡萄是卡约大妈给巴尔伯大妈的。可是冉奈虽然平日很馋,这会儿却什么也不想要,只要朗德烈答应他去找芳舒。朗德烈哽咽着答应了他,他才听芳赛特大妈的话。

巴尔伯老爹没想到小法岱特会采取这样的决定。他对她这么做感到高兴。可是他毕竟是个正直、善良的人,对小法岱特颇有点歉疚,他说:

"朗德烈,我很生气,你没有自制力,老去找她。你要是能克制,她就不会因为你走掉。上帝别再让这孩子在新的环境里受苦了。她不在,对她奶奶和弟弟没什么不好。很多人说她坏话,可是也有人替她辩护,说她对她们家很好,操持很多家务。人家说她怀孕了,这要是假的,咱们很快就会知道。咱们也好给她打抱不平。可万一这是真的,而且是你的错，朗德烈，咱们得帮助她，别让她倒霉。只要你别娶她。朗德烈，这是我惟一的要求。"

"爸爸，"朗德烈说道，"咱们俩对事情的看法不一样。要是我像您以为的那样做了什么错事，我倒要请您允许我娶她。可是现在小法岱特和我妹妹娜奈特一样清白，我除了请您原谅我伤了您的心，先不要求别的。以后咱们再谈她，您答应过我。"

巴尔伯老爹不得不让步，没再坚持。他为人谨慎，不会把事情谈崩，而且对于已经得到的结果他已经挺满意了。

从这时起，孪生地不再提小法岱特。人们甚至避免提她的名字，因为只要有谁在朗德烈面前不小心提到她，朗德烈脸就会绯红，继而苍白。不难看出，他没把她淡忘，就像第一天一样。

三十一

西尔维内听说小法岱特走了，一开始有点自私地高兴。他以为从今往后他的孪生兄弟只爱他，不会再因为别人而离开他，因此挺得意。可是事情并非如此。朗德烈爱的人里，西尔维内确实仅次于小法岱特，可是没多久西尔维内对这种关系就不满足了，因为他一直对芳舒十分厌恶。只要朗德烈试着跟他谈起她，想让他分享他的快乐，西尔维内就难过，责备他坚持这么个他们父母反对，也让他伤心的想法。朗德烈于是不再跟他说起小法岱特。可是他不说就活不下去,于是他常和小卡约,还有冉奈在一起。他带冉奈去散步,陪他复习教理,尽心开导、安慰他。有人遇见他和这孩子在一起就斗胆嘲笑他。可是,且不说朗德烈从来不容别人在任何事情上笑话他,现在他更不因他对芳舒·法岱的弟弟表现出的友情感到羞耻,反而很自豪,并且以此驳斥有关巴尔伯老爹明智地制止了这一爱情的说法。西尔维内见他兄弟没有像他希望的那样回到他身边,就把嫉妒转向小冉奈和小卡约。他发现就连那个一直安慰他,非常温存地照顾他和无微不至地关怀他的妹妹娜奈特,也开始挺高兴和这个小卡约在一起,他们两家对他们俩的关系都很赞同。可怜的西尔维内一心只想独占他所爱的人的友情,陷入一种致命的苦恼和极端的颓靡之中。他忧郁至极,让人不知道怎样才能使他高兴起来。他再也不笑了,对什么都没兴趣,他日渐衰竭,越来越虚弱,几乎干不了活了。后来人们开始为他的生命担心。因为他几乎老在发烧,有时要是烧高一点,他还说些很刺痛父母的毫不讲理的话。在家里他最受爱抚,最得宠,他却说没人爱他。他希望死去,说自己是个没用的人,说大家是可怜他的健康状况才容忍他,实际上他是父母的累赘;说上帝能给他们带来的最大恩惠便是帮助他们摆脱他。

有时候巴尔伯老爹听到这些不符合基督精神的话便严肃地责备他。可这没有任何用处。有时候,巴尔伯老爹哭着求西尔维内承认他的感情。这更糟糕:西尔维内哭着,悔恨不已,求爸爸、妈妈、孪生兄弟和全家原谅他。他用病态的心灵寻求许多柔情之后,会烧得更厉害。

家里人又开始去找大夫。他们也提不出什么建议。人们从医生们的脸上看出，他们认为这纯粹由于他们是双胞胎。两人里面总得有一个死去，结果是那个弱的丧命。他们又问了克拉维埃村的白涅家的女人，她是镇上仅次于萨日特家的最见多识广的女人了。萨日特家的女人已经过世，法岱大妈则老得变成老小孩。精明的白涅家的女人是这样回答巴尔伯大妈的：

"只有一个办法能救您的孩子，这就是让他爱上女人。"

"他就是受不了女人，"巴尔伯大妈说，"我从来没见过这么骄傲、这么规矩的男孩子，自从他的双胞兄弟恋爱以后，他一个劲儿说我们认识的所有女孩的坏话。他怨恨她们当中的一个（可惜不是最好的），照他的说法，她从他那儿夺走了他孪生兄弟的心。"

"得，"白涅家的说道，她对所有身体和精神上的毛病都有很大的发言权，"你们的西尔维内哪天要是爱上一个女人，会比爱他弟弟更疯狂，这点我向您预言。他内心感情过于丰富，因为一心扑在他的孪生弟弟身上，几乎忘了他的性别。在这上面他违反了上帝的旨意。上帝希望男人爱一个女人胜过爱自己的父母，胜过爱自己的兄弟姐妹。不过您放心，不管这念头来得多迟，人的天性不可能不在他身上反映出来。他爱上的女人不管是穷，是丑，还是坏，您都别犹豫，得同意他们结婚。因为看来他一辈子不会爱上两个女人的。他的感情太专一了。要说他能和孪生弟弟分开一点是个大奇迹，以后除非有更大的奇迹才能把他和他中意的人分开。"

巴尔伯老爹觉得白涅家的说法很有道理，他试着让西尔维内到那些有漂亮姑娘待字闺中的人家去。可是西尔维内虽然是个有教养的漂亮小伙子,但因他神态冷漠、忧伤,总不能博得姑娘们的欢心。她们不主动,他又非常腼腆,他因为怕她们,便以为自己讨厌她们。

卡约老爹是他们家的好朋友,也是他们家最好的顾问之一,他想出另一个办法来:

"我总是跟你们说,"他说道,"走开是最好的办法。瞧朗德烈!他为小法岱特神魂颠倒,可是小法岱特走了,他没失去理智,也没失去健康,他甚至没平时那么伤心了。我们都注意到了,却不知道是什么原因。现在他好像完全正常了,也听话了。要是西尔维内五六个月见不着他弟弟,也一样。我这就告诉你们怎样慢慢地把他们分开。我在普里谢的农场光景不错,可是我在阿尔冬那边的农场光景却不济,因为我的农夫生病快一年了,一直没复原。我不想赶走他,因为他是个好人。可要是我给他派个好帮手,他会复原的,他是因为太累、太卖力气才病倒的。你们要是同意,这季度剩下的时间里,我就把朗德烈派到那边的农场去。咱们让他走,可是不跟西尔维内说他得走好久。相反,咱们说就去八天。八天一过,再跟他说又加八天,这样一直到他习惯了为止。听我的,别老顺着这孩子的怪想法,你们太宠他,对他太放任了。"

巴尔伯老爹同意这么做,可是巴尔伯大妈害怕。她怕这对西尔维内会是致命的一击。于是得对她做出让步。她要求先试着把朗德烈留在家里十五天,好知道要是他哥哥老看见他会不会好起来。要是更糟了,她就同意卡约老爹的办法。

事情就这么决定了。朗德烈非常高兴又回到孪生地。让他回来的借口是他父亲打麦子需要帮手,而西尔维内干不了活了。朗德烈全心全意地想让哥哥对他满意。他每时每刻都见得着西尔维内,跟他睡在同一张床上,他像照顾孩子似的照顾他。第一天,西尔维内非常快活;可是第二天,他非说朗德烈跟他在一起一定很厌烦,而朗德烈怎么也无法打消他这个念头;第三天,西尔维内发了火,因为蝈蝈儿来看朗德烈,朗德烈没有勇气把他撵走。就这样,一星期以后,人们不得不放弃这个办法。因为西尔维内对他的影子般的兄弟越来越不公平,越来越苛求、嫉妒。于是人们决定实施卡约老爹的办法。朗德烈并不想到阿尔冬去,不想到陌生人中间去。他非常喜欢这儿,喜欢他现在的活计、他的家和他的主人们。可是只要为了哥哥好,让他干什么他就干什么。

三十二

这回,头一天,西尔维内差点没死过去;可是第二天他便平静下来,到第三天他的烧竟退了。一开始他只是屈从,后来便坚强起来,一周以后,看得出他兄弟不在他身边比在他身边对他更好。他带着嫉妒心暗自思考,几乎发现了朗德烈远走给他带来的好处。他心想,至少在新地方他不认识任何人,他不可能马上结交新朋友。他会厌烦,那他就会想到我,会因为我不在感到遗憾。等他回来,他会更爱我的。

朗德烈走了差不多三个月，小法岱特也走了快一年了。
这时小法岱特突然回来，因为她奶奶瘫痪了。她尽心尽力
地照顾奶奶，可是衰老是最没治的病，半个月以后，法岱大
妈便撒手归天了。三天以后，小法岱特把可怜的老太太的
遗体送到墓地，打扫了房间，给弟弟脱了衣服，服侍他睡下，
又去拥抱了她那善良的教母，她教母到另外一间屋里去睡
觉。这时小法岱特伤心地坐在微弱的火苗前，这火几乎没
有光亮了，她听见壁炉里的蛐蛐儿在唱，好像在对她说：

蛐蛐儿，蛐蛐儿，小蛐蛐儿，

精灵精灵两相好。

雨下着，打在窗户上沙沙作响，芳舒想着她的心上人。
这时，有人敲门，她听到一个声音：

"芳舒·法岱，您在吗？您听得出我是谁吗？"

她一点没犹豫就把门打开了，她任她的朋友朗德烈把
她搂在怀里，快乐至极。朗德烈听说她奶奶病了，而且芳舒
回来了。他按捺不住要见她，他连夜赶来，第二天白天就得
走。他们在炉火旁聊了一夜，他们很严肃也很理智。因为
小法岱特提醒朗德烈，她奶奶归天的那张床还有余温，这不
是沉浸在幸福中的时候。他们很理智，但是他们在一起，觉
得他们比过去任何时候都更相爱，便感到十分幸福。

天快亮的时候，朗德烈的勇气开始动摇了。他求芳舒
把他藏在谷仓里，好让他在第二天夜里也能看见她。可是，
像往常一样，她又使他恢复了理智。她告诉他，他们不会分
开太久了，因为她决定留在家乡。她对他说：

"我这么做是有原因的,以后我再告诉你,这对咱们的婚事不会有什么坏处。快去完成你主人交给你的活儿,听我教母说,让你哥哥一段时间看不见你对他恢复健康有好处。"

"只有这个理由能让我下决心离开你,"朗德烈回答道,"我的孪生哥哥给我带来不少痛苦,我怕他还会让我再伤心。芳舒,你这么有本事,你该有法子治好他。"

"除了理性我不知道还有什么别的方法,"她回答说,"他身体不好是精神上的原因。精神健康了,身体也就好了。可是他那么讨厌我,我没有机会跟他说话,给他一些安慰。"

"可是法岱特,你那么有头脑,那么会说话,你只要努把力,就有特殊的本事去说服任何人。你只要跟他聊一小时,就会对他有用的。试试吧,我求你了。别因为他傲气、脾气坏而灰心丧气。强迫他听你说。我的芳舒,为了我费点劲吧,也为了我们的爱情,因为要是我父亲反对,这可是个不小的障碍。"

芳舒答应了,他们分手前互相重复了不下二百遍他们相爱,而且永远相爱。

三十三

村里没人知道朗德烈回来过。谁要是告诉西尔维内,肯定又得把他气病了,他不会原谅弟弟来看芳舒却不来看他。

　　两天以后,小法岱特穿过高斯镇,她穿着得体,因为她已经不再是身无分文,她的丧服料子是质地很好的斜纹布。她长高了不少,有人看见她竟一下子没认出她来。她在城里变得漂亮多了。因为吃得好,住得好,她有了她这个年龄应有的脸色和肌肤。她身材好,让人赏心悦目,人们再也不会把她当成假小子了。爱情和幸福在她的脸上和整个人身上都产生了一种说不出却看得出的东西。总之,她虽然不像朗德烈以为的那样,是世上最美的姑娘,但她是当地最讨人喜欢、最优雅、最水灵,也许是最吸引人的姑娘。

　　她胳膊上挎着个篮子走进孪生地,想要见巴尔伯老爹。第一个看见她的是西尔维内,他见到她非常不高兴,便转过身去。可是她非常诚恳地问他父亲在哪儿,他不得不回答她,把她带到谷仓。他父亲正在那儿劈木头。小法岱特请巴尔伯老爹把她带到一个他们能密谈的地方去,老爹关上谷仓的门,说现在她可以想说什么就说什么了。

　　小法岱特没被巴尔伯老爹冷冰冰的样子吓着。她坐在一捆草上,老爹坐在另一捆上,她就这样说开了:

　　“巴尔伯老爹,虽然我死去的奶奶记恨您,您也讨厌我,我还是把您看成村里最公正,也最可靠的人。这是大家公认的,我奶奶虽然嫌您傲气,也不否认这一点。再则,您知道,我和您的儿子朗德烈之间的友谊已经相当深了。他常跟我提到您。我从他那里比从别人那儿更多地了解到您是什么样的人,您有多好。所以我来请您帮个忙,我完全信赖您。”

　　“说吧,法岱特,”巴尔伯老爹回答道,“我从来不拒绝帮助别人,不是违背我良心的事,您尽管托付给我。"

"就是这个,"小法岱特说着把篮子放在巴尔伯老爹两腿之间,"我过世的奶奶靠给人看病和卖药赚的钱比我们想象的要多得多。她不花也不做生意,谁也不知道她在贮藏室那个老洞穴里放了多少钱。她常常指着那地方对我说:'等我不在世了,你能在那儿找到我留下的东西,这是你和你弟弟的财富;我现在让你们节衣缩食,是为了将来你们得到的更多。可是别让管法律的人碰它,他们会把你的财产都吞掉。你得到这笔财产以后好好留着,一辈子都藏好,这样你老了就用得上,永远不会缺什么。'

"掩埋了可怜的奶奶以后,我便照她说的去做。我拿了贮藏室的钥匙,在她指给我的地方扒开墙砖,找到了我给您带来的这篮子里的东西。巴尔伯老爹,办完那些我不懂的法律手续以后,我求您把这些钱用在您认为合适的地方,帮我摆脱这么多钱给我带来的恐惧。"

"小法岱特,您这么相信我,我很感谢。"巴尔伯老爹说。他虽然对篮子里的东西挺好奇,却没打开篮子,"可是我没有权利接受您的钱,也没有权利管您的生意,我不是您的监护人。您奶奶没有写遗嘱吗?"

"她什么遗嘱也没留下,法律上规定的监护人是我母亲。可是您知道,我已经很久没有她一点消息了,我不知道这可怜的人是死是活。除了她,我只有一个亲戚,我的教母芳赛特,她是个诚实的好人,可是她完全没有能力管理我的财产,甚至留不住、抓不住这笔钱。她会忍不住说出去,给所有的人看。我怕她要么用得不是地方,要么让什么好奇的人来掌握这笔钱,一不小心使这笔财产受损失。这可怜的、亲爱的教母,可不是那种会理财的人。"

"如此说来事关重大?"巴尔伯老爹说。他情不自禁地盯着篮子盖,他抓住篮子把掂了掂,发现篮子很重,非常惊讶,又说道:

"这若是些零钱,没多少钱就能装满一马车。"

小法岱特鬼精灵,见他那么想看看篮子里装着什么,暗自好笑。她假装要去打开,可是巴尔伯老爹觉得这样有失他的体面。

"这没我什么事儿,"他说,"我不能存放这些钱,也无权过问您的事。"

"可是,"小法岱特说,"您至少得帮我个小忙,要数到一百以上,我不比我教母更聪明。再说我不清楚新、旧货币的价值,我只好指望您告诉我,我是阔还是穷,我到底有多少财产。"

"咱们瞧瞧吧,"巴尔伯老爹说,他不再固执了,"您要我帮的不是什么大不了的忙,我不能不答应。"

于是,小法岱特慢慢揭开篮子的两个盖子,从里面拿出两个大口袋,每个口袋里装着两千法郎的埃居。

"嗬!这可真不少,"巴尔伯老爹对她说,"这可是份可观的嫁妆,不少人会因为这个追求您。"

"这还不是全部,"小法岱特说,"篮子底下还有几件小东西,我不知道是什么。"

她拿出一个鳗皮钱包,把里面的东西倒在巴尔伯老爹的帽子里。那是些铸成古币的一百金路易,好老汉看了目瞪口呆,等他数完了,把钱放回鳗皮钱包里,小法岱特又打开第二个,然后第三个、第四个装着同样东西的鳗皮钱包。

最后,金的、银的加上小钱,篮子里的钱不少于四万法郎。

这相当于巴尔伯老爹全部财产的三分之一以上,可是乡下人不挣叮当响的现钱,他从来没一下子见过这么多钱。

他虽然是一个诚实且不受利诱的农民,我们也不能说他看见钱感到痛苦。巴尔伯老爹脑门上直冒汗。等都数完了,他说道:

"只差二十二个埃居你就有四万法郎,也就是说,你继承了两千个响当当的皮斯托尔。这样你是乡里最有钱的人了,小法岱特。你弟弟蝈蝈儿,一辈子体弱、跛脚都没关系:他可以坐着小篷车去看他的产业。你可以高兴了,可以说你很阔气,你要是想赶紧找个好丈夫,就让大家都知道。"

"我一点儿也不着急,"小法岱特说,"我倒是请您替我保密,巴尔伯老爹。我长得丑,可是我梦想有人不是因为我有钱才娶我,而是因为我的心地和名声好。我在这儿的名声不好,所以躲出去一段时间,指望让人家知道我没那么坏。"

"要说您丑,法岱特,"巴尔伯老爹抬起眼睛,他刚才一直盯着篮子,"我坦率地跟您说,您这么说可是活见鬼。您在城里把自己拾掇得挺不错,现在算是咱们村里相当体面的姑娘了。要说您的名声,您其实没人家说得那么坏,这我愿意相信。我同意您的想法,把您的钱藏起来,先别着急。因为,这钱难免让人眼花缭乱,有人甚至会为了这钱想要娶您,对您却没有一个女人想从丈夫那里得到的尊重。

"说到您想把钱存在我这儿,这是违法的,以后可能引起人们对我的怀疑和指控。爱说坏话的人可不少。再说,就算您有权随便支配您的那份,您也无权随便动用您弟弟的那份。我能做的只是去帮您打听该怎么办，不提您的名字。我会让您知道怎样可靠又合适地处理您母亲和您得到的遗产。咱们不必通过公证人，他们不都是老实人。把这些钱都拿走，藏好了，等我的回音。到时候我可以在您的共同财产继承人的代理人面前作证，证明咱们数过有多少钱，我会在谷仓的一个地方记上，免得忘了。"

这是小法岱特所企求的一切。她就是要巴尔伯老爹知道这么一回事。如果说她在他面前因为自己有钱多少感到骄傲，只是因为这样他就不能再说她对朗德烈有所图了。

三十四

见她这么小心谨慎，发现她这么明智，巴尔伯老爹不急于帮她办存钱、投资的事儿，而是先去打听她在麦昂堡的名声。她在那儿生活了一年。要说这份丰厚的嫁妆吸引他，使他不再留意血缘关系，对于他心目中能成为儿媳妇的姑娘的名誉可就不同了。他亲自去了一趟麦昂堡，仔细打听小法岱特。他得知，小法岱特不但没有怀孕，没有生孩子，而且作风正派，无可指摘。她伺候一位贵族老修女，后者更愿意把她看成她社交圈里的人而不是把她当成用人，因为她觉得小法岱特行为端正，品行好，讲道理。她很舍不得小法岱特走，说她是个完善的基督徒。她有胆量、节俭、讲卫生、会照顾人，性情那么可爱，老太太再也找不到和她完全一样的人了。这位老太太很有钱，是个大慈善家，小法岱特是她得力的助手，帮她照顾病人，准备药，还学到了好些革命前她主人在修道院里学的秘方。

巴尔伯老爹很满意，他回到高斯，决定把事情彻底了解清楚。他召集全家，托他的大孩子们，他的兄弟和所有的亲戚，不动声色地调查小法岱特长大以后的行为，要是大家所说的不好表现不过是些儿戏，那就不用当回事儿。要是谁能证明确实看到她干了什么坏事或者有什么不体面的行为，他就坚持反对朗德烈和她来往。调查照巴尔伯老爹的意思悄悄地进行，没人知道嫁妆的事儿，因为巴尔伯老爹没跟任何人，甚至没对他妻子说一个字。

这段时间里，小法岱特在家过着隐居的生活。家里的什么她都不动，只是打扫得一尘不染，她那几件可怜的家具亮得可以照见人影。她给她弟弟蝈蝈儿穿得干干净净，不让他出头露面，她给他、给她自己和教母吃得很好，这一点从蝈蝈儿这孩子身上看得出来。他被调教得相当不错了，身体也好得不能再好。生活幸福使他脾气也变好了。他不受奶奶的威胁和呵斥，经常受到爱抚，听到温柔的话，受到善待。他变成一个可爱的小男孩，常有些逗人的可爱的想法，谁都喜欢他，尽管他瘸，鼻子又塌。

还有，芳舒·法岱的为人和衣着的变化也很大，人们忘了她那些可恶的话，不止一个小伙子看到她步履轻盈的优雅样子，真希望她快点结束服丧期，他们好追求她，请她跳舞。

只有西尔维内·巴尔伯根本不想改变对她的看法。他注意到家里人在暗中策划有关她的事，因为巴尔伯老爹忍不住老提她，他要是得知过去有关芳舒的流言不攻自破，便为朗德烈喝彩,说他受不了人家说他儿子没把纯洁的青春用在正道上。

家里还提到朗德烈马上要回来的事儿,巴尔伯老爹好像希望卡约老爹同意这么做。总而言之,西尔维内发现人们对朗德烈的爱情不那么反对了,于是他又悲伤起来。舆论也转了向,近来大家都说小法岱特的好话。谁也没以为她有钱,可是她讨人喜欢。这样西尔维内就更不喜欢她了,因为西尔维内把她看成和他争夺朗德烈的情感的对头。

巴尔伯老爹不时在他面前提到结婚,说他的双胞胎迟早要到考虑这个问题的年龄。想到朗德烈结婚,西尔维内总是很伤心,好像这意味着他们最终要分离。他又开始发烧,母亲又去找大夫。

一天,她遇见教母芳赛特。听到她诉说自己的担心,芳赛特便问她为何花那么多钱大老远去找大夫,而她身边就有本地最有本领的郎中,她行医不像她奶奶似的是为了赚钱,而完全是出于对上帝和对亲人的爱。于是她提到了小法岱特。

巴尔伯大妈对丈夫说了这个主意,她丈夫一点也不反对。他告诉她,小法岱特的博学在麦昂堡颇有点名气,人们从各地来找她瞧病,如同找她那位贵族老太太一样。

巴尔伯大妈于是请法岱特来看看西尔维内,他一直卧床不起,请她帮帮他。

芳舒一直在找机会和他说话,因为她答应过朗德烈。可是他总也不给她机会。所以用不着多求,她便跑去看可怜的孪生子。她见他烧得昏昏沉沉,便请他们家人让她和他单独在一起。因为郎中习惯于独自行医,所以谁也没反对,没人留在房间里。

一开始,法岱特把手放在这孪生子垂在床边的手上,她动作很轻,他甚至没感觉出来,尽管他睡觉非常轻,一只蚊子飞都会把他弄醒。西尔维内的手滚烫,在小法岱特的手里变得更烫。他显得焦躁不安,却没把手抽回去。这时,小法岱特又把另一只手放在他额头上,像刚才一样轻。他动得更厉害了,可是慢慢地安静下来,小法岱特觉得病人的头和手慢慢凉下来。他渐渐睡得像个小孩子一样安静。她在他身边一直待到他快醒来。然后,她先躲到帐子后面,然后走出房间,走出他们家。她对巴尔伯大妈说:

"去看看您的小伙子吧,给他吃点什么,他已经不发烧了。可是您要想让我治好他的病,就千万别跟他提到我。他的病要是恶化了,您告诉我,今天晚上我再来,试试把烧退干净。"

三十五

看到西尔维内退烧了,巴尔伯大妈十分惊讶,赶紧给他吃东西,他的胃口也不错。六天以来,他一直发烧,什么也不想吃。因此小法岱特的本事令人目瞪口呆。她没叫醒他,没给他喝什么,只靠她祈求人们想要得到的,便把他引上了正路。

到了晚上,西尔维内又开始发烧,烧得更厉害,他昏昏沉沉,在梦中说胡话,清醒的时候害怕他周围的人。

法岱特又来了。像早上一样，她独自和他在一起待了一小时,除了轻轻地握着他的手,摸着他的额头,在他发烫的脸旁轻轻地呼吸,没施任何其他魔法。

像早上一样,她把他的癔症减轻了,给他退了烧。她走的时候,仍旧嘱咐大家别对西尔维内说是她帮的忙。人们发现他睡得很平静,脸不红了,不再像个病人。

我不知道法岱特怎会想出这种办法。她这么做全凭偶然的经验。她弟弟冉奈发高烧痉挛时,她没用别的药,只是用她的手和呼吸使他凉爽下来;他要是受了凉,她也用同样的方法温暖他,这样把他从死亡线上拉回来不下十次。她认为一个健康的人如果对上帝的善意坚信不疑,他的友谊和意志,他的纯洁和充满活力的手的触摸就可以驱除病痛。所以,她把手放在病人身上时,一直在内心深处向上帝默诵美好的祷词。她用在她弟弟、现在又用在朗德烈的哥哥身上的办法,她不愿意用在任何其他不那么亲近、她不那么关心的人身上。因为她觉得这种方法最重要的功能是把内心的友情传给病人,没有这种友情,上帝不会给我们任何战胜病痛的威力。

小法岱特给西尔维内退烧时的祷词,和她给弟弟退烧时说的一样:"我的上帝,把我的健康从我的体内传给这痛苦的身体,就像温情的耶稣为了拯救人类的灵魂,把生命贡献给您。如果您希望把我的生命献给这个病人,您就拿去吧;我甘心情愿把我的生命还给您,换来他的痊愈,这就是我向您要求的。"

在奶奶生命垂危的病床前,小法岱特曾经想过试试这种祈祷的作用,但是她没敢这样做。因为她觉得这老妇人灵魂和肉体的泯灭似乎是顺应年龄和自然规律的，是上帝的意愿。正如我们所看到的，小法岱特的魔力中，更多的是宗教成分而不是魔法，她怕请求上帝给她上帝不随便答应任何基督徒的东西，会使上帝不高兴。

不管这方法本身是毫无用处还是绝对灵验，三天以后，她就使西尔维内退烧了。要不是她最后一次来的时候西尔维内很快苏醒过来，看见她冲他欠着身，轻轻地抽回她的手，他永远不会知道是怎么回事。

最初他以为这是幻觉，便闭上眼睛好看不见她。后来他问妈妈是不是法岱特摸他的头、号他的脉搏来着，还是他在做梦。巴尔伯大妈因为丈夫跟她说了些打算，说他希望看到西尔维内不再讨厌小法岱特，便告诉西尔维内法岱特确实连续三天，早、晚都来了，她悄悄使他退了烧，真是了不起。

西尔维内似乎根本不相信，他说他的烧是自己退的，法岱特的祷告和秘诀只不过是吹牛和疯话。他安静了几天，身体也很好。巴尔伯老爹以为应该利用这机会跟他说说他弟弟可能结婚的事儿，但不提他会娶谁。

"您用不着隐瞒您为他选定的未婚妻是谁，"西尔维内回答道，"我嘛，当然知道她是那个把你们全迷住的小法岱特。"

的确，巴尔伯老爹秘密探访以后对小法岱特很满意，他打消了顾虑，非常想把朗德烈叫回来。他不再怕西尔维内嫉妒，尽力纠正他的怪脾气，对他说他弟弟没有小法岱特永远不会幸福。西尔维内这时回答说：

"那就让他们结婚吧，我弟弟应该幸福。"

可是他们还不敢,因为西尔维内刚赞同了这事,便又发起烧来。

三十六

巴尔伯老爹怕因为他以前对小法岱特不公平,小法岱特会记恨他;怕朗德烈不在,她会想别人。她来孪生地给西尔维内看病的时候,他试着跟她提起朗德烈,可她装作没听见,他发现她非常窘迫。

一天早上,他总算下了决心去找小法岱特。

"芳舒·法岱,"他对她说,"我来问您一个问题,请您跟我说真话。您奶奶去世以前,您知不知道她大概会给您留下一大笔遗产?"

"我知道,巴尔伯老爹,"小法岱特回答说,"我猜到一点,因为我经常看她数金子和钱,可花出去的只是些小钱。别的孩子笑话我穿得破烂,她便会对我说:

"'小东西,别为这个发愁,你会比他们都有钱,将来有一天你要是乐意,你可以从头到脚穿上丝绸。'"

"那么,"巴尔伯老爹又问,"这事您告诉过朗德烈没有?别是为了您的钱,我儿子假装爱您吧?"

"这个嘛,巴尔伯老爹,"小法岱特回答说,"我一直以为是因为我眼睛长得漂亮才有人喜欢我,我的眼睛是惟一不让人反感的地方。我还没傻到去对朗德烈说我的漂亮眼睛放在鳗皮钱包里。其实我对朗德烈说也没什么危险。因为朗德烈非常真诚地用心在爱我,他从来不关心我有没有钱。"

"自从您奶奶去世以后,我亲爱的芳舒,"巴尔伯老爹又说道,"您能不能向我保证您或者别人没告诉朗德烈这件事?"

"我向您保证,"芳舒说,"正像我爱上帝一样,这是真的。您是除了我之外世界上惟一知道这件事的人。"

"那么芳舒,您是不是认为朗德烈一直爱着您?您奶奶去世以后您有没有发现什么他不忠实的迹象?"

"要说这个,我得到了最好的证明,"她回答说,"我向您承认,我奶奶去世三天以后他来看过我,他向我赌咒说要么我嫁给他,要么他因为我忧伤而死。"

"那您呢,芳舒,您是怎么回答的?"

"这个,巴尔伯老爹,我本来不必要跟您说。可是为了让您高兴,我还是告诉您。我回答他说咱们还有时间考虑结婚的事,我不愿意为一个不顾父母反对追求我的小伙子作决定!"

小法岱特的口气骄傲而轻松,巴尔伯老爹因此有点担心。

"芳舒·法岱,我没有权利这么审问您,"他说,"我不知道您想让我儿子一辈子都幸福还是不幸。可是我知道他非常爱您,我要是您,知道自己这样被爱只是因为自己本人,我会这么想:朗德烈爱我的时候,我穿得破破烂烂,所有人都讨厌我,他父母也错以为他大逆不道。他觉得我美的时候,所有人都觉得我没希望变漂亮了;他爱我,尽管这爱情给他带来很大痛苦,我不在的时候他照样爱我;说到头,他这么爱我,我不能怀疑他,除了他我谁也不想嫁。"

"我早就这么想了,巴尔伯老爹,"小法岱特说道,"可是我再跟您重复一遍,我最讨厌进入一个为我脸红,只是由于软弱和可怜我才对我让步的家庭。"

"要是为了这个您拿不定主意,您可以决定了,芳舒,"巴尔伯老爹说,"因为朗德烈家里的人尊重您也喜欢您。别以为他们因为您有钱才改变了态度。我们不是因为您穷讨厌您,而是因为那些有关您的坏话。要是这些话是真的,我的朗德烈会伤心死的,我也不会叫您儿媳妇。可是我想知道这些坏话有没有道理,为了这个,我特地去过麦昂堡。我调查了这城里和我们这儿的每件小事,现在我承认人家跟我说的都是谎话,您是个诚实、明理的人,朗德烈强烈地肯定这一点。这样,芳舒·法岱,我来请您嫁给我儿子,您要是说'同意',他八天后就到这儿来。"

小法岱特早就料到了这种开诚布公,非常高兴,可是又不愿意流露出来,因为她想让她未来的家庭永远敬重她,所以她的回答有些含混。巴尔伯老爹于是对她说:

"姑娘,我看出来,您对我和我们家人心里还有点芥蒂,别强求一位上了年纪的人向您赔不是,您就为听了好话知足吧。我跟您说了我们家人会喜欢您,尊重您的,要不是这样,您记着到时候就找巴尔伯老爹,我还没骗过谁。来吧,您不愿意表示和解,亲吻一下您自己选择的监护人或者一位愿意接受您的父亲吗?"

小法岱特不能设防了,她扑上去抱住巴尔伯老爹的脖子,老头儿心花怒放。

三十七

　　他们的约定很快付诸实施。芳舒服丧期一满就举行婚礼,现在就剩下把朗德烈叫回来了。可是,一天晚上巴尔伯大妈来看芳舒,拥抱她,向她祝福的时候,表示不赞成这么做,说西尔维内若是听说他弟弟不久就要结婚,又会病倒的。她让小法岱特再等些日子,好让他完全恢复,也给他点安慰。

　　"您犯了个错误,巴尔伯大妈,"小法岱特说,"您不该在他退烧以后向他证实他看见我不是做梦。现在,他生我的气,我再也没有能力在他睡着以后治好他了。甚至他很可能排斥我。看见我,他的病情可能会恶化。"

　　"我觉得完全不是这么回事,"巴尔伯大妈回答说,"因为不久以前他感觉不好,睡下时便问道:'那个法岱特在哪儿?我觉得是她治好了我的病,她不再来了吗?'我对他说我这就来找您,他好像很高兴,还挺着急的。"

　　"我这就去,"小法岱特回答说,"只是这次我得用别的办法,因为,我跟您说,我趁他不知道的时候给他治病已经不灵了。"

　　"您什么药都不带?"巴尔伯大妈问。

　　"不用,"法岱特说,"他的身体没什么病,我要对付的是他的精神。我试试让我的精神进入他的灵魂。可是我不能向您担保能成功。我能向您担保的是,我会耐心等待朗德烈,在咱们想尽一切办法帮他哥哥恢复健康以前不要求您去找他。朗德烈曾经一再嘱咐我治好他哥哥的病。我知道让他晚点回来,让他晚点得到满足,他会同意的。"

看见小法岱特在他床边,西尔维内好像不高兴,也不告诉她他感觉怎么样。她想给他号号脉,可是他把手抽了回去。他把脸转过去冲着床与墙壁之间的空地。于是小法岱特示意人们让他们俩单独在一起。等大伙儿都出去了,她灭了灯,只让月光进入房间,这时正是满月。然后她回到西尔维内身边,用命令的口吻跟他说话,他像孩子一样听话:

"西尔维内,把您的双手放在我的手里,对我说实话。我不是为钱来忙活的,我费那么大劲给您治病可不是为了受您这种态度恶劣的接待和感谢。注意我问您的话和您回答我的话,您是骗不了我的。"

"问我您觉得该问的吧,法岱特。"孪生子说,听到小法岱特这么严肃地说话他感到不知所措。过去他经常硬邦邦地回敬这个专门嘲弄人的小法岱特。

"西尔万·巴尔伯,"她又说,"您好像想死。"

西尔维内回答之前脑子有点发蒙。小法岱特把他的手握得更紧了,他感到了她强烈的意念,于是含混不清地回答道:

"我死了难道不是更幸福吗,既然我非常清楚我是我们家的痛苦和负担,因为我的健康,因为……"

"都说出来,西尔万,什么都不该瞒我。"

"因为我那改不了的伤感脾气。"孪生子沮丧地接着说。

"也因为您的坏心眼儿。"法岱特的声调如此冷酷,使他益发愤怒和害怕。

三十八

"您为什么说我心坏?"他问道,"您见我没有力气反驳,就骂我。"

"我跟您说的是实话,西尔万,"法岱特说,"我还得跟您说别的难听话。我一点也不可怜您生病,因为这方面我懂得很多,知道这没什么了不起的。要说您有什么危险,那就是您可能会发疯。您由着性子让自己发疯,不知道怎么耍您的小花招,不知道怎么克服您的软弱。"

"您就责备我软弱吧,"西尔维内说,"可是说我耍花招,我不能接受。"

"您别想为自己辩解了,"小法岱特回答说,"我比您自己更了解您,西尔万,我跟您说,软弱会导致虚假,所以您又自私又忘恩负义。"

"芳舒·法岱,您把我想得那么坏,一定是我弟弟朗德烈说了我的坏话,让您知道他对我没什么感情,因为要是您了解我,或者自以为了解我,那只能是通过他。"

"我就等您说这话哩,西尔万。我知道您说不到三句话就得埋怨您的孪生弟弟,就得指责他。因为您对他的感情太疯狂、太过分了,几乎变成恼怒和仇恨。从这点我就知道您半疯,您心眼一点也不好。好吧,我跟您说,朗德烈爱您胜过您爱他一千倍,他从来不因为您使他痛苦而埋怨您,可您却总是责备他。他一个劲儿向您让步，为您服务。您怎么能让我看不出你们俩的区别？所以，朗德烈越是跟我说您的好话，我就越觉得您坏，因为我看另一个不讲理的人根本不领这位好兄弟的情。”

“所以，您恨我是吗，法岱特？这我可没搞错，我知道是您跟他说我的坏话，夺走了他对我的感情。”

“我又等着您说这话哩，西尔万老兄，我很高兴您总算开始向我进攻了。好吧！我告诉您，您是个坏心眼儿的人，一个撒谎的孩子，因为您不但不感谢，而且侮辱一个真心为您服务、真心维护您的人。您知道您是个和她完全相反的人，她自己舍去了世间最大的、惟一的快乐——这快乐就是看见朗德烈，待在他身边，而让朗德烈回到您身边，把她的幸福让给您。我什么也不欠您的。您一直是我的敌人，在我的记忆里，我还从来没遇见过您像这么冷酷、傲气地对待我的孩子。我本来可以报复，而且我也不是没有机会。要是我没这么做，而对您以善报恶还不让您知道，那是因为我坚信：一个基督徒为了让上帝高兴应该原谅他人。可是我对您说起上帝的时候，恐怕您根本就没在听我说什么，因为您是上帝的敌人，也是拯救您的人的敌人。”

“我随您怎么数落我，法岱特。可这么说实在太过分了，您把我说成了异教徒。”

“您刚才没跟我说过您想死吗？您认为这是基督徒的想法吗？”

“我没这么说，法岱特，我是说……”

西尔维内不再往下说了，想到他刚才的话他有点害怕。这话面对法岱特的指责显得大逆不道。

可是她一点也不让他消停,继续攻击他:

"也许,"她说,"您说的比您想的要坏,在我看来,与其说您真想死,不如说是您乐意让你们家的人相信您想死,这样您好让他们老顺着你,好折磨可怜的巴尔伯大妈,让她伤心,也折磨朗德烈,他很单纯,完全相信您真的想结束生命。我可不上您的当,西尔万。我相信您像别人一样,甚至比别人更怕死,您是在耍花招吓唬那些宠爱您的人。您很高兴看到,面对您以死相逼,最明智、最必要的决定也要让步。可不是,只消您一句话就让周围的人都向您屈服。这可太便当,太妙了。就这样,您是这儿所有一切的主人。可这是违反自然的,您是用上帝所反对的手段达到您的目的,所以上帝惩罚您,他让您比服从而不是命令的人更不幸。您厌恶您的生命,因为人们待它太温柔了。西尔万,我这就告诉您,要成为一个理智的好小伙子您还缺点什么:您的父母应该非常粗暴,您应该生活得很悲惨,不是每天都有面包吃;还得经常挨打。您要是和我,还有我弟弟冉奈过一样的日子,您就不会忘恩负义,您会为了一点小事对人感恩不尽。瞧,西尔万,别再守着您的孪生情结了。我知道人家没少在你们面前说双胞胎的友谊是自然法则,要是有人冒犯了这友谊,就会让你们死去,于是您以为把这友谊推到极端是认命。可是上帝没那么不公平,不会预先标明谁该遭厄运。他没那么坏,不会给予我们某些不能克服的念头。而您这个迷信的人却侮辱了他,以为您的血液里的冲动和宿命多于您精神的抗力和理智。除非您是疯子,我压根儿不信您要是愿意,就克服不了嫉妒心。可您不愿意,因为人们对您内心的缺陷太宽容了,以致您一味胡思乱想而不看重自己的责任。"

西尔维内一言不发,任法岱特毫不留情地数落了他很长时间。他觉得她说的确实不错,只是在一点上她太不宽容了:她似乎认为他从来没有去克服他的毛病,而且好像他自私是有意的。可是他的自私却是下意识的,这使他非常痛苦,觉得受到了莫大侮辱,他希望让她更好地了解他的想法。而她完全知道自己在夸大其词,却故意先责备他,然后再温柔地对待他,安慰他。她不得不用冷酷的口吻和他说话,好像很生气,实际上她内心深处非常同情他,对他很友好,她因为装假很不自在,离开他的时候比他还累。

三十九

其实西尔维内的病还没有他看上去和他乐于相信的一半那么严重。小法岱特号他的脉,就发现他的烧不太高,他有点癔症是因为他的精神比他的肉体更有毛病,也更虚弱。因此她认为一回到他身边就得从他的精神入手,让他怕她。他几乎没睡觉,可是很安静,像是疲惫不堪。他一看见小法岱特就向她伸出手,而不是像前一天那样把手抽回去。

"西尔万,您为什么把手递给我?"她问道,"是为了让我检查一下您烧得怎么样吗?我从您脸色看,知道您已经退烧了。"

她根本不想碰他的手,西尔维内觉得把手撤回来挺难堪,便对她说道:

"是向您问好,法岱特,也是为了感谢您为了我花了这么大力气。"

"要是这样,我接受您的问候,"她说着握住他的手,把他的手留在自己手里,"我从来不拒绝真诚,我也相信您要不是对我稍微有点好感,绝对装不出对我关心的样子。"

西尔维内虽然完全清醒了,但是觉得把手放在法岱特的手里非常舒服,他轻轻地对她说:

"昨天晚上您对我可够厉害的,芳舒,可不知怎么回事,我一点也不怨您。您这么骂我一通,我还觉得您来看我真好。"

法岱特坐在他的床边,用与昨天完全不同的方式跟他说话。她的话语充满善意,温和又亲切,使西尔万深感宽慰,他尤其高兴她不再生他的气了。他大哭了一场,承认全部错误,并且非常真心、诚恳地请求她原谅,希望得到她的友谊,她发现他的心地比他的头脑健全得多。她让他发泄,又责备了他几句。她想抽回她的手,却被他握住不放。因为他觉得是这只手治好了他的病和他的忧郁。

她见他处于她所希望的状态,便对他说:

"我得走了,您也得起来了,西尔万。因为您不再发烧了,您不应该老是娇生惯养的,让您母亲为您操劳,花那么多时间陪您。然后您得吃我让您吃的东西,您母亲会给您的。这是肉。我知道您吃肉恶心,只靠些破草叶子活着。可是没关系,您强迫自己吃,就是恶心,也别让人看出来。您母亲见您吃有营养的东西可高兴了。而您呢,再吃肉的时候,只需要克服、压住一点点恶心;第三次就一点也不恶心了。您看看我是不是骗您。再见吧,但愿人家不马上叫我回来看您,因为我知道您要是不愿意生病就没病了。"

"您今天晚上不再来了?"西尔维内问道,"我以为您还要再来哩。"

"我不是为了赚钱的医生,西尔万,除了给您治病,我还有别的事要做。我知道你已经没病了。"

"您说得对,芳舒。可是别以为我想见您也是自私,这可是另一回事,和您谈话解除了我的痛苦。"

"那好吧,您不残废,也知道我住在哪儿,您不是不知道我结了婚就是您的姐妹,其实我们之间的友谊已经使我成了您的姐妹。所以您完全可以来找我聊天,这没什么可指摘的。"

"我一定去,既然您同意了,"西尔维内说,"那咱们再见,法岱特。我这就起来,虽然我的头很疼,一整夜没睡觉,一直在懊悔。"

"我很愿意治好您的头疼,"她说,"可是记住这可是最后一次,我劝您今天夜里好好睡一觉。"

她把手放在他的额头上,五分钟以后,他便感到凉爽、轻松,头一点也不疼了。

"我知道我以前拒绝您是错了,法岱特,"他对她说,"您是个好医生,您能减轻病痛。其他大夫的药都让我难受,可是您只碰碰我就把我治好了。我想要是我能老待在您身边,您就可以让我永远不得病,不犯错误。告诉我,法岱特,您不再生我的气了吧?您相信我完全听您的话吗?"

"我相信,"她说,"我爱您就像您是我的孪生兄弟一样,要是您不改变主意的话。"

"您想的要是真像您说的那样,芳舒,您就该用'你'字来称呼我,而不说'您'。因为孪生兄弟之间讲话可没那么多礼数。"

"好吧,西尔万,起来,吃饭,去聊天、散步,然后睡觉,"她说着站起来,"这就是我今天要你做的。明天你干活去。"

"我还要去看你。"西尔维内说。

"行。"她说。她走的时候用友好并带着歉意的眼光看着他。他一下觉得有了劲头,想离开那张晦气的让人怠惰的床。

四十

巴尔伯大妈不得不佩服小法岱特的能耐。晚上,她对老伴儿说:

"这六个月以来,西尔维内现在身体最好,今天他把给他吃的都吃了,没像往常那样做鬼脸,最让人奇怪的是他说起小法岱特像说上帝似的。他跟我说尽了她的好话,就盼着他弟弟快回来结婚。这简直是奇迹,我真不知道我是睡着了还是醒着哩。"

"甭管是不是奇迹,"巴尔伯老爹说,"这丫头聪明透了,我绝对相信她会给咱们家带来幸福和财富。"

三天以后西尔维内便到阿尔冬去找他弟弟。他请父亲和小法岱特让他第一个告诉弟弟幸福的消息,作为对他的一种奖励。

"好事都落到我头上了，"朗德烈欣喜若狂，"因为是你来找我，而且你好像和我一样高兴。"

他们一起回来了，没像人家以为的那样在路上耽搁。他们和小法岱特还有小冉奈围坐在一起吃晚饭的时候，没人比孪生地的人更幸福了。

半年里，他们的生活非常甜蜜。年轻的娜奈特已经许给小卡约，除了家里人，小卡约要算是朗德烈最好的朋友了。两个婚礼决定同时举行。西尔维内与小法岱特结下了很深的友谊，他做任何事之前都先征求小法岱特的意见。小法岱特对西尔维内影响很大，西尔维内似乎把她当成姐妹来看待。他不再生病，也不再嫉妒。要是有时他显得伤心，神情恍惚，法岱特就制止他这样下去，他马上就会振作起来，跟人来往。

两个婚礼是在同一场弥撒中举行的。花样不少，婚礼非常热闹，卡约老爹一辈子没失去过冷静，第三天也有点醉醺醺了。什么也不能破坏朗德烈和他们全家甚至全村人的兴致。两家都挺富裕，小法岱特像巴尔伯和卡约两家合起来那么有钱，对所有人都很诚恳、仁慈。芳舒心善，不会对那些错怪她的人以牙还牙。后来，朗德烈买了一份可观的产业，凭他和他妻子的才干谁也不能比他们把这家产操持得更好了。小法岱特造了一座漂亮的房子，每天四小时在里面接待镇上可怜的孩子们，她和弟弟冉奈尽力开导他们，告诉他们什么是真正的信仰，对那些生活悲惨的孩子还解囊相助。她忘不了她曾经是个可怜的、无依无靠的孩子，她自己的孩子很小的时候，她就培养他们要同情和善待那些贫困而又没人疼爱的孩子。

全家人幸福和美。西尔维内怎样了呢？有一件事没人能知道是怎么回事，也使得巴尔伯老爹琢磨了好一阵。他弟弟和妹妹结婚一个月以后，他父亲也劝他找个媳妇，他回答说他对婚姻一点不感兴趣，可是这段时间他一直有个想法，他想去当兵，去参军。

我们这儿家里的男人并不多，地里缺人手，几乎没人自愿参军。所以大家都奇怪他怎会作出这么个决定，西尔维内不做任何解释，那就只能是心血来潮，谁也不知道他有这个兴趣。甭管他爹妈、兄弟姐妹和朗德烈怎么说，都不能让他改变主意。大伙儿只好去找芳舒。她是家里最有办法的人，是最好的顾问。

她和西尔维内谈了整整两个小时，他们分手的时候，人们看见西尔维内哭了。他弟妹也哭了。可是他们很平静，态度很坚决。西尔维内坚持他的想法，芳舒也赞同他的决定，还为他说话，说这样对他将来大有好处，于是谁也不再反对了。

谁都肯定在这件事上她知道的比她承认的还要多，人们不敢再反对，巴尔伯大妈也让步了，可没少掉眼泪。朗德烈很失望，可是他妻子对他说：

"这是上帝的意志，让西尔万走是咱们的责任，相信我非常明白我在说什么，别再多问了。"

朗德烈把哥哥送了一程又一程，一直替哥哥背着包袱，他把包袱还给哥哥的时候，好像把心交给他带走了。他回到妻子身边，她得照顾他，因为一个月以来，他真的因为伤心而病倒了。

西尔维内却什么病也没有了，他一直走到边境，这正是拿破仑皇帝进行伟大征战的年月。尽管他对军事毫无兴趣，却有很强的自制力，很快就让人注意到他是个好士兵。他打仗很勇敢，好像他想找机会战死。而他像孩子那样温和，那么守纪律，又像古人那样锤炼自己的身躯。他受过良好的教育，晋升很快。经过十年辛劳，因为勇敢，表现好，他当了上尉，另外还得了一枚十字勋章。

"唉！他要是最后能回来就好了！"一天晚上，巴尔伯大妈对老伴儿说。他们刚收到一封西尔维内写给他们、朗德烈、芳舒和全家老小的信，信里充满对他们的感情。他现在已经快成将军了，该是好好休息的时候了。

"用不着再升级，他的军衔已经够体面的了，"巴尔伯老爹说，"对农家来说已是很大的荣耀了！"

"法岱特早就说过会是这样的，"巴尔伯大妈又说道，"真让她说中了！"

"不管怎么说，"巴尔伯老爹说，"我还是不明白他怎么一下子有了这么个主意，他的性格怎么变化这么大，他原来那么好静，那么留恋他的小天地。"

"我说老伴儿，"大妈说，"咱们的儿媳妇早就知道了，就是不愿意说，可是谁也不能捉弄我这个做母亲的。我想，我像咱们的法岱特一样早就知道是怎么回事了。"

"现在该告诉我了，说吧！"巴尔伯老爹又说道。

"好吧，"巴尔伯大妈回答道，"咱们的芳舒太讨人喜欢了，她迷住了西尔维内，这倒不是她的本意。看到她的魅力那么起作用，她本想收敛或者减弱她的魅力，但却做不到。咱们的西尔万，发现自己老想着兄弟的妻子，就为了尊严和道义走了，芳舒也支持他，赞成他这么做。"

"要是这样，"巴尔伯老爹挠挠耳朵说，"我怕他再也不会结婚了，因为克拉维埃村的白涅家的女人说过，他要是爱上一个女人，他就不会再对弟弟爱得那么疯狂。可是他一辈子只会爱上一个女人，因为他太敏感，太重感情了。"

"外国文学名著丛书"书目

第 一 辑

书 名	作 者	译 者
伊索寓言	〔古希腊〕伊索	周作人
源氏物语	〔日〕紫式部	丰子恺
堂吉诃德	〔西班牙〕塞万提斯	杨 绛
泰戈尔诗选	〔印度〕泰戈尔	冰 心 石 真
坎特伯雷故事	〔英〕杰弗雷·乔叟	方 重
失乐园	〔英〕约翰·弥尔顿	朱维之
格列佛游记	〔英〕斯威夫特	张 健
傲慢与偏见	〔英〕简·奥斯丁	王科一
雪莱抒情诗选	〔英〕雪莱	查良铮
瓦尔登湖	〔美〕亨利·戴维·梭罗	徐 迟
欧·亨利短篇小说选	〔美〕欧·亨利	王永年
特利斯当与伊瑟	〔法〕贝迪耶	罗新璋
巨人传	〔法〕拉伯雷	鲍文蔚
忏悔录	〔法〕卢梭	范希衡 等
欧也妮·葛朗台 高老头	〔法〕巴尔扎克	傅 雷
雨果诗选	〔法〕雨果	程曾厚
巴黎圣母院	〔法〕雨果	陈敬容
包法利夫人	〔法〕福楼拜	李健吾
叶甫盖尼·奥涅金	〔俄〕普希金	智 量
死魂灵	〔俄〕果戈理	满 涛 许庆道

书 名	作 者	译 者
波斯人信札	〔法〕孟德斯鸠	罗大冈
伏尔泰小说选	〔法〕伏尔泰	傅 雷
红与黑	〔法〕司汤达	张冠尧
幻灭	〔法〕巴尔扎克	傅 雷
莫泊桑中短篇小说选	〔法〕莫泊桑	张英伦
文字生涯	〔法〕让-保尔·萨特	沈志明
局外人 鼠疫	〔法〕加缪	徐和瑾
契诃夫小说选	〔俄〕契诃夫	汝 龙
布宁中短篇小说选	〔俄〕布宁	陈 馥
一个人的遭遇	〔苏联〕肖洛霍夫	草 婴
少年维特的烦恼	〔德〕歌德	杨武能
德国,一个冬天的童话	〔德〕海涅	冯 至
绿衣亨利	〔瑞士〕戈特弗里德·凯勒	田德望
斯特林堡小说戏剧选	〔瑞典〕斯特林堡	李之义
城堡	〔奥地利〕卡夫卡	高年生

第 三 辑

埃斯库罗斯悲剧二种	〔古希腊〕埃斯库罗斯	罗念生
索福克勒斯悲剧二种	〔古希腊〕索福克勒斯	罗念生
欧里庇得斯悲剧二种	〔古希腊〕欧里庇得斯	罗念生
神曲	〔意大利〕但丁	田德望
西班牙流浪汉小说选	〔西班牙〕克维多 等	杨 绛 等
阿拉伯古代诗选	〔阿拉伯〕乌姆鲁勒·盖斯 等	仲跻昆
列王纪选	〔波斯〕菲尔多西	张鸿年
蕾莉与马杰农	〔波斯〕内扎米	卢 永
莎士比亚喜剧五种	〔英〕威廉·莎士比亚	方 平
鲁滨孙飘流记	〔英〕笛福	徐霞村

书　名	作　者	译　者
月亮与六便士	〔英〕威廉·萨默塞特·毛姆	谷启楠
萧伯纳戏剧三种	〔爱尔兰〕萧伯纳	潘家洵 等
红字　七个尖角顶的宅第	〔美〕纳撒尼尔·霍桑	胡允桓
汤姆叔叔的小屋	〔美〕斯陀夫人	王家湘
白鲸	〔美〕赫尔曼·梅尔维尔	成　时
马克·吐温中短篇小说选	〔美〕马克·吐温	叶冬心
老人与海	〔美〕欧内斯特·海明威	陈良廷 等
愤怒的葡萄	〔美〕斯坦贝克	胡仲持
蒙田随笔集	〔法〕蒙田	梁宗岱　黄建华
悲惨世界	〔法〕雨果	李　丹　方　于
九三年	〔法〕雨果	郑永慧
梅里美中短篇小说选	〔法〕梅里美	张冠尧
情感教育	〔法〕福楼拜	王文融
茶花女	〔法〕小仲马	王振孙
都德小说选	〔法〕都德	刘　方　陆秉慧
一生	〔法〕莫泊桑	盛澄华
普希金诗选	〔俄〕普希金	高　莽 等
莱蒙托夫诗选	〔俄〕莱蒙托夫	余　振　顾蕴璞
罗亭　贵族之家	〔俄〕屠格涅夫	陆　蠡　丽　尼
日瓦戈医生	〔苏联〕帕斯捷尔纳克	张秉衡
大师和玛格丽特	〔苏联〕布尔加科夫	钱　诚
茨威格中短篇小说选	〔奥地利〕斯·茨威格	张玉书 等
玩偶	〔波兰〕普鲁斯	张振辉
万叶集精选	〔日〕大伴家持	钱稻孙
人间失格	〔日〕太宰治	魏大海

第 五 辑